LINA AREKLEW

Schärensturm

GOLDMANN

Lina Areklew

Schärensturm

Kriminalroman

Aus dem Schwedischen
von Susanne Dahmann

GOLDMANN

Die schwedische Originalausgabe erschien 2021
unter dem Titel »I mörkret« bei Bazar Förlag, Schweden.

Sollte diese Publikation Links auf Webseiten Dritter enthalten,
so übernehmen wir für deren Inhalte keine Haftung,
da wir uns diese nicht zu eigen machen, sondern lediglich
auf deren Stand zum Zeitpunkt der Erstveröffentlichung verweisen.

Penguin Random House Verlagsgruppe FSC® N001967

1. Auflage
Deutsche Erstveröffentlichung April 2023
Copyright © Lina Areklew, 2021
Copyright © der deutschsprachigen Ausgabe 2023
by Wilhelm Goldmann Verlag, München,
in der Penguin Random House Verlagsgruppe GmbH,
Neumarkter Straße 28, 81673 München
Published by arrangement with Nordin Agency AB, Sweden
Umschlaggestaltung: UNO Werbeagentur, München
Umschlagmotive: Mauritius Images / Johnér; FinePic®, München
Redaktion: Julie Hübner
KS · Herstellung: ik
Satz: GGP Media GmbH, Pößneck
Druck und Bindung: GGP Media GmbH, Pößneck
Printed in Germany
ISBN: 978-3-442-49242-8

www.goldmann-verlag.de

Prolog

Es ist Sommer, und die Sonne streichelt ihren nackten Körper wie mit einem warmen Pinsel. Sie liegt auf dem schmalen Sandstrand unten am See. Kein Handtuch, nur heißer Sand, der unter dem Rücken brennt. Die Füße im Wasser. Langsam krabbelt kaltes Seewasser die Schienbeine hoch, über die Oberschenkel und den Bauch. Die Wärme ist weg. Jetzt ist nur noch Kälte da.

Uringeruch schlägt ihr entgegen. Die Augen brennen, und als sie versucht, sie zu öffnen, kann sie nichts sehen. Irgendetwas stimmt nicht. Im Kopf geht sie das Kapitel aus der Ausbildung durch. Plötzliche Blindheit. Was könnte die Ursache sein? Ein Blutgerinnsel? Mit der Atmung stimmt auch etwas nicht. Sie kommt in Stößen, und bei jedem Atemzug zieht es genau unter dem Herzen. Der ganze Oberkörper scheint wehzutun. Am schlimmsten ist der Schmerz im Hinterkopf. Der pocht genau auf der Höhe des einen Ohres.

Dann kommt mit einem Mal die Erinnerung.

Das Haus, der Schnee, plötzlich steht jemand im Wohnzimmer. Scheuernde Kabelbinder um die Handgelenke. Sie presst die Arme seitlich an ihren Körper und stellt fest, dass die Hände immer noch hinter dem Rücken gefesselt sind.

Die Erinnerungsbilder kommen in schnelleren Sequenzen. Der Kofferraum eines Autos, der wirbelnde Schnee und die schreckliche Kälte. Der Film läuft abgehackt weiter, und dann begreift sie. Sie ist nicht blind, sondern dort, wo sie ist, gibt es einfach kein Licht.

Die Schmerzen in der Seite müssen von gebrochenen Rippen kommen. Da ist sie fast sicher. Wie damals in der Mittelstufe, als sie von einer Sprossenwand gefallen war. Die abgehackte Atmung ist auch problematisch. Könnte es sein, dass eine Lunge punktiert ist?

Sie verspürt trotz allem eine gewisse Zufriedenheit darüber, alles in das richtige Fach einsortiert zu haben. Keine losen Fäden, die man nicht zu einer rationalen und medizinischen Erklärung verknüpfen könnte. Sie hat ihre eigene hoffnungslose Situation diagnostiziert.

Sie versucht, die gefesselten Hände zu bewegen, um sich selbst den Puls zu fühlen. Das Herz schlägt schnell. Zu schnell. Sie nimmt alle Kraft zusammen und hievt sich auf die Knie. Hinter den Augenlidern blitzt es, aber sie schafft es, sich hinzustellen.

Es ist unmöglich zu sagen, welcher Tag oder welche Uhrzeit es ist. Sie sieht und fühlt nur pechschwarze Dunkelheit. Obwohl die Angst wächst und der Körper schmerzt, kann sie ganz klar denken. Das ist ihre beste Waffe, um hier herauszukommen. Das ist ihr bewusst. Wie lange schafft man es eigentlich, ohne irgendetwas zu sich zu nehmen? *Die Dreier-Regel.*

Drei Minuten ohne Luft.

Drei Wochen ohne Essen.

Und nur drei Tage ohne Wasser.

DONNERSTAG, 20. FEBRUAR 2020

1.

Fredrik sah auf seinen Teller und stellte dankbar fest, dass Inga, die im Laufe der Jahre wie eine Ersatzmutter für ihn geworden war, sich wieder sehr bemüht hatte, um alle seine Bedürfnisse zu erfüllen. Kartoffel- und Topinamburpüree mit Elchsteak. Fredriks Stück war bereits kaufreundlich in dünne Streifen geschnitten, obwohl die Kieferverletzung, die er erlitten hatte, seit Langem geheilt war. Von außen konnte man fast nichts mehr erkennen, nur noch eine undeutliche Narbe unterhalb des einen Ohres. Er hatte eigentlich vor langer Zeit aufgehört, etwas zu essen, das auf vier Beinen lief, doch Inga ignorierte das und behauptete mit Entschlossenheit, ein erwachsener Mann bräuchte anderes Protein als nur Bohnen und ab und an irgendwelche armen Fische.

Sie saßen in Ingas und Hans' Küche in der Ålstensgata, nur einen Katzensprung von dem Haus entfernt, in dem Fredrik zusammen mit Mama, Papa und Niklas gelebt hatte. Jetzt wohnte eine andere Familie dort. Der kleine Vorgarten stand voller Schlitten und Porutscher. Irgendwie fühlte sich das gut an. Als hätte sich das Glück, das er empfunden hatte, als er dort lebte, auf die nächste Familie vererbt.

Er war zu der neuen Wohnung seines besten Freundes Philip in Bromma gefahren, um sein Auto abzuholen, doch weder Philip noch das Auto waren dort gewesen. Als er dann bei Philips Eltern Hans und Inga reinschaute, um zu sehen, ob sein Freund vielleicht dort war, hatten sie ihn sofort eingefangen. Inga verpasste niemals eine Gelegenheit, ihn zu einer Mahlzeit einzuladen. Das Abendessen sei schon fertig, und er müsse ja sowieso etwas essen, hatte sie argumentiert. Und so saß er jetzt hier.

Hans nickte vielsagend in die Richtung von Fredriks Teller und wandte sich dann seinem eigenen Steak zu.

»Du solltest mal mit auf die Jagd gehen, Fredrik«, verkündete er und strahlte über das ganze Gesicht. »Nichts fühlt sich so gut an, wie die Spannung im Körper, wenn man an einem frühen Morgen da draußen sitzt und wartet. Der Nebel liegt wie eine milchige Wolke über den Wiesen, alle Laute des Waldes sind zwischen den Bäumen glasklar zu hören, und dann jeden Moment …«

Hans schwang die Gabel über den Esstisch, blickte in die Ferne und verlor sich in seiner eigenen poetischen Beschreibung der Wunder der Jagd.

»Jeden Moment kann ein Dreihundert-Kilo-Tier auf seinen majestätisch langen Beinen zwischen den Bäumen auftauchen.«

Inga streckte sich genervt über den Tisch und wischte ein paar Tropfen Pfifferlingssoße weg, die von der Gabel ihres Mannes getropft waren.

»Ich glaube nicht, dass sich Fredrik für die Jagd interessiert«, sagte sie mit milder Schärfe in der Stimme, um

Hans von seiner mentalen Waldwanderung zurückzu-
holen.

»Nein, das ist nicht für jeden was, das steht fest. Man
darf nicht nervenschwach sein, wenn man dasitzt und
wartet, auf keinen Fall.«

Inga sah ihn streng an.

»Also, so meinte ich das nicht. Ich weiß, dass du nicht
nervenschwach bist, wenn man bedenkt, was du alles
durchgemacht hast. Und Waffen verlocken dich wahrscheinlich auch nicht so sehr, oder?«

Fredrik lachte freudlos und kratzte sich die Bartstoppeln. Sein dunkelbraunes Haar war frisch geschnitten,
aber er hatte heute Morgen vergessen, sich zu rasieren.

»Nein, Waffen verlocken mich nicht.«

Nach der Katastrophe im letzten Sommer war das
so ziemlich das Letzte, was ihn verlockte. Die Schuss-
wunde im Bauch war zwar ebenso gut geheilt wie der
Kiefer, doch die seelischen Narben würden für immer
bleiben. Er hatte Schlafstörungen, und die meisten
Nächte schlief er gar nicht. Zu den Albträumen, unter
denen er bereits vorher gelitten hatte, hatten sich nun
Rückblenden gesellt, die ihm immer wieder in Erinnerung riefen, wie ihn ein Schuss genau über dem Blind-
darm getroffen hatte. Hätte ihn der Helikopter nicht
zur Not-Operation ins Krankenhaus von Örnsköldsvik
geflogen, dann wäre er gestorben. Fredriks Gedanken
wanderten zu Sofia Hjortén. Sie war eine von denen, die
dort gewesen waren und sich um ihn gekümmert hatten.
Ohne sie hätte er nicht überlebt.

»Wie läuft es mit Ida?«

»Gut.«

Inga zog die Augenbrauen hoch, und ihm wurde klar, dass sie auf mehr Informationen wartete.

Die Logopädin Ida Niemi, die ihm nach dem Hammerschlag gegen den Kiefer geholfen hatte, wieder sprechen zu lernen, hatte Wunder vollbracht. Er konnte kauen und lächeln, und die steife Gesichtsmuskulatur und das lallende Sprechen hatten sich nach unzähligen Artikulations- und Kieferübungen verbessert. Er selbst war es bereits nach ein paar Malen leid gewesen, aber Ida hatte ihn stetig ermahnt. Ein motivierter Patient hat die größten Chancen auf Erfolg, das war ihr Motto, und sie hatte alles getan, was in ihrer Macht stand, um ihn zu motivieren. Jetzt war er im Prinzip völlig wiederhergestellt. Einziges Überbleibsel war ein knackendes Geräusch im Kiefer, wenn er gähnte.

Ida war als emotionale Unterstützung auf der ganzen langen Reise zurück in ein normales Leben für ihn da gewesen. Sie waren Freunde geworden, und als er nicht mehr ihr Patient war, hatte sich die Freundschaft zu Ingas und Hans' unverhohlener Freude zu etwas mehr entwickelt.

Hans hob die Gabel vielsagend in seine Richtung, was noch mehr Flecken auf dem Tischtuch verursachte.

»Sie ist eine Tolle, die Ida. Eine richtige Perle. Auf die musst du aufpassen.« Er stopfte das Kartoffelstück, das auf der Gabel saß, in den Mund und sprach ungeniert kauend weiter.

»Wir wollen Enkelkinder, Fredrik. Und unser eigener Sohn wird wahrscheinlich keine produzieren.«

Inga runzelte skeptisch die Augenbrauen, wandte sich dann aber Fredrik zu und lächelte. Enkelkinder waren kein neues Gesprächsthema, und Fredrik wusste, dass es etwas war, dass auf Ingas Wunschliste ganz weit oben stand. Dennoch war ihm das Thema unangenehm. Er und Ida hatten noch nicht einmal Sex gehabt. Sie umarmten sich, saßen umschlungen auf dem Sofa, hatten den letzten Schritt zu vollkommener körperlicher Nähe aber noch nicht getan, von dem er wusste, dass sie sich danach sehnte. Er war noch nicht bereit. Weder körperlich noch gefühlsmäßig.

Er war Ida dankbar, weil sie ihn nicht drängte. Sie war eine warmherzige und offene Person. Unkompliziert. Sie hatte es zu ihrer Lebensaufgabe gemacht zu kontrollieren, dass er seine Übungen machte und dass es ihm gut ging. Sowie sie bei der Arbeit eine Minute Zeit hatte, rief sie an oder schickte eine SMS, um zu hören, wie es ihm ging. Fredrik schätzte diese Zerstreuung. Die Stille in seiner Wohnung ging ihm schon seit Langem auf die Nerven, und jede sich bietende Gelegenheit, die Gedanken abzuschalten, war ihm willkommen.

»Hast du was von der Arbeit gehört?«, fuhr Inga fort und schenkte sich noch etwas Wein nach. Hans, der offensichtlich schon vor Fredriks Ankunft ein Glas getrunken hatte, musste sein hingestrecktes Glas wieder zurückziehen. Fredrik bot sie erst gar keinen Wein an.

»Ja, wir haben eine Menge kommuniziert«, antwortete er ausweichend, doch so leicht ließ sich Inga nicht abschütteln.

»Und?«

Die Ärzte waren mit Krankschreibungen nicht knauserig gewesen. Er musste sich keinen Stress machen, wieder zur Arbeit zurückzukehren. Und worauf sollte er sich dabei auch freuen? Es war nicht gerade sein Traum, Tag um Tag hinter einer Glasscheibe zu sitzen. *Einmal da hinstellen bitte, die Füße auf die gelben Markierungen. Jetzt in die Kamera schauen, unterschreiben. Sie können den Pass in einer Woche abholen.* Natürlich konnte er so seine Rechnungen bezahlen, aber nachdem er dem Tod zum zweiten Mal nur knapp von der Schippe gesprungen war, hatte Fredrik angefangen, darüber nachzudenken, dass er es sich selbst vielleicht schuldig war, wirklich zu leben und nicht nur zu existieren.

Er wechselte das Thema. »Geht ihr dieses Jahr nicht Skifahren?«

Aber Inga biss nicht an. »Wirst du deinen alten Job zurückbekommen?«

Hans, der eben den letzten Bissen verzehrt hatte, mischte sich in die Diskussion ein.

»Lass ihn in Ruhe, Inga! Um Gottes willen, er ist doch ein erwachsener Mann. Er kann sich selbst versorgen.«

Inga lächelte versöhnend, warf Fredrik aber einen Blick zu, der deutlich machte, dass das nicht das letzte Gespräch zu diesem Thema war.

»Wo wir gerade davon reden«, begann Hans und rülpste diskret in die Serviette. »Hast du was von unserem Sohn gehört?«

Philip klappte die Motorhaube auf und starrte auf die Plastikplatte, die den Motor verschloss. *Volvo.* Fünf bekannte Buchstaben, aber soweit er sehen konnte, nicht einmal der kleinste Haken zum Öffnen. Wie sollte er den Fehler finden, ohne den Motor sehen zu können? Unter dem Plastik röhrte es beunruhigend. Er wünschte, er wäre einer von denen, die sich auf den Bauch legen und unter das Auto gucken und sofort feststellen, welches von all den Teilen nicht funktioniert. Doch das war nicht der Fall. Er brauchte einen Mechaniker oder im schlimmsten Fall einen Leihwagen.

Zum Glück hatte er es fast bis zur Tankstelle geschafft, die mitten im Ort lag. Jetzt ließ er den Wagen in einer Schneewehe am Straßenrand stehen und kämpfte sich über den nicht geräumten Zebrastreifen. Der Schnee fiel so dicht, dass er kaum etwas sehen konnte, und er musste an Astrid Lindgrens Geschichte von Michels und Alfreds Schneefahrt nach Mariannelund denken. Es war frustrierend, nicht weiterfahren zu können, da es nur noch anderthalb Stunden bis zu seinem Ziel waren.

Er hoffte, dass sie sich freuen und sie beide sich wieder vertragen würden. Dass sie die Geste romantisch finden würde, auch wenn er nur zwei Nächte zu bleiben gedachte. Unter allen Umständen wollte er weg sein, ehe ihr Vater am Samstag auftauchte. Doch so würden sie wenigstens zwei schöne Tage zusammen haben. Sie könnten Schneemobil fahren und durch den Tiefschnee spazieren. Allerdings war er weder was seine Kleidung noch was seinen psychischen Zustand betraf, für

Winteraktivitäten ausgerüstet. Philip schaute auf seine Wildlederschuhe hinunter. Sie sahen aus wie Winterschuhe, waren aber ohne Zweifel nur für den Stockholmer Winter gemacht. Schon nach wenigen Schritten im tiefen Schnee hatten sie Feuchtigkeit durchgelassen, und noch ehe er die Tür zur Tankstelle erreicht hatte, waren seine Füße zu Eisklumpen geworden. Er freute sich, dass er zumindest eine anständige Daunenjacke mitgenommen hatte.

»Uiuiui, da draußen kommt ja ganz schön was runter!« Die Tankstellenverkäuferin lachte, als er durch die Tür kam. Der Fußboden war mit geschmolzenem Schnee bedeckt, und Philip rutschte vorsichtig durch die mit Streukieseln vermischten Pfützen Richtung Kasse.

»Die kommen mit dem Räumen gar nicht hinterher«, fuhr die Frau fort und zog sich die blaue Jacke mit dem Tankstellenlogo enger um den Körper.

»Mein Auto ist kaputt gegangen«, erklärte Philip schüchtern und zeigte auf den gestrandeten Wagen auf der anderen Straßenseite.

Die Frau sah ihn an, als wartete sie auf eine Fortsetzung.

»Ich … ich bräuchte einen Mechaniker. Oder einen Leihwagen.«

Ein neuer Kunde kam durch die Tür und watete durch den Laden zu den Toiletten. Die Frau hinter dem Tresen hob grüßend die Hand, und der Mann winkte zurück, ehe er um eine Ecke bog, an der Scheibenwischer und Eiskratzer hingen.

»Heute ist kein Mechaniker hier. Mikael, der sonst in der Werkstatt nebenan arbeitet«, sie zeigte mit dem Daumen in die entsprechende Richtung, »der ist draußen und räumt. Und eine Autovermietung haben wir hier im Ort nicht. Die nächste ist wahrscheinlich in Sundsvall.«

Philip zog die Mütze ab und rieb sich das feuchte rötliche Haar. Er versuchte, nicht in Panik zu verfallen. Schließlich hatte er bereits so viele Schritte geschafft. Voriges Jahr um diese Zeit hatte er noch völlig abgeschirmt von der Außenwelt im Keller seiner Eltern gewohnt. In der Geborgenheit von Ålsten konnte er problemlos programmieren und die Codes zu den IT-Systemen verschiedener Unternehmen von seinem Schreibtisch zu Hause aus verwalten. Ein scheinbar endloser Job, der immer gefragt war. Mithilfe von Mail- und Chat-Programmen hielt er Kontakt zu seinen Kunden. Viele fanden ihn seltsam, das wusste er, aber sein Einmann-Beraterunternehmen wurde dennoch fleißig gebucht. Beziehungen strengten ihn an und machten ihn nervös. Niemand schien ihn je zu verstehen, und er wiederum verstand andere Menschen definitiv nicht. So war es schon seit seinen frühen Teenagerjahren gewesen. Jeder ihm von seinen Eltern aufgezwungene Versuch, ihn über die Schwelle in die Welt hinauszuschieben, hatte heftige Panikattacken und ein noch größeres Bedürfnis nach Abgeschiedenheit zur Folge gehabt. Doch nach allem, was seinem besten Freund Fredrik im vorigen Sommer passiert war, hatte sich etwas verändert. Philip musste aus seinem sicheren Kokon heraus, denn sein Freund hatte ihn gebraucht, und ganz schnell hatte er festgestellt, dass er tatsächlich imstande war, mit anderen Menschen zusammen zu sein, wenn es nur nach seinen eigenen Bedingungen geschah. Im letzten halben Jahr hatte er also nicht nur das Haus verlassen, er hatte sich sogar eine Wohnung zugelegt und einen Intensivkurs in Dalarna absolviert, um seinen Führerschein zu machen. Und jetzt hatte er eine Freundin. Eine, die ihn sah und ihn schätzte, so wie er war. Ihr fiel es genauso schwer, andere zu begreifen, doch schien sie ihn zu verstehen wie niemand sonst. Er sehnte sich so sehr danach, sie zu sehen. Sie würde so überrascht sein, und den Streit würden sie einfach vergessen. Philip war fest entschlossen, sich nur wegen des Pechs mit dem Auto nicht in irgendein Angstloch saugen zu lassen. Er würde seine Reise fortsetzen.

Die Verkäuferin räusperte sich.

»Haben Sie denn keine Unfallversicherung?«, schlug sie vor.

Er sah sie fragend an. Beim besten Willen konnte er sich nicht vorstellen, was sie damit meinen könnte.

»Sind Sie Mitglied bei der Pannenhilfe oder so?«, fuhr sie fort.

Philip schüttelte nur ratlos den Kopf.

»Das Auto gehört mir nicht«, murmelte er.

»Wenn Sie eine Unfallversicherung haben, dann können die sowohl das Abschleppen als auch einen Leihwagen organisieren, und im schlimmsten Fall können Sie ein Taxi zur nächsten Autovermietung nehmen. Wenn es richtig schlimm wäre, meine ich.«

Philip bedankte sich für den Rat und kaufte pflichtschuldig einen Kaffee und ein Päckchen Zigaretten, ehe er zu dem eingeschneiten Auto zurückkehrte.

*

Fredrik schob die Haustür ein paar Zentimeter auf und sah zum Himmel hoch. Es war kalt, und der Frost hatte sich auf alles gelegt, doch es war keine Schneeflocke mehr zu sehen. Der Himmel war klar, und wenn nicht all die Straßenlaternen gewesen wären, hätte man sicher die Sterne sehen können. Hans und Inga standen in der Diele und leisteten ihm Gesellschaft, während er seine Jacke anzog.

»Hier, nimm ein paar Handschuhe. Es ist kalt.« Inga reichte ihm ein paar Lederhandschuhe aus dem Korb bei der Tür. »Fährst du jetzt nach Hause oder zu Ida?«

Selbst wenn sie seine richtigen Eltern gewesen wären, hätten Hans und Inga kaum überbehütender sein können. Seit jener Nacht, in der seine eigene Familie bei dem Schiffsunglück der *Estonia* auf der Ostsee auseinandergerissen worden war, waren sie für ihn da gewesen. In Ermangelung einer richtigen Mutter und eines richtigen Vaters hatten sie zusammen mit seiner Großmutter als Eltern einspringen müssen.

Inga unternahm einen Versuch, die Essensbox, die sie in eine Plastiktüte eingewickelt und Fredrik mitgegeben hatte, wieder an sich zu nehmen. Sie zog vorsichtig an der Schlaufe, die unter seinem Arm herausschaute.

»Warte kurz, ich mach noch mehr rein, damit es auch für Ida reicht.« Fredrik hielt die Essensbox fest und schüttelte den Kopf.

»Ist nicht nötig. Sie isst auch kein Fleisch.« Er blinzelte Hans mit einem Auge zu, doch der schien den Witz nicht zu bemerken. »Und ich bin zu müde, um jetzt noch zu ihr zu fahren.« Er warf einen Blick auf den alten Wecker, der auf dem Tisch in der Diele stand. Es war bereits nach zehn. »Jetzt fahre ich geradewegs nach Hause und gehe ins Bett.«

Inga nickte und ließ die Tüte widerwillig los.

»Bist du mit dem Auto da?«

»Nein, ich fahre mit der Bahn. Philip hat sich das Auto ausgeliehen. Er wollte sich einen neuen Schreibtisch kaufen.«

Sie umarmten sich zum Abschied, und Fredrik versprach, bald wiederzukommen.

Die Haltestelle lag zwei Straßen weiter. Dort angekommen, stellte Fredrik die Tüte mit der Essensbox ab, holte das Handy hervor und las die beiden SMS, die Ida geschickt hatte und in denen sie ihm mitteilte, dass sie heute um sechs Uhr Schluss gemacht hatte, und er, wenn er wolle, doch zu ihr kommen und gemeinsam mit ihr einen Film sehen könnte oder so. Ihr Ton war in der letzten Zeit drängender geworden. Trotzdem zögerte er vor dem nächsten Schritt. Das würde definitiv beenden, was er im letzten Sommer mit Sofia gehabt hatte. In seinem tiefsten Innern wusste er, dass es längst vorbei war, trotzdem widerstrebte es ihm. Doch Idas Ungeduld wuchs mit jedem Tag, und bald würde er sich entscheiden müssen.

Als er gerade zurückschreiben wollte, dass er zu müde sei, um noch zu ihr zu kommen, klingelte das Handy. Es war Philip.

»Wie lief es? Bist du von Kinderwagenmamas und frisch verliebten Paaren in Sofakauflaune totgetrampelt worden?«

»Nicht direkt«, murmelte Philip. »Dein Auto ist liegen geblieben.«

»Was sagst du da?«, fragte Fredrik griff nach der Tüte mit der Essensbox, als die Bahn an der Haltestelle anhielt. Er stieg ein und setzte sich auf einen Fensterplatz.

»Was ist denn kaputt?«

»Woher soll ich das wissen?«, fauchte Philip.

Er klang gestresst. Das waren genau die Situationen, in denen er die Nerven verlor.

Im Spätsommer und Herbst hatte Philip das Haus seiner Eltern immer öfter verlassen. Er hatte sogar Fredrik im Krankenhaus von Sundsvall besucht, wo der am Kiefer operiert worden war, und das, obwohl die Reise dorthin über fünf Stunden dauerte. Kurz vor Weihnachten hatten Hans und Inga ihm nur wenige Straßen entfernt eine Mietwohnung besorgt. Es war eine Einzimmerwohnung mit Küchenecke – durchaus eine Umstellung nach dem geräumigen Keller in seinem Elternhaus.

»Mach dir keine Gedanken«, sagte Fredrik. »Lass das Auto auf dem Parkplatz stehen und fahr mit dem Taxi nach Hause. Ich kann morgen hinfahren und es mir ansehen. Bist du bei Ikea in Kungens Kurva oder in Barkaby?«

Philip räusperte sich angestrengt am anderen Ende der Leitung.

»Das geht nicht. Ich bin nicht bei Ikea. Ich bin nicht einmal in Stockholm.«

Fredrik lachte.

»Was meinst du damit?«

»Was zum Teufel glaubst du schon, was ich meine? Hast du eine Unfallversicherung?«

Es war deutlich zu hören, dass Philip mit seinen Nerven am Ende war. Mit ihm darüber zu diskutieren, wo er sich befand, würde ihn nur noch mehr stressen.

»Ja, auf der Innenseite der Fahrertür klebt ein Zettel. Ruf die an, dann helfen sie dir. Philip … ich mache mir ein bisschen Sorgen …«

Doch der Freund hatte bereits aufgelegt.

2.

Das Baby wollte nicht aufhören zu strampeln. Auch wenn es schön war zu wissen, dass es da war und sich bewegte, merkte Sofia doch, dass es sie zunehmend anstrengte, nie wirklich zur Ruhe zu kommen. Sie hatte sich schon vor einer Stunde hingelegt, und obwohl sie furchtbar müde war, konnte sie nicht einschlafen. Wie auch immer sie sich positionierte, gab es immer etwas, das drückte oder spannte. Das Einzige, was funktionierte, war, in dem Schaukelstuhl zu sitzen, den sie von der Veranda hereinbugsiert hatte, und die Füße auf einen Hocker davor zu legen. In den letzten zwei Monaten war das ihr bevorzugter Schlafplatz gewesen.

Doch im Moment war das Wohnzimmer belegt, also hatte sie sich in das Doppelbett im oberen Stock legen müssen. Es war das alte, recht harte Holzbett ihrer Eltern, und sie war nie auf die Idee gekommen, es auszutauschen. Das Haus hatte nach dem Tod ihres Vaters so viele Jahre leer gestanden, dass sie es, nachdem sie schließlich eingezogen war, nicht übers Herz gebracht hatte, irgendetwas zu verändern. Alles atmete Ruhe und Geduld, und auch wenn sie ebenfalls an ihre Mutter Claire erinnert wurde, mit der sie ein sehr kompliziertes Verhältnis verbunden hatte, so spürte sie hier doch vor allem das Wesen ihres Vaters Sten. Es gab keinen Ort auf der Erde, an dem sich Sofia so wohl fühlte wie hier. Ihre Wohnung in Örnsköldsvik war nett und lag nahe zur Arbeit, aber meistens entschied sie sich doch, auf Ulvön zu übernachten, auch wenn das morgens lange Fahrten mit der italienischen Riva Ariston, dem Motorboot ihres Vaters, bedeutete, um zur Arbeit zu kommen. Jetzt war alles zugefroren, und die ganze Insel war schneebedeckt. Eine weiche weiße Decke, die alle Laute dämpfte und die Häuser in schöne Winterstimmung bettete. Diese wunderbare Stille entschädigte sie vollkommen für die intensiven Sommermonate, in denen die Touristen die Insel überschwemmten. Touren mit dem Tretschlitten runter ins Dorf, Würstchengrillen über offenem Feuer am Strand – hier herrschte jetzt eine Ruhe, die Auswärtige niemals wertschätzen konnten. Trotzdem vermisste Sofia das Gefühl der Freiheit auf dem Meer. Denn auch wenn das Wasser offen wäre, käme sie mittlerweile mit ihrem Babybauch vermutlich nicht mehr ins Boot oder wieder heraus. Wollte sie aufs Festland fahren, dann musste sie die Fähre entweder von Ulvöhamn oder Fjärenkajen nehmen, die am nächsten lagen. Doch solange das Eis so dick war und der Eisbrecher den Weg noch nicht freigemacht hatte, blieb nur das Luftkissenboot ab Fjärenkajen.

Manchmal nagte die Sorge an ihr, wie es mit der bevorstehenden Entbindung laufen sollte. Doch sie war nicht die erste Inselbewohnerin, die in ihrem eigenen Zuhause ein Kind zur Welt brachte. Natürlich gab es Risiken, aber sie war gesund, und in allen Untersuchungen hatte bisher nichts darauf hingedeutet, dass die Entbindung für sie gefährlicher werden würde als für jede andere Frau. Dass sie bereits neununddreißig Jahre alt war, schien die Hebamme in der Mütterzentrale nicht zu beunruhigen.

Das Kind hatte sich bereits gedreht, und der Kopf saß fest im Becken. Ihre Nachbarin Margit war ihr ganzes Arbeitsleben lang Hebamme gewesen. Jetzt war sie in Rente, doch im Laufe der Jahre hatte sie auf der Insel viele Kinder ohne Komplikationen zur Welt gebracht. Sie sagte immer, Frauen hätten das von jeher so gemacht. Wenn das Kind gesund sei, bräuchte man kein Krankenhaus, sondern könne alles zu Hause mit ein paar sauberen medizinischen Werkzeugen, Nadel, Faden und weiblicher Urkraft erledigen. Auch wenn Sofia das Gottvertrauen der alten Hebamme schätzte, war sie doch nicht bereit, den ganzen Weg auf traditionelle Weise zu gehen. Nach der Geburt würde sie aufs Festland fahren, um sowohl sich selbst als auch das Baby im Krankenhaus untersuchen zu lassen.

Sie wechselte noch einmal die Position. Obwohl sie kein urmütterliches Vorbild in ihrer eigenen Familie hatte, fühlte sie sich doch stark und furchtlos. Sie würde dieses Kind zur Welt bringen und großziehen, und sie war überzeugt, dass sie das ohne Probleme schaffen würde. Und Tord, ihr Patenonkel, würde die ganze Zeit an ihrer Seite sein. Und Kaj. Ob sie das nun wollte oder nicht. Im Herbst und im Winter hatte er ein paar Vortragsaufträge an der Polizeihochschule in Umeå angenommen. Kaj schien der Meinung sein, die Tatsache, dass sie gemeinsam ein Kind erwarteten, gebe ihm das Recht, jederzeit ohne Vorankündigung vorbeikommen und ein paar Tage bleiben zu können.

In dieser Woche war die Ermittlergruppe, zu der Sofia gehörte, auf einer Fortbildung. Es ging um Schusswaffengebrauch in Zivilkleidung, etwas, wovon man annahm, dass Sofia als Hochschwangere daran nicht teilnehmen könne. Auch wenn ihr das eigentlich widerstrebte, wäre es doch gelogen, wenn sie sagte, dass es nicht schön war, stattdessen draußen auf Ulvön mit einer Tasse Tee und dem Computer auf dem Schoß im Schaukelstuhl zu sitzen und in aller Ruhe zu arbeiten.

In den ersten Monaten der Schwangerschaft hatte sie unter extremer Übelkeit gelitten, was es ihr zeitweise unmöglich gemacht hatte, der Arbeit nachzugehen, die sie liebte. Ein Krankenhausaufenthalt am Tropf war auf den nächsten gefolgt, und am Ende hatte die Chefin der Ermittlergruppe, Kriminalhauptkommissarin Vera Nordlund, vorgeschlagen, sie solle ihre Stundenzahl reduzieren. Natürlich hatte Sofia das abgelehnt. Während der Krankschreibung hatte sie ihre Arbeit jede Minute vermisst. Als Polizistin zu arbeiten war erst nur eine Idee gewesen, aber mittlerweile zu einer Berufung geworden und ein ebenso selbstverständlicher Teil von ihr wie die Luft zum Atmen. Also arbeitete sie normal weiter. Kaj fand natürlich, dass sie schon vor langer Zeit in Mutterschutz hätte gehen sollen, doch so weit reichten seine Befugnisse als Vater nicht. Sie bestimmte selbst über ihren Körper und ihr Leben.

Die Liebesbeziehung, oder was immer es nun gewesen war, zwischen ihr und Kaj war schon länger beendet. Was blieb, waren gegenseitiger Respekt und eine starke Freundschaft. Kaj würde ein guter und verlässlicher Vater sein. Eine Wahl, mit der sie, zumindest zu großen Teilen, zufrieden war.

Manchmal konnte sie sich fast einbilden, glücklich zu sein. Ihr Baby würde ein liebevolles Zuhause mit einer Mutter bekommen, die nie gedacht hätte, dass sie das Glück, ein Kind zu haben, noch erleben würde. Tord würde es vergöttern und ihm alles beibringen, was man über Wald, Landschaft und Angeln wissen musste. Er hatte bereits angefangen, davon zu sprechen, dass das Kind sein Erbe werden würde, aber da hatte Sofia ihn zum Schweigen gebracht. Sie wollte überhaupt nicht an den Tag denken, an dem Tord weiterwandern würde. Doch natürlich war es ein gutes Gefühl zu wissen, dass das Kleine auch finanziell abgesichert war. Tord war ein vermögender Mann. Viele Menschen hatten ihm für ihre Grundstücke und Häuser zu danken. Über Generationen hatte die Grändbergsche Familie das, was sie besaß, unter Preis verkauft, um den Familien, die sich entschieden, auf der Insel zu bleiben, ein Dach über dem Kopf zu verschaffen. Und trotzdem gab es noch viel, aus dem er schöpfen konnte. Selbst wohnte Tord in einer einfachen, kleinen roten Hütte mit grün angestrichener Tür mitten in Ulvöhamn. Es war ein ehemaliges Fabrikgebäude von ungefähr fünfzig Quadratmetern, während der dazugehörige Herrensitz mit verglaster Veranda und Kachelofen vor langer Zeit schon verkauft worden war.

Grundbesitz und Vermögen bedeuteten ihm nichts. Ein lebendiges Dorf und das Gefühl von Vertrautheit unter den Inselbewohnern waren ihm viel wichtiger.

In der schrägen kleinen Familie gab es so viel Liebe, mit der das Baby überschüttet werden würde. Dennoch konnte Sofia dieses Glück nicht so empfinden, wie alle es von ihr erwarteten. Ihre strahlende Erscheinung konnte einige ihrer Zweifel verbergen: Das lange blonde Haar war glänzender denn je, und ihre blasse sommersprossige Haut strahlte. Doch irgendetwas fehlte ihr, das spürte sie. Ein Kind sollte zwei Eltern um sich haben. So sollte es sein. Kaj würde ein gutes Vorbild sein, ein starker und verantwortungsbewusster Mann, zu dem man aufschauen konnte und der durchs Feuer gehen würde, um sein Kind zu beschützen, doch war er kein Vater in der Hinsicht, wie Sofia es sich wünschte. Sosehr sie sich auch auf das Baby freute, verspürte sie doch die Sehnsucht nach einer richtigen Familie. Nach der Familie, die sie selbst nie gehabt hatte. Gleichzeitig schämte sie sich, weil sie hier mit einem gesunden Baby im Bauch in ihrem geerbten Haus lag, das inzwischen sicherlich mehrere Millionen wert war, und immer noch nicht zufrieden war und sich noch mehr wünschte.

Sie wurde aus ihren Gedanken gerissen, weil sich im unteren Stockwerk jemand bewegte. Die Dielen direkt vor der Treppe knarrten. Die Geräusche im Haus waren ihr so vertraut, dass sie vor ihrem inneren Auge eine Karte bildeten. Jeder Schritt meldete eine neue Position, und jetzt war jemand auf dem Weg die Treppe hinauf. Sofia zog sich die Decke über die Schultern und schloss die Augen. Für einen Moment war es still, dann machten die Schritte kehrt und verschwanden zurück nach unten und zur Toilette.

Sie atmete aus.

Zwar hatte sie Kaj als Vater des Kindes ausgewählt, doch sie war nicht bereit, so weit zu gehen, mit ihm das Bett zu teilen, um heile Familie zu spielen.

3.

Anders Svensson blickte auf seine Jeans hinunter. Sie waren viel zu eng und hatten modische Löcher über den Knien. Die Sportschuhe waren auch nicht ganz sein Stil. Riesige schwarze Philipp Plein mit einer goldfarbenen Spange an der Seite. Seine dunkelblaue Bomberjacke, die am Haken vor der Tür der Baubaracke hing, war fast lächerlich für einen Mann in seinem Alter. Das war ihm bewusst, trotzdem lief die American-Express-Karte in den Boutiquen um den Stureplan heiß. Jeder Einkauf brachte für einen Moment das Gefühl, dass ihm alles aus den Händen rann, zum Schweigen. Nächstes Jahr würde er fünfzig werden. Amanda hatte eine Reise nach Dubai mit der ganzen Verwandtschaft geplant. Die Rechnung würde natürlich er begleichen. Sie würden mit Vierradwagen durch die Wüste cruisen und einen Tauchschein machen. Er selbst wäre am liebsten zu Hause geblieben und hätte ein ruhiges Abendessen mit ein paar der engsten Freunde vorgezogen, aber Amanda hatte die Idee gehabt, und er wollte sie zufriedenstellen.

Der Altersunterschied zwischen ihnen weckte bei vielen Männern in seiner Umgebung Neid, doch war das auch nicht ganz unproblematisch. Er liebte es, seine junge schöne Ehefrau zu zeigen, hatte aber doch einsehen müssen, dass er bei ihrem Tempo nicht mehr lange würde mithalten können. Zu Anfang hatte die Euphorie über den fantastischen Sex und das enorme Selbstwertgefühl, das ihm durch ihre offenherzige Wertschätzung zukam, die Erschöpfung überdeckt, aber jetzt, sechs Jahre später, ging ihm langsam die Luft aus.

Anders sah durch das vergitterte Fenster der Baracke auf den Bau, der sich zum Himmel erstreckte. Der Wetterdienst hatte Schnee angekündigt, doch noch fielen keine Flocken über den groß angelegten Wohnkomplex mitten im Rosenlundspark. *Bezugsfertig Herbst 2022.* Ob das wohl klappen würde? Dies war das teuerste Gebäude, das er jemals zu bauen übernommen hatte, und sie waren in Verzug. Weit in Verzug. In der nächsten Woche sollte er einen revidierten Zeitplan für die Auftraggeber präsentieren, und er freute sich nicht darauf, ihnen die schlechten Neuigkeiten zu überbringen. Als wäre das nicht genug, riefen andauernd Steuerbehörde und Arbeitsaufsicht an, die Gerüchte über fehlende Arbeitsverträge gehört hatten und ihm einen Besuch abstatten wollten. Außerdem lag er mit den Zahlungen für die Villa zurück. Er hatte noch nicht gewagt, Amanda zu erzählen, dass er einen Brief vom Finanzamt bekommen hatte. Keinen Moment lang bildete er sich ein, dass sie bei ihm bleiben würde, wenn sie von den dreihundert Quadratmetern in Djursholm in eine Einzimmerwohnung in Rågsved würden ziehen müssen. Nein, ihm war sehr wohl bewusst, dass Amandas Interesse an ihm eng mit dem Lebensstil verknüpft war, den er ihr bieten konnte. Um daran teilhaben zu können, hatte sie ihn in den ersten Jahren wie einen König behandelt. Dann war Ellie gekommen, und der Sex war von tierisch geil zu nicht existent übergegangen. Amandas Fürsorge richtete sich jetzt ausschließlich auf die Tochter, und er diente nur mehr als Bankomat.

Es war zu viel. Im Moment war alles zu viel. Anders schielte auf die unterste Schublade des Schreibtischs. Was für ein verdammtes Klischee war er doch. Flachmann im Schreibtisch. Aber der Durst übertrumpfte die Scham, und er griff nach dem Schlüssel, schloss auf und fischte eine Flasche Ichiro's Malt heraus, seit der letzten Asienreise sein neuer Lieblingswhisky. Er goss sich drei Finger hoch ein und leerte das Glas in einem Zug. Dann schenkte er sich sofort noch einmal die gleiche Menge ein, doch gerade als er das Glas zum Mund führte, klopfte es an der Tür zur Baracke. Der Bauleiter Jerzy Nowak trat ein, ohne eine Antwort abzuwarten. Anders schaffte es nicht mehr, das Glas zu verstecken, und der untersetzte Mann mit den dunklen Bartstoppeln versuchte nicht einmal, seinen resignierten Blick zu verbergen.

»Wir sind mit den Löhnen hinterher. Ich habe versucht, sie so gut es ging zu beruhigen, aber …«

Anders winkte ab. Darüber konnte er jetzt nicht nachdenken. Die würden mit ihren Löhnen warten müssen. Wichtig war jetzt, die verlorene Zeit aufzuholen.

»Die Hälfte der Arbeiter hier hat keinen offiziellen Baustellenausweis. Und du weißt, dass es heikel werden kann, wenn die Behörden das herausfinden.«

»Na und?« Anders spürte, wie das erste Glas Whisky im Magen brannte. Es feuerte die Wut an, die in seinem

Innern kochte. Es war ja wohl nicht sein Fehler, dass es so gekommen war, oder? Jerzy war ein reicher Mann geworden, indem er seine Landsmänner als Schwarzarbeiter hierhergeholt hatte. Dass die keine Baustellenausweise hatten, mit der Arbeitnehmer auf dem Bau identifiziert und mit einem Arbeitgeber verknüpft wurden, war ja wohl klar. Vom ersten Bauprojekt draußen in den Vororten, wo niemand je Arbeitsverträge oder Lohnauszahlungen kontrolliert hatte, war die Anzahl der Schwarzarbeiter von zwei auf über die Hälfte aller bei SveAnd AB im Großraum Stockholm Beschäftigten angewachsen. Einige hatten ihre Frauen oder Schwestern mitgebracht, die für Jerzy in einem der verschiedenen Reinigungsunternehmen arbeiteten, die er nebenbei aufgebaut hatte. Anders hatte weggeschaut, solange der Bauleiter dafür sorgte, dass diejenigen, die nicht die vorgeschriebenen Papiere besaßen, sich bei Inspektionen nicht am Arbeitsplatz befanden, doch inzwischen hatte die Gewerbeaufsicht offensichtlich einen Tipp bekommen.

»Was soll das heißen, ›Na und‹?« Jerzy machte eine ergebene Geste mit den Händen. »Ist das alles, was du zu sagen hast? Verstehst du nicht, dass alles den Bach runtergehen wird, wenn du nicht sofort für alle Papiere besorgst?«

Anders hob das Glas und leerte es, während er seinen Bauleiter anschaute.

»Warum stehst du dann noch hier rum? Dann hast du ja wohl etwas zu tun.«

Jerzy schüttelte den Kopf.

»Diesmal nicht, Anders. Das ist dein Problem.«

Anders lachte.

»Mein Problem? Begreifst du nicht? Wenn ich falle, fällst du mit!«

Der Ton war selbstsicher, obwohl ihm schmerzhaft bewusst war, dass derjenige, der zuerst und auch am tiefsten fiele, er selbst sein würde.

»Ich bin nur Angestellter. Niemand kann beweisen, dass ich es war, der sich um die Beschaffung der Arbeitskräfte gekümmert hat, und du glaubst ja wohl nicht, dass ich dir den Rücken freihalten werde, wenn die Frage du oder ich lauten wird. Natürlich, ich verliere eine Einkunftsquelle, aber ich kann mir immer eine neue besorgen. Was wirst du tun, wenn du dein Unternehmen verlierst?«

Als er nicht antwortete, zog Jerzy den Reißverschluss seiner Jacke hoch und drehte sich um. Seine Stimme klang resigniert.

»Lös das Problem endlich!«

Anders öffnete den Mund, um etwas zu sagen, aber Jerzy war bereits durch die Tür der Baracke verschwunden.

4.

Der Gierige ist immer arm, pflegte Großmutter zu sagen. Ich war erst elf Jahre alt, als ich anfing zu verstehen, was das bedeutete.

Ich sollte den Laden unten an der Ecke aufschließen. Eigenes Geld verdienen. Endlich würde ich etwas kaufen können, was ich selbst haben wollte, etwas, wofür man in meiner Familie niemals Geld verschwendete. Limonade, Süßigkeiten, Comics. Vielleicht würde ich auf ein Fahrrad sparen.

Papa kannte den Besitzer, und ich hatte die Schlüssel bekommen, damit ich früh am Morgen runtergehen, den Boden fegen und die Waren aufstapeln könnte. Ein schwerer Schlüsselbund, mit den Schlüsseln sowohl zum Laden als auch zum Hinterzimmer, in dem sich der Tresor befand. Wenn ich gewusst hätte, wie viel Prügel ich wegen dieses Schlüsselbunds beziehen würde, dann hätte ich ihn bereits am ersten Tag in den Fluss geworfen. Doch in dem Moment hatte ich das Gefühl, dass sie mir wirklich vertrauten. Dass ich zu den Erwachsenen zählte.

Als der Tag kam, an dem ich meinen ersten Lohn bekommen sollte, entschied der Ladenbesitzer, ich hätte meine Aufgaben nicht so erledigt, wie ich sollte. Ich würde nächsten Monat eine neue Chance bekommen. Wenn dann alles zur

Zufriedenheit war, würde ich den Lohn für beide Monate bekommen. Und so ging es weiter.

Ich dachte, es würde anders werden, wenn ich erwachsen wäre. Dass derjenige, der hart arbeitet und ein guter Mensch ist, am Ende seine Belohnung bekommt. Dass alle Träume erfüllt werden, wenn man es verdient.

Wie ich mich täuschte.

5.

Ida schwieg am anderen Ende der Leitung und wartete geduldig, dass Fredrik etwas sagte. Er konnte sie vor sich sehen, die Beine im Schneidersitz und das lange dunkle Haar offen über die Schultern ausgebreitet. Es war bereits halb elf, aber sie schien allzeit bereit zu sein und ging immer ran, wenn er anrief.

Er versuchte es mit dem entwaffnendsten Ton, den er zu bieten hatte.

»Es ist spät, und ich bin ein bisschen müde.«

»Ich habe morgen frei. Du kannst hier schlafen, wenn du willst.«

»Können wir uns den Film nicht an einem anderen Abend ansehen?«

»Na klar, aber … ich möchte einfach nur mit dir zusammen sein.«

Fredrik sah sich in dem leeren Straßenbahnwaggon um. »Ich mag dich total, Ida, aber du weißt, was ich durchgemacht habe. Ich bin nicht bereit für eine Beziehung. Du warst in diesen Monaten fantastisch, und ich hoffe, dass du dich weiter mit mir treffen willst, aber …«

Er hörte, wie Ida am anderen Ende bebend Luft holte.

Mit einem Mal wünschte Fredrik, er hätte dieses Gesprächsthema nie angeschnitten. Die Freundschaft mit

Ida war die einzige wirkliche Beziehung, die er zu jemandem hatte, der nicht zur Familie Lindén gehörte. Ida war in jeder Hinsicht unkompliziert. Sie hatte Verständnis für alles und jeden. Ganz anders als Sofia, die bei anderen meist nach deren Fehlern zu suchen schien. Er hatte gedacht, sie würden eine neue Chance bekommen, als sie sich vorigen Sommer wiederbegegnet waren. Doch er war einfach nie gut genug für Sofia. Sie hatte ihn nach der Schussverletzung im Krankenhaus besucht, an seinem Bett gesessen und seine Hand gehalten. Sie hatten nicht viel gesprochen. Er nicht, weil die Kieferverletzung ihn daran hinderte. Sie nicht, weil … ja, was gab es eigentlich zu sagen? Es war unbegreiflich und absurd, was ihm zugestoßen war. Doch Sofia hatte sich schnell von dem Schock erholt und war von einer fürsorglichen Haltung ihm gegenüber dazu übergegangen, den Blick zu heben und nach vorne zu schauen. Es war ein Teil ihres Jobs, mit schwierigen Situationen umzugehen, sie strukturiert und rational zu betrachten, während er den Gedanken daran, was passiert wäre, wenn sie und ihre Chefin Vera Nordlund nicht rechtzeitig aufgetaucht wären, nicht loslassen konnte.

Außerdem hatte Fredrik nicht aufhören können, über seinen kleinen Bruder nachzudenken, obwohl er sich selbst mehrere Male geschworen hatte, das Thema endlich loszulassen. Hatte Niklas die Fährkatastrophe auf der Ostsee vielleicht doch überlebt, die ihre Eltern das Leben gekostet hatte? Irgendwie hatte Fredrik die Chance verpasst, Klarheit in all das zu bringen, was mit Sofia geschehen war, und dann hatte alles eine dramatische Wendung genommen. Er hatte versucht, seine Gedanken darüber mit Sofia zu teilen, aber da hatte sich ihr Ton verändert. Sie hatte angefangen, ihn infrage zu stellen, hatte gefunden, dass es höchste Zeit für ihn sei, die fruchtlosen Versuche aufzugeben, seinen Bruder zu finden, der mit allergrößter Wahrscheinlichkeit tot war, und zwar jetzt schon seit sechsundzwanzig Jahren. Ihre Worte provozierten Fredrik, auch wenn er wusste, dass in dem, was sie sagte, eine gewisse Logik lag. Am Ende hatte jeder ihrer Besuche dasselbe Muster gehabt. *Hallo, wie geht es dir? Was sagen die Ärzte über deine Fortschritte? Wie willst du jetzt weitermachen? Was ist der Plan für dein Leben, Fredrik?* Ihr ständiger Druck hatte ihn fertiggemacht. Hatte er denn nicht das Recht, mal innezuhalten und für den Bruchteil einer Sekunde nachzudenken, nachdem er zum zweiten Mal fast ums Leben gekommen war?

Nach einer Weile waren ihre Besuche seltener geworden. Sie hatten einfach nicht dieselbe Sichtweise auf das Leben. Sofia hatte ihr Krönchen zurechtgerückt und war weitergegangen, er steckte weiterhin in der Vergangenheit fest. Das letzte Mal hatte er sie gesehen, als Hans gekommen war, um ihn aus dem Krankenhaus abzuholen. Sie waren sich im Eingangsbereich begegnet, doch keiner von ihnen hatte Kontakt aufgenommen. Sofia war im Gebäude verschwunden, und er hatte sich ins Auto gesetzt und Örnsköldsvik verlassen.

Aber musste er deshalb für den Rest seines Lebens allein bleiben? Er war bald vierzig Jahre alt. Vielleicht würde er keine weiteren Chancen mehr bekommen.

Auch wenn er für Sofia nicht taugte, konnte er doch für jemand anders gut genug sein. Offensichtlich war Ida der Ansicht, dass er durchaus liebenswert war. Auf einen Menschen zu warten, der dieselben himmelstürmenden Gefühle bei ihm auslöste, wie Sofia es getan hatte, war wahrscheinlich sinnlos. Vielleicht begnügten sich viele Menschen mit einem eher lauwarmen Gefühl und einer gewissen Anziehungskraft? Mit Gemeinschaft und Zusammengehörigkeit?

Fredrik kratzte sich den Handrücken und spürte die wohlbekannte Nervosität aufkommen. Er wollte nicht über sein Leben und alles, was er verloren hatte, nachdenken. Sowie sie auftauchten, versuchte er die Gedanken aktiv zu blockieren, doch im Herbst war das schwer gewesen. Im September vorigen Jahres war es fünfundzwanzig Jahre her gewesen, seit die *Estonia*-Katastrophe seine Familie zerstört und ihn fast das Leben gekostet hatte. Abgesehen vom Jahrestag und all dem, was der mit sich brachte, wurden neue Tauchgänge unternommen, und es ging das Gerücht, dass ein neuer Dokumentarfilm über die *Estonia* gedreht würde. Die ganze Zeit wurden ihm neue Wunden in die Seele geschlagen, die zu heilen er sich bemühen musste. Als wäre das nicht genug, gab es in den Medien andauernd Artikel über die Ereignisse auf Ulvön. Bei Facebook erhielt er immer noch Freundschaftsanfragen von unbekannten Menschen, und er bekam Anrufe von Journalisten, die ihn in verschiedenen Sendungen und Podcasts dabeihaben wollten. Dabei spielte keine Rolle, wie hartnäckig er behauptete, er habe alles hinter sich gelassen und wolle nicht darüber reden. Er kam sich vor wie ein wandernder Schicksalsschlag und hatte das Gefühl, dass die Leute Schlange standen, um in die offenen Wunden zu piken. Und jedes Mal tauchte in dem Zusammenhang auch Sofias Name auf und zerriss ihm erneut das Herz.

»Bist du noch da?« Ida klang ungeduldig.

»Ja, ich bin noch da.«

Fredrik dachte an seine leere Wohnung und all die Gedanken, die darin hausten.

»Okay, ich komme vorbei.«

6.

Als Fredrik durch die Tür kam, saß Ida auf dem Sofa.
Die Wohnung in Stora Mossen lag nicht weit von Hans'
und Ingas Reihenhaus entfernt. Ida hatte auf dem Tisch
Kerzen angezündet, der Fernseher war ausgeschaltet.
Die Zweizimmerwohnung wirkte genauso wie sie, warm
und verspielt. Über der Sofalehne hing eine hellrosa Decke, passend zu den Zierkissen. Lampenschirme, Gardinen und Teppiche waren alle in hellgrauen oder hellrosa
Tönen gehalten. Flohmarktfunde mischten sich mit teuren Designermöbeln. Fredrik lächelte. Ida war nicht nur
fürsorglich und hübsch, sie hatte auch eine witzige und
spontane Seite. Etwas, das weder er noch Sofia besaßen.
War das vielleicht genau das, was er brauchte? Jemanden, der ihn aus seiner Schale zog und ihm beibrachte,
das Leben wieder wertzuschätzen?

»Hallo.« Ida klopfte neben sich. »Komm und setz
dich.«

Fredrik zog die Turnschuhe aus und stellte sie auf den
Teppich in der Diele. Sie betrachtete ihn vom Sofa aus.

»Wie war es bei Inga und Hans?«

Er hob die Tüte mit der Essensbox hoch.

»Elchsteak. Bist du scharf drauf?«

Ida schüttelte den Kopf und lachte.

»Wie geht's dir heute?«, fragte sie, als er sich neben sie setzte. Der Tonfall tendierte ein bisschen zu dem, den sie im Arbeitskontext anschlug, wurde aber bald wieder freundschaftlich, als er Daumen hoch zeigte und sich über den Kiefer rieb, während er den Mund ein paarmal öffnete und wieder schloss.

»Und hier?« Ida strich mit dem Daumen über seine Stirn. »Wie geht's hier drinnen?«

Fredrik bemühte sich, nicht vor ihrer Berührung zurückzuzucken. Er wollte, dass sie ihn berührte, aber dann auch wieder nicht. Er hatte ihr alles erzählt. Nicht nur von Sofia und den Ereignissen auf Ulvön, sondern auch von Niklas, der *Estonia* und den Ängsten, die er in jener Nacht durchlebt hatte. Er hatte Ida mehr erzählt als irgendjemandem sonst. Mehr als Sofia und seinem Psychiater Torsten Bredh. Sogar, dass er sich immer noch weigerte zu glauben, dass sein Bruder tot war. Ida hatte zugehört, ohne ihn zu verurteilen, hatte Fragen gestellt und gemeinsam mit ihm argumentiert. Wenn Niklas tatsächlich überlebt hätte, wohin wäre er dann gegangen? Hätte er Fredrik dann nicht aufgesucht? Warum wurde er nicht in irgendwelchen offiziellen Informationen oder Krankenakten genannt? Fredrik hatte keine Antworten auf diese Fragen. Ida auch nicht, aber sie ließ ihn weitermachen. Abend um Abend, Nacht um Nacht am Telefon. Ohne dass sie jemals infrage gestellt hätte, was er sagte. Auch wenn es befreiend war, offen über seine Gedanken sprechen zu können, so fragte er sich doch manchmal, ob das wirklich gesund war, oder ob diese Gespräche nur seinen kranken Fantasien Nahrung gaben.

Ida streichelte weiter seine Stirn mit dem Daumen und ließ die Finger hinunter über seinen Nacken wandern. Die Berührung war nicht unangenehm. Er drehte sich um und schaute in ihre großen braunen Augen. Sie seien sich so ähnlich, das man sie sich beide sehr gut als Ehepaar vorstellen könne, hatte Inga bei dem einzigen Mal, als sie Ida gesehen hatte, gesagt. Er fand das auch. Sie hatten beide olivfarbene Haut und fast schwarze Augen. Er wusste nicht, wie Idas Eltern aussahen, aber sein eigener Vater war blond und blauäugig gewesen. Seine Mutter hatte behauptet, bei ihm seien die Gene seiner belgischen Ahnen durchgeschlagen. Wallonenblut, pflegte sie zu sagen.

Idas Augen sahen glänzend und flehend aus, als sie ihn jetzt ansah. Sie war wirklich hübsch. Er streichelte ihr glänzendes Haar. Was spielte es schon für eine Rolle, wenn er sich verführen ließe? Als ob sie seine Gedanken gehört hätte, beugte sie sich vor und berührte mit ihren Lippen die seinen. Ihr Mund war warm, und sie schmeckte nach Pfefferminztee.

Er erwiderte den Kuss und zog sie näher an sich.

*

Philip faltete umständlich die Quittung vom Bereitschaftsdienst der Leihwagenfirma und schob sie in die Innentasche seiner Jacke. Er sah auf die Uhr. Bald halb eins in der Nacht.

»Dann kann ich also einfach losfahren?«

Der Mann, der mit ihm in der Garage stand, nickte.

»Und Sie sind sicher, dass Sie kein Problem damit haben, mit Schaltung zu fahren?« Er sah besorgt zu dem frisch gewaschenen Auto, das hinter ihnen stand. Bestimmt rechnete er sich im Kopf aus, was es kosten würde, ein Getriebe auszutauschen, das von einem Idioten in Sommerkleidern zerstört worden war, der nur Automatik fahren konnte. Und auch das offensichtlich nicht so gut, denn der Motor des vorigen Wagens hatte ja gekocht, obwohl draußen Minusgrade herrschten.

Philip nahm trotzig die Schlüssel entgegen, dankte ihm noch einmal und begab sich zum Mietwagen. Sein Führerschein besagte klar und deutlich, dass er nur für Automatikschaltungen galt, und er hatte keine Ahnung, ob er das letzte Stück der Reise mit einer Gangschaltung schaffen würde. Noch dazu mitten in diesem Schneesturm. Nun würde er außerdem deutlich später ankommen, weil er mit dem Abschleppwagen zurück nach Sundsvall hatte fahren müssen, um sich dort einen Ersatzwagen abzuholen. Der Mann von der Autovermietung blieb stehen und kontrollierte, ob Philip es schaffte, den Wagen zu starten und aus der Garage zu rollen, ohne das ganze Gebäude mitzunehmen. Er betete kurz, dass es ihm gelingen würde anzufahren, ohne das Auto abzuwürgen, und lächelte dem Mann triumphierend zu, als er durch das Garagentor hinausfuhr.

Er wusste nicht, warum ihn die offenkundige Sorge des Mannes so provoziert hatte, aber es war ganz deutlich, dass der ihm misstraute. Wahrscheinlich strahlte er die totale Verlorenheit, die er empfand, aus wie ein knallrotes Stoppschild. Er selbst würde auch kein Auto an einen wie ihn ausleihen. Dass Fredrik ihm erlaubt hatte, seinen nagelneuen Volvo zu fahren, erstaunte ihn immer noch. Aber das hatte er natürlich nur getan, weil er angenommen hatte, Philip würde den Wagen nur im Großraum Stockholm bewegen.

Im Herbst hatte Fredrik den alten Škoda seiner Großmutter verkauft, und eines Tages war er einfach mit dem Volvo zu Hause bei Philips Eltern aufgekreuzt. Wahrscheinlich hatte er in irgendeiner Form Schmerzensgeld bekommen, weil er ja von einer Polizistin angeschossen worden war, doch Philip hatte nicht zu fragen gewagt.

Nachdem es ihm gelungen war, sich aus Sundsvall herauszuarbeiten und er wieder auf der E4 unterwegs war, holte er das Handy aus der Tasche, erkannte aber schnell, dass es keine gute Idee war, beim Fahren im Schneesturm eine SMS zu schreiben. Anrufen wollte er nicht. Sie hatten zunächst über Chat kommuniziert, dann Telefonnummern ausgetauscht und begonnen, einander Nachrichten zu schicken. Ein paarmal hatte sie ihn angerufen, aber die Gespräche waren abgehackt und irgendwie peinlich gewesen, weshalb sie wieder zu der Kommunikationsform übergegangen waren, die ihnen beiden am angenehmsten war. Nach zwei Monaten hatte sie vorgeschlagen, dass sie sich treffen sollten. Sie studierte in Umeå, war aber ein Wochenende zu Hause in Stockholm. Über seine Problematik war sie voll und ganz informiert und schien sie besser zu verstehen als irgendein anderer Mensch, den er je getroffen hatte. Sie hatte angeboten, zu ihm nach Hause zu kommen, obwohl es ja etwas unkonventionell war, als erwachsener Mann ein erstes Date unter dem Dach seiner Eltern zu haben. Philip hatte Vor- und Nachteile des Angebots abgewogen und sich schließlich entschieden, dass es besser wäre, wenn sie sich woanders träfen. Hans und Inga würden niemals aufhören, ihn auszufragen, wenn plötzlich eine unbekannte Frau bei ihm auftauchte. Und nicht nur die Tatsache, dass er sich mit jemandem traf, war heikel, sondern auch der Altersunterschied von zwölf Jahren. Sie war erst siebenundzwanzig und steckte mitten in ihrem Studium. Sie beschlossen, sich in einem Café am Alviks Torg zu treffen. Auf diese Weise hätte Philip es nicht weit nach Hause, falls er Panikgefühle bekäme.

Das erste Date damals war gut gegangen. Sie kannten einander bereits so gut, dass sie sich nicht mit sinnlosen Fragen über dies oder das aufhalten mussten, sondern sie hatten sich hingesetzt, einander über einem Kaffee bei den Händen genommen und sofort angefangen, die jüngste Folge der Fernsehserie, die sie beide gerne sahen, zu diskutieren. Es war episch gewesen. Er war nach Hause geschwebt, ohne dass seine Füße den Boden berührt hätten. Hans und Inga hatten natürlich gemerkt, dass sich etwas verändert hatte, doch er hatte sich konsequent geweigert, sie in seine neue Welt einzuladen. Und es war wirklich eine neue Welt. Mit ihr an seiner Seite schaffte er es nicht nur, aus dem Haus zu gehen, sondern auch unter Leute. Im vernünftigen Rahmen.

Sie hatten es ruhig angehen lassen. Die Gefühle und die Neugier waren da, aber für Philip war es ein riesiger

Schritt gewesen, das Ausleben seiner Sexualität vom Bildschirm und der Abgeschiedenheit in seinem eigenen Schlafzimmer auf eine Frau aus Fleisch und Blut zu richten. Er hatte die ganze Zeit Angst, sie zu enttäuschen. Bei dem einzigen Mal, das er vorher Sex gehabt hatte, war er vierzehn Jahre alt gewesen, und die armseligen Versuche, die Sexszenen, die er in alten Pornofilmen gesehen hatte, nachzuahmen, endeten damit, dass er nach einer Minute kam, während das Mädchen still neben ihm lag und sich nicht traute, etwas zu sagen.

Schon da hatte er angefangen, sich von der Welt zurückzuziehen, hatte er das Gefühl gehabt, anders zu sein. Was andere interessierte, war ihm gleichgültig. Seine Freunde waren einer nach dem anderen weggeblieben, und schließlich gab es nur noch Fredrik. Erst da war die Bezeichnung »emotionale Beeinträchtigung« ausgesprochen worden. Die Schule hatte er auf Distanz absolvieren dürfen, aber damit verschwand auch die Möglichkeit, jemanden in seinem Alter zu treffen. Erstaunlicherweise hatte er sich all die Jahre mit seinen Bildschirmfreundinnen zufriedengegeben, ohne die Berührung eines anderen Menschen zu vermissen.

Bis heute.

Der Schnee fiel immer dichter, je weiter er nach Norden kam, und es fing an zu stürmen. Als Philip über die Höga-Kusten-Brücke fuhr, wehte es so stark, dass er meinte, das Auto würde von der Straße geblasen. Der Gedanke an das kalte Wasser da unten verwirrte ihn, und er konzentrierte sich nur noch auf die Straße und versuchte, nicht zur Seite zu schauen. An dem langen Hügel am Nationalpark Skuleskogen vorbei konnte er sehen, dass auf der Gegenspur mehrere Autos von der Fahrbahn gerutscht waren. Er sandte dankbar einen mentalen Gruß an das gelb-orangefarbene Streufahrzeug, das einige Autos vor ihm fuhr. Eine frisch geräumte und gestreute Straße erhöhte die Chancen, dass es ihm erspart bleiben würde, irgendwo in einer Schneewehe zu versinken. Mit seinen Wildlederschuhen würde er keinen langen Spaziergang im Schneesturm überleben.

Laut GPS sollte nur wenige Kilometer entfernt ein kleiner Ort kommen, Bjästa. Das Symbol auf dem Bildschirm am Armaturenbrett zeigte, dass es da Lebensmittel und eine Tankstelle gab. Von dort waren es nur noch zehn Kilometer nach Sunnansjö. Philip betätigte den Hebel auf der linken Seite des Lenkrads, um zu sehen, wie weit das Benzin reichen würde. Noch hundertfünfzig Kilometer. Er sah schon vor sich, wie Madde strahlen würde, wenn er an die Tür klopfte, auch wenn es mitten in der Nacht war. Sie würde sich in seine Arme werfen. Alles würde verziehen sein, und sie würden dicht beieinander schlafen. Er spürte, wie seine Wangen bei diesen Gedanken vor Vorfreude rot wurden.

Er bog von der E4 ab und fuhr weiter nach Sunnansjö. Sowie er die große geräumte Straße verließ, wurde es schwieriger mit dem Vorwärtskommen. Die tiefen Reifenspuren ließen das Auto krängen wie auf einem alten Bahngleis. Der Schnee fiel immer noch in Massen, und die Sicht war schlecht. Straßenbeleuchtung gab es schon seit der Abfahrt nicht mehr, und das Einzige, was er draußen noch erkennen konnte, war Wald.

Philip fuhr den letzten Kilometer im Schneckentempo und suchte nach dem alten Schulhaus, das Madde
ihm beschrieben hatte, doch keines der wenigen Gebäude, die an der Straße entlang verteilt waren, passte
dazu. Er blieb stehen und rief ihre letzte Chat-Konver-
sation im Handy auf. *Kleine Abzweigung nach rechts hinter den Briefkästen.* Dann folgte eine lange Reihe wütender Mitteilungen, weil er geschrieben hatte, er hätte
es sich anders überlegt und wolle nun doch nicht zu ihr
hoch fahren.

Zuerst hatten sie entschieden, dass sie zwei Nächte
bleiben würden. Das hatte sich machbar angefühlt.
Dann hatte sie gewollt, dass er länger bliebe und ihren
Vater kennenlernte, der am Samstag kommen würde. Sie
wollte ihn ihm vorführen, sagte sie. Aber Philip fühlte
sich nicht bereit, um irgendwelchen Eltern vorgeführt
zu werden. Noch weniger an einem unbekannten Ort
weit oben im Norden, wo es keinen sicheren Platz gab,
an den er fliehen konnte. Aber dann hatte er es sich anders überlegt. Den Vater wollte er nach wie vor nicht
treffen, sondern einfach nur zu ihr fahren. Er hatte sich
entschieden, die Zähne für sie zusammenzubeißen. Und
jetzt war er hier. Nicht ohne einen gewissen Stolz darüber zu empfinden.

Philip blickte über die Straße, und da stand sehr wohl
eine Reihe eingeschneiter Briefkästen. Obwohl außer
ihm niemand unterwegs war, setzte er den Blinker und
bog ab. Ein paar Hundert Meter weiter im Wald, oben
auf einem steilen Hügel, sah er das Haus. Er fuhr in die
Auffahrt und schaltete den Motor aus, saß dann aber ein

paar Augenblicke unbeweglich da, um sich zu sammeln. Er hätte Blumen kaufen sollen, fiel ihm ein, doch jetzt war es dafür zu spät.

Philip stieg aus und strich seine Jacke glatt. Er spürte, wie sein Herz laut und aufgeregt in seinem Brustkorb pochte und wie seine Hände schweißnass wurden, doch das war nicht unangenehm, so wie sonst, er fühlte kribbelnde Vorfreude.

Er dachte darüber nach, ob er sie doch erst anrufen sollte, um sie nicht zu erschrecken. Es war spät, schon nach drei Uhr nachts. Doch als er sah, dass Licht leuchtete, klopfte er vorsichtig an die Eingangstür. Als niemand öffnete und auch kein Laut von innen zu hören war, legte er die Hand auf die Klinke. Die Tür war nicht verschlossen.

»Hallo?«

Das Haus war ausgekühlt. Er drehte ein paar Runden im unteren Stockwerk, ohne die Schuhe auszuziehen. Die riesige Küche war menschenleer, ebenso die Gästezimmer. Im offenen Kamin im Wohnzimmer lagen ein paar aufgestapelte Holzscheite, bereit, angezündet zu werden. Er klopfte vorsichtig an die Toilettentür, doch die war auch nicht verschlossen, und es war niemand darin.

»Madde?« Philip rief wieder. Keine Antwort. Am Ende holte er das Handy hervor und wählte ihre Nummer. Er hörte das Klingeln in der Nähe. Er blieb stehen und versuchte, das Geräusch zu lokalisieren. Es kam aus einem der Schränke.

7.

Ich höre ihn da draußen. Unsichere Schritte im Wohnzimmer und dann weiter in die Küche und wieder zurück. Er bleibt vor dem Schrank stehen.

Ich drücke mich fester an die Wand, spüre den Duft von Lavendel und Zedernholz. Kleine wohlriechende Tüten, die Motten davon abhalten sollen, die teuren Kleider zu zerfressen. Der Pelzkragen einer der Daunenjacken berührt meinen Nacken, und ich zucke zusammen. Es juckt, aber ich wage nicht, mich aus meinem Versteck zwischen Jacketts und Mänteln herauszubewegen, aus Angst, dass die Bügel Geräusche machen könnten.

Dann klingelt wieder das Handy. Eine gedämpfte Melodie, die an Klaviermusik erinnert. Langsam öffnet sich die Schranktür. Er bleibt auf der Schwelle stehen, ohne die Lampe einzuschalten.

So stehen wir eine Weile da. Er in der Türöffnung, und ich nur fünf Schritte entfernt an der Wand. Jeden Moment wird er mich sehen. Ich spanne den Körper an, bereit, mich nach vorn zu stürzen. Seine Silhouette ist schmal gegen das Flurlicht. Ich denke, dass ich wohl stärker bin.

Das Herz dröhnt in meinem Körper.

Es ist alles schiefgegangen. Alles.

8.

Im Schrank war es dunkel. Der Lichtschalter am Türrahmen funktionierte nicht. Trotzdem versuchte er mehrmals, ihn ein- und auszuschalten.

»Madde?«

Das Handy klingelte immer weiter. Im Licht, das von der Diele herüberschien, sah Philip reihenweise Winterkleider, Koffer, Skier und Skischuhe. Er dachte gerade darüber nach, dass dieser Schrank genauso groß war wie seine Einzimmerwohnung, als er Madeleines Jacke an einem Haken erkannte und sie herunterhob. In der Tasche steckte ihr Handy.

Er hängte die Jacke mit dem Handy zurück und schloss die Tür. Dann stand er ratlos in der Diele und sah auf die Pfütze geschmolzenen Schnees, die sich unter seinen Schuhen zu bilden begann.

Ein Geräusch aus dem oberen Stockwerk ließ ihn zur Treppe herumfahren. Das alte Holzhaus knirschte und knackte im Wind. Ein unangenehmes Gefühl befiel ihn. Die Treppenstufen waren mit einem dicken Teppich bedeckt, und die Schuhe hinterließen nasse Abdrücke, als er hinaufging. Im oberen Stockwerk befand sich ein offener Raum mit Sofas und einer großen Chaiselongue mit Tierfellen darauf. Die Wand am kurzen Ende des

Raumes war mit Holzpaneelen getäfelt, und er sah zwei Türen. Die eine war angelehnt, und er konnte von drinnen ein schwaches Licht erahnen.

Philip flüsterte. »Madde? Bist du wach?«

Der Sturm zerrte und zog an den Fensterscheiben. Philip stand wie festgefroren auf der Treppe und wusste nicht, was er tun sollte. Irgendetwas fühlte sich falsch an. Lautlos schlich er durch den großen Vorraum, legte die Hand auf die Klinke und schob die Tür vorsichtig weiter auf. Es zog kalt ins Zimmer hinein. Das Fenster war geschlossen, aber durch den Lüftungsspalt drang kalte Luft herein. Trotz der Jacke fror er.

»Hallo? Hier ist Philip.«

Links stand ein großes Doppelbett mit einem Nachttisch aus dunklem Holz daneben. Rechts nebeneinander konnte er zwei Kommoden aus demselben Holz erkennen. Über ihnen hingen Bilder mit surrealistischen Motiven in Gelb und Rot. Er nahm alles auf, registrierte die Farbe der Bettwäsche, der Gardinen und Teppiche. Doch nirgends konnte er eine Spur von Madde entdecken.

Die Stille im Haus schien sich durch das Heulen des Schneesturms draußen noch zu verstärken.

Er blickte durch das große Fenster, das auf den See hinaus ging. Den konnte man in der Dunkelheit fast nicht sehen, aber die Lampe am Bootshaus neben dem schneebedeckten Steg brannte und verriet, dass dort der See sein musste.

Sie war nicht hier. Madde war nicht mehr in diesem Haus. Philip spürte es. Seine Herzschläge wurden hefti-

ger, dröhnten lauter und lauter, bis sie wie ein Feueralarm in den Ohren klingelten.

»Madde?«

Der piepsige Laut seiner Stimme erschreckte ihn
noch mehr.

*Beruhige dich. Sicherlich ist sie nur kurz rausgegangen.
Vielleicht holt sie Holz, macht einen Spaziergang.* Beide
Alternativen waren gleichermaßen lächerlich. Madde
ging keinen Meter ohne ihr Handy. Nicht einmal auf die
Toilette. Und wenn draußen ein Schneesturm tobte,
machte man keinen Spaziergang, vor allen Dingen nicht
um drei Uhr nachts.

Jetzt hatten seine Atemzüge begonnen, dem Rhyth-
mus seines Herzschlags zu folgen. Hart und kurz beim
Einatmen, was dazu führte, dass sich alles in seinem
Kopf drehte. Er stützte sich an einer der Kommoden ab
und beugte sich vor, versuchte, die Panikattacke, die un-
aufhaltsam unterwegs war, wegzuschieben. Es begann
vor seinen Augen zu flimmern. Er streckte sich, legte die
Hand auf den Brustkorb und versuchte, sich zu beruhigen, doch das ging nicht. Alles in ihm schrie, dass hier
irgendetwas nicht stimmte. Dass er abhauen sollte.

Ein lauter Knall aus dem Untergeschoss ließ ihn zusammenfahren. Er rannte Richtung Treppe. Als er sich
über das Geländer beugte, sah er, dass die Eingangstür
aufgesprungen war und der Schnee in die Diele wirbelte.
Er musste raus, musste hier weg. Mit jeder Sekunde
schienen die Blitze vor den Augen immer mehr von seinem Gesichtsfeld zu bedecken, und bald würde er in
Ohnmacht fallen.

Philip stolperte die Treppe hinunter und hinaus zu seinem Auto. Das sprang sofort an, aber als er den Rückwärtsgang einlegen wollte, ging der Motor wieder aus. Beim dritten Versuch gelang es ihm, und er wendete, soweit die schneebedeckte Auffahrt das zuließ. Mit einem rasanten Schnellstart sauste er den Hügel hinunter und schaffte es, um Haaresbreite die Briefkästen unten an der Straße zu verfehlen. Alles in ihm schrie, und seine Haut schien zu vibrieren. Er versuchte, zu atmen und den Blick auf die Fahrbahn gerichtet zu halten, kämpfte aber gleichzeitig mit der Gangschaltung. An seinen Schuhsohlen klebte Schnee, und er glitt von den Pedalen ab, wenn er die Kupplung treten wollte. Er beugte sich hinunter, um den Schnee von der Unterseite des Schuhs zu kratzen, und ließ dabei die Fahrbahn für eine Sekunde aus den Augen.

Das genügte, um das Auto direkt in den Graben zu lenken.

9.

Anders wachte davon auf, dass der zurückgelehnte Schreibtischstuhl zu kippen drohte, und er musste sich schnell an der Tischkante festhalten, um nicht hintenüberzufallen. Die Whiskyflasche stand noch auf dem Schreibtisch. Leer. Er griff nach seinem Handy. Amanda hatte fünfmal angerufen. Anders suchte die Taxi-App heraus. Schließlich wäre es keine gute Idee, mitten in der Nacht mit einem viel zu hohen Promillegehalt im Blut durch die Stadt zu fahren.

Draußen strahlten die starken Scheinwerfer das Skelett dessen an, was der Rosenlund-Wolkenkratzer werden sollte. Anders beugte sich etwas zur Seite, um durch das Fenster den dunklen Himmel sehen zu können. Immer noch kein Schnee.

Draußen fuhr ein Schatten vorbei, sodass er zusammenzuckte und noch einmal fast das Gleichgewicht verlor. War da noch jemand auf der Baustelle? Er tastete nach dem Baseballschläger, den er vor einigen Wochen angeschafft hatte, fand ihn hinter sich an die Wand gelehnt und machte sich bereit. Das Adrenalin pumpte durch seinen Körper. Schritte näherten sich der Barackentür. Anders stand auf und schloss die Hände fest um den Baseballschläger. Er würde sich nicht kampflos ergeben. Wer auch immer da kam – er würde um sein Leben kämpfen.

Ein kurzes Klopfen, dann ging die Tür auf.

»'n Abend.« Der Einsatzgürtel des Wachmanns klapperte, als er die Baracke betrat. »Arbeiten Sie noch so spät?«

Anders ließ den Baseballschläger sinken und setzte sich schwerfällig wieder auf den Stuhl. Er rieb sich das Gesicht und spürte, wie das Blut durch den Körper strömte.

»Habe ich Sie erschreckt?« Der Wachmann lachte und schob beide Daumen unter den Gürtel.

»Ein bisschen.« Anders versuchte zu lächeln.

»Ich wollte Ihnen nur Bescheid sagen, dass draußen ein Taxi steht. Ist das Ihres?«

*

Als Anders sich ins Taxi setzte, hatte er aufgehört zu zittern. Stattdessen kam die Erschöpfung. Nicht nur die physische, sondern auch die psychische. Ihm war absolut bewusst, dass die vielen Arbeiter, die Jerzy reingeschmuggelt hatte, alles andere als Chorknaben waren. Es waren verzweifelte Männer, die alles taten, was sie konnten, um Frauen und Kinder zu Hause in irgendeinem abgelegenen Landstrich Osteuropas zu ernähren. Jerzy hatte recht. Er war gezwungen, die Situation mit den Löhnen so schnell wie möglich zu lösen. Die Frage war nur, woher er das Geld dafür nehmen sollte.

Er war es so wahnsinnig leid, sich Sorgen zu machen. Das Finden einer Lösung für die schlechte wirtschaftliche Situation der Firma nahm seine gesamte Arbeitszeit in Anspruch. Aber trotz der Sorge darüber, dass ihm alles weggenommen werden könnte, wusste er doch, dass er es überleben würde. Er hatte sich schon einmal von null hochgearbeitet und würde es wieder schaffen, doch Amanda würde die Niederlage niemals akzeptieren. Wenn jetzt alles den Bach runterginge, dann wäre ihre Ehe so gut wie erledigt.

Nachts schlichen sich die richtig dunklen Gedanken an. Meist schlief er mit einem Glas Whisky vor sich auf dem harten Chesterfield-Sofa im Wohnzimmer ein, während Amanda und Ellie unter der dicken Daunendecke im oberen Stock zusammengerollt lagen. Er sehnte sich nach oben zu ihnen, war dort aber nicht mehr willkommen. Nicht, wenn er getrunken hatte. Nicht nach dem, was er getan hatte.

Amanda hatte versucht, ihm zu verzeihen. Sie war heruntergekommen, hatte ihn geholt, als er auf dem Sofa eingeschlafen war, und ihn ins Schlafzimmer geführt. Sie waren mit Ellie zwischen sich ins warme Bett gekrochen und hatten sich an den Händen gehalten, hatten auf das laute Schnarchen der Tochter gelauscht und gemeinsam in der Dunkelheit darüber gelacht. Die Liebe zu Ellie verband sie, obwohl die Verliebtheit gestorben und die Ehe mehr als ramponiert war.

Er wünschte, er könnte in Bezug auf seine Tochter mehr wie Amanda sein. Immer engagiert für all ihre Abenteuer, den Kindergarten, die Zeichnungen, das Herumpusseln, Ausflüge in den Wald und ins Schwimmbad zu unternehmen. Er selbst war froh, wenn er jeden

Abend ein paar Minuten mit ihr auf dem Sofa sitzen und das Kinderprogramm angucken konnte. Oft kam er nach Hause, nachdem sie schon eingeschlafen war, und ging am Morgen, ehe sie aufstand. Er grämte sich, dass sein Job ihn daran hinderte, ihre Kindheit mitzuerleben.

Als er das erste Mal Vater geworden war, war das anders gewesen. Seine älteste Tochter war mit einem Herzfehler geboren worden und musste bereits in ihrem ersten Lebensjahr operiert werden. Die Sorge um sie hatte ihn und Jeanette zusammengeschweißt, und das Glück, das er empfunden hatte, als sie für gesund erklärt wurde, war wie ein Hauptgewinn im Lotto. Sie war sein Augenstern. In den ersten Monaten ihres Lebens hatte er sie Tag und Nacht in seinen Armen getragen und dann niemals damit aufgehört. Metaphorisch gesehen natürlich, aber sich selbst machte er nichts vor: Sie war sein Lieblingskind. Jetzt war sie erwachsen, selbstständig und auf dem Weg zu einer fantastischen Karriere. Das Einzige, worüber er sich Sorgen machte, waren ihre manchmal etwas unterentwickelten sozialen Fähigkeiten. Sie war nie wie die anderen Kinder gewesen, sondern immer gern für sich allein.

Als Teenager traten die Unterschiede immer mehr zutage. Als die Mädchen in der Klasse mit Schminke und kurzen Röcken anfingen, trug sie riesige Pullover mit Namen von englischen Punkbands. Schminke benutzte sie nie, und sie hielt sich auch nicht mit dem Bearbeiten von Haaren oder Nägeln auf. Sie verbrachte ihre Zeit mit der Nase in verschiedenen Büchern über Geschichte und Politik und erteilte sowohl ihm wie auch Jeanette am Esstisch Lektionen über die Verschmutzung der Umwelt und die sozioökonomischen Spaltungen in der Gesellschaft. Innerhalb ihrer eigenen vier Wände war sie gesprächig und selbstsicher, doch draußen zog sie sich in ihre Schale zurück. Nach der Scheidung war ihre Beziehung gelinde gesagt anstrengend geworden, und obwohl er seine Tochter jeden Tag vermisste, tat er doch nichts dafür, den Kontakt zu ihr zu verbessern. Er hatte genug mit seinen Angelegenheiten zu tun.

Anders seufzte und schaute durchs Fenster in die Stockholmer Nacht.

Wie sehr er sich doch wünschte, dass alles anders wäre.

FREITAG, 21. FEBRUAR

10.

Nur langsam begann es draußen zu dämmern. Mindestens eine Stunde war es noch, bis die Sonne aufgehen würde.

Kaj schnarchte auf dem Sofa neben ihr, aber sie hatte nicht mehr im Bett im oberen Stockwerk liegen bleiben können. Sie hatte nicht vor, ihr ganzes Leben umzustellen, nur weil er darauf beharrte, zu jeder Zeit und Unzeit vorbeizukommen und das Wohnzimmer zu okkupieren.

Sofia lehnte sich im Schaukelstuhl zurück und stellte die Teetasse auf dem Bauch ab, während sie hinaus in die trübe Morgendämmerung spähte und versuchte, das Wetter vorherzusehen. Sie war nicht so wie Tord, der Schnee riechen konnte.

Bisher hatten sie nur wenige glitzernde Wintertage gehabt. Meist lag der Himmel beharrlich wie ein grauer Deckel über dem Meer, und der Wind presste sich hartnäckig durch die Spalten im Haus. In der Nacht hatte es so geweht, dass sie befürchtete, es würde davongeweht werden. Dicke Wollsocken und ein Kaminfeuer waren ein Muss, um sich warm zu halten. Dennoch liefen die Heizungen auf Hochtouren. Tord hatte gesagt, sie sollte im Sommer eine Luftwärmepumpe installieren lassen. Das hatte sie ihm auch versprochen, hatte da aber schon geahnt, dass nichts daraus werden würde. Ebenso wenig wie aus den neuen Fallrohren und dem Bau einer verglasten Veranda im oberen Stockwerk. Oder neuen Möbeln. Alle standen auf exakt demselben Platz wie damals, als ihr Vater gestorben war. Sogar seine Holzschuhe waren noch im Regal bei der Haustür, obwohl neunzehn Jahre vergangen waren. Claire hatte sich nicht bemüßigt gefühlt, das Haus auszuräumen, sondern es genau so, wie es war, Sofia überlassen. Als die endlich wagte, wieder darin zu wohnen, schenkte es ihr Geborgenheit, alles so zu lassen, wie es immer gewesen war.

Ein kleiner Tritt gegen die Rippen verriet, dass da drinnen jemand wach war. Sofia legte die Hand auf den Bauch und spürte die Füße ihres Babys unter der Handfläche. Wie seltsam war es doch, sich das vorzustellen. Da, in ihrem eigenen Körper, lebte ein anderer Mensch. Ihr Kind.

Sie streichelte ihren Bauch und summte leise das Wolfslied aus ihrem Lieblingskinderfilm *Ronja Räubertochter* – das einzige Wiegenlied, das sie kannte. Sten hatte immer behauptet, als Kind wäre sie wie Ronja gewesen. Mehr wild als zahm, wenn sie völlig furchtlos durch die Wälder von Ulvön gestromert war. Und so ging es auch weiter. Anstelle von Tanzen und Reiten, was die gleichaltrigen Mädchen unternahmen, hatte Sofia mit Orientierungslauf angefangen. Als Erwachsene hatte sie an Wettkämpfen im Hechtfischen teilgenommen.

Die Tritte ließen nach, aber sie summte weiter. Die Hebamme in der Mütterzentrale hatte ausgerechnet, dass es bis zur Geburt noch etwas mehr als vier Wochen wären. Sofia wünschte, die Zeit würde schneller vergehen. Sie tat sich inzwischen schwer damit, sich nicht so frei bewegen zu können, und hatte nicht damit gerechnet, dass die körperliche Veränderung sie so sehr beschäftigen würde. Ihre Beine waren immer noch schlank, aber abgesehen davon, dass der Bauch gewachsen war, waren ihre Brüste fast doppelt so groß wie zuvor. Ein gutes Zeichen, hatte die Hebamme gesagt. Aber nicht genug, dass der Körper seine Form geändert hatte, es plagte sie auch noch eine ständige Lust auf Sex. Das passte aus ihrer Sicht überhaupt nicht zu dem wachsenden Bauch. Nicht einmal, wenn sie einen Mann hätte, könnte sie sich vorstellen, dass jemand sie so haben wollte. In ihr wuchs ein kleiner Mensch heran. Es fühlte sich seltsam an, solche Gedanken zu hegen. Trotzdem wachte sie nachts schweißgebadet auf und dachte an Fredriks braune Augen, seine starken Hände und den sehnigen Körper. Sie konnte in den Fingern spüren, wie es sich anfühlte, die olivfarbene Haut zu streicheln. Sie vermisste ihn so, dass es in der Seele brannte, doch der Stolz verbot ihr, ihn anzurufen.

Die Liebe zu Fredrik war erschreckend und überwältigend gewesen. Nicht so wie mit Kaj. Natürlich hatte es da auch Leidenschaft gegeben, aber nicht einmal annähernd so wie das, was sie mit Fredrik erlebt hatte.

Sie hatten sich bei dem Sommerkurs in Kriminologie kennengelernt, den sie belegt hatte, während sie darauf wartete, an der Polizei-Hochschule angenommen zu werden. Ein paar Wochen später waren sie an der Uni bei einer Veranstaltung nebeneinander gelandet. Beide hatten festgestellt, dass ihnen das Studentenleben nicht zusagte, und stattdessen waren sie in einen nahe gelegenen Pub gegangen, um ein Bier zu trinken. Fredrik hatte keinerlei Anzeichen gezeigt, dass er sich für sie interessierte, während sie schon dahinschmolz, wenn sie nur in seiner Nähe war. Sie hatte sich sehr zusammenreißen müssen, ihn nicht anzustarren, hatte nervös an ihrem Pferdeschwanz herumgezupft und unnötig laut über seinen trockenen Humor gelacht. Als der Abend zu Ende ging, hatten sie sich umarmt und waren jeder in seine Richtung auseinandergegangen, ohne Telefonnummern auszutauschen. Sie hatte versucht, ihn zu vergessen, stellte aber fest, dass sie immer öfter durch die Flure strich, von denen sie wusste, dass Fredrik da Vorlesungen hatte. Eines Tages war er tatsächlich aufgetaucht, sie hatten sich gemeinsam auf den Heimweg gemacht – sie war fünf Stationen in die falsche Richtung gefahren –, und er hatte sie in seine Wohnung gebeten. Achtundvierzig Stunden später hatte sie die Wohnung wieder verlassen, der ganze Körper wund von Sex, völlig auf den Kopf gestellt und total verliebt. Nur, um dann nie wieder etwas von ihm zu hören. Sie hatte ihn angerufen und Nachrichten geschickt. Sie war sogar zu ihm nach Hause gefahren, hörte aber keinen Laut mehr von Fredrik. Bis er vorigen Sommer auf Ulvön auftauchte.

Nach den dramatischen Ereignissen auf der Insel hatte sie ihn im Krankenhaus in Örnsköldsvik besucht. Sie hatte versucht, ihn zu unterstützen und gleichzeitig zu verbergen, wie schlecht es ihr aufgrund der Schwangerschaft ging. Sofia hatte an seinem Bett gesessen, und sie hatten geredet. Oder meist hatte sie geredet. Die Kieferverletzung hatte ihn zu Anfang undeutlich sprechen lassen, aber sie hatte verstanden, was sie verstehen musste: Das, was auf Ulvön passiert war, würde Fredriks Leben nicht verändern. Er würde genauso weitermachen wie bisher. Ohne irgendeine Art von Kontrolle über seine Probleme zu erlangen, ohne Ehrgeiz in Richtung eines geordneten Lebens und ständig auf der Jagd nach einem Gespenst. Das Risiko, dass er in seine Tablettenabhängigkeit zurückfallen könnte, machte es nicht leichter. Am Ende hatten sie sich gestritten. Sie schämte sich dafür, so hart zu ihm gewesen zu sein. Er hatte gerade einen Mordversuch überlebt und war dem Tod zum zweiten Mal um Haaresbreite entkommen, während sie selbst darüber nachdachte, sich weiterzubilden und eventuell einen anderen Job zu suchen. Die Beziehung war im Sande verlaufen. Hauptsächlich ihretwegen. Und doch verging kein Tag, an dem sie nicht an ihn dachte.

Sein Name und sein Foto tauchten immer noch ab und zu in den Zeitungen auf. Sie versuchte, die Artikel nicht zu lesen, versuchte, die Gedanken an ihn so gut es ging zu begraben und sich auf das Kind zu konzentrieren, das in ihr wuchs. Fredrik Fröding war ein abgeschlossenes Kapitel.

11.

Durch die Scheibe konnte er die blinkenden Lichter des Traktors wie eine verschwommene, gelb-orangefarbene Discokugel vorbeiziehen sehen. Philip rieb mit dem Jackenärmel ein Guckloch in die beschlagene Windschutzscheibe. Der Traktor blieb neben dem Auto stehen, ein Mann in Reflektorkleidung sprang aus dem Fahrerhäuschen und kam auf ihn zu. Er klopfte an die Scheibe. Erst vorsichtig und dann ein bisschen fester.

»Hallo?«

Philip suchte nach dem Knopf, um die Scheibe herunterzufahren, fand ihn aber nicht, sondern öffnete stattdessen die Tür, die sofort in einen Schneehaufen schrammte. Der Mann auf der anderen Seite hatte ein freundliches Gesicht und einen breiten norrländischen Dialekt.

»Wie geht's? Sitzen Sie hier schon lange?«

Philip sah auf die Uhr. Es war bald halb fünf Uhr morgens. Sein Körper war steif vor Kälte, und der Kopf pochte.

Er hob die Hand zur Stirn, und in dem Moment keuchte der Traktorfahrer kurz.

»Jesses, Sie sind ja verletzt. Soll ich einen Krankenwagen rufen?«

Philip schob die Hand unter den Mützenrand und sah im Licht der Deckenlampe, dass er Blut auf dem hellbraunen Lederhandschuh hatte.

Er schüttelte den Kopf.

»Na, ich denke, es wäre das Beste«, protestierte der Traktorfahrer und zog ein Handy aus der Tasche.

Philip streckte die Hand aus.

»Das ist nicht nötig.«

Er schaute auf die Tankanzeige, und der Mann folgte seinem Blick. Zögernd steckte er das Handy wieder in die Brusttasche der Reflektorweste und trat einen Schritt zurück, um das Auto zu betrachten.

»Ich zieh Sie raus.«

Nachdem er Philip zu einer Tankstelle bugsiert, ihm geholfen hatte zu tanken und sich zwei- bis neunmal angeboten hatte, ihn doch noch ins Krankenhaus zu fahren, damit die Wunde auf der Stirn untersucht werden könnte, gab der Traktorfahrer schließlich auf und verschwand, um sich weiter dem Kampf gegen den Schnee zu widmen. Doch bevor er fuhr, schlug er Philip noch vor, das Auto vor dem Bus-Kiosk zu parken. Der würde nämlich bald aufmachen, und da könnte er dann eine Tasse Kaffee und eine Stulle bekommen, ehe er wieder nach Hause fuhr.

Jetzt saß Philip auf dem Fahrersitz und fror, obwohl das Auto im Leerlauf und die Heizung auf höchster Stufe lief. Im ganzen Leib spürte er, dass etwas Unangenehmes passiert war, etwas sehr viel Erschreckenderes als sein Abkommen von der Straße, aber wie sehr er es auch versuchte, er konnte sich nicht erinnern, was. Er wusste nicht einmal mehr, wo er sich befand. Nicht in Stockholm, so viel war klar. Der Schnee wirbelte in der Luft und lag wie eine fluffige Decke auf allen Gebäuden in der Umgebung.

Warum saß er in diesem Auto? Er hatte geschlafen oder war in Ohnmacht gefallen. Er wusste nicht, was von beidem, hatte aber das Gefühl, sehr lange in dem Auto gesessen zu haben. Nicht zuletzt bezeugten das auch seine halb erfrorenen Hände und Füße. Es hatte schon halb sechs geschlagen, aber der Himmel machte keine Anstalten, endlich hell werden zu wollen.

Wo war sein Handy? Philip suchte alle Taschen ab, fand es aber nicht. Hatte er es fallen lassen oder verloren? Er sah sich im Auto um und entdeckte es auf dem Fußboden vor dem Beifahrersitz. Das Auto. Erstaunt sah Philip das Armaturenbrett an, und ihm fiel ein, dass er sich Fredriks Auto ausgeliehen hatte. Aber das hier war nicht Fredriks Volvo. Auf dem Handschuhfach saß ein Aufkleber mit der Nummer des Wagens und dem Logo einer Mietwagenfirma. Ein Leihwagen? Woher hatte er den denn? Hatte er die ganze Nacht hier gesessen? Und wo war er vorher gewesen? In seinem Kopf war alles wie Brei, und er fror mehr als je zuvor in seinem Leben. Das Thermometer zeigte minus fünfzehn Grad. Er legte die Hand auf den Türgriff, um auszusteigen, hielt aber inne, als ihm klar wurde, dass er gar nicht wusste, wohin er gehen sollte.

Sollte er losziehen und bei einem der Häuser in der Gegend klopfen? Sich vorstellen, zu erklären versuchen? Dann musste er aber auch die Menschen ertragen, die sich um ihn versammelten, die fragten, wie es ihm ginge, ihn mit Beschlag belegten. Nein, das ging nicht. Er musste allein sein, ganz allein. Er hatte Druck auf der Brust und zunehmend Schwierigkeiten beim Atmen. Alles um ihn herum schrumpfte. Der Busparkplatz, das Auto, die Welt. Für das hier war er nicht gemacht. Er wollte nach Hause in seine Wohnung, zu seinem Computer und seinem sicheren Ort.

So etwas hatte er schon einmal erlebt. Es kam vor, dass ihn seine Platzangst paralysierte, aber sonst hatte er immer jemanden bei sich gehabt. Seine Mutter, seinen Vater oder Fredde. Jemanden, der mit ihm sprechen und dafür sorgen konnte, dass er nicht hyperventilierte und das Bewusstsein verlor, und der ihn mit nach Hause in die Sicherheit nehmen konnte. Philip tastete nach dem Handy und starrte ein paar Sekunden darauf. In seinem Kopf drehte sich alles. Er bekam keine Luft.

Er musste einfach ein Weilchen die Augen schließen. Alles andere ausschließen.

12.

Sofia stand in der Küche und stützte sich mit den Händen auf die Arbeitsfläche. Sie war während der Nacht mehr wach gewesen, als dass sie geschlafen hatte. Als sie sich streckte, schoss ein Schmerz vom Rückgrat in den Unterleib. Zwar wusste sie nicht, was sie bei der Geburt erwartete, hatte aber den Verdacht, dass das hier nur ein Vorgeschmack auf alles war, was kommen würde. Mit der einen Hand massierte sie ihr Kreuzbein, spürte, wie der Schmerz nachließ. Jetzt konnte das Baby noch nicht kommen, es war ja noch viel zu früh. Das hier durfte nur eine Art Vorbereitung vor der Entbindung sein. Sofia überlegte, ob sie Margit, die Hebamme, anrufen und sie danach fragen sollte, beschloss aber, das nicht zu tun. Sie wollte nicht so eine sein, die sich andauernd wegen jedes kleinen Krampfes meldete. Außerdem hatte sie heute noch anderes zu tun.

Sie bedauerte, dass sie ihren Platz in der Ermittlergruppe für eine gewisse Zeit würde verlassen müssen. Natürlich freute sie sich auf das kleine Wesen, aber sie definierte sich auch über die Arbeit. Und seit der Schwangerschaft hatte sich die Haltung der Arbeitskollegen ihr gegenüber verändert. Der Kollege, der ihr am nächsten stand – Karim Jansson, der iranische Gentleman, der sich in eine finnland-schwedische Hebamme verliebt hatte und in Örnsköldsvik gelandet war –, hatte sich ihr gegenüber schon immer nett und höflich gezeigt, und das war weitaus mehr, als man über die anderen Kollegen sagen konnte. Ihre Jahre als Polizistin in Stockholm und ihre Beziehung zu dem legendären Profiler Kaj Marklund hatten es ihr nicht gerade leicht gemacht, akzeptiert zu werden. Sofia hatte darauf reagiert, indem sie auf Abstand zu ihren Kollegen gegangen war, auch wenn das die Aura der Arroganz, die sie umgab, nur noch verstärkt hatte. Doch seit sie schwanger war, standen ihr immer mehr Türen offen. Vielleicht sahen die anderen in ihr jetzt mehr einen normalen Menschen als zuvor.

Es klopfte leise an der Eingangstür, der Schlüssel drehte sich im Schloss, und Tord kam herein.

»Aha, du bist ja schon auf.« Er stieg aus seinen abgenutzten Winterstiefeln und kam mit einer Tüte in der Hand zu ihr in die Küche. Abgesehen von einer Narbe hinter dem Ohr, die bis in den Nacken verlief, war Tord nach dem Überfall voriges Jahr wiederhergestellt. »Der Kerl muss die beste Heilhaut in ganz Nordeuropa haben«, hatte der Chirurg gesagt, und daran zweifelte Sofia keinen Moment. Tord hatte sein ganzes Leben draußen verbracht, auf dem Fischerboot, der Skipiste, im Wald. Er war die Gesundheit in Person, obwohl er schon über fünfundsiebzig war.

»Frühstück.« Tord hielt die Tüte hoch und holte Brot und Saft heraus.

Essen war in den letzten Monaten eher ein notwendiges Übel gewesen. Zum Wohl des Babys hatte Sofia sich fast dazu zwingen müssen.

»Und wie geht es dem kleinen Fräulein?« Tord streichelte ihren Bauch. Abgesehen von Kaj war er der Einzige, dem sie das erlaubte.

»Hast du schon mal überlegt, dass es auch ein Junge sein könnte?«

Er schnaubte und ließ sich am Küchentisch nieder.

»Ich habe im Laufe meines Lebens schon genügend Bäuche gesehen, um sagen zu können, was sich darin versteckt. Das hier ist ein Mädchenbauch. Da muss man gar nicht weiter drüber reden.«

»Aha. Man sieht dir gar nicht an, dass du so ein Experte für den weiblichen Körper bist.«

Tord grinste und fischte eine Snusdose aus der Tasche.

»Na ja, Experte … Aber völlig ahnungslos bin ich nicht.«

Sofia stellte den Saft in den Kühlschrank und begann, den Perkolator zu befüllen. Kaffee war ein Laster, das sie sich immer noch gönnte, auch wenn sowohl Margit als auch die Hebamme auf dem Festland ihr ans Herz gelegt hatten, es lieber sein zu lassen oder zumindest die Menge zu reduzieren.

»Hast du noch was über dein Nachbarhaus gehört?«, fragte sie und schob sich auf den Küchenstuhl Tord gegenüber.

Sein Blick verfinsterte sich, und er starrte intensiv auf seine Hand hinunter, die den Kautabak knetete.

»Da laufen andauernd fremde Leute rum.«

»Käufer?«

»Nein, irgendwelche neugierigen Teufel, die nur vorbeigehen, um zu glotzen. Keine ruhige Stunde hat man.«

Tords Grundstück in Ulvöhamn war von Touristen erobert worden, die den Ort sehen wollten, wo die Geschehnisse im Sommer sich abgespielt hatten. Doch weiter hoch, in den Norden der Insel bis zu den Norrbysbodarna schafften es nur wenige, deshalb kam er oft zu Besuch zu ihr. Dann reparierte er etwas am Haus, dichtete die Fenster ab und bereitete das kleine Zimmer neben dem großen Schlafzimmer für das kommende Familienmitglied vor.

Sofia konnte das Interesse der Leute bis zu einem gewissen Grad verstehen, doch dass sie immer noch stehen blieben, um zu glotzen, war nur schwer zu begreifen.

»Die Schwester war im Herbst da und hat ein paar Möbel und Bilder mitgenommen. Ich glaube ja nicht, dass sie einen Käufer finden. Wenn, dann irgendeinen durchgeknallten Stockholmer, der nicht weiß, was passiert ist.«

Sofia verzog den Mund über Tords gespielten Abscheu gegenüber den Großstadtmenschen.

»Ich überlege, ob ich mein Haus verkaufe.«

Der Kaffee hatte fertig geblubbert, und sie wollte gerade aufstehen, um die Kanne zu holen, aber Tord war schneller.

»Es macht einfach keinen Spaß mehr, da zu wohnen«, sagte er, während er ihr den Rücken zukehrte und zwei Tassen nahm, die an Haken unter dem Regal neben dem Herd hingen.

»Du kannst hier wohnen, wenn du willst.« Sofia

meinte es ernst. Tord war wie ein Vater für sie, und wenn das Baby kam, würde sie sowohl Hilfe als auch Gesellschaft gebrauchen können.

Er drehte sich um und lächelte sie an.

»Das ist sehr süß, aber du wirst ja genug mit dem kleinen Mädel und mit dem da drinnen zu tun haben.« Tord nickte zum Wohnzimmer hin.

»Er wird nicht hier wohnen«, versicherte Sofia.

»Wer wird nicht wo wohnen?«, war von der Türschwelle her zu hören.

Tord drehte sich um. »Na so was, guten Morgen, Kaj. Darf man den Konstabler auf eine Tasse Kaffee einladen?«

13.

Fredrik streckte sich rasch und spürte seinen verspannten Nacken. Es dauerte einen Moment, ehe er begriff, dass er mit dem Kopf auf der harten Lehne des Sofas lag. Auf seinem Arm lag Ida. Er hatte keine Kleider an, lag aber unter einer weichen Decke, die Ida selbst aus einem ungewöhnlich dicken Garn gestrickt hatte. Die Erinnerung an den Kuss und die streichelnden Hände überkam ihn. Vorsichtig versuchte er, seinen Arm unter ihr herauszuziehen, doch das weckte Ida, die anfing, sich zu bewegen. Sie drückte sich zurück an seinen Körper und zog seinen freien Arm um sich.

»Guten Morgen.« Sie schlug die Augen auf und legte seine Hand auf ihre Brust. »Scheinbar sind wir eingeschlafen.«

Fredrik zog vorsichtig die Hand zurück und setzte sich auf. Er versuchte, entspannt auszusehen, aber Ida kränkte es offensichtlich, dass er sie nicht umarmen wollte.

»Was ist los?«

Er schüttelte den Kopf. »Nichts, ich wollte nur …« Er lächelte und streichelte linkisch ihr Bein. In dem Moment klingelte sein Handy auf dem Sofatisch, und er griff danach.

»Du wolltest nur was?«, fragte Ida und verzog den Mund, als sie merkte, dass er rangehen wollte.

»Fredrik Fröding.«

Ida sah ihn einen Moment lang an, stand dann auf, warf die Decke aufs Sofa und ging zur Toilette.

»Ja, hallo. Hier ist Gudrun Wahlström. Ich arbeite im Bus-Kiosk in Bjästa. Spreche ich mit Fredrik?«

Bjästa. Das kam ihm irgendwie bekannt vor.

»Worum geht es?«

»Jo, es ist so, dass wir einen Mann hier haben. Einen Philip Lindén. Er würde furchtbar gerne mit Ihnen sprechen.«

Fredrik hörte ein leises Gemurmel im Hintergrund, dann wurde der Hörer weitergegeben.

»Fredde.« Philips Stimme war so zart, dass sie kaum trug.

»Was ist denn passiert?«

»Du musst kommen.«

»Erzähl mir erst, was passiert ist.«

Der Hörer wechselte offenbar wieder die Hand, denn Gudrun war zurück. Sie senkte die Stimme, ehe sie weitersprach.

»Er ist in keinem guten Zustand, ihr Freund. Wir haben versucht, einen Krankenwagen zu rufen, aber er will nicht, dass man ihn versorgt.«

»Ist er verletzt?«

Jetzt flüsterte Gudrun nur noch.

»Wir haben ihn heute Morgen vor der Tür in einem Auto sitzend gefunden. Er hat eine Wunde am Kopf und wirkt desorientiert. Und er friert auch sehr. Im Moment sitzt er hier bei mir im Kiosk mit Decke und Kaffee, aber sie müssen wohl kommen und ihn holen.«

»Wo liegt denn Bjästa?«

»Zwanzig Kilometer südlich von Örnsköldsvik.«

Warum zum Teufel war Philip in Örnsköldsvik? Fredrik spürte einen Anflug von Juckreiz auf den Handrücken. Das Zimmer begann, kleiner zu werden. Nie im Leben würde er dorthin zurückkehren. Niemals. Als er das letzte Mal dort gewesen war, war er buchstäblich nur einen Millimeter davon entfernt gewesen, sein Leben zu verlieren.

Mit dem Telefon am Ohr beugte er sich nach vorn über seine Knie. Das hier war nicht der richtige Zeitpunkt für eine seiner Panikattacken, wo er doch im letzten Halbjahr so intensiv daran gearbeitet hatte, diese abzuschütteln. Er versuchte, ruhig zu atmen, die Situation zu erfassen. Gudrun im Bus-Kiosk, Philip in Örnsköldsvik, Ida auf der Toilette. Atmen.

»Was ist los, Fredrik?«

Ida war zurückgekommen und stand jetzt nur im Slip vor ihm und hatte ihre Arme schützend vor ihren Brüsten verschränkt.

Plötzlich überkam ihn der Drang, eine von seinen Tabletten zu nehmen. Er dachte an die Tüte, die er zu Hause hatte. Die Ärzte hatten ihm seit dem Überfall und der Schussverletzung säckeweise Medikamente verschrieben. Schlaftabletten, etwas zur Muskelentspannung, etwas Beruhigendes, etwas Angstdämpfendes und starke Schmerztabletten. Er hatte versucht, mit ihnen zu reden, hatte von seinem Hintergrund mit den Angstanfällen und dem Tablettenmissbrauch gesprochen. Aber niemand wollte zuhören. Aus reinem Trotz hatte er begonnen, die Rezepte einzulösen. Er hatte bei jedem Termin im Besucherstuhl gesessen und freundlich behauptet, die Medikation würde funktionieren. Doch anstatt die Tabletten zu nehmen, hatte er sie haufenweise gehortet. Das, was zu Anfang eine kleine Apothekentüte gewesen war, füllte jetzt eine große Einkaufstüte bis oben hin. Die stand wie eine suizidale Installation zu Hause in der Küche auf der Arbeitsfläche.

Seine Gedanken standen still und rauschten gleichzeitig durch seinen Kopf.

Philip war in Örnsköldsvik. Offensichtlich in schlechtem Zustand. Fredrik musste nicht lange raten, um zu wissen, was Sache war. Das hier war bekanntes Terrain für sie beide. Etwas, womit sie ihr ganzes erwachsenes Leben zu kämpfen gehabt hatten und worüber sie manchmal sogar lachen konnten. Der eine litt unter Posttraumatischem Stresssyndrom und der andere unter Agoraphobie und Autismus. Manchmal fragte sich Fredrik, ob es nicht tatsächlich so war, dass sich Menschen mit empfindsamer Psyche aneinander festklammerten wie an Rettungsbojen, dabei war das Risiko zu ertrinken viel größer, wenn keiner von beiden schwimmen konnte. Waren Sofia und er sich deshalb so nahe gekommen? Sie war die Tochter einer Alkoholikerin, und sie waren beide Waisen, allein und ohne Kinder. Gemeinsam kaputt. Fredrik sah Ida an, die in der Tür stand. Sie war seelisch intakt, stammte aus einer normalen Familie und schien niemals wirkliche Trauer erlebt zu haben. Er streckte ihr die Hand hin, und sie kam zu ihm und ergriff sie.

Er drehte ihre Hände herum, die einander hielten, und sah auf die Armbanduhr. Es war bald halb acht. Selbst wenn er sein Auto hätte, würde er erst nachmittags in Bjästa sein. Sollte er die Polizei anrufen? Oder Hans und Inga? Letzteres verwarf er sofort. Es war nicht sinnvoll, sie zu beunruhigen. Sie würden, ohne zu zögern, die Nationalgarde zu Hilfe rufen, und das war das Letzte, was Philip brauchte.

Fredrik merkte, wie plötzlich Zorn in ihm hochkochte. Philip konnte nicht von ihm verlangen, dass er fünfhundert Kilometer fuhr, nachdem er ihn über seine Pläne angelogen und zu allem Überfluss unterwegs auch noch sein Auto kaputt gemacht hatte. Und dann ausgerechnet nach Örnsköldsvik.

»Es geht nicht. Ich …«

Er hörte, wie Philip im Hintergrund fragte: »Kommt er?«

Er klang so klein, dass etwas in Fredrik zersprang. Seine Beine bewegten sich von selbst, er zog sich die Kleider über und ging zur Tür. Brieftasche und Schlüssel lagen bereits in seiner Jacke. Ida hatte ein Auto. So musste es jetzt sein.

14.

Sofia winkte Tord von der Veranda aus nach. Er war nach dem Frühstück noch etwas geblieben, hatte die Terrasse gefegt und Sand vorm Haus gestreut. Aber jetzt war bereits Mittagszeit, und Sofia wusste, dass Tords Geduld Kaj gegenüber begrenzt war. Trotz der Kälte und eines hellgrauen Himmels, der verriet, dass über den Tag noch mehr Schnee zu erwarten war, trug er nur eine dünne Jacke und keine Mütze. Einen Helm hatte er niemals auf, wenn er mit seinem Lastenmoped fuhr, und Sofia hatte schon lange aufgehört, deswegen mit ihm zu schimpfen. »Wenn es so weit ist, dann ist es so weit«, pflegte er zu sagen, und damit war die Sache ausdiskutiert. Sofia wünschte, sie könnte mit ihm fahren, ihren unförmigen Körper auf die Ladefläche hieven und losknattern. Es wäre schön, nicht diesen Blick voller Sehnsucht und Vorwürfe am Küchentisch ertragen zu müssen. Schon lange war sie das ganze Gerede über Prophylaxe und biologisch angebautes Gemüse und das Verbot von Plastikspielzeug leid. Kaj war von einem der erfahrensten Mitglieder der landesweiten Profiler-Gruppe zu einem glucksenden Hipster-Papa mutiert, der am laufenden Meter Bücher über Kindererziehung verschlang.

Sofia schloss die Haustür und zog die Strickjacke fester um sich. Obwohl es noch mehrere Stunden waren, bis das Luftkissenboot aufs Festland hinüberfahren würde, stand in der Diele schon Kajs gepackte Arbeitstasche. Als wäre es nicht genug, dass er im Zusammenhang mit seinen Vorträgen andauernd bei Sofia aufschlug, hatte er überdies kürzlich mit der Polizeichefin in Örnsköldsvik ausgemacht, bis zur Geburt des Kindes einen der Büroräume nutzen zu dürfen. Sofia hatte erst protestiert, aber er hatte sie mit dem Argument, dass er ja so kurz vor der Entbindung in der Nähe sein und nicht ständig hin- und herreisen wollte, zum Schweigen gebracht. Mette hatte nichts dagegen, dass er Zeit mit Sofia verbrachte. Was Sofia wollte, danach fragte niemand.

Sie setzte sich an den Küchentisch und klappte ihren Laptop auf.

»Wie lange hast du eigentlich vor, noch zu arbeiten?«, fragte Kaj und zeigte vielsagend auf den Computer. »Solltest du jetzt nicht mal langsamer machen und an das Kind denken? Es sind ja nur noch wenige Wochen. Da wird Vera ja wohl Verständnis haben, wenn du deine Arbeit an jemand anderen übergibst.«

Sofia verbarg den Seufzer hinter ihrem Kaffeebecher. Es war für sie nie etwas anderes infrage gekommen, als das Baby zu behalten. Kaj war willkommen, sich so viel er wünschte zu engagieren, aber sie hatte ihm auch klargemacht, dass sie nichts von ihm verlangen würde. Er war verheiratet, und das hatte sie gewusst, als sie voriges Frühjahr ihre Beziehung wieder aufgenommen hatten. Und auch wenn Kaj das zunächst erwartet hatte, bedeutete ein gemeinsames Kind für Sofia nicht, dass sie wieder zusammen sein würden, so wie in den Jahren, als sie in Stockholm gearbeitet hatte.

Für Kaj war es ein stürmischer Herbst gewesen. Während Sofia vor allem versucht hatte, alle Gefühle abzuschalten und sich nur darauf zu konzentrieren, dass es ihr um des Babys willen gut ging, hatte Kaj eine öffentliche Trennung von seiner sehr bekannten Schauspielerehefrau Mette Severin Marklund durchgemacht. Die Schlagzeilen der Klatschpresse hatten die Neuigkeit mit großen schwarzen Buchstaben auf den ersten Seiten herausgeschrien:

Schauspielstar Mette Severin Marklund von ihrem Ehemann mit 23 Jahre jüngerer Frau betrogen

Zum Glück war nichts über die Schwangerschaft geschrieben worden, und Sofias Name war auch nicht vorgekommen.

Obwohl Kaj und Mette in einer offenen Beziehung lebten, schien das Baby doch der berühmte Tropfen für Mette gewesen zu sein, der das Fass zum Überlaufen brachte. Sie waren beide in den Sechzigern, und Mette hatte keine Probleme damit gehabt, dass Sofia und Kaj zusammen waren, doch ein Kind war etwas anderes. Das verlangte ein Engagement, an dem sie zunächst nicht interessiert war. Mit mehreren Besuchen bei einem Paartherapeuten hatten sie versucht, ihre Ehe wieder zu kitten, und Mette hatte allmählich akzeptieren können, dass Kaj Vater werden würde. Man konnte viel über

Mette sagen, aber nachtragend war sie nicht. Und als Sofias Bauch runder wurde und Kaj nach Örnsköldsvik reiste, um beim ersten Ultraschall dabei zu sein, hatte sie sich bereits darauf eingestellt, eine Zusatzmama zu werden. Sie hatte kleine, süße Babykleider und Bücher über Mutterschaft und Entbindungen mitgeschickt. Sofia wusste nicht, was sie davon halten sollte, aber in dem Moment konnte sie sowieso gar nichts denken.

Nachdem Sofia den heißen Kaffee in sich hineingeschüttet hatte, trat das Kind heftig gegen ihre Rippen. Sie stellte die Tasse weg und knallte den Computer zu. »Aber ich muss arbeiten, Kaj. Ich kann doch nicht bloß hier rumsitzen und rausglotzen. Wenn das Kleine später kommt, dann können noch anderthalb Monate vergehen, bis es geboren wird.«

Kaj leerte den Kaffeebecher und stand auf, um sich nachzuschenken.

»Aber das muss doch nicht notwendigerweise heißen, dass du arbeiten musst. Du kannst doch Spaziergänge unternehmen. Komm mit raus und beweg dich ein bisschen.« Er unterbrach sich sofort, als er ihre Miene sah.

Sofia holte tief Luft und wollte schon etwas entgegnen, doch Kaj unterbrach sie. Er küsste sie väterlich auf die Stirn und klappte ergeben den Laptop wieder auf.

»Arbeite du nur. Ich verstehe, wenn es zu beschwerlich für dich ist, draußen im Schnee eine Runde zu drehen. Ich gehe allein.«

Er wartete ihre Antwort nicht ab, sondern verließ das Zimmer und ging in die Diele hinaus. Sofia blieb mit dem Computer vor sich sitzen und spürte, wie es in ihr kochte.

Arbeite du nur. Als ob sie seine Genehmigung bräuchte, um ihre Arbeit zu machen. Und es war ja wohl klar, dass sie durchaus spazieren gehen konnte, auch wenn sie schwanger war. Zwar waren die Kleider eng geworden, und mit all den zusätzlichen Kilos war es etwas schwerer vorwärtszukommen, aber trotzdem. Sie war doch nicht krank. Sie versuchte, den Zorn abzuschütteln und sich einzureden, dass er nur nett sein wollte. Sobald das Kind geboren war, würde sie wieder die ruhige und zurückhaltende Person werden, die sie sonst war. Das musste einfach so sein.

Sofia legte die Finger auf die Tastatur. Ein paar Stunden Lektüre von Ermittlungsmaterial würde sie zerstreuen. Sie schielte auf die Stiefel, die in der Diele standen. Glaubte Kaj wirklich, dass sie einen Spaziergang nicht schaffte?

15.

Wasser spritzte um die Reifen, als Fredrik in den kleinen Ort einbog. Die Autos und die Wärme der morgendlichen Frühjahrssonne ließen den Schnee auf den Straßen allmählich schmelzen. Die Schneemassen auf den Dächern würden jedoch noch eine Weile liegen bleiben.

Während der Fahrt nach Bjästa hatte Fredrik mehrmals mit Gudrun telefoniert, die den Bus-Kiosk besaß. Er hatte beteuert, dass Philip sowohl ungefährlich als auch physisch gesund sei, und versucht, seine Probleme im Kontakt mit der Außenwelt zu erklären. Am Ende war sie einverstanden gewesen, keinen Krankenwagen zu rufen, und Fredrik hatte versprochen, Philip schnellstmöglich abzuholen. Er war viel zu schnell gefahren und deutlich früher angekommen als vom Navi berechnet.

Er parkte das Auto vorm Eingang und betrat den Kiosk. Philip saß in eine Decke gewickelt an einem Tisch direkt bei der Tür. Sein Gesicht war grau und der Blick leer. Die Frau am Tresen, die wahrscheinlich Gudrun war, kam sofort auf Fredrik zu und gab ihm die Hand. Sie war rund, hatte ein freundliches Lächeln und kurz geschnittene Haare in drei verschiedenen Grauschattierungen. Die unteren Haare waren lila gefärbt.

»Er hat sowohl Frühstück als auch Mittagessen bekommen, aber ihr solltet trotzdem in ein Krankenhaus fahren. Seit er hier ist, hat er nicht mehr als fünf Wörter gesagt.«

Fredrik ging vor Philip in die Hocke, als wäre der ein Kind. Er legte die Hand auf sein Knie, und sofort ging ein Schniefen durch Philips Körper.

»Ich bin jetzt hier. Wir müssen nach Hause fahren.«

Philip schüttelte den Kopf.

Vorne am Tresen betätigte ein Kunde die Klingel.

»Sagen Sie mir, wenn Sie Hilfe brauchen.« Gudrun tätschelte Philip tröstend die Schulter und wandte sich dann wieder um.

Fredrik streifte Philip die Decke ab, faltete sie zusammen und legte sie auf den Tisch. Dann hakte er seinen Freund unter und zog ihn hoch.

»Philip, hier können wir nicht bleiben.«

»Ich kann nicht nach Hause fahren«, antwortete Philip leise.

»Das ist okay. Das mit den Autos lösen wir alles später. Ich fahre.«

»Ich werde bleiben.«

»Wie meinst du das? Hier, in der Busstation?«

Philip sah aus, als hätte er vergessen, wo er sich befand.

»Ich kann nicht nach Hause fahren«, sagte er mit lauter Stimme. Ein paar Männer, die im Laden Lottoscheine ausfüllten, wandten sich neugierig um.

»Wir können nicht hierbleiben. Wenn du nicht nach Hause fahren willst, müssen wir zumindest ein Hotel finden, wo du eine Dusche und etwas wärmere Kleider bekommen kannst. Und wo ist mein Auto?«

Philip starrte aus dem schmutzigen Schaufenster.

»Kein Hotel.«

»Was sollen wir dann tun? Wir können ja nicht für den Rest unseres Lebens hier sitzen. Ich will dir helfen, Philip, aber dann musst auch du mir helfen. Warum willst du hier nicht wegfahren?«

»Madde«, antwortete Philip, ohne den Blick vom Fenster zu wenden. »Wir haben uns gestritten. Wir hätten zusammen sein sollen, aber wir haben uns gestritten. Dann war sie nicht da.«

»Wer ist Madde? Was ist denn passiert?«

Philip sah ihn ergeben an, und seine Unterlippe begann zu zittern.

»Ich weiß es nicht.«

*

Sofia stampfte den Schnee von den Schuhen und wickelte sich den Schal ab. Kaj hatte recht gehabt. Es war zu anstrengend. Der anderthalb Kilometer lange Spaziergang um den Valberg hatte sie fast fertiggemacht, aber sie wäre lieber gestorben, als das ihm gegenüber zuzugeben. Kaj hatte mehrere Male vorgeschlagen umzudrehen, aber sie war weiter durch den Schnee gestapft, fest entschlossen, ihm zu beweisen, dass sie das konnte.

Sie ging ins Wohnzimmer, das an die Küche angrenzte, und setzte sich in den Schaukelstuhl, während Kaj Kaffee kochte. Sie sah ihn hinter der breiten Durchreiche über dem Esstisch. Sten hatte die Wand zwischen Küche und Wohnzimmer ganz rausnehmen wollen, um einen großen offenen Raum zu haben, aber Claire war dagegen gewesen.

Kaj kämpfte mit dem Deckel des Perkolators. Er streckte sich und massierte sich den Rücken.

»Du solltest ein neues Bett für das Gästezimmer anschaffen. Diese harten Holzleisten sind tatsächlich sehr unbequem, und ich kann ja nicht für ewig auf dem Sofa schlafen.«

»Es gibt ein Bett im oberen Stockwerk.«

Er stellte zwei Kaffeebecher auf den Wohnzimmertisch.

»Das ist ja noch härter.«

Sofia antwortete nicht, sondern griff nach dem Laptop, der auf der Armlehne des Sofas am Ladegerät hing.

»Wie wäre ein Doppelbett, damit Mette auch Platz hat, wenn sie zu Besuch kommt?«

Sofia sah auf und starrte Kaj an, doch der war schon darauf vorbereitet. Binnen einer Sekunde war das Schild des Lächelns oben. Die Wut einer hochschwangeren Frau zu parieren war offensichtlich etwas, das man schnell lernte.

Sofia schnaubte und schaute wieder auf den Bildschirm. Kaj machte ein paar Schritte auf sie zu und legte vorsichtig die Hand auf ihre Schulter.

»So kann es nicht bleiben, Sofia.« Die Stimme war sanft, fast herablassend. »Das ist auch meines und Mettes Kind. Du musst versuchen, uns ein bisschen mehr teilhaben zu lassen.«

Sofia rutschte ein Stück weg, um Kajs Hand loszuwerden. Sie wollte jetzt nicht streiten. Bald würde er fahren, und dann hatte sie das Haus wieder für sich allein. Trotzdem glühte der Zorn in ihr. *Meines und Mettes Kind.* Wie in aller Welt waren die beiden auf die Idee gekommen, dass dieses Kind in irgendeiner Weise Mettes war? Wenn sie ein eigenes Kind haben wollte, dann musste sie, bitte schön, selbst dafür sorgen und ein eigenes aus ihrem ausgetrockneten alten Schoß pressen. Sofia biss sich auf die Zunge, um diesen Kommentar nicht rauszulassen, und wandte sich Kaj zu.

»Es ist mein Kind. Es ist mein Körper, und ich bin diejenige, die entscheidet, was passiert. Nur weil du und Mette eine Menge Ansichten darüber habt, wie die Dinge sein sollen, bedeutet das doch nicht, dass ich brav hier stehen und Ja und Amen zu allem sagen muss.«

Kaj seufzte.

»Das verlangen wir ja auch nicht, aber es wäre gut, wenn du versuchen könntest, sie ein bisschen mehr einzubinden. Sie will ja nur helfen. Du hast noch nicht mal gesagt, ob sie am nächsten Wochenende raufkommen darf. Oder wie wir das mit der Taufe machen.«

Allein der Gedanke, Kaj und Mette zusammen unter ihrem Dach zu haben, machte Sofia schon nervös.

»Wir werden sehen«, antwortete sie kurzangebunden und kehrte zu ihrem Verhör zurück. »Jetzt muss ich mich auf das hier konzentrieren. Nach dem Kaffee fahre ich dich runter zum Luftkissenboot.«

16.

Philips Zähne klapperten, obwohl Fredrik und er in der engen Kabine dicht zusammengekauert saßen. Fredrik konnte nicht sagen, was schlimmer war: die normale Fähre oder dieses unangenehme Zwischending eines Schiffes, in dem sie jetzt saßen. So etwas hatte er noch nie im Leben gesehen. Es erinnerte an die Sumpfboote, wie man sie in Fernsehserien aus Miami sah, mit einem großen Propeller hinten dran. Nur eine Handvoll Passagiere hatte Platz, und ihr Atem hatte die Fenster in der plastikartigen Kabine bereits beschlagen. Ab und zu bebte Philip, und Fredrik legte den Arm um ihn.

»Philip, das hier wird supergut gehen. Ich habe mit dem Steuermann gesprochen, und er hat gesagt, es sei sowohl sicherer als auch schneller als die Fähre, okay?« Fredrik wusste nicht, ob er gerade Philip überzeugen wollte oder sich selbst. Als er das letzte Mal über dieses Wasser fahren musste, hatte er sich mit Tabletten vollgestopft. Jetzt galt es, die Angst aus eigener Kraft zu bezwingen, und das noch, ohne Philip weiter zu verschrecken. Fredrik hatte die Mietwagenfirma in Sundsvall angerufen, wo man ihm bestätigte, dass sein eigenes Auto dort in der Werkstatt stand. Den Leihwagen hatten sie verlängert. Der parkte nun vor dem Bus-Kiosk.

Gudrun hatte versprochen, darauf aufzupassen, während er und Philip die Reise in Idas Auto fortsetzten. Ida, ja, um die musste er sich später kümmern. Als er erklärt hatte, dass sein Freund Hilfe bräuchte, hatte sie ihm, ohne zu zögern, das Auto ausgeliehen und sogar angeboten, sich freizunehmen, um mit ihm zu fahren, doch das hatte er abgelehnt. Er hatte ihr pflichtschuldigst einen Kuss auf die Stirn gegeben und versprochen, bereits am Abend zurück zu sein. Jetzt sah es leider so aus, als ob er dieses Versprechen würde brechen müssen. Philip weigerte sich immer noch, ins Krankenhaus zu fahren, und ebenso wenig wollte er Örnsköldsvik verlassen oder in einem Hotel einchecken. Fredrik hatte ihn noch einmal vorsichtig gefragt, was denn passiert sei, doch sein Freund hatte nur den Kopf geschüttelt, unwillig oder unfähig zu antworten. Fredrik war schon klar, dass er vor irgendetwas Angst bekommen hatte, doch in Philips Fall konnte das alles Mögliche sein. Eine alte Frau im Lebensmittelladen, die komisch guckte, ein Soldat der Heilsarmee, der um Geld bettelte, oder ein lautstarker Demonstrationszug. Wenn es schlecht lief, konnten kleinste Abweichungen vom Normalen für Philip vernichtende Konsequenzen haben.

Trotz Fredriks Versuchen, ihn zu überreden, beharrte Philip darauf, dass er lieber im Auto vor dem Bus-Kiosk sitzen und frieren würde, als zurück nach Stockholm zu fahren. Die Frustration darüber, dass er seinen Freund mit Argumenten nicht erreichen konnte, hatte sich zunehmend mit Verzweiflung vermischt. Fredrik konnte Philip nicht zwingen, Örnsköldsvik zu verlassen, denn das würde nur den gegenteiligen Effekt haben. Aber sie konnten auch nicht im Bus-Kiosk sitzen bleiben, bis Philip aus seinem Lockdown herausfand. Ebenso wenig konnte Fredrik zwei Autos nach Hause fahren. Also hatte er am Ende einen Beschluss auf Biegen oder Brechen gefasst.

Sofia war nicht ans Handy gegangen. Doch er hatte seit dem letzten Sommer immer noch die Telefonnummer von Tord, und der alte Mann konnte ihm mitteilen, dass sie sich in ihrem Haus auf der Insel befand.

Fredrik schauderte es, und er sackte noch mehr in sich zusammen. Ein weiteres Mal würde er also gleich zwischen dem Festland und Ulvön mitten auf dem Meer sitzen. Jetzt war das Wasser zugefroren – der einzige Unterschied –, doch war es für ihn völlig unfassbar, nun doch wieder auf dem Weg hinaus zu dem Ort zu sein, von dem er sich geschworen hatte, ihn nie wieder zu besuchen.

Die Motoren sprangen an. Der Lärm war ohrenbetäubend, und durch die ganze Kabine ging ein Brausen. Sogar die Fähre war besser gewesen als das hier, fürchtete Fredrik.

Mehr konnte er nicht denken, da dröhnte das Schiff schon übers Eis.

Mit dem Luftkissenboot dauerte es nicht länger als dreißig Minuten hinüber nach Ulvön. Es rauschte vorwärts, als wäre das die einfachste Sache der Welt. Der Gedanke, in einem Schiff über gefrorenes Wasser zu fliegen, fühlte sich erst total absurd an, doch bereits nach wenigen Minuten hatte Fredrik sich an den heulenden

Lärm und die schneebedeckte Welt, die vor der beschlagenen Plastikscheibe vorbeisauste, gewöhnt. Philip saß mit geschlossenen Augen, den Kopf ans Fenster gelehnt. Ab und zu stieß Fredrik ihn in die Seite, um zu sehen, ob er noch wach war. Philip grunzte, verschwand dann aber wieder in seine eigene Welt.

Was sollte er nur tun, wenn sie ankamen? Wahrscheinlich würde Sofia ihnen vorschlagen, direkt wieder umzukehren und ein Krankenhaus aufzusuchen. Und wie sollte er ihr dann die Unmöglichkeit dieser Idee erklären? Wenn Philip so war wie jetzt, konnte man nichts erzwingen. Da hieß es abzuwarten. Fredrik hatte das im Laufe der Jahre schon Hunderte von Malen erlebt. Sowie Philip Angst bekam, zog er sich in seine Schale zurück. Da drinnen verarbeitete er seine Gefühle, bis er alles in Ordnung gebracht hatte, und dann kam er langsam wieder heraus. Vielen, die so waren wir Philip, fiel es schwer, mit den Gefühlsäußerungen anderer Menschen umzugehen, doch für Philip schien es so zu sein, dass seine eigenen Gefühle ihn am meisten erschreckten. Und offene Plätze. Und Menschenansammlungen. Und eine Menge andere Dinge, über die sich kein anderer je bekümmern würde.

Aber Philip war sein bester Freund. Als Fredrik damals als Junge aus dem Universitätskrankenhaus in Åbo gekommen war, hatte er in den ersten Monaten, ehe er zu seiner Großmutter gezogen war, auf einer Matratze in Philips Zimmer geschlafen. Nur dreizehn Jahre alt und Waise. Sie hatten nicht gesprochen. Nicht über die *Estonia*. Nicht über Fredriks Familie. Soweit er sich erinnern konnte, hatten sie über gar nichts geredet, aber Philip hatte unzählige Nächte mit ihm auf der Matratze gesessen und ihn gehalten, wenn er weinte. Ohne sich zu rühren oder etwas zu sagen, nur den Arm locker über seine Schultern gelegt.

Die meisten anderen Freunde hatten sich zurückgezogen. Die Erwachsenen auch. Die Leute wussten ganz einfach nicht, wie sie mit dem furchtbaren Schrecken, den er durchgemacht hatte, und mit seiner lähmenden Trauer umgehen sollten. Manche wollten wissen, wie es sich angefühlt hatte, als die Fähre krängte. Andere waren schlicht unverschämt und fies. Sie stellten infrage, warum er gerettet worden war, wenn doch so viele andere es nicht geschafft hatten. Wen hatte er geopfert, um selbst rauszukommen? Wieder andere wollten aus reiner Neugier einfach nur in der offenen Wunde herumstochern. Doch die meisten von ihnen verschwanden schließlich am Horizont.

Obwohl Fredrik die Katastrophe überlebt hatte, war seine Reise alles andere als einfach gewesen. Jahre des Tablettenmissbrauchs und der Angst hatten ihn isoliert. Er hatte vieles geopfert, um wieder in die Welt zurückzukehren. Sein Studium, seine Freunde und vor allem Sofia. Doch nachdem er dem Tod ein zweites Mal eins ausgewischt hatte, schien etwas in ihm passiert zu sein. Anstatt vollständig in Schuldgefühlen und Panikattacken unterzugehen, beschloss er, sich zu erheben. Er empfand fast keinen Drang nach angstdämpfenden Tabletten mehr. Jetzt war er vielmehr süchtig nach einem richtigen Leben. Noch war es nicht zu spät.

Philip bewegte sich unruhig neben ihm. Sie näherten sich dem Hafen auf der nördlichen Seite der Insel. Er erkannte das Schild wieder, auf dem *Fjären* stand. Nur einen Kilometer weiter stand Sofias Haus in Norrbysbodarna.

Das Luftkissenboot wurde langsamer. Sie waren da.

17.

»Müssen wir wieder davon reden? Ich habe keine Lust, sechs Stunden im Auto zu sitzen.« Amanda hatte Ellie auf der Hüfte, obwohl die Tochter inzwischen eigentlich viel zu groß war, um wie ein Baby getragen zu werden. Anders sah sie an. Sie hatte sich verändert. Ihre Gesichtszüge waren hart geworden, und das Sanfte und Folgsame war nicht mehr zu erkennen. Es war deutlich, dass er nicht erwünscht war und das Zusammensein von ihr und Ellie schon durch seine bloße Anwesenheit störte.

Zu Anfang hatten sie es fantastisch gehabt, aber nachdem Amanda schwanger geworden war, hatte sich alles verändert. Da mussten sie stattdessen durch Kinderwagengeschäfte rennen und Bücher über Entbindungen lesen. Eine Zeit lang hatte er mitgespielt, um sie glücklich zu machen, aber wenn er ganz ehrlich war, so hatte er das Thema Kinder bereits vor zwanzig Jahren hinter sich gelassen. Er liebte Ellie von ganzem Herzen, und sein Wille, sie zu verwöhnen, war genauso groß wie der von Amanda, doch konnte er einfach nicht mehr. Als seine erste Tochter geboren wurde, war das sowohl spannend als auch gruselig gewesen. Jetzt war es nur noch erschöpfend. Er hatte ziemlich schnell ausgecheckt und Amanda alles überlassen. Stattdessen hatte er sich um die Bauvorhaben gekümmert, die er am Laufen hatte, und um ein paar Frauen nebenbei. Es war nichts Ernstes und diente hauptsächlich der Befriedigung seiner körperlichen Bedürfnisse, woran Amanda nicht mehr interessiert zu sein schien. Seine Bauprojekte rund um Örnsköldsvik gaben ihm überdies einen Grund, in sein Wochenendhaus zu fahren, wo er tatsächlich so etwas wie Seelenruhe genoss. Der neueste Auftrag war der Bau von zehn Einfamilienhäusern auf Dekarsön, südöstlich vom Stadtkern, mit einer fantastischen Aussicht über den Örnsköldsviksfjärd. Er hoffte, dass der Verkauf der Einfamilienhäuser dabei helfen würde, die gewachsenen Schulden des Unternehmens zu decken.

Amanda hob Ellie von der einen Hüfte auf die andere und sah ihn müde an.

»Ich habe wirklich keine Lust, Anders.«

»Ich möchte, dass ihr mitkommt.« Er fuhr sich mit den Händen durchs Haar. Seine Nerven vibrierten, er wollte einfach nur los. Weg aus Stockholm, von Jerzy, den verspäteten Löhnen und dem halb fertigen Bauprojekt auf Södermalm.

»Bitte, Amanda. Nur ein paar Tage.«

Er musste sie ohne Streit zum Mitkommen bewegen. Anders ging die paar Schritte zum Fenster und zog die dicken Samtgardinen beiseite, um in den Garten zu schauen. Gestern Abend war er ziemlich sicher gewesen, dass seinem Taxi auf dem Weg von der Stadt hierher ein Auto gefolgt war. Jetzt schien sich jeder Schatten in dem perfekt gestylten Garten zu bewegen. Mit zusammen-

101

gekniffenen Augen kämpfte er gegen die untergehende Nachmittagssonne an. Stand da nicht jemand am Poolhaus?

»Aber warum kannst du denn nicht wie geplant alleine fahren?«, nörgelte Amanda, ließ Ellie auf den Boden und kam mit der Tochter im Schlepptau zu ihm. Sie schlang den Arm um ihn und legte den Kopf auf seine Schulter. »Du … können wir nicht nächstes Mal mitkommen? Es ist so weit zu fahren.« Sie wusste, dass das normalerweise funktionierte.

Doch Anders schüttelte den Kopf.

»Nein. Wir fahren morgen. Alle zusammen. Ich möchte vor sieben Uhr loskommen.«

Amanda machte einen Schritt zurück und kniff die fülligen Lippen zusammen. Die Nasenflügel bebten, als sie ihn ansah.

»Wann bist du gestern eigentlich nach Hause gekommen? Hast du einen Kater?«

Anders schluckte den bissigen Kommentar, der ihm auf der Zunge lag, hinunter. Er wollte einfach nur weg. So tun, als wäre alles wie früher und sich nicht andauernd umsehen müssen. Er streichelte Amanda die Wange.

»Bitte. Kannst du nicht einfach Ellies Sachen packen? Ich glaube, es wäre gut für uns alle, zusammen wegzufahren.«

Amanda sah ihn unverwandt an.

»Anders, ist etwas passiert?« Die Fürsorge klang fast echt.

»Ich möchte einfach nur, dass meine Lieben mit mir für ein paar Tage da rauffahren.«

Wenn er an das alte Schulhaus dachte, wurde ihm warm ums Herz. Als er es zum ersten Mal gesehen hatte, war ihm sofort klar gewesen, dass sie es kaufen mussten. Amanda hatte erst mal gemurrt. Eine alte Bruchbude mitten im Niemandsland stand nicht gerade weit oben auf ihrer Wunschliste. Sie hatte von einer Wohnung in Åre geredet, aber am Ende hatte sie nachgegeben. Das Haus einrichten zu können hatte ihr viele Monate lang Spaß gemacht, doch dann war ihr langweilig geworden. Nicht so Anders. Er fuhr immer hin, sobald er die Möglichkeit hatte. Da konnte er bei sich sein und musste nicht über all die Probleme nachdenken. Einfach nur auf dem Grundstück herumgehen, frische Luft tanken und Lebensfreude empfinden. Abends nahm er den Wagen mit Vierradantrieb und fuhr hinunter zum See und angelte. Ganz allein, kein Mensch, so weit das Auge reichte. Natürlich gab es Leute in der Nähe, doch keines der Nachbarhäuser war zu sehen, weder von seinem eigenen Haus aus noch vom Steg unten am See. Manchmal wünschte er, sich einfach aus dem normalen Leben zurückziehen und dauerhaft dort wohnen zu können. Die Villa in Djursholm, die Baufirma, den schweineteuren Liegeplatz für das Boot und die beiden Autos loszuwerden. Einen alten Allrad-Pick-up zu kaufen und den Rest seines Lebens mit einer Angel in der einen Hand und einem Bier in der anderen zu verbringen. Doch das würde Amanda natürlich niemals mitmachen. Da oben gab es keine Tagesstätten mit Spezialpädagogik und veganem Essen. Keine Yoga-Studios, Gucci-Boutiquen oder Schönheitssalons, die Botox-Injektionen und Lippenvergrößerungen anboten. Nur saubere Luft und Seelenfrieden, aber da war er in seiner Familie leider der Einzige, der das wertschätzte.

Amanda hob Ellie wieder auf die Hüfte.

»Du hast recht. Das wäre nett. Es ist lange her, dass wir in der Hütte waren.«

Anders lächelte. Man konnte viel über seine junge Ehefrau sagen, aber nachtragend war sie nicht. Und er liebte sie, auch wenn sie ihr fünfhundert Quadratmeter großes Wochenendhaus eine Hütte nannte.

Er pikte seiner Tochter in den Bauch, und sie lachte.

»Das wird lustig, was, Ellie? Ein bisschen Schlittenfahren und einen Schneemann bauen?«

Ellie lächelte und nickte.

Anders nahm sie aus Amandas Arm und warf sie in die Luft, sodass die weichen Locken um das runde Gesicht tanzten. Ellie kreischte vor Lachen.

»Schnell den Hügel hinuntersausen! Was, Ellie?«

»Ja, Papa. Superschnell!«

18.

Kaj stand schon fertig für die Arbeit in der Küche, als Sofia sich aus dem Schaukelstuhl hochstemmte.

»Das Luftkissenboot kommt jeden Moment.«

»Jaja, immer mit der Ruhe.«

Sofia lächelte angestrengt und versuchte, nicht unfreundlich zu wirken.

»Entschuldige, ich hab die Zeit ein wenig vergessen.«

»Interessante Ermittlung?« Kaj nickte zu dem Papierstapel auf dem Wohnzimmertisch hinüber.

Sofia schüttelte den Kopf.

»Eigentlich nicht, aber alles, was meine Gedanken ein wenig zerstreut, ist im Moment willkommen.« Sie strich sich über den Bauch, und Kaj streckte sofort die Hände aus, um dasselbe zu tun. Sofia musste den Impuls unterdrücken, sich zu entziehen, blieb stehen und ließ sich wie ein Pferd streicheln.

Es gab so viele Dinge an der Schwangerschaft, die sie sich vorher niemals hätte vorstellen können. Zum Beispiel, dass völlig fremde Menschen kamen und ihren Körper berührten. Natürlich war Kaj nicht völlig fremd, aber Bekannte und Kollegen waren alle ganz aus dem Häuschen über die unförmige Wölbung, die inzwischen mehr an einen harten Ball erinnerte. Das taten sie natürlich in allem Wohlwollen, aber das Streicheln und Drücken störte sie, ganz zu schweigen von all den guten Ratschlägen, die sie dabei erhielt. Allen voran von Mette, obwohl die selbst niemals schwanger gewesen war. Von ihr kamen Cremes gegen Hämorrhoiden und Übungen fürs Becken. Sie hatte sich tatsächlich nicht entblödet, ein paar Stellungen für Sex vorzuschlagen, die gut für Schwangere waren. Für den Fall, dass die Gelegenheit käme. Als ob Sofia und Kaj immer noch ein Paar wären. Sie betrachtete Kaj in seiner aufgeplusterten Daunenjacke und der lächerlichen Mütze in den Farben des Fußballklubs Hammarby. Was sie letzten Sommer noch an diesem Mann angezogen hatte, war inzwischen ein Mysterium für sie. Nicht nur wegen des Altersunterschieds, der hatte ihn wahrscheinlich eher verlockend gemacht. Nein, es war seine ganze Erscheinung. Inzwischen irritierte sie alles an ihm. Sein dröger Stockholmer Dialekt, seine alberne Einstellung zur Schwangerschaft und das Getue mit dem Bauch. Doch damit nicht genug, hatte er auch noch verkündet, dass er gedenke, bald in Rente zu gehen. Kaj Marklund, eine Institution und einer der erfahrensten Profiler und Ermittler im ganzen Land, gedachte, den Polizeiberuf an den Nagel zu hängen. Nicht, dass er nicht alt genug wäre, er war durchaus im Pensionsalter, aber Sofia konnte ihn als nichts anderes denn als Polizisten sehen. Womit sollte er seine Tage ausfüllen? Ein unbehaglicher Gedanke überkam sie. Wollte Kaj in Pension gehen, um mit dem Kind zusammen zu sein? Glaubte er, dass sie sich freundlich an die Seite stellen und ihn und Mette das Baby versorgen lassen würde, während sie in den Ermittlerberuf zurückkehrte? Das konnte er mal gleich vergessen.

»Bist du fertig?« Kaj sah sie an und beugte sich dann vor, um mit Babystimme mit ihrem Bauch zu reden. »Und du, du kleines Apfelbäckchen, bist du fertig?« Anschließend küsste er Sofia außen auf den Fleecepullover, genau über dem Nabel, und das Kind trat sofort zurück. Im Protest, wie Sofia gerne glauben wollte.

»Jetzt lass uns fahren.«

Keine Sekunde länger hielt sie das hier aus.

*

Als sie am Anleger in Fjären geparkt hatte, blieb Sofia im Auto sitzen, während Kaj ausstieg. Er sah aus wie ein Michelin-Männchen. Warum beharrte er aber auch darauf, sich anzuziehen, als ob er auf einer Polarexpedition sei? Es waren gerade mal fünfzehn Grad minus, also ein ganz normaler Winter.

Kaj öffnete den Kofferraum und holte seine Tasche heraus, dann ging er zur Fahrerseite. Sofia drehte die Fensterscheibe herunter.

»Dann sehen wir uns morgen.«

Sofia nickte widerwillig. Kaj würde nach Umeå fahren, um eine Abendvorlesung zu halten, und morgen zurückkommen. Wenn es nach ihr ginge, dann könnte er gerne länger dort bleiben.

»Denk doch mal über das mit Mette nach. Sie würde so furchtbar gern bei der Geburt dabei sein. Wenn nicht im Zimmer, dann doch auf jeden Fall in der Nähe.«

Im Zimmer? Sofia schüttelte den Kopf. In was für einer Welt lebte Mette eigentlich? Außerdem war offenkundig, dass Kaj noch immer nicht begriffen hatte, dass auch er nicht dabei sein würde. Tord hingegen würde ihr nicht von der Seite weichen, ob sie das nun wollte oder nicht. Als Sofia nicht antwortete, steckte Kaj die Hand durch das Fenster und streichelte erst ihre Wange und dann noch einmal den Bauch unter dem Fleecepullover.

Das Luftkissenboot legte gerade an, und die ersten Passagiere kletterten aus der Seitentür.

»Ich rufe an, wenn ich dort bin.«

Sofia nickte, ohne ihn anzusehen. Sobald Kaj losgegangen war, fuhr sie die Scheibe wieder hoch und startete den Motor. Sie betrachtete den Vater ihres Kindes, wie er über den eisigen Anleger rutschte und den Kapitän forsch begrüßte.

Dann landete ihr Blick auf einem der Passagiere, die aus dem Luftkissenboot stiegen. Ein sehniger Mann in blauer Daunenjacke und Jeans, mit dunklem Haar und olivfarbener Haut. Er drehte sich nach einer Person um, die er halb mit sich zog, halb trug. Der andere trug eine tief in die Stirn geschobene graue Mütze, unter der rotbraunes Haar herausschaute. Ihre Vorderscheibe war schon wieder beschlagen, und Sofia musste die Tür öffnen, um ordentlich sehen zu können. Ein kalter Wind wehte ins Auto und brachte Schnee vom Dach mit. Sie wischte sich mit dem Handschuh über die Wange.

Er hatte gerade einen Fuß auf den Boden gestellt, als sie begriff, wen sie da anstarrte.

Fredrik Fröding.

19.

Ich gehe durchs Haus und sehe mich um. Alles ist in Ordnung. Keine Spuren von dem, was geschehen ist, sind zu erkennen.

Ich fahre mit den Händen über die ledernen Buchrücken im Wohnzimmerregal. Reine Zierobjekte. Ich bleibe stehen und ziehe ein Buch heraus. August Strindberg. Die Vorstellung, dass Bewohner dieses Hauses ihn lesen oder überhaupt lesen, fällt mir schwer. Nein, das hier ist ein Ort für leichte Vergnügungen und um Gäste zu unterhalten. Frisch gestrichene Fassade und eine überdimensionierte Veranda. Seeblick, Grill, Jacuzzi und ein Tisch mit Platz für mindestens zehn Personen.

Ein Haus, das Wohlstand schreit. Überhaupt nicht wie die Höfe ringsum – alte, verfallene Junggesellenkaten und Grundstücke voller Schrott. Nein, hier will man rufen, dass man Kapital besitzt. Dass man Macht besitzt. Dass man sich kaufen kann, was man will. Häuser, Autos, Menschen.

Morgen kommen sie. Und ich werde endlich alles wieder in Ordnung bringen.

Ich werde dafür sorgen, dass alles einen neuen Platz bekommt.

20.

Als würde er jetzt erst merken, wo sie sich befanden, leistete Philip Widerstand, als er das gefrorene Meer sah. Fredrik zog ihn am Arm, und er schaffte es schließlich, seinen Freund aus dem engen Luftkissenboot und hinauf auf den Kai zu bugsieren.

»Bleib hier stehen«, sagte er und stieg zurück hinunter in die Kabine, um das Gepäck zu holen. Im Kofferraum des Mietwagens hatte er einen schwarzen Koffer mit Kleidern und Toilettensachen gefunden. Wenn er richtiglag, dann hatte Philip geplant, zwei Nächte fortzubleiben. Im Koffer lagen zwei Paar Boxershorts, zwei T-Shirts, ein Hemd und ein paar Jeans. Und Kondome. Er hatte sogar ein flaches, in helllila Papier eingeschlagenes Päckchen gefunden.

Er selbst hatte keine Übernachtungssachen dabei. Der Plan war gewesen raufzufahren, Philip zu holen und sofort wieder umzukehren. Nicht einmal ein Ladegerät für sein Handy hatte er mit.

Als Fredrik auf den Kai zurückkam, entdeckte er, dass Philip sich auf eine Bank gesetzt hatte. Eine Frau beugte sich über ihn und hatte die Hand auf seine Schulter gelegt. Unter der grünen Mütze quoll eine blonde Haarmähne heraus. Er musste nicht zweimal hinsehen.

Sofia Hjortén.

Jetzt war sie nur noch ein paar Schritte entfernt, und er blieb für einen Moment stehen und sah sie an. Er könnte einfach hingehen, sie umarmen und sagen, dass er sie vermisst hatte. Das wäre so leicht. Für einen kurzen Augenblick verlor er sich in Fantasien einer gefühlvollen Wiedervereinigung, in der alles verziehen war, doch dann fiel ihm ein, warum er hier war und worum er sie gleich bitten würde.

»Fredrik.« Sofia lächelte, machte aber keine Anstalten, ihn zu umarmen. »Was in aller Welt machst du wieder auf der Insel?« Offensichtlich hatte sie nicht mitbekommen, dass er sie zuvor angerufen hatte. Ihr spröder Ton verriet eine darunter vibrierende Nervosität. Auch ihm fiel es schwer, entspannt zu klingen.

Hinter ihnen würde das Luftkissenboot in Kürze wieder ablegen. Die großen Rotoren wirbelten bereits einen kleineren Schneesturm auf, und Sofia zog die Mütze tiefer über die Ohren. Draußen war es schneidend kalt. Fredrik sah, wie Kaj Marklund den Kopf noch einmal herausstreckte, um zu winken, ehe die Tür geschlossen wurde, und wie er ganz plötzlich völlig außer sich geriet. Fredrik winkte linkisch zurück. Kaj unternahm einen Versuch, aus dem Luftkissenboot wieder auszusteigen, musste sich dann aber hineinbegeben, weil die Leinen bereits losgemacht waren.

Fredrik wandte sich wieder Sofia zu. Sie trug ihre dunkelblaue Daunenjacke offen, darunter einen hellblauen Fleecepullover. Es war offensichtlich, in welchem Zustand sie sich befand. Der Bauch war groß wie ein

Wasserball, und er konnte ganz deutlich den Nabel unter dem Fleece hervorstechen sehen.

Sofia war hochschwanger.

*

Fredrik nahm einen vorsichtigen Schluck aus der Kaffeetasse. Im Gästezimmer konnte er Sofia mit leiser Stimme in sanftem und gleichzeitig autoritärem Ton sprechen hören. Offenbar fiel es ihr leicht, die Rolle der Polizistin einzunehmen, das schien ein natürlicher Teil von ihr zu sein.

Er sah sich in der Küche in Norrbysbodarna um. Durch die große Durchreiche über dem Küchentisch konnte er einen Blick ins Wohnzimmer werfen. Auf der anderen Seite der Öffnung befand sich ein Esstisch und etwas weiter hinten ein alter Röhrenfernseher. Gegenüber stand das graue Stoffsofa. Abgesehen von dem zum Teil in Plastikfolie gewickelten Stubenwagen, der mitten im Zimmer thronte, sah alles so aus wie beim letzten Mal, als er hier gewesen war.

Auf den Verandamöbeln lagen mehrere Zentimeter Schnee. Dort hatten sie im Sommer gesessen, hatten Vertraulichkeiten ausgetauscht, sich einander geöffnet. Wie oft hatte er an diesen Augenblick zurückgedacht? Sofias Hand auf seinem Knie. Die Trauer über seine verlorene Familie, die sich zum ersten Mal richtig Bahn brechen konnte. Die Tränen. Sie hatte ihn im Arm gehalten, und für einen Augenblick hatte es auf der ganzen Welt nur sie beide gegeben.

Jetzt im Nachhinein fühlte sich das alles wie aus einem lächerlich romantischen Film mit urkomischem Schluss an. Fredrik beugte sich auf dem Küchenstuhl weiter vor und wandte den Kopf. Am anderen Ende des Flurs lag das Gästezimmer. Die Tür stand offen, und er sah Philip auf der Bettkante sitzen. Gerade legte er sich zurück auf die Matratze, und Sofia zog eine Decke über ihn. Sie machte die Tür hinter sich zu, dann schaukelte sie mit dem riesigen Bauch vorneweg in die Küche.

Fredrik konnte nicht anders, als im Kopf nachzurechnen. Seine Kenntnisse in Biologie waren vielleicht nicht sehr ausgeprägt, aber er war doch nicht so unbewandert zu übersehen, dass eine Möglichkeit bestand. Wieder fingen seine Hände leise an zu jucken, und er wollte dem gerade nachgeben, als Sofia den Stuhl ihm gegenüber für sich herauszog.

»Er ruht sich aus. Ich habe die Wunde am Kopf versorgt. Was ist denn bloß passiert?«

»Ich weiß es nicht. Er ist von der Straße abgekommen, aber da muss noch irgendwas sein, doch er will oder kann nicht sagen, was.«

Nachdem Fredrik ihn wiederholt gefragt hatte, warum sie nicht nach Hause fahren könnten, hatte Philip nur eins geantwortet: »Ich warte, bis Madde zurückkommt.«

Sofia ließ sich nieder und legte die Füße auf den Stuhl vor sich. Fredrik wagte nicht, sie anzuschauen.

»Sofia, ich muss fragen …«

Die Antwort kam wie ein Peitschenhieb.

»Es ist nicht deins.«

Fredrik nickte und verspürte trotz allem einen Stich der Enttäuschung.

»Wer …?«

»Nicht, dass es dich etwas anginge, aber Kaj ist der Vater des Kindes.«

»Na, dann kann man ja wohl gratulieren.«

»Danke.« Sofias Stimme wurde sanfter, und zu seinem Erstaunen lächelte sie. »Ich bin in der sechsunddreißigsten Woche. Es sind jetzt nur noch vier Wochen.« Sie zog den Reißverschluss des Fleecepullovers hoch und schob ein paar Papiere zusammen, die auf dem Küchentisch lagen. Fredrik konnte auf einigen davon das Logo der Polizei erkennen.

»Arbeitest du noch?«

Sie sah ihn lange an.

»Was willst du eigentlich, Fredrik? Warum bist du hier?«

»Ich kenne niemanden sonst in der Nähe von Örnsköldsvik. Ulvön war der einzige Ort, der mir eingefallen ist.«

Sofia warf ihm einen auffordernden Blick zu.

»Es tut mir leid. Mir ist schon klar, dass das hier superseltsam wirkt. Aber Philip geht es nicht gut.«

»Das kann ich sehen, aber warum hast du ihn nicht in ein Krankenhaus gebracht?«

Fredrik schüttelte den Kopf.

»Das wollte er partout nicht. Und es würde auch nicht helfen. Er weigert sich, nach Hause zu fahren, und er weigert sich, im Hotel zu wohnen. Wenn emotional alles zu viel wird, dann kann er damit nicht umgehen.«

Sofia sah ihn skeptisch an.

»Gibt es irgendeine Möglichkeit, dass wir einen Tag oder so hierbleiben können?«

Sie schüttelte den Kopf.

»Begreifst du eigentlich, was du von mir verlangst? Wir haben seit über acht Monaten keinen Kontakt mehr gehabt, und ganz plötzlich tauchst du hier auf, dazu mit einem Mann, der offensichtlich medizinische Versorgung braucht.«

Fredrik senkte den Blick. Natürlich hatte sie recht.

»Ich muss arbeiten«, fuhr sie fort.

»Das verstehe ich.«

Verärgert wischte sie mit den Fingern über die Tischplatte.

»Und morgen kommt Kaj zurück.«

Fredrik nickte. »Ich verspreche, dass wir nicht im Weg sind.«

Sofia seufzte geräuschvoll, kam jedoch nicht mit weiteren Einwänden.

21.

Draußen war es dunkel geworden. Sofia saß im Schaukelstuhl, die Füße auf den Hocker davor gelegt. Ihr Baby schlief offenbar, und ausnahmsweise fühlte sich ihr Körper einmal entspannt an. Trotzdem konnte sie nicht einschlafen. Im Gästezimmer nebenan lag ein fremder Mann, Fredriks engster Freund aus Kindertagen, wie sie beim Abendessen erfahren hatte, der unter Agoraphobie litt und auch anderweitig sozial beeinträchtigt war. Soweit sie sich erinnern konnte, hatte Sofia noch niemanden mit schwerwiegenden Phobien kennengelernt. Es war schwer, sich vorzustellen, was das bedeutete. Laut Fredrik funktionierte Philip genau wie jeder andere, solange er in seiner eigenen, sicheren Umgebung bleiben konnte. Er hatte eine gute Ausbildung, einen gut bezahlten Job und Eltern, die für ihn da waren. Aber außer Fredrik hatte er keine Freunde und keine eigene Familie.

Sofia war ein paarmal im Zimmer gewesen und hatte nach ihm geschaut, doch er reagierte nicht, als sie die Decke über ihm zurecht zog. Sie hätte protestieren sollen, als Fredrik sie bat, bei ihr übernachten zu können, aber es war, als hätte Philip eine Art Muttergefühle in ihr geweckt. Es war ganz klar, dass er Pflege brauchte, vielleicht sogar eine psychiatrische Behandlung. Sein Zustand hatte auf jeden Fall nichts mit Drogen zu tun. Der Gedanke war ihr natürlich sofort gekommen, aber sie hatte in ihrem Job schon so viele Drogenabhängige gesehen, dass sie das beurteilen konnte. Andernfalls hätte sie die beiden auf keinen Fall bleiben lassen.

Kaj hatte im Laufe des Abends sicherlich fünfundzwanzigmal angerufen, aber sie hatte sich nicht in der Lage gesehen, ihm die Situation zu erklären, und war nicht ans Telefon gegangen. Sie hatte ihm eine Nachricht geschickt und geschrieben, dass Fredrik und sein Freund ein paar Tage bleiben würden. Daraufhin war eine Welle von SMS zurückgekommen, mit Fragen, die sie nicht beantworten konnte. Sie war dankbar, dass er woanders übernachten würde, und sie das Problem so verschieben konnte.

Abgesehen davon hatte Mette zwei Nachrichten geschickt, um Sofia daran zu erinnern, dass sie ein Datum für die Taufe festlegen mussten, denn sie wolle nun mit der Planung beginnen. Außerdem hatte Mette sie daran erinnert, dass sie ein paar Massageöle in Kajs Tasche gepackt hatte, die gut gegen Wadenkrämpfe helfen würden, denn sie wusste schließlich, dass Sofia während der Schwangerschaft damit Probleme hatte.

Fredrik und Sofia hatten im Wohnzimmer zu Abend gegessen, während Philip weiterschlief. Nudeln mit Pesto aus dem Glas – mehr gab es im Haus nicht. Fredriks Kiefer schien gut geheilt zu sein, und er hatte offenbar keine Probleme mehr mit dem Kauen. Nach der Schussverletzung hatte sie nicht fragen mögen. Die interne Ermittlung war beendet, aber die ganze Geschichte war ebenso peinlich wie unbehaglich. Ihre und Veras Kugeln hätten ihn das Leben kosten können.

Der Fußboden im Gästezimmer knarrte. Philip war aufgestanden. Sie unternahm einen Versuch, sich aus dem Schaukelstuhl zu erheben, doch als sie den Kopf wandte, stand er bereits in der Tür zwischen Küche und Wohnzimmer und rieb sich verschlafen die Augen. Die Bewegungen waren jetzt etwas entschiedener. Offensichtlich hatte ihm der Schlaf gutgetan. Er setzte sich ihr gegenüber auf das Sofa.

»Wie geht es dir?«

Er zuckte mit den Schultern.

»Habe ich lange geschlafen?«

Sie nickte.

»Möchtest du etwas zu essen oder zu trinken?«

Er schüttelte den Kopf, reckte dann den Hals und sah durch die Terrassentür über das Eis auf dem Wasser draußen.

»Wir sind auf Ulvön, oder?«

Sofia nickte.

»Und du bist Sofia?«

Sie lächelte und nickte noch einmal.

»Nett, dich kennenzulernen, Philip.«

Er nickte ebenfalls.

»Fredrik hat von dir erzählt. Dass ihr verliebt wart.«

Philip schien jedes Gefühl dafür abzugehen, was man zu einem fremden Menschen sagen konnte und was nicht. Sofia senkte den Blick, peinlich berührt von der ungefilterten Konversation.

Das bisschen Energie, das Philip gehabt hatte, schien verpufft zu sein. Er gähnte in die Armbeuge.

»Wie spät ist es?«

Sie sah auf ihre Armbanduhr.

»Halb drei. Wenn du kannst, dann leg dich noch mal hin. Ich bin hier an diesen Stuhl gebunden«, versuchte sie zu scherzen.

Philip erhob sich schwankend vom Sofa und sah sie an.

»An diesen Stuhl gebunden?«

Sie strich sich über den Bauch, und Philip lächelte schief, als er begriff, was sie meinte. Er winkte kurz mit der Hand und verschwand dann im Gästezimmer.

Sofia blieb zurück und starrte in die Nacht hinaus.

SAMSTAG, 22. FEBRUAR

22.

Das Bild von ihnen auf der Aufmacherseite der Zeitung lässt es in meiner Magengrube vor Wut brennen. Ich möchte es rausreißen und in tausend Stücke zerfetzen, ihre zerrissenen Gesichter auf den Boden regnen sehen, aber das geht natürlich nicht. Was würden die Arbeitskollegen sagen? Ich hebe den Blick und schaue mich um. Alle sehen genauso aus wie immer. Das ist ein schwindelerregendes Gefühl. Jemand isst aus einer Lunchbox, ein anderer spielt mit dem Handy. Niemand weiß, was passiert ist. Niemand weiß, was passieren wird. Niemand weiß, was ich plane.

Ich lese die erste Seite:

SveAnd AB baut Luxusvillen auf Dekarsön. Naturschutzverein besorgt um Vogelbestand der Insel.

Vogelbestand? Als ob Anders Svensson sich um Vögel kümmern würde. Wenn man Menschen wie Müll wegwirft, dann schert man sich kaum um so etwas. Ich schlage die Zeitung auf, und mir springt wieder das falsche Lächeln der Familienmitglieder ins Gesicht.

Anders Svensson mit Ehefrau Amanda und Tochter Ellie

Das steht unter einem Bild, auf dem das Mädchen einen Spaten hält und versucht, hinter den Absperrungen für das neue Bauvorhaben zu graben.

Ellie. Ich lasse den Namen auf der Zunge zergehen. Ellie Svensson.

23.

»Haben wir alles?«

Amanda nickte, den Blick fest auf das geschlossene Tor vor dem Range Rover gerichtet. Nun war doch sie diejenige, die fahren würde. Zum Abendessen hatten sie sich eine Flasche Wein geteilt und über das Haus da oben in Norrland gesprochen. Alles war fast so wie immer gewesen. Ellie war auf dem Sofa eingeschlafen, nachdem sie gemeinsam *König der Löwen* gesehen hatten. Amanda hatte sie nach oben getragen, und er hatte halb erwartet, dass sie wieder herunterkommen würde, doch das hatte sie nicht getan. Wieder hatte ihn das Gefühl überfallen, vergessen zu sein und in seiner eigenen Familie kaum noch eine Rolle zu spielen. Doch das hatte er sich selbst zuzuschreiben, dessen war er sich voll und ganz bewusst. Danach war es nur noch ein kleiner Schritt zur Whiskyflasche gewesen, und er hatte den Abend in Grübeleien versunken im Wohnzimmer verbracht, ohne den Fernseher einzuschalten oder gar ein Feuer im Kamin anzuzünden.

Seine Karriere hatte so vielversprechend ausgesehen. Er war von den Kollegen in der Branche für seine schnelle Lieferung und die großartigen Bauprojekte gepriesen worden, hatte es in nur wenigen Jahren von vier Angestellten auf über fünfzig gebracht. Er wusste nicht einmal mehr, wann es angefangen hatte, den Bach runterzugehen. Er hatte Jerzy vertraut und ihn die Arbeiter aussuchen lassen. Hatte fünf gerade sein lassen, wenn plötzlich keine Anstellungsverträge mehr da waren. Hatte das Finanzamt, die Gewerkschaft und die klagenden Angestellten wie ein Basketball-Profi ausgedribbelt. Hatte die Klagen über schlampig ausgeführte Bauarbeiten und schlechte Arbeitsbedingungen unter den Teppich gekehrt, um sich im Glanz all der medialen Aufmerksamkeit zu sonnen. Alles war so schnell gegangen. Plötzlich war er reicher denn je gewesen, und mit dem Geld kamen die Frauen. Nur ein Jahr, nachdem alles angefangen hatte, so gut auszusehen, hatte er Amanda kennengelernt und sich von Jeanette getrennt. Amanda machte eine Ausbildung zur Immobilienmaklerin und war bei der Eröffnung eines Hotels gewesen, das die SveAnd AB in der Nähe vom Flughafen Arlanda gebaut hatte. Ihr hemmungsloses Interesse hatte ihm geschmeichelt. Ein paar Monate lang hatten sie sich im Dunkeln herumgetrieben, doch am Ende hatte Jeanette herausgekriegt, wie die Dinge lagen, und ihm ein Ultimatum gestellt: das Ende der Affäre oder die Scheidung. Er hatte die Scheidung gewählt. Vier Monate später war er vor Amanda auf die Knie gegangen und hatte sie mit einem Diamantring von anderthalb Karat um ihre Hand gebeten. Nach der Hochzeit und der Hochzeitsreise auf die Malediven hatte Anders sich auf ein ruhiges Leben zusammen mit seiner jungen Ehefrau gefreut, doch stattdessen fand er sich, aufgedonnert wie eine Ken-Puppe, in allerhand Nachtklubs und auf Events wieder. Eine Zeit lang hatte er das akzeptiert und sich damit begnügt, solange er spät in der Nacht oder früh am Morgen zu Hause bekam, was er brauchte. Im Vergleich zu Jeanette, die nie gewollt, gekonnt oder Zeit gehabt hatte, war Amanda eine Nymphomanin. Mit ihr an seiner Seite und einem niemals versiegenden Cash-Strom war er der König in seinem eigenen Reich gewesen.

Doch nur ein Jahr später hatte sich alles in der Beziehung verändert. Jetzt sollten sie eine Villa auf Djursholm kaufen, Dinnereinladungen mit in den Neunzigern geborenen Rotznasen abhalten und gesund und nahrhaft leben. Sein gerösteter Frühstückstoast war durch grüne Schmiere und kalten Haferbrei, der im Kühlschrank übernachten musste, ersetzt worden. Amanda zwang ihn, Padel-Tennis und Golf zu spielen. Und dann kam Ellie, und damit war er auf ewig vom Thron gestoßen. Der Whisky wurde sein Trost. Und die Arbeit, auch wenn sie ihn nicht mehr mit derselben Zufriedenheit erfüllte. Sie verloren ein paar Aufträge, und der Geldfluss versiegte. Er bekam Probleme, die Löhne zu bezahlen, sowohl die schwarzen als auch die weißen. Jerzy musste eingreifen und einige Arbeiter bezahlen, die drohten, zur Presse zu gehen, und schon bald war ein destruktives Schneeballsystem in Gang gekommen.

Anders spürte, wie es in seinem Magen grummelte. Er war hungrig, wagte aber nicht noch mehr zu essen, denn er neigte zu Reiseübelkeit, und der Kater half da natürlich überhaupt nicht. Amanda hatte ihn am Morgen wecken müssen, und er hatte immer noch mit dem Glas in der Hand und im Morgenrock auf dem Sofa gesessen. Sie hatte seine Sachen gepackt, ohne ein Wort zu sagen, und er hatte lange geduscht, doch das hatte nicht die erhoffte Wirkung gehabt. Hinter den Schädelknochen hämmerte immer noch der Kater, und er war kurz davor, sich zu übergeben, als er versuchte, den Smoothie, den Amanda ihm gemacht hatte, runterzubringen. Doch er war fest entschlossen, aus den Tagen im Norden das Beste zu machen. Schließlich hatte Amanda Ellie im Kindersitz festgeschnallt und die Alarmanlage im Haus eingeschaltet.

»Schnee!«

Anders drehte sich in seinem Sitz um und sah seine Tochter an. Eine überwältigende Liebe zu ihr erfüllte ihn.

»Ja, Liebling. Bald werden wir Schnee sehen.«

24.

Fredrik reichte Sofia den Käsehobel. Sie streckte sich so weit sie konnte, aber der Bauch war im Weg, und so stand er auf, um ihn ihr zu geben. Sie lächelte etwas peinlich berührt. In der Küche duftete es nach Kaffee, und im Radio lief ein Musikrätsel. Für jemanden, der durchs Fenster geschaut hätte, wirkten sie sicher wie eine perfekte kleine Familie, die ihr erstes Kind erwartete.

»Das muss ja echt anstrengend sein«, sagte Fredrik mit einer Geste zu ihrem Bauch.

Sie nickte und rieb sich das Kreuzbein.

»Aber es steht dir.«

Sofort bereute er, was er gesagt hatte. Das hier war ja wohl kaum die richtige Situation, um ihr Komplimente zu machen. Sofia war hochschwanger, und der Vater des Kindes war auf dem Weg zurück zur Insel. Wahrscheinlich, wie leicht zu erraten war, aufgestachelt wie eine verärgerte Wespe.

»Und Kaj, was sagt der?«

»Wozu?«

»Vater zu werden.«

Sofia nahm einen Bissen von ihrem Brot und schwieg länger als notwendig.

»Also, erst war er wohl geschockt, aber jetzt freut er sich.«

Fredrik nahm einen Schluck von dem schwarzen Kaffee. Er hatte den Perkolator vermisst. Niemand in Stockholm hatte so ein Gerät.

»Und du? Triffst du dich mit jemandem?«

Er nickte, fühlte sich verpflichtet, auf Idas Existenz hinzuweisen.

Sie sahen einander über den Tisch hinweg an. Er spürte, wie es in ihm brannte. Die schmalen grünen Augen beobachteten ihn. Sie strahlte eine neue Ruhe aus, die da vorher nicht gewesen war.

»Fredrik, warum bist du eigentlich hier?«

Er sah sie fragend an.

»Philip …«

Sie schüttelte den Kopf.

»Aber warum seid ihr ausgerechnet hierher gefahren?«

Er begriff, worauf sie hinauswollte, und merkte, wie sofort die Wut in ihm hochstieg.

»Glaubst du, ich bin deinetwegen gekommen?«

Sie zuckte mit den Schultern.

»Im Ernst?«

»Ja.« Der Ton war kurzangebunden und arrogant, was ihn noch wütender machte. Schließlich war sie diejenige gewesen, die anfangs hinter ihm hergerannt war, nicht umgekehrt. Wie konnte sie hier nur so sitzen, mit ihrem legendären Profiler von einem Lover, den Bauch in die Landschaft halten und auf ihn herabschauen?

»Glaubst du im Ernst, dass ich den Zusammenbruch meines Freundes inszeniert habe, um einen Grund zu finden, dich zu besuchen?« Er merkte, dass er laut geworden war, konnte sich aber nicht beherrschen.

»Ja.«

Sofias Gelassenheit regte ihn noch mehr auf.

»Nachdem du mir den Rücken zugekehrt hast? Ich habe dir vertraut, habe mich geöffnet, dir Dinge erzählt, die ich noch nie zuvor jemandem erzählt habe. Und du hast mich im Stich gelassen.«

Sofia sah in ihre Kaffeetasse.

»Das weiß ich, Fredrik, aber ...«

»Aber was? War ich vielleicht nicht so fein wie dein verdammter Kaj?«

Er warf die Hände in die Luft.

»Wir hatten etwas, du und ich. Wir hatten etwas, vorigen Sommer. Das kannst du nicht leugnen.«

»Das tue ich ja auch nicht, aber ...«

»Aber du wolltest anscheinend lieber einen sechzigjährigen verheirateten Mann.«

Sofia sah zu ihm hoch.

»Ja, auch ich lese Zeitungen, musst du wissen. Er ist mit jemand anders verheiratet, und du erwartest sein Kind. Weißt du, zu was dich das macht?«

Er stand auf, sammelte Tasse, Teller und Besteck ein und stellte alles mit einem Knall ins Spülbecken. Sofia blieb sitzen, ohne etwas zu sagen. Als er sich umdrehte, war ihr Blick eiskalt.

»Wenigstens hat er nicht sein halbes Leben damit verbracht, ein Gespenst zu suchen.«

25.

Die Kälte biss ihr in die Wangen, und Sofia zog sich die Mütze tiefer über die Ohren. Schneeflocken fegten über das gefrorene Meer wie Wirbel von glitzerndem Konfetti. Sie waren schön anzuschauen, brannten aber, wenn sie aufs Gesicht trafen. Sie schloss die Augen und versuchte, die Wärme der Sonne zu spüren, doch die war schon verweht, noch ehe die Strahlen sie erreichten. Am liebsten wollte sie einfach nur hier am Fähranleger stehen und sich vom Wind an einen anderen Ort treiben lassen. Irgendwohin, wo nicht Fredrik in ihrer Küche wartete und nicht Kaj gleich vom Luftkissenboot stieg. Warum zum Teufel musste Fredrik wieder hier auftauchen? Es hatte sich doch alles so schön geordnet. Auch wenn es seltsam war, hatte sie die Situation doch unter Kontrolle. Und jetzt war wieder alles von unten nach oben gekehrt.

Sie war zu weit gegangen bei ihrem Streit. Was die Sache mit seinem toten Bruder anging, gab es eine Grenze, und die hätte sie nie überschreiten dürfen. Das war sowohl gemein als auch unsensibel gewesen, aber sie hatte ihn verletzen, seine arrogante Haltung plattmachen wollen, mit der er ihr begegnet war, als er angedeutet hatte, sie hätte eine Ehe zerstört.

Sie legte die Hand auf den Bauch, versuchte, sich zu beruhigen, und dachte an das ersehnte Kind, das da drin lag. Mutter zu werden war ein Segen, den zu erleben sie nicht mehr zu hoffen gewagt hatte. Die Fehlgeburt und die Entfernung eines Eierstocks vor ein paar Jahren hatten ihre Chancen, schwanger zu werden, spürbar reduziert, aber offensichtlich nicht völlig zunichtegemacht.

Bald würde er da sein. Trotz Tords Gerede, dass sie einen Mädchenbauch habe, war Sofia überzeugt davon, dass sie einen Jungen bekam. Sie hatte sich entschieden, das Geschlecht nicht vorab wissen zu wollen, aber jedes Mal, wenn sie von dem Baby träumte, war es ein kleiner Junge. Schwer vorstellbar, wie es wäre, wenn sie wirklich eine Tochter bekäme. Wie würde ihre Mutter-Tochter-Beziehung aussehen? Was konnte sie einem Mädchen und später einer jungen Frau beibringen? Nichts. Ihre Beziehung zu Claire war ein emotionales Eisenbahnunglück gewesen. Sie konnte sich an keine einzige Gelegenheit erinnern, bei der Claire ihr ehrliche Liebe gezeigt hätte. Sofia bezweifelte nicht, dass ihre Mutter sie auf ihre Weise geliebt hatte, aber Zärtlichkeit hatte es zwischen ihnen nie gegeben. Schon als kleines Kind hatte Sofia beschlossen, Claires Muttersprache nicht zu sprechen. Claire war weiterhin stur geblieben, hatte Besteck, Kleider und Spielsachen hochgehalten und Sofia aufgefordert, die französischen Wörter zu sagen, doch den Gefallen hatte sie ihr nie getan. Fragte Claire etwas auf Französisch, antwortete Sofia auf Schwedisch, in der Sprache, die sie und ihr Vater Sten miteinander teilten. Als sie erwachsen war, hatte Sofia erkannt, dass sie ihre Mutter damals vollkommen aus der Welt ausgeschlossen hatte, in der sie mit ihrem Vater lebte, doch wenn sie ehrlich war, hatte sie deswegen kein schlechtes Gewissen. Claire hatte ihnen beiden die Weinflasche vorgezogen.

Nachdem Sten an Krebs gestorben war, hatte Claire eines Tages ihre Kleider und ihre hochgeschätzten Porzellanfiguren, die im Bücherregal im Wohnzimmer standen, gepackt und hatte Ulvön verlassen. Damals war Sofia erst dreiundzwanzig gewesen und hatte eben auf der Polizeihochschule in Stockholm angefangen. Claire hatte einen Rechtsanwalt beauftragt, Sofia das Haus und die Wohnung im Zentrum von Örnsköldsvik zu übertragen. Mitgenommen hatte sie das gesparte Geld, das Sten für seine Traumreise nach Alaska beiseitegelegt hatte. Die kostbare Riva Ariston jedoch hatte sie Sofia überlassen. Das Boot taugte überhaupt nicht zum Angeln, aber Sofia genoss es, sich um den Augenstern ihres Vaters kümmern zu dürfen. Sie vermisste Sten und wünschte, sie hätten noch mehr Jahre zusammen gehabt. Claire loszuwerden war jedoch nur eine Erleichterung gewesen. Sofia hatte keine Ahnung, wo ihre Mutter sich befand und ob sie überhaupt noch lebte, aber das kümmerte sie nicht.

Es hatte viele Jahre gedauert, ehe sie wirklich in das Haus auf Ulvön ziehen wollte. In den Semesterferien war sie nach Hause nach Örnsköldsvik gefahren, wo sie in der Stadtwohnung gewohnt und so viele zusätzliche Dienste als Wache auf dem Polizeirevier übernommen hatte, wie sie nur konnte. Die Weihnachtsabende waren anstrengend gewesen, ebenso die ersten Geburtstage, doch sie hatte sich schnell daran gewöhnt, allein zu leben. Und die meiste Zeit gefiel es ihr auch sehr gut. Während der Hochschulzeit hatte sie ein paar flüchtige Freundschaften gehabt, aber zu niemandem den Kontakt darüber hinaus noch gehalten.

Die Beziehung zu Kaj hatte ihr jegliche sonstige Gesellschaft ersetzen müssen. Lange wusste sie nicht, ob es dabei um Liebe gegangen war, eigentlich war es mehr eine mit leidenschaftlichem Sex gewürzte zärtliche Freundschaft gewesen, gepaart mit einem kindischen Stolz, den so heiß begehrten älteren Lehrer erobert zu haben. Manchmal fragte sie sich, ob sie überhaupt mit Kaj zusammengekommen wäre, wenn nicht Fredrik sie völlig ohne Erklärung verlassen hätte.

Sofia richtete sich auf und versuchte noch einmal, die Mütze weiter herunterzuziehen, um sich gegen die Kälte zu schützen. Sie zog die Jacke enger um sich, als Kaj auf sie zukam.

»Stehst du hier und frierst?«

Sofia schenkte ihm ein angestrengtes Lächeln und wies mit dem Kopf zu dem roten Golf hin, der ungefähr zehn Meter entfernt stand.

»Sollen wir fahren?«, fragte sie.

26.

Der viele Schnee hatte den Ast abgebrochen, an dem
Ellies Schaukel festgemacht gewesen war, aber ansonsten sah alles genauso aus wie beim letzten Besuch. Anders hatte das alte Schulhaus damals für eine lächerliche
Summe gekauft. Abgesehen von den Kachelöfen und
dem großen Holzofen in einer Ecke der Küche, hatten
sie alles rausgerissen. Amanda hatte eine Armee von In-
nenarchitekten aus Stockholm mitgeschleift und war
eine Woche lang wie ein hochschwangerer General mit
einem Gefolge aus Jasagern im Haus herumgelaufen
und hatte mitgeteilt, was sie haben wollte: eine aus Bra-
silien importierte Sauna aus Zedernholz, eine Küchen-
insel aus italienischem Marmor, das Badezimmer mit
marokkanischen Fliesen, natürlich nicht die Sorte, die
man im Baumarkt kaufen konnte, sondern auch die importiert. Er hatte sie machen lassen, hatte es genossen,
wie sie sich mal für etwas anderes engagierte als für Yoga
oder diverse gesellschaftliche Happenings.

Zu Beginn ihrer Beziehung hatte er gedacht, die Zukunft würde aus Reisen, gutem Essen und einem steten
Zufluss von Geld bestehen. Dass Amanda möglicherweise Kinder haben wollte, war ihm nie in den Sinn gekommen. Als sie aber, ohne ihn auch nur zu fragen, stur

angefangen hatte, neben ihrem Schlafzimmer in der Villa auf Djursholm ein Kinderzimmer einzurichten, war ihm das relativ schnell klar geworden. Darauf angesprochen, hatte sie gelacht, als sei es eine Selbstverständlichkeit, dass sie Kinder haben würden. Natürlich bereute er nicht, Ellie bekommen zu haben, aber er hatte sich das Leben anders vorgestellt, als seine mittleren Jahre mit Windelwechseln und Babyschwimmen zu verbringen.

»Jetzt sind wir da, mein Liebes.«

Amanda beugte sich vom Fahrersitz nach hinten und streichelte Ellies Bein. Die Tochter grummelte im Schlaf, wachte aber schnell auf, als sie sah, wo sie sich befanden.

Anders lächelte. Die Sonne hatte den Himmel über dem Kornsjö-See unterhalb ihres Hauses erst halb erklommen. Er war eingeschlafen, als sie gerade an Uppsala vorbei gewesen waren, und hatte ein Stündchen geschlummert. Als er aufwachte, war er nüchtern und guter Dinge und hatte sich angeboten zu fahren, sodass Amanda schlafen könnte. Aber sie hatte in freundlichem Ton abgelehnt und war die gesamte Strecke bis Örnsköldsvik gefahren. Er strich ihr dankbar übers Haar. Während der Fahrt hier hoch hatte er beschlossen, sich um alles zu kümmern: Er wollte die Probleme mit der Firma lösen und seine Trinkerei unter Kontrolle bringen. Amanda verdiente einen fürsorglichen und liebevollen Ehemann, und Ellie verdiente einen Vater, der für sie da war und sie versorgen konnte.

»Ich nehme das Gepäck«, sagte er. Amanda nickte und stieg aus dem Wagen, um Ellies Sicherheitsgurt zu lösen. Der Kofferraum war vollgepackt mit Winter-kleidung, Wein, Fleisch, das Amanda aus der Tiefkühl-truhe zu Hause mitgenommen hatte, und zwei Flaschen seines Lieblingswhiskys.

Er gelobte sich selbst, dass zumindest eine davon immer noch voll sein würde, wenn sie wieder nach Hause fuhren.

27.

Ich friere, dass die Zähne nur so klappern. Stundenlang habe ich am Waldrand gestanden und sie durchs Fernglas beobachtet. Den ganzen Nachmittag haben sie gespielt, Schnee geschippt und das kleine Mädchen auf einem Schlitten herumgezogen. So sorglos. So unwissend über die Welt außerhalb ihrer kleinen Blase. Fast tun sie mir leid. Diese ahnungslosen Wesen, die durchs Leben schreiten, ohne die Menschen zu sehen, auf die sie treten, um nach oben zu kommen.

Jetzt raucht es aus dem Schornstein. Es ist dunkel geworden, und ich kann sie durch die Fenster im Wohnzimmer sehen. Sie haben im großen Raum zu Abend gegessen. Ich konnte nicht erkennen, was sie gegessen haben, aber ich habe gesehen, wie Anders mehrere Glas Wein getrunken hat. Das wird alles so viel leichter machen.

Das Mädchen sieht fern. Das bunte Flimmern des Bildschirms kämpft mit dem sanften Schein aus dem offenen Kamin. Sie ist so hübsch. Dunkles, lockiges Haar und helle Haut. Nun kauert sie mit einer Decke über den angezogenen Beinen in der Sofaecke. Wie wird es sich wohl anfühlen, einen so kleinen Körper anzufassen? Ob sie warm ist? Ob die Haut weich ist?

Bei dem Gedanken schaudert es mich ein wenig.

28.

»Du machst Witze, oder?« Kaj klang empört.

Sofia antwortete etwas Unhörbares. Fredrik lag auf einer dünnen Matratze auf dem Boden im Gästezimmer. Er stützte sich auf den Ellbogen, um besser hören zu können, doch die dicke Holztür ließ nur Satzfetzen durch.

Den ganzen Tag über war er Sofia aus dem Weg gegangen, war nur zu den Mahlzeiten aus dem Gästezimmer gekommen, um zu helfen, den Tisch zu decken und wieder abzuräumen. Den Rest der Zeit hatte er auf der Matratze gelegen, an die gelb-orangefarbene Kiefernholzdecke gestarrt und sich gefragt, wie in aller Welt er hier schon wieder gelandet war. Könnte Sofia recht haben? Hatte er Philip als Ausrede benutzt, um nach Ulvön zu fahren, um noch eine Chance bei ihr zu bekommen? War er wirklich so bescheuert?

»Wie verantwortungslos kann man sein? Du wirst bald Mutter werden, Sofia. Wie kannst du einen psychisch kranken Menschen in unser Zuhause lassen?« Es klang, als würde Kaj in der Küche herumgehen, während er sprach.

»Es ist *mein* Zuhause, und ich lasse herein, wen ich will. Er ist nicht psychisch krank, er …« Der Rest verschwand in einem Gemurmel, das Fredrik nicht deuten konnte. Er hörte noch ein Weilchen auf Sofias und Kajs wütende Stimmen. Philip schlief. Er hatte den ganzen Tag geschlafen und das Bett nur verlassen, um auf die Toilette zu gehen. Sowohl Fredrik als auch Sofia hatten versucht, ihn zum Essen zu bewegen, aber er wollte nicht. Das war nicht ungewöhnlich. Auf Philips *Episoden*, wie Inga es etwas altmodisch nannte, folgte oft eine ungeheure Erschöpfung, aus der herauszukommen mehrere Tage dauern konnte. Fredrik hoffte wirklich, dass es ihm bald besser gehen würde, sodass sie nach Hause fahren könnten.

Sein Handy blinkte. Er zog es vom Ladegerät, das er sich von Sofia ausgeliehen hatte, und legte sich andersherum auf die Matratze, damit das Licht vom Display Philip nicht störte.

Wie geht es deinem Freund? Ich denke an dich. Vermisse dich.

Ida hatte mehrere Nachrichten geschickt, seit Fredrik tags zuvor losgefahren war, hatte ihm aber keine Vorwürfe gemacht oder verärgert gewirkt, sondern nur ehrlich fürsorglich. Er dachte an das Gewitter zwischen ihm und Sofia. Das war eine dringend notwendige, wenn auch stark verspätete Diskussion gewesen, aber trotzdem hatte er sich hinterher leer gefühlt. Ihre Gefühlskälte hatte ihn verletzt. Der verurteilende Ton. *Nach einem Gespenst suchen.* So etwas würde Ida niemals sagen. Niemals. Sie hatte stundenlang zugehört, wenn er von Niklas sprach, ohne ihn zu verurteilen oder auf ihn herabzusehen. Er verspürte eine große Zärtlichkeit, wenn er an sie dachte. Vielleicht war sie genau die Art Person, mit der er zusammen sein sollte. Ida war alles, was Sofia nicht war. Sanft, offen, fürsorglich. Warum hatte er sie wegen einer Frau auf Abstand gehalten, für die er offensichtlich eine Null war, die weitergegangen war und jetzt mit einem anderen Mann ein Kind erwartete?

Dies waren die Momente, in denen er seine angstdämpfenden Medikamente vermisste. Es war so einfach gewesen, niemals etwas fühlen zu müssen, immer einen chemischen Zufluchtsort in der Tasche zu haben, wenn das Leben zu anstrengend wurde. Aber es war ihm gelungen, aus der Abhängigkeit herauszukommen, und darauf war er stolz. Torsten Bredh, sein langjähriger Psychiater, hatte ihn gewarnt, aber es war dann doch viel härter gewesen, als er sich hätte vorstellen können. Die Ärzte empfahlen, nicht einfach so mit dem Medikament aufzuhören, sondern es vorsichtig auszuschleichen, doch er hatte es im letzten Sommer einfach abgesetzt. Er erinnerte sich an die ersten furchtbaren Wochen mit Schweißausbrüchen, Übelkeit, Herzrasen und Schmerzen im ganzen Leib. Das hatte er so gut es ging vor Sofia verborgen, hatte versucht, das verlorene Sicherheitsgefühl durch etwas zu ersetzen, wovon er glaubte, es sei der Beginn ihrer erneuerten Beziehung. Nach dem Angriff auf ihn und dem abrupten Ende ihrer Liebesgeschichte, wäre es ein Leichtes gewesen, wieder zu den Tabletten zu greifen, doch er war fest entschlossen zu lernen, seine

Angst auf andere Weise zu bezwingen. Die Tabletten waren die Ursache dafür, dass er sich in eine Situation gebracht hatte, die ihn fast das Leben gekostet hatte. Nach den Operationen hatte er natürlich Schmerztabletten genommen, aber nicht mehr als notwendig, und sobald er konnte, hatte er wieder damit aufgehört. Er hatte gelernt, die brutale Wirklichkeit zu schätzen für das, was sie war. Wenigstens fühlte er etwas, und das war tausendmal besser, als sein Leben in einem lähmenden Rausch zu verschwenden.

Jemand knallte mit der Toilettentür, und Fredrik nahm an, dass dies das Finale von Sofias und Kajs Streit war. Er antwortete auf Idas Nachricht.

Philip geht es gut. Komme spätestens morgen Abend zurück.

Kurz. Informativ.
Dann löschte er alles und fing noch einmal an.

Komme morgen Abend nach Hause. Sehne mich danach, dich zu umarmen. Kuss.

29.

Draußen fällt Schnee. Lautlos landen die Flocken in den schon einen halben Meter hohen Schneewehen entlang der Straße. Ich drehe den Schlüssel im Schloss herum und betrete die Diele. Im großen offenen Kamin des Wohnzimmers glüht es immer noch, aber es ist kein Licht eingeschaltet.

Ich halte kurz inne. Stehe still und horche auf Geräusche. Als nichts zu hören ist, bewege ich mich nach oben. Die alte Treppe ist so nett und verrät meine Schritte nicht. Obwohl es dunkel ist, navigiere ich routiniert durch den großen Vorraum, mache einen Bogen um die Sofas, die niedrigen Tische und die Sitzpuffs.

Die Tür zum Schlafzimmer ist offen, doch die zum Kinderzimmer ist zu. Ich drücke die Klinke vorsichtig hinunter. Die Tür gleitet auf, ohne irgendein Geräusch von sich zu geben. Mit zusammengekniffenen Augen spähe ich ins Dunkel. Suche nach den Konturen des kleinen Kinderkörpers im Bett, aber das ist leer. Ein Geräusch lässt mich zusammenfahren. Aus dem Schlafzimmer ist eine Stimme zu hören.

»Papa, wo ist mein Snuffe?«

Sie lispelt in der Art kleiner Kinder. Die Stimme ist zart. Mir wird seltsam warm ums Herz, als ich sie höre.

Niemand antwortet. Ich bleibe an die Wand des Kinderzimmers gepresst stehen.

»Papa, Snuffe ist noch unten!«

Jetzt ist die Stimme lauter. Verlangt eine Antwort.

Decken rascheln, und Anders antwortet verschlafen.

»Geh runter und hol ihn, Liebling. Ich bleibe wach und warte auf dich.«

»Nein, du musst gehen.«

Keine Antwort.

Kurz darauf hört man kleine Kinderfüße auf dem kalten Holzfußboden. Ich stehe noch im Nebenzimmer bei der Tür. Erkenne, dass dies hier meine Chance ist.

Sie macht ein paar Schritte in den Vorraum. Ich kann sie durch den Türspalt zum Kinderzimmer sehen. Die dunklen Locken stehen zerzaust um den kleinen Kopf.

»Aber du darfst nicht wieder einschlafen«, sagt sie und dreht sich zum elterlichen Schlafzimmer um. Doch auch jetzt antwortet niemand. Das Mädchen steht noch da und zögert. Es ist dunkel. Viele Schritte sind es bis zur Treppe, die nach unten führt.

Sie zögert noch einen Moment, dann rennt sie los über die weichen Teppiche, erreicht den Treppenabsatz und tappt schnell, die Hand auf das Geländer gelegt, nach unten. Das Licht in der Diele geht an.

Ich schleiche hinter ihr her.

SONNTAG, 23. FEBRUAR

30.

Als Anders aufwachte, war die Sonne bereits aufgegangen. Sie hatten keine Rollos vor den Fenstern, und er konnte sehen, dass es aufgehört hatte zu schneien. Am Tag zuvor hatten sie Schnee geschippt, bis ihnen die Rücken wehtaten, aber kaum dass sie die Veranda ausgegraben hatten und beim Abendessen saßen, hatte es wieder angefangen, so heftig zu schneien, dass im Laufe des Tages ein neuerlicher Einsatz mit dem Schneeschieber erforderlich sein würde. Aber zuerst würde er ganz lange mit Ellie spielen. Sie würden einen fantastischen Tag mit Schlittenfahren und heißer Schokolade haben. Er würde ihr ein Biwak bauen, in dem sie sitzen könnten, und vielleicht ein Feuer im Feuerkorb machen.

Anders streckte sich im Bett aus und sah zu den groben Dachbalken hoch. Er liebte dieses Haus wirklich. Den altmodischen Charme mit seinen Kachelöfen und dem holzbefeuerten Herd, die große offene Küche, die Amanda mit einer Mischung aus glänzend geschliffenem Marmor und eigens für sie produzierten Kerzenleuchtern und Möbeln im alten Stil perfekt eingerichtet hatte. Anders hatte eine Luftwärmepumpe installiert, die alten Sprossenfenster, die dem Haus Charakter gaben, aber so belassen. Zwar pfiff der Wind hindurch, doch er konnte es sich leisten, die Kälte mit auf vollen Touren laufenden Heizkörpern und angefeuerten Kachelöfen zu bekämpfen. Es machte den halben Charme des Hauses aus, im Winter herzukommen, die Kälte zu spüren, den Staub und die toten Fliegen zu sehen, die sich auf den Fensterbrettern gesammelt hatten, und dann das Gefühl zu haben, die Zeit sei in ihrer Abwesenheit stehen geblieben.

Wenn er nur die Kopfschmerzen loswerden könnte, dann würde er aufstehen. Nachdem Amanda und Ellie eingeschlafen waren, hatte er sich selbst noch mit einem Whisky unten im Wohnzimmer vors Feuer gesetzt, hatte in die Flammen gestarrt und versucht, über sein Dasein nachzugrübeln. Es würde schwer sein, alle Fehler wiedergutzumachen, die er begangen hatte, aber nicht unmöglich. Er wollte ein besserer Mensch werden. Sich um Amanda und Ellie kümmern. Die idiotischen Entscheidungen, die er getroffen hatte, waren sowohl für seine Ehe als auch für die Firma riskant gewesen. Mit Jerzy an seiner Seite, der von den Arbeitern akzeptiert wurde und deren Sprache beherrschte, war noch alles unter Kontrolle gewesen, aber jetzt hatte auch der die Geduld verloren. Wenn er nach Stockholm zurückkäme, würde er alles anpacken. Und zwar richtig. Diesmal würde er auf der Sitzung mit den Auftraggebern ehrlich sagen, wie die Dinge lagen. Vielleicht würden sie die Verzögerung ja akzeptieren. Außerdem würde er mit dem Trinken aufhören und sich mit Jerzy zusammensetzen und dessen Sorgen ernst nehmen, würde versuchen, seinen Bauleiter dazu zu bringen, die Arbeiter zu beruhigen. Wenn die nämlich zur Gewerkschaft gingen, dann würden alle dunklen Seiten des Unternehmens schneller aufgedeckt werden, als er das Wort »Wirtschaftsverbrechen« auch nur aussprechen konnte. Hoffentlich würde es nicht so weit kommen.

Er drehte sich auf die Seite und zog verärgert an der Decke, in die er sich wie in einen Kokon eingewickelt hatte. Sie saß fest, und er zerrte heftig daran, um sie loszukriegen.

»Was machst du denn?« Amandas schlaftrunkenes Gesicht tauchte von ihrer Seite des Bettes auf, und sie rieb sich die Schulter, die er mit seinem Ellenbogen getroffen hatte.

»Entschuldige, Liebling. Ich sitze fest.« Anders aalte sich aus der Decke, um sie zu umarmen. Sie erstarrte sofort. »Es scheint fantastisches Wetter zu sein«, versuchte er, die Situation zu entspannen.

Obwohl sie lange Unterwäsche anhatte, war sie doch sexy wie niemand sonst. Er bekam schon eine Morgenlatte davon, dass er sie nur ansah. Sie trug niemals einen BH. Die neuen Brüste, die er bezahlt hatte, waren rund und fest. Er wollte eben seine Hand unter ihren Pullover schieben, als sie sich aufsetzte.

»Wo ist Ellie?«

»Bestimmt ist sie runtergegangen und hat ihre Kuscheltiere ausgepackt«, erwiderte Anders und ließ die Hand über ihren flachen Bauch gleiten.

»Ellie?« Amandas gellende Stimme ließ seine Erektion sofort in sich zusammensinken. Keine Chance. »Komm zu mir und Papa rauf! Ellie, Liebling?«

Als sie keine Antwort erhielt, schwang sie die Beine über die Bettkante und schob sie in ein Paar Schaffellpuschen. Sie rieb sich die Arme.

»Igitt, ist das kalt. Wir hätten doch die Fenster auswechseln sollen, Anders.« Er nickte und zog sich die Decke bis ans Kinn. Die Kopfschmerzen wurden immer schneidender.

»Ellie?« Amanda hatte den Wohnraum im ersten Stock bereits halb durchquert. Anders schloss die Augen. Wenn sie guter Laune war, würde er vielleicht noch ein bisschen schlafen können und auf diese Weise dem turbulenten Chaos aus gepresstem Saft, Haferbrei und Röstbrot entgehen und sich dann direkt an einen gedeckten Tisch setzen können.

Ein paar Minuten später stand Amanda mit Ellies Snuffe, der am Abend auf dem Sofa liegen geblieben war, in der Tür. Ihr Gesicht war aschgrau.

»Ellie ist nicht da.«

Anders setzte sich auf und spürte die Kopfschmerzen von innen gegen seine Schädelknochen hämmern.

»Was sagst du da? Hast du schon im Keller nachgeschaut? Vielleicht ist sie …«

»Ich habe überall nachgeschaut«, unterbrach ihn Amanda.

Anders war plötzlich wie elektrisiert vor Sorge.

»Aber …«

»Anders, sie ist weg.«

31.

Nur das Klappern von Besteck auf Tellern durchbrach die Stille in der Küche in Norrbysbodarna. Sofia schaute über Kajs Schulter hinweg auf das Meer hinaus und fantasierte über einen Fluchtweg. Um der gedrückten Stimmung zu entfliehen, würde sie sogar zum Festland hinüberrudern, wären da nicht der Bauch und das Eis und die Tatsache, dass schon der Gedanke allein vollkommen bescheuert war.

Kaj lächelte angestrengt und sah Fredrik an, während er sich Lachs und Kartoffeln in den Mund schob.

»Wie geht es denn Ihrem Freund? Philip?«

»Schlecht. Die meiste Zeit schläft er.« Fredrik holte tief Luft. »Mir ist schon klar, dass es eine Belastung für Sie ist, uns hier zu haben, aber wir werden versuchen, heute loszukommen.«

Er suchte Sofias Blick, aber die starrte nur auf ihren Teller. Sie schämte sich immer noch für das, was sie während ihres Streits gesagt hatte.

»Ja, wie Sie sehen, ist das ein außerordentlich schlechtes Timing für einen Besuch.« Kaj legte das Besteck weg und tätschelte Sofia stolz den Bauch. So, wie man einem Kind den Kopf tätschelte, dachte sie.

Es kostete sie alle Beherrschung, seine Hand nicht

wegzuschlagen. Sie öffnete den Mund, um zu sagen, dass es überhaupt kein Problem sei, wenn Fredrik und Philip ein paar Tage blieben, doch Fredrik kam ihr zuvor.

»Wie gesagt, ich kann verstehen, dass Sie uns mit der Schwangerschaft und allem nicht hier haben wollen, aber es wird Philip bald besser gehen. Und Sie haben mein Wort, dass wir dann sofort abhauen.«

Sein resignierter Ton ließ Sofia schwach werden. Sie sah auf, begegnete seinem Blick und verspürte den wohlbekannten, fast genüsslichen Schmerz in sich. Hier saß der einzige Mann, den sie je geliebt hatte, und sie konnte ihn nicht berühren, konnte ihm nicht sagen, was sie für ihn empfand. Er sah sie an und lächelte missmutig. Beide erinnerten sich an den Streit. Sie nickte, erwiderte das Lächeln. Die wortlose Bestätigung einer Versöhnung zwischen ihnen.

»Es ist kein Problem. Ihr könnt bleiben.«

Doch Kaj mischte sich sofort ein.

»Ich habe alle Sympathie für die Probleme Ihres Freundes. Einer meiner Cousins hat Asperger.«

Sofia sah Kaj erstaunt an. Es fühlte sich seltsam an, dass er plötzlich Wissen über diese Art menschlicher Beeinträchtigungen haben sollte.

»Oder ASS, wie man wohl heute sagt, oder?« Kaj sah Sofia an, als könnte sie ihm das bestätigen.

Fredrik legte sein Besteck auf den Teller.

»Schon, aber es ist nicht nur das. Er leidet auch unter schwerer Agoraphobie, was es sehr viel komplizierter macht, mit seinen Anfällen umzugehen. Wenn ich ihn jetzt rausreiße und zwinge, mit mir zu fahren …«

»Das spielt keine Rolle«, unterbrach ihn Kaj. »Er braucht professionelle Hilfe.«

Die aggressive Stimmung schien mit jedem Moment eskalieren zu können, und Kaj erhob jetzt seine Stimme. Sofia rieb sich übertrieben die Schläfen, doch niemand schien Notiz von ihr zu nehmen. Das Baby trat kräftig um sich.

»Er braucht kein Krankenhaus. Er muss sich ausruhen, sich sammeln und …«

»Wir erwarten hier ein Kind«, begann Kaj.

Plötzlich waren Schritte auf der Veranda zu hören. Die Tür wurde mit einem Ruck aufgerissen, der Wind packte sie und schlug sie mit einem Knall gegen das Verandageländer. Tords Gestalt füllte den gesamten Türrahmen aus, und das graue Haar stand ihm im Gegenlicht wie ein Heiligenschein um den Kopf. Der rettende Messias, dachte Sofia.

Er zog die Schuhe aus, begrüßte alle Anwesenden und setzte sich auf den leeren Platz am Küchentisch.

Kaj sah auf seinen Teller hinunter, während Fredrik demonstrativ sein Wasserglas leerte. Sie waren wie zwei Jungs, die vom Lehrer beim Streiten erwischt worden waren.

»Oha. Hier ist ja mal gute Stimmung.«

Tord griff nach dem Löffel und fischte eine heiße Kartoffel aus der Schüssel, die er dann ein paarmal von einer Hand in die andere warf, ehe er einen Bissen davon nahm.

»Sieh mal einer an, Fredrik Fröding höchstpersönlich.« Er lächelte und zeigte mit der Kartoffel auf ihn.

»Für einen Lümmel, dem in den Bauch geschossen worden ist und dem man den Kiefer eingeschlagen hat, siehst du ja ganz anständig aus.«

Fredrik sah zu Tord hoch, und auf seinem Gesicht machte sich ein Grinsen breit. Kaj starrte stur auf seinen Teller und schob den Lachs darauf hin und her, ohne zu essen.

»Aber Tord!« Sofia bohrte pflichtschuldig ihren Blick in seinen, konnte aber auch nicht anders, als zu lächeln. Tords direkte Art füllte den Raum wie eine Portion Sauerstoff.

Tord zuckte nur mit den Schultern.

»Ich kann nicht klagen«, erwiderte Fredrik.

Kaj sah auf und lächelte bemüht.

»Möchtest du einen Teller, Tord?«

Der alte Mann schüttelte den Kopf, fischte sich amüsiert eine weitere Kartoffel aus dem Topf und nahm einen Bissen davon.

Dann wurde er ernst und sah Sofia an.

»Hast du mit dem Revier gesprochen?«

»Nein, wieso?«

»Vikmans Sohn, drüben in Sörbyn, der ist bei diesen Missing People oder wie die heißen. Heute Morgen ist er angerufen worden. Offensichtlich gibt es einen verdammten Aufruhr drüben auf dem Festland. In Sunnansjö.«

»Wieso?«

Obwohl Kaj ihm die Frage gestellt hatte, sah Tord weiterhin stur Sofia an.

»Eine Vierjährige ist verschwunden.«

Sofia konnte nicht anders, als die Hände beschützend über ihren Bauch zu legen.

»Wie verschwunden?«

»Sie ist morgens einfach aufgestanden und aus der Tür gegangen. Keine Jacke und keine Schuhe. Keine Spur von ihr. Die halbe Welt ist unterwegs und sucht nach ihr.«

Kaj schüttelte den Kopf.

»Das klingt ja total unwahrscheinlich. Bei dem Wetter? Da kann sie ja nicht weit gekommen sein. Wie kann eine Vierjährige sich in so hohem Schnee bewegen, ohne irgendwelche Spuren zu hinterlassen?«

Sofia stand auf und fing an, die Reste vom Teller in den Mülleimer zu schieben.

»Du musst nicht rüberfahren.« Kaj erhob sich ebenfalls und stellte Glas und Besteck in die Spülmaschine.

»Doch.«

Im selben Moment klingelte Sofias Handy.

Es war Vera Nordlund, ihre Chefin.

32.

Amanda war hysterisch, und zwar so, dass Anders' eigene Sorge an den Rand gedrängt zu werden schien. Sie hatte das ganze Haus auf den Kopf gestellt, Kleider, Skier und Schlittschuhe aus jedem Schrank gerissen und wieder und wieder mit lauter, gellender Stimme nach Ellie gerufen. Mal hatte sie gedroht, mal gelockt, um die Tochter zu bewegen, aus ihrem Versteck zu kommen. Sie hatten im Auto gesucht, in der Garage, in den Gästehütten, im Keller und im Gemüsekeller draußen auf dem Grundstück. Ellie war nirgends. Einer der Nachbarn unternahm gerade einen langen Spaziergang mit seinem Hund und hatte von der Straße die Aufregung gehört und sofort seine Hilfe angeboten. Er war mit dem Hund durch den hohen Schnee um das achttausend Quadratmeter große Grundstück gelaufen, um nach Ellie zu suchen. Amanda, nur in langen Unterhosen und Daunenjacke, war ihm auf den Fersen gefolgt.

Es fühlte sich an, als würde die Zeit stillstehen, und doch konnte nicht mehr als eine Stunde vergangen sein, als sie einsahen, dass sie aufgeben mussten. Schließlich hatte Anders die Polizei angerufen, die beschlossen hatte, den Rettungsdienst zu alarmieren. Der wiederum hatte Kontakt zu Missing People aufgenommen. Binnen weniger Stunden war der gesamte Hof voller Menschen. Und alle hatten sie dasselbe Ziel: die verschwundene Vierjährige zu finden.

Anders konnte das alles nicht begreifen. Wie war Ellie aus dem Haus gekommen? War sie einfach aufgestanden und ohne Jacke und Schuhe rausmarschiert? Anders hatte Amanda bisher vergeblich gebeten, Ellie den Schnuller abzugewöhnen, und nun lag er dort im Bett.

Jetzt standen ein Polizeiauto und ein blauer Volvo in der Auffahrt. Eine Polizistin in Zivil sprach mit dem Nachbarn, der bei der Suche geholfen hatte. Eine jüngere Frau in Uniform saß mit Amanda in der Küche. Unten in der Einfahrt standen zwei weitere Polizeiautos und ein Hundeführer mit einem Schäferhund. Der Hund lief mit der Nase auf den Boden gedrückt. Der Hofplatz war abgesperrt, aber Anders hatte genügend Krimiserien gesehen, um zu wissen, dass mögliche Spuren längst zugeschneit oder von ihm selbst, Amanda oder dem Nachbarn kaputt getrampelt waren. Er zitterte in seinen Schlafanzughosen und der Daunenjacke. Nicht einmal ein T-Shirt hatte er sich untergezogen.

»Wann sind Sie aufgewacht?« Die hochgewachsene Frau mit dem pflaumenfarbenen Haar hatte sich als Kriminalhauptkommissarin Vera Nordlund vorgestellt. Breit wie ein Scheunentor war sie, und die rote Fjällräven-Jacke spannte über der Brust. Sie wollte ihre Lesebrille auf die Stirn schieben, aber die blieb in der grauen Mütze hängen, also nahm sie sie ab und schob sie in die Tasche. Anders konnte erkennen, dass der Aufkleber, auf dem die Brillenstärke angegeben war, immer noch auf dem Glas klebte.

»Ungefähr um neun. Wir waren gestern alle drei noch lange auf. Und ich war dann noch ein Weilchen hier unten, als Amanda und Ellie schon im Bett waren.« Anders zog die Jacke enger um sich und sah zu dem Nachbarn hinüber, der in verschiedene Richtungen wies, um der Polizistin zu zeigen, wo sie schon überall gesucht hatten. Amanda kam zusammen mit der Streifenpolizistin aus dem Haus. Sie hatte eine Strickjacke unter die Daunenjacke gezogen, aber keine Mütze auf. Es hatte wieder begonnen zu schneien, und leichte, lautlose Flocken blieben in ihrem langen kastanienbraunen Haar hängen.

»Und seither haben Sie nichts gehört? Niemanden, der ins Haus gekommen sein oder sich draußen bewegt haben könnte?«

»Nein.« Amanda übernahm sofort das Antworten.

»Fehlt irgendetwas?«

»Nein.«

»Ellies Jacke?«

»Nein, es fehlt nichts.«

»Neigt Ellie zum Schlafwandeln?«

Amanda nickte.

»Das ist schon vorgekommen, aber noch nie so. Sie ist noch nie rausgegangen.«

Vera Nordlund kratzte sich die Stirn.

»Und als Sie heute Morgen rausgekommen sind, haben Sie auch keine Spuren gesehen?«

Jetzt war Anders an der Reihe, den Kopf zu schütteln.

»Was haben Sie gemacht, nachdem Ihre Frau und Ihre Tochter schlafen gegangen waren?«

Amandas Blick brannte auf ihm.

»Ja, ich weiß nicht … vielleicht habe ich einen Whisky getrunken. Hab vorm Feuer gesessen.«

»War die Haustür verschlossen, als Sie heute Morgen aufgestanden sind?«

Amanda schüttelte den Kopf.

»Nein, und wir schließen immer ab.« Ihre Stimme stieg fast ins Falsett.

»Kann Ellie die Tür schon alleine aufschließen?«

»Nein«, antwortete Amanda sofort und sah die Polizistinnen verzweifelt an. »Sie kommt noch nicht an das Sicherheitsschloss.«

Sie standen einen Moment schweigend da, dann wandte sich die Kriminalhauptkommissarin an Anders.

»Waren Sie alkoholisiert, als Sie ins Bett gingen?«

Er merkte, wie er rot wurde.

»Wieso?«

»Wenn Sie alkoholisiert waren, dann haben Sie vielleicht vergessen, die Tür abzuschließen.«

Amanda holte neben ihm tief Luft, und Anders wurde eiskalt vor Schreck.

War es seine Schuld, dass Ellie verschwunden war?

33.

Als Sofia bei dem Haus in Sunnansjö ankam, schneite es heftig. Früher am Tag hatte noch die Sonne geschienen, doch dann waren nach und nach Wolken aufgezogen, und jetzt war der Himmel wieder grau. Das blinkende Blaulicht auf den Streifenwagen stand in hartem Kontrast zu der weißen Winterlandschaft. Aus der Entfernung hörte sie den Polizeihelikopter, der auf der Suche nach dem verschwundenen Mädchen mit Wärmebildkameras über die Umgebung strich. Bei den beiden Gästehütten stand ein Drohnenpilot mit einer Fernbedienung in der Hand, den Blick zum Himmel gewandt, wo seine Drohne über der Landschaft von Sunnansjö kreiste.

Die Menschen, die um das Haus herum suchten, hatten Schnee auf Schultern und Mützen. Trotzdem kam es Sofia nicht kalt vor, als sie aus dem Auto stieg. In der trockenen Winterluft war es kein Problem, sich warm zu halten, wenn man nur die richtige Kleidung anhatte. Der Mann, der ihr auf der Auffahrt begegnete, war alles andere als passend gekleidet. Seine langen Beine steckten in karierten Schlafanzughosen aus dünner Baumwolle, und unter der dicken Daunenjacke schaute ein nackter Brustkorb heraus. Er nickte ihr nur zu, um die

Arme nicht aus der Umklammerung lösen zu müssen, mit der er sich warm hielt.

Sofia schlug die Autotür zu, ging zu dem Mann hinüber und begrüßte Vera, die hinter ihm kam, mit einem Nicken. Karim war auch da und sprach mit einem der Hundeführer. Ganz offensichtlich war die intensive erste Phase der Suche vorbei. Ein Gefühl der Unzufriedenheit hing über den Personen, die sich auf dem Grundstück befanden.

»Kommen Sie, wir gehen rein.« Vera legte dem Mann die Hand auf die Schulter und zeigte zur Doppeltür aus dunkel gebeiztem Zedernholz. Sofia folgte ihr schweigend. Sie betraten eine Diele, die bis zu den Dachbalken hinauf offen war. Von dort ging es in ein Wohnzimmer mit ebenso hoher Decke, einem Panoramafenster und einem runden, offenen Kamin mitten im Raum. Auf einem weißen, hufeisenförmigen Sofa, das mit flauschigen Decken und Schaffellen überladen war, saß eine magere Frau in grau- und neonrosafarbenen langen Unterhosen, die Hände vors Gesicht geschlagen. Neben ihr saß Kicki Bjurvall, eine Kollegin in Uniform. Sie war etwas untersetzt und hatte ein rundes Gesicht, was durch das kurz geschnittene dunkelbraune Haar noch unterstrichen wurde und sie wie eine Comicfigur aussehen ließ. Sofia mochte Kicki. Sie hatten ein paarmal in der Cafeteria des Polizeireviers zusammen Kaffee getrunken, und im Spätsommer war sie sogar zum Krebsessen in Kickis Sommerhaus eingeladen gewesen, doch die Schwangerschaftsübelkeit hatte damals alle gesellschaftlichen Pläne zunichtegemacht. Kicki besaß viel Erfahrung auf dem Gebiet der Suche nach verschwundenen Personen. Gemeinsam mit Vera, die sich besonders gut auskannte mit den Vorgehensweisen, denen man bei der Polizei in solchen Fällen folgte, war sie die Erste, die gerufen wurde, und zwar vor allem, um die Kommunikation mit den Angehörigen zu übernehmen – ein Gebiet, auf dem Veras Fähigkeiten wiederum einiges zu wünschen übrig ließen. Auch wenn sie formell die Rolle als Leiterin der Rettungsaktion innehatte, war Kicki doch ihre rechte Hand und koordinierte den Sucheinsatz zusammen mit Missing People und den Leuten vom Heimatschutz. Darüber hinaus interessierte sie sich für die Jagd und kannte deshalb die Wälder der Umgebung besser als alle anderen.

Als Sofia und Vera mit dem Mann zwischen sich das Wohnzimmer betraten, sah die Frau in den langen Unterhosen auf. Ihr Gesicht war rot geweint, der Blick pechschwarz.

»Das hier ist deine Schuld, Anders! Ist dir das klar?« Sie spuckte die Worte nur so aus. Kicki legte den Arm um die Frau, die in lautes Weinen ausbrach.

Alle außer Vera setzten sich aufs Sofa.

»Das hier ist Sofia Hjortén«, erklärte sie.

Der Mann in Daunenjacke und Schlafanzughosen nickte, ohne sie anzusehen.

»Ellie ist irgendwann zwischen Mitternacht und neun Uhr heute Morgen aus dem Haus verschwunden«, begann Vera, räusperte sich und sah Sofia an. »Es werden keine Kleider von ihr vermisst, und wegen des Schneefalls haben wir keine Spuren. Es hat sich herausgestellt,

164

dass die Haustür über Nacht möglicherweise unverschlossen gewesen ist.«

Die magere Frau umklammerte ein Kissen so fest auf
ihrem Schoß, dass ihre Knöchel weiß wurden. Der
Mann starrte weiter zu Boden.

»Was machen wir jetzt?« Seine Stimme klang dünn
und voller Selbstvorwürfe.

»Wir dehnen die Suche aus«, sagte Vera. »Aber wir
haben überdies Anzeige wegen Verdachts auf Entführung gestellt.«

Der Frau entrang sich ein Jammern.

»Sofia wird Sie jetzt noch einmal zu dem Verschwinden von Ellie befragen. Kicki und ich werden derweil
weiter die Suche koordinieren.«

Vera nickte Sofia zu, dass sie übernehmen solle.

»Ich möchte erst einmal sagen, wie leid es mir tut …«
Mehr konnte sie nicht sagen, als sie schon von der Frau
unterbrochen wurde.

»Sie ist tot, nicht wahr? Deshalb sagen Sie das, oder?
Sie glauben, dass sie tot ist.«

Sofia schüttelte den Kopf und versuchte, eine bequeme Stellung auf dem Sofa zu finden.

»Im Moment wissen wir noch gar nichts. Ich möchte
einfach sagen, dass es mir leidtut, dass Sie in diese Situation geraten sind. Wir werden alles tun, um Ellie zu
finden.«

Der Mann sah sie an. Die abgrundtiefe Sorge, die aus
seinem Blick sprach, machte ihr Angst.

34.

Der kalte Schnee brennt in den Augen. Jede Flocke, die ihn trifft, ist wie ein Messerstich, der unter die Haut dringt und Löcher hineinbrennt. Er sieht auf seinen Körper hinunter und erkennt, dass er nackt ist. Überall auf seinem Brustkorb sitzen Flocken. Verzweifelt bürstet er über die brennenden Löcher, doch das hilft nicht, es tut einfach weiter weh. Er friert. Seine Beine sind eingeschlafen. Neben ihm auf dem Boden liegt eine Frau. Er sieht, dass es Madde ist. Irgendwo tief in ihm meldet sich das Bewusstsein, und Philip begreift, dass dies ein Traum ist. Es ist ein Traum, aber er will nicht aufwachen. Er darf nicht aufwachen. Erst muss er sie finden. Das ist wichtig. Er darf nicht in diesen ohnmächtigen Zustand zurückfallen.

*

Als Philip aufwachte, wusste er erst nicht, wo er sich befand. Das Kiefernholzbett war mit grünem Bettzeug mit aufgedruckten Blättern bezogen. Er hatte nur Unterhosen und T-Shirt an, die Decke war dünn, und er fror. Draußen in der Küche hörte er eine Stimme, und ihm fiel ein, dass er bei Sofia auf Ulvön war. Aber das, was er da hörte, war weder ihre noch Fredriks Stimme. Ein Mann mit breitem Stockholmer Dialekt telefonierte laut mit jemandem.

»Mette, es ist auch ihr Kind.«

Die Person am anderen Ende schien lange zu sprechen.

»Alleiniges Sorgerecht? Mit welcher Begründung?«

Wieder Schweigen, bis eine weitere lange Ausführung beendet war.

»Mette, wir können darüber sprechen, wenn das Kind geboren ist. Jetzt im Moment …«

Das Gespräch wurde abgebrochen, und Philip hörte, wie jemand die Toilettentür in der Diele öffnete. Und schon stand Fredrik mit einem Handtuch um die Hüften im Gästezimmer.

»Guten Tag. Wie geht es dir?«

Fredrik begann, in Philips Tasche nach einem T-Shirt zu wühlen, während dieser sich, immer noch fest in die Decke gewickelt, aufsetzte.

»Ich leihe mir das hier mal aus.«

Philip nickte.

Doch dann holte Fredrik auch das Päckchen heraus, in dem die Halskette war, die Philip für Madde gekauft hatte, und setzte sich neben ihn aufs Bett.

»Für wen ist das hier?«

Philip starrte auf das Päckchen und nahm es dann mit der Hand entgegen, die nicht die Decke hielt.

»Für Madde.«

Fredrik sah ihn erwartungsvoll an.

»Wer ist das?«

Philip legte das Päckchen neben sich auf das Bett und zog die Decke enger um sich.

»Meine Freundin.«

Fredrik versuchte nicht einmal, ungerührt auszusehen. Er grinste übers ganze Gesicht und schlug ihm in Kumpelmanier auf den Rücken.

»Okay, und wann darf man sie mal kennenlernen?«

Philip schaute auf seine Hände hinunter und brach in Tränen aus.

*

Als Sofia mit Kaj zurückkam, saß Fredrik in der Küche. Während Sofias Abwesenheit waren er und Kaj umeinander herumgeschlichen. Kaj hatte im oberen Stockwerk gesessen und gearbeitet, während er selbst wie ein unseliger Geist herumgewankt war, immer darauf wartend, dass Philip aufwachen und sie mit dem letzten Luftkissenboot abfahren könnten.

Als Philip endlich aufgewacht war, ging es ihm zwar viel besser, aber er weigerte sich nach wie vor, nach Hause zu fahren. Fredrik wusste nicht, was er tun sollte. Er wollte Ulvön am liebsten so schnell wie möglich verlassen, hatte aber keine Ahnung, wie er Philip dazu bringen könnte, mit ihm zu fahren. Außerdem musste er dringend mit Sofia sprechen. Kaj war dann irgendwann losgefahren, um sie am Fähranleger abzuholen, und die Chance, das Luftkissenboot noch zu erreichen, war verstrichen. Philip hatte sich wieder hingelegt, doch die Tasche stand zumindest gepackt im Gästezimmer.

Kaj half Sofia aus der Jacke, während sie versuchte, aus den Winterschuhen zu kommen. Draußen schneite es immer noch, und der Teppich in der Diele war bald von ihren Schuhen ganz durchnässt.

»Wie geht es Philip?«, fragte sie und setzte sich Fredrik gegenüber an den Küchentisch. Kaj schaltete den Wasserkocher ein. Fragend hob er die Dose mit den Teebeuteln, und Fredrik nickte.

»Besser. Er war ein Weilchen wach. Ich hoffe, wir können morgen fahren.«

»Schön zu hören«, antwortete Kaj. »Also, ich meine, dass es ihm besser geht«, schob er nach.

Der Wasserkocher blubberte, und Kaj stellte jedem eine Tasse mit einem Teebeutel hin und goss Wasser darauf. Fredrik wollte nicht mit Sofia reden, solange Kaj in der Nähe war, doch zum Glück schien der auch nicht besonders scharf darauf, mit ihm in einem Raum zu sein. Er schenkte sich selbst eine Tasse ein und nahm sie dann mit ins Wohnzimmer. Schon bald war der Jingle der Abendnachrichten zu hören. Fredrik und Sofia saßen schweigend da, während über das verschwundene vierjährige Mädchen berichtet wurde.

»Wie furchtbar.« Fredrik seufzte, als der Moderator zu den kommenden US-Wahlen überging.

Sofia nickte.

»Es ist schrecklich. Die Eltern sind außer sich vor Sorge.« Sie fuhr sich mit der Hand über den Bauch.

Dann tranken sie schweigend ihren Tee, und Fredrik dachte darüber nach, wie er am besten anfangen könnte.

»Also, ich konnte ein bisschen mit Philip sprechen.

Scheinbar ist er hier raufgefahren, um seine Freundin zu treffen.«

Sofia zog die Augenbrauen hoch.

Fredrik lächelte.

»Ich war auch erstaunt, aber es sieht tatsächlich so aus, als hätte Philip jemanden kennengelernt. Sie studiert in Umeå, und sie wollten sich hier im Wochenendhaus der Familie treffen.«

»Hier in Örnsköldsvik?«

Fredrik nickte.

»Aber als er hinkam, war sie nicht da.«

Sofia nahm einen Schluck Tee.

»Ach ja?«

»Er hat eine Weile gewartet, fand es aber unangenehm, allein in dem Haus zu sein. Beim Wegfahren ist er dann in einen Graben geraten. Die Wunde an der Stirn hat er sich zugezogen, als er aufs Lenkrad geknallt ist.«

Sofia stellte die Tasse ab.

»Hatten sie sich denn da verabredet?«

»Ja und nein. Sie hatten einen Streit, woraufhin sie allein gefahren ist, doch dann hat er beschlossen, trotzdem hinzufahren und sie zu überraschen.«

»Das verstehe ich nicht«, sagte Sofia mit einem Nicken zum Gästezimmer hin, »hat das ausgereicht, ihn in diesen Zustand zu versetzen? Dass sie sich gestritten haben und sie ihn nicht sehen wollte?«

Fredrik presste die Lippen zusammen und nahm einen tiefen Atemzug, ehe er fortfuhr.

»Philip war über zwei Jahrzehnte lang nicht unter Leuten. Alles, was etwas über das Gewöhnliche hinaus-

geht, kann dazu führen, ihn *in den Zustand* zu versetzen.«

Sein Tonfall veranlasste Sofia, sich auf dem Stuhl zu-
rückzulehnen und auf Abstand zu gehen.

»Er glaubt, dass ihr etwas passiert ist.«

Sofia verschränkte die Arme vor dem dicken Bauch.

»Warum?«

Darauf hatte er keine Antwort.

»Es wird sich schon lösen, du wirst sehen.« Sofia un-
terdrückte ein Gähnen hinter vorgehaltener Hand.
»Wenn du wüsstest, wie viele ›verschwinden‹«, sagte sie
und malte mit den Fingern Anführungsstriche in die
Luft, »in wie vielen Fällen wir schon ermittelt haben,
und dann stellte sich am Ende heraus, dass es sich nur
um einen Streit zwischen zwei Liebenden gehandelt
hatte.«

Fredrik sah sie an.

»Das heißt, ihr werdet nichts tun?«

»Was denn zum Beispiel?«

»Jemanden hinschicken und nachsehen lassen?«

Sofia erhob sich schwerfällig und stellte ihre leere
Teetasse in die Spüle. Bevor sie die Küche verließ, drehte
sie sich um und sah ihn an.

»Wir haben mit einem verschwundenen Kind vollauf
zu tun. Wenn Philip Liebeskummer hat, dann muss er
da wohl ohne die Hilfe der Polizei durch.«

35.

Das Mädchen schläft tief, den Kopf auf das Sofakissen gelegt. Ein nasser Speichelfleck bedeckt eine der gelben Blumen in dem bunten Motiv. Die dunklen Haare liegen in schweiß-nassen Locken auf der Stirn. Sie bewegt die Lippen im Schlaf, macht kleine, schmatzende Geräusche. Manchmal fährt sie mit den Händen um sich herum. Ich glaube, sie sucht einen Schnuller.

Es war nicht schwer, sie mitzunehmen. Als ich ihr die Spritze gegeben habe, hat sie geschrien, aber da hatte ich bereits meine Hand auf ihren Mund gelegt, sodass kein Laut herausdringen konnte. Fast eine halbe Minute musste ich sie ganz fest halten, dann wurde sie in meinen Armen schlaff. Lange stand ich mit dem reglosen Körper auf dem Arm da und horchte, ob im oberen Stockwerk jemand aufwachen würde. Aber es kam niemand.

Seither hat sie den ganzen Tag auf dem Sofa tief geschlafen. Alle vier Stunden gebe ich ihr eine Dosis des sedierenden Nasensprays, aber erst rüttele ich sie ein wenig wach und verabreiche ihr im Halbschlaf eine Flasche mit Brei, um ihr Bedürfnis nach Nahrung und Flüssigkeit zu stillen. Sie trinkt gierig mit geschlossenen Augen und schläft dann wieder ein.

Ich setze mich auf die Armlehne des Sofas. Hebe die Hand. Denke, dass ich sie anfassen will. Die weichen Beine vorsichtig streicheln will. Meine Hand sieht riesig aus im Vergleich zu ihrem kleinen Körper. Im letzten Moment überlege ich es mir anders. Will nicht riskieren, dass sie aufwacht.

Wenn sie aufwacht, hat sie keinen Wert mehr für mich.

MONTAG, 24. FEBRUAR

36.

Kaj zeigte auf die Butter, und Fredrik reichte sie herüber, ohne aufzusehen. Sofia saß am kurzen Ende des Tisches und betrachtete ihre beiden ehemaligen Lover, wie sie in angespanntem Schweigen miteinander frühstückten.

Draußen war es immer noch dunkel, und der Wind pfiff um die Hausecke. Inzwischen schneite es nicht mehr, und der Himmel war klar, aber sie freute sich trotzdem nicht darauf, in die Kälte hinauszugehen. Sie hatte schlecht geschlafen und wäre am liebsten wieder ins Bett gekrochen und hätte sich die Decke über den Kopf gezogen. Doch ein Kind war verschwunden. Jetzt gab es gerade keinen Platz für ihre eigenen Bedürfnisse.

»Ihr fahrt also heute?« Kaj konnte seine Freude nicht verbergen.

Fredrik nickte.

»Mit dem Schiff um acht.«

»Dann fahren wir zusammen«, erwiderte Sofia.

Kajs Miene verfinsterte sich.

»Willst du heute schon wieder rüberfahren?«

»Ja, sowie es heller wird, geht die Suche weiter.«

»In deinem Zustand solltest du nicht draußen sein und im Schnee rumstapfen.«

»Nein, das hatte ich auch nicht vor, aber …«

Sie unterbrach sich, als sich draußen ein Motorengeräusch näherte. Die Fensterscheiben der Haustür klirrten, als jemand sich auf der Veranda den Schnee von den Schuhen stampfte. Schon bald erschien Tords Gesicht in der Tür zwischen Diele und Küche. Er hatte es sich zur Gewohnheit gemacht, jeden Morgen vorbeizukommen, einen Kaffee zu trinken und nach ihr zu sehen. Sie schätzte das sehr. Jetzt noch mehr denn je.

»Tord, komm rein. Wir haben noch Eier und Kaffee.«

»Mir reicht Kaffee, aber bleib bloß sitzen«, sagte er und winkte ihr ungeduldig zu, als sie versuchte aufzustehen, um ihm einen Kaffee zu holen. Er schenkte sich selbst eine Tasse ein und setzte sich dann auf die Trittleiter, die neben dem Kühlschrank stand.

»Gibt's was Neues?«

Sofia schüttelte den Kopf.

»Noch nichts. Sowohl der Heimatschutz als auch Missing People helfen bei der Suche. Aber in dieser Kälte überlebt man draußen nicht lange, wenn man nicht richtig angezogen ist.«

Tord brummte.

»Wie ich hörte, handelt es sich um die Tochter von diesem Bautypen?«

Sofia nickte.

»SveAnd AB.« Es stand schon in allen Zeitungen, deshalb sah sie keinen Anlass, es geheim zu halten.

Tord verzog das Gesicht.

»Nicht, dass ich ihm was Böses wünschen würde, aber es geht doch mit dem Teufel zu, dass sie es nicht schaffen, dieses Bauprojekt zu stoppen.«

»Welches Bauprojekt?«, fragte Kaj.

»Die Villen draußen auf Dekarsön.« Tord fischte die Snusdose aus der Hemdtasche und formte sich eine große Portion.

»Villa in Meernähe mit eigenem Steg und Pool««, zitierte er. »Das müssen wohl Stockholmer sein, die diese Häuser kaufen, denn von den Leuten hier kann sich das keiner leisten.«

Zum Glück stieg Kaj nicht in die Debatte über Stockholmer und ihre Kaufgewohnheiten bei Immobilien auf dem Lande ein.

Man hörte ein leises Räuspern, und alle Blicke wandten sich zur Tür in Richtung Diele. Da stand Philip und sah sie an. Sein Gesicht war leichenblass.

Tord nickte zum Gruß und stellte sich vor. Als er keine Antwort erhielt, schaute er zu Sofia. Sie nahm die Beine vom Stuhl neben sich und zog ihn heraus.

»Möchtest du Frühstück, Philip?«

Er antwortete immer noch nicht, sodass Fredrik aufstand und zu ihm ging.

»Philip, was ist los?«

Unruhig sah der Fredrik an.

»Von wem redet ihr?«

»Auf dem Festland ist ein Mädel verschwunden«, erklärte Tord.

»Wer?«

Fredrik legte die Hand auf Philips Schulter.

»Ein vierjähriges Mädchen. Wir müssen gleich los. Willst du nicht wenigstens einen Kaffee trinken?«

»Ich gehe schon mal raus und lasse den Wagen an«,

erklärte Kaj. Er leerte seinen Becher, stand auf und ging in die Diele, ohne sein Geschirr wegzuräumen. Philip trat nicht beiseite, als er sich vorbeidrängte.

»Ich habe gehört, dass ihr SveAnd gesagt habt.« Philips Stimme war dünn wie Reispapier.

Jetzt tauchte Kaj wieder hinter ihm auf, den Schal um den Hals gewickelt.

»Heißt das Mädchen Ellie?«, fragte Philip.

Sofia sah ihn an.

»Ja, Ellie Svensson. Wieso?«

»Das ist Maddes kleine Schwester.«

*

»Es muss da überhaupt keinen Zusammenhang geben, Kaj.«

»Du findest es also nicht komisch, dass dieser Psychofall ausgerechnet zum gleichen Zeitpunkt hier auftaucht, als auch das Kind verschwindet? Woher wissen wir denn, dass es nicht Herr Philip Lindén höchstselbst war, der sie verschleppt hat?«

»Weil er, als sie verschwunden ist, in meinem Gästezimmer lag und geschlafen hat«, antwortete Sofia säuerlich. Wieso verhielt sich Kaj plötzlich derart unprofessionell?

Er schüttelte verärgert den Kopf und machte eine Handbewegung zu dem Haus in Norrbysbodarna. Seine Nase leuchtete knallrot vor Kälte, aber trotzdem schien ihm der Schweiß von der Stirn zu laufen. Er fuhr sich mit der behandschuhten Hand über die Schläfen und rückte die Mütze zurecht, unter deren Kante das grau gelockte Haar herausschaute.

»Und dann dieser Fredrik.« Wieder zeigte er zum Haus hin. »Der hat es ja wieder einmal geschafft, sich irgendwo einzunisten, wo er nicht hingehört.«

Sofia war natürlich klar, dass Kajs Gerede ebenso von Eifersucht wie von Sorge darüber geprägt war, was das alles für die laufende Ermittlung bedeuten könnte. Sowie sie begriffen hatten, dass es einen Zusammenhang zwischen dem verschwundenen Kind und Philip Lindéns Freundin gab, hatte er sofort Vera angerufen und sie über die Umstände informiert. Vera hatte Sofia Order gegeben, sich sofort auf dem Revier einzufinden. Kaj hatte sich angeboten, mitzukommen und falls nötig die Ermittlung zu unterstützen.

Das Schiff um acht Uhr, mit dem Sofia, Philip und Fredrik hätten fahren sollen, hatte bereits Richtung Festland abgelegt, aber Vera hatte das Luftkissenboot sofort nach Ankunft wieder zurückgeschickt, um Sofia und Kaj abzuholen und einen Beamten auf die Insel zu bringen, der Philip vernehmen sollte. Weder Philip noch Fredrik würden heute nach Hause fahren können, und Sofia wusste nicht, ob sie das froh machen sollte oder nicht. Aber diesmal würde sie alles nach Vorschrift tun. Jemand anders würde die Vernehmung durchführen, sie würde sich nicht einmischen, würde Vera nichts verschweigen.

Sofia wollte eben etwas zu Kaj sagen, als ihrer beider Handys gleichzeitig klingelten.

»Was zum Teufel ist hier los?« Wie üblich eröffnete Kriminalhauptkommissarin Vera Nordlund das Telefongespräch ohne Begrüßungsphrase. »Was hat der verdammte Lümmel denn diesmal angestellt?« Lümmel. Dasselbe Wort, das Tord benutzt hatte. Vera und Tord würden ein vortreffliches Paar abgeben, wenn Vera nicht Frauen bevorzugen würde.

»Fredrik hat nichts mit der Sache zu tun. Er ist hierhergekommen, um seinen Freund abzuholen. Dann hat sich herausgestellt, dass der, also Philip, die große Schwester des verschwundenen Mädchens kennt und eine Beziehung mit ihr hat.«

Sofia hörte selbst, wie chaotisch das klang.

»Und der ist jetzt bei dir zu Hause?«

»Ja. Die beiden hatten irgendeinen Streit, und er ist zum Ferienhaus der Familie raufgefahren, um die Sache zu klären, aber da war sie nicht. Es ist eine längere Geschichte. Ich habe auch eben erst erfahren, dass das alles zusammenhängt«, beeilte sich Sofia zu sagen.

Kaj wandte sich von ihr ab und hielt sich das eine Ohr zu, um sein Gespräch besser zu verstehen.

»Das geht doch mit dem Teufel zu«, knurrte Vera.

Sofia holte tief Luft.

»Wir stehen jetzt am Kai in Fjären. Das Luftkissenboot müsste jeden Moment hier sein. Lass uns das klären, wenn wir da sind.«

Drei kurze Signale zeigten, dass Vera aufgelegt hatte. Sofia zog sich die Handschuhe wieder an und stampfte auf der Stelle.

Kaj telefonierte immer noch, nickte ihr aber zu, um zu signalisieren, dass er ebenfalls gesehen hatte, dass das Luftkissenboot auf dem Weg in den Hafen war. Sie winkte dem Steuermann und zog die Jacke enger um sich, als das Fahrzeug anlegte.

Per Persson ging von Bord. Der neue Ermittler hatte Mattias Wikström, den Fotomodell-Polizisten, ersetzt, der sie für einen cooleren Job in der Kommunikationsabteilung in Umeå verlassen hatte. Nach dem, was Sofia gehört hatte, benahm er sich da genauso arrogant, wie er es auf dem Polizeirevier Örnsköldsvik getan hatte.

Der Kollege hingegen, der sie jetzt begrüßte, war immer fröhlich und nett. Abgesehen von seiner etwas unglücklichen Vor- und Nachnamenskombination war Per mit einem kurzen, untersetzten Körper und unbezwingbaren roten Locken auf dem Kopf ausgestattet. Meist bändigte er die Haare jedoch mit einer Kappe des Örnsköldsviker Eishockeyklubs, die schon bessere Tage gesehen hatte. Per ließ keine Gelegenheit aus, seine Verbundenheit mit der Mannschaft zu demonstrieren. Da er seinen Dienst während Sofias Krankschreibung angetreten hatte, kannte sie ihn noch nicht so gut, aber sie mochte ihn bereits. Er war ungefähr dreißig und hatte Erfahrung sowohl als Ermittler wie auch als Streifenpolizist. Nun hatte er vor, sich zum Kriminaltechniker weiterzubilden, und wusste daher, wie man sich an einem Tatort verhielt, was ihn bei den beiden Kollegen von der Technik, die derzeit bei ihnen arbeiteten, sehr beliebt machte.

»Sofia!« Per streckte ihr die Arme entgegen, und sie erkannte zu ihrem Schrecken, dass er vorhatte, sie zu umarmen. Was er auch tat, um ihr dann freundlich den Bauch zu tätscheln, als würden sie sich schon ewig kennen. Kaj, der endlich aufgelegt hatte, kam nun auf sie zu und streckte die Hand aus.

»Kaj Marklund. Ich glaube, wir kennen uns noch nicht. Normalerweise arbeite ich in der überregionalen Profiler-Gruppe, aber gerade eher ein bisschen auf Distanz, weil wir ja …« Er nickte stolz zu Sofias Bauch hin.

»Marklund, der Name ist mir natürlich bekannt, klarer Fall.« Per machte sich nicht die Mühe, seine Bewunderung zu verbergen. »Verdammt gute Arbeit mit dem Typen da in Vagnhärad.«

Bei Kajs letztem Fall war es um einen Serienvergewaltiger gegangen, der im Herbst in der Gegend um Trosa, südlich von Stockholm, sein Unwesen getrieben und den die Polizei mit Kajs Hilfe schließlich gefasst hatte.

Der Steuermann winkte ihnen, und Sofia zeigte auf ihren roten Golf, der auf dem Parkplatz stand.

»Die Schlüssel liegen auf dem linken Vorderreifen«, sagte sie zu Per. »Fredrik und Philip warten im Haus auf dich.«

37.

Philip, der neben Fredrik auf dem Sofa saß, fuhr bei dem lauten Türklopfen zusammen. Fredrik tätschelte ihm tröstend das Bein und stand auf, um zu öffnen. Draußen stand ein kleiner Mann, ein paar Jahre jünger als er selbst. Das rot-orangefarbene Haar lockte sich rund um den Kopf und glich einem sehr kurzen Afro. Anstelle einer Mütze trug er eine Kappe mit dem Logo des lokalen Eishockeyclubs. Die Haut war blass und hatte Sommersprossen. Er grinste breit, hielt ihm mit der einen Hand seinen Polizeiausweis hin und streckte dann die andere aus.

»Per Persson. Ich bin hier, um mit Philip Lindén zu sprechen.«

Philip stellte sich hinter Fredrik in die Tür und streckte Per teilnahmslos die Hand hin.

»Kommen Sie rein.« Fredrik ließ den Polizisten vorbei, der brav die Schuhe auszog und auf das Schuhregal stellte, ehe er die Haustür hinter sich zuzog.

»Möchten Sie einen Tee?« An den Perkolator wagte er sich immer noch nicht. Es war komisch, in Sofias Haus den Gastgeber zu spielen, aber er fühlte sich doch verpflichtet, dem offensichtlich durchgefrorenen Mann ein heißes Getränk anzubieten. Per nahm dankend an und ließ sich am Küchentisch nieder. Philip setzte sich wortlos auf die andere Seite.

»Schön hat Sofia es hier.« Per streckte sich und spähte aus dem Fenster. »Tolle Aussicht!«

Fredrik nickte und lächelte. Der rothaarige Mann war ihm instinktiv sympathisch, weil er offensichtlich versuchte, die Situation für ihn und Philip zu entspannen.

»Kennen Sie sich näher? Ich habe irgendwie nicht richtig mitgekriegt, wie genau das alles zusammenhängt.« Er sah Philip an, doch als er keine Antwort bekam, wandte er sich Fredrik zu.

»Wir haben vor ungefähr hundert Jahren zusammen studiert.«

Pers Miene hellte sich auf.

»Ach so, dann sind Sie auch Polizist?«

Fredrik schüttelte den Kopf.

Er war nahe dran gewesen, war aber auf der Ziellinie gestolpert. Dass er überhaupt das Gymnasium geschafft hatte, war ganz allein das Verdienst seiner Großmutter. Greta Fröding war eine strenge Frau gewesen, aber gerecht und sanft, wenn nötig. Sie hatte ihn durch die Schule gepeitscht, geschoben und gelockt, bis er mit dem Abitur in der Hand auf der Treppe vor dem Schulhaus stand. Die Polizeiausbildung war seine Weise gewesen, allen Menschen zu danken, die ihm auf dem Weg von einem am Boden zerstörten, elternlosen Dreizehnjährigen zu einem einigermaßen heilen Menschen geholfen hatten. Er wollte so werden wie sie alle. Anderen helfen und ihnen eine neue Chance im Leben geben. Die Praktikumszeit auf der Dienststelle in Solna sollte der letzte Schritt in Richtung Polizeiarbeit sein. Doch dann war alles in sich zusammengefallen, als der zehnte Jahrestag des Untergangs der *Estonia* kam und in allen Medien ausgebreitet wurde, und als die Journalisten begonnen hatten, ihn zu jagen. Er hatte nach dem Tod von Großmutter Greta gerade wieder einigermaßen Fuß im Leben gefasst. Eines Morgens hatte er sie in ihrem Bett gefunden, eiskalt, nach einem schweren Schlaganfall. Er war also bereits doppelt seelisch angeschlagen gewesen und hatte dann die Erinnerungen und das ganze Brimborium, die der Jahrestag mit sich brachte, nicht aushalten können. Schon bald war er in ein tiefes schwarzes Loch gefallen und abhängig von angstdämpfenden Medikamenten geworden. Fredrik hatte das Praktikum abgebrochen, und die Jahre, die nun folgten, waren ein Sammelsurium aus Therapiegesprächen, Klinikaufenthalten und Krankschreibungen gewesen. Am Ende war er in einem Job bei der Ausweisstelle in Solna gelandet, wo es ihm fast gefiel. Näher konnte er dem Polizeidienst offenbar nicht kommen.

»Ich hab nach dem Praktikumsjahr aufgehört«, antwortete er.

»Aber es ist doch wohl nicht zu spät, es noch einmal zu versuchen, oder?«, fragte Per. »Wenn Sie wollen, meine ich. Polizisten brauchen wir immer.«

Der Gedanke war Fredrik im letzten halben Jahr mehr als einmal gekommen. Die Ereignisse des vorigen Sommers hatten ihm nach dem, was in jener schrecklichen Herbstnacht vor zwanzig Jahren mit Mutter, Vater und Niklas passiert war und trotz des fast tödlichen

Ausgangs, nach vielen Jahren das erste Mal wieder Lebenslust geschenkt.

Der Traum, als Polizist arbeiten zu dürfen, war wieder in ihm gewachsen, doch er fühlte auch weiterhin die Zweifel in sich. Würde er die Jahre im Streifendienst schaffen? Er ging auf die vierzig zu. Wer würde ihn denn noch haben wollen? Konnte man die Ausbildung überhaupt einfach so fortsetzen? Wahrscheinlich würde er noch einmal ganz von vorn anfangen müssen. Halbherzig hatte er Kontakt zu ein paar alten Studienfreunden aufgenommen, aber keiner hatte geantwortet, und die Sache war wieder im Sande verlaufen.

»Ja, vielleicht.« Fredrik stellte den Wasserkocher zusammen mit drei Tassen, in denen Teebeutel hingen, auf den Tisch. Die Zuckerdose aus gehämmertem Kupfer stand schon auf der blau karierten Decke, und Per rührte drei Stück in seine Tasse.

»Also, Philip, jetzt erzählen Sie mal. So wie ich es verstanden habe, kennen Sie die große Schwester des verschwundenen Mädchens, und Sie sind hier, um sie zu besuchen?«

Philip nickte.

»Sie ist meine Freundin.«

»Wie lange sind Sie schon zusammen?«

»Ein paar Monate. Meist haben wir übers Netz miteinander kommuniziert.«

Per holte einen kleinen Notizblock heraus und legte ihn sich auf den Schoß.

»Und jetzt wollten Sie sich in dem Haus in Sunnansjö bei Bjästa treffen?«

Philip nickte wieder.

»Madde wollte ihren Vater überraschen. Sie wollte, dass ich ihn kennenlerne. Es ist sein Ferienhaus, und er sollte am Samstag kommen, aber wir wollten schon am Donnerstag hinfahren.«

»Wusste er, dass Sie auch da sein würden?«

»Das weiß ich nicht.«

In der Küche wurde es still, aber keiner versuchte, Philip zu drängen.

»Ich hab einen Rückzieher gemacht. Ich habe … also, ich bin nicht gern mit mir unbekannten Menschen zusammen. Ich weiß nicht, es war plötzlich einfach zu viel. Ich hab gesagt, dass ich doch nicht rauffahren will, und wir haben darüber gestritten, und ja … dann habe ich es hinterher bereut. Hab gedacht, dass ich sie überraschen könnte, aber dann ist das Auto verreckt und …«

Per sah Fredrik über Philips Kopf hinweg an.

»Erzählen Sie ganz in Ihrem Tempo, so wie es geht.«

»Ich bin zum Haus gekommen, aber sie war nicht da.«

»Und dann?«

»Sie war nicht da«, wiederholte Philip.

Per nickte.

»Was haben Sie dann getan?«

»Ich hab angerufen. Ihr Handy steckte in der Jacke, die im Garderobenschrank hing.«

Per hatte die Unterlippe zwischen die Zähne geklemmt und machte sich Notizen.

»Was ist dann passiert?«

»Ich habe im oberen Stockwerk ein Geräusch gehört, also bin ich hochgegangen. Aber es war niemand da.«

»Und dann sind Sie wieder weggefahren?«

»Ja.«

»Aber Sie sind nicht nach Hause gefahren?«

Philip senkte den Blick.

»Ich wollte nach Umeå weiterfahren, wo sie studiert, aber ich wusste nicht so recht, und dann ...«

»Ja?«

»Es war glatt. Ich bin von der Straße abgekommen.«

Philips Hand suchte die Wunde an der Stirn.

»Dann kam der Typ mit dem Traktor und hat das Auto aus dem Graben gezogen und mich zu einer Tanke abgeschleppt.«

Per sah wieder Fredrik an.

»Und von da aus haben Sie Fredrik angerufen?«

»Nein, die vom Bus-Kiosk in Bjästa haben mich angerufen«, mischte sich Fredrik ein.

»Und dann sind Sie hingefahren?«

Fredrik nickte.

»Passiert so etwas oft?«

Fredrik wollte eben etwas Ausweichendes antworten, als Philip ihn unterbrach.

»Ja, das passiert oft. Ich habe das Asperger-Syndrom. Und Agoraphobie. Und Panikattacken.«

Per nickte zu Philips Liste von Problemen, zeigte aber keinerlei Anzeichen, dass er das merkwürdig fände. Philips Einsicht in seine eigene Situation hatte Fredrik schon immer erstaunt. Er akzeptierte die Dinge ohne Scham und ohne sie emotional zu bewerten. Fredrik selbst und vielen anderen gelang das nie. Vielleicht ginge es den Menschen besser, wenn sie sich in der selbstver-

ständlichen Art seines Freundes mit ihrer Verschieden-
heit und ihren Beschränkungen arrangieren würden,
dachte Fredrik.

»Was ist dann passiert?«

»Fredrik ist gekommen, und ich wollte nicht nach
Hause fahren, ehe ich nicht Madde gefunden hatte. Mir
ging es richtig scheiße, also sind wir hierhergefahren, zu
Sofia.«

Per schrieb etwas auf den Block.

»Haben Sie mit Madeleines Familie gesprochen?«

Philip schüttelte den Kopf.

»Die kenne ich nicht.«

»Streiten Sie oft, Madeleine und Sie?«

»Nein, vorher haben wir uns noch nie gestritten.«

Per sah Fredrik an.

»Philip, ich hätte gern, dass Sie hierbleiben. Bis wir
das alles geklärt haben.«

Fredrik nickte anstelle seines Freundes.

»Sie werden sehen, das wird sich alles aufklären«, fuhr
Per fort. »Vielleicht brauchte sie einfach nur ein bisschen Zeit, um nachzudenken und sich zu beruhigen.
Wir werden versuchen, sie zu erreichen. Das hat sicher
nichts mit dem kleinen Mädchen zu tun.«

Das stimmte wohl eher nicht, so viel war allen im
Raum klar.

38.

Sofia schaute Kaj, Vera und Karim an, die zur nachmittäglichen Besprechung um den rechteckigen Tisch in der Bibliothek saßen. Kicki Bjurvall war auch dabei, obwohl sie nicht zur Ermittlergruppe gehörte. Seit dem Sommer war der Raum frisch möbliert, und die neuen blauen Stühle mit Lehne waren viel bequemer als die alten. Für Sofia war das allerdings nicht von Bedeutung, denn sie fand momentan alle Stühle gleichermaßen unbequem. Sie spürte, wie der Kopf des Babys im Unterleib drückte, als säße eine Bowlingkugel im Becken fest.

In der einen Ecke der Bibliothek stand der ausgestopfte Bär, der so viele Jahre den Eingangsbereich geziert hatte. Seine Tatzen hingen schlapp herunter, und die Augen waren glasig.

Vera, die analoge Polizeiarbeit liebte, hatte das Whiteboard reingerollt und ein Bild von der verschwundenen Ellie Svensson daran geheftet. Von dort gingen Pfeile zu Anders und Amanda Svensson sowie zu Madeleine Svensson. Alle Fotos waren aus Facebook ausgedruckt, einer der vielen Kanäle, der ihnen in den letzten zehn Jahren die Arbeit erleichtert hatte. Ein weiterer Pfeil zeigte zur SveAnd AB, ein anderer zu einem Bild des

Bauprojekts auf Dekarsön. Darunter hatte Vera einen Zeitstrahl gemalt.

»Das Mädchen ist wahrscheinlich zwischen Mitternacht und neun Uhr morgens verschwunden. Als die Familie aufwachte, war die Haustür unverschlossen, es fehlten aber weder ihre Jacke noch ihre Schuhe.«

»Wann hat es angefangen zu schneien?«, fragte Karim.

»Laut Wetterdienst haben sich die Schneefälle gegen neun Uhr am Samstagabend verstärkt. Ums Haus herum haben wir keine Spuren sichern können. Alles ist zugeschneit oder zertrampelt.« Vera schob sich ihre Lesebrille auf den Kopf. »Wenn das Mädchen das Haus aus eigenen Stücken verlassen hätte, dann müssten wir sie inzwischen gefunden haben. In der Kälte hält man ohne anständige Bekleidung nicht lange durch. Wäre die Leiche mit Schnee bedeckt gewesen, hätten die Hunde sie gefunden.« Diese krasse Feststellung der Kriminalhauptkommissarin ließ Sofia schaudern.

»Aber wenn wir mal stattdessen davon ausgehen, dass sie nicht aus freien Stücken verschwunden ist«, warf Karim ein, »sondern dass jemand sie entführt hat, dann besteht ja die Chance, dass sie noch lebt.«

Vera nickte.

»Wir betrachten es parallel als Rettungseinsatz und als Verdacht auf Entführung. Die Suche nach Ellie wird für den Rest des heutigen Tages und den ganzen morgigen Tag fortgesetzt werden.«

»Und Madeleine Svensson?«

Karim sah Per an.

»Wie gesagt, ich war draußen und habe mit dem Freund gesprochen, aber der weiß nicht, wo sie sein könnte. Ich habe versucht, sowohl Anders Svensson als auch Madeleines Mutter Jeanette Svensson anzurufen, habe aber beide bisher nicht erreicht.«

»Anders Svensson ist wahrscheinlich mit dem Suchtrupp unterwegs«, schob Kicki ein.

»Ich habe allerdings mit ein paar Kommilitonen und einem Dozenten gesprochen«, fuhr Per fort. »Das letzte Mal, dass jemand von denen Kontakt mit Madeleine hatte, war am Donnerstagnachmittag, als sie Umeå verlassen hat. Wir haben versucht, das Handy zu orten, von dem Philip Lindén behauptet hat, es habe noch in ihrer Jacke im Garderobenschrank gesteckt, aber das ist ausgeschaltet. Die Gegend ist ja bereits auf der Suche nach Ellie durchkämmt worden, allerdings ohne irgendeine Spur von Madeleine zu finden.«

Vera holte tief Luft.

»Wir sind also sicher, dass sie nicht im Haus war, als Philip Lindén dorthin kam?«

»Das behauptet er auf jeden Fall.« Kaj kniff den Mund zusammen. »Aber es wäre auch nicht das erste Mal, dass ein Freund sagt, die Frau sei aus seinem Leben verschwunden, und später stellt sich heraus, dass er sie umgebracht hat. Wie zum Beispiel im Äppelbo-Fall.«

»Schauen wir mal, was die Techniker im Haus finden«, entgegnete Vera.

Da jetzt auch wegen möglicher Entführung ermittelt wurde, hatte das Ehepaar Svensson in eine der Gästehütten ziehen müssen, während die Techniker im Haus arbeiteten.

Karim zog an ein paar Strähnen in seinem perfekt getrimmten schwarzen Bart.

»Die große Frage ist doch, ob das Verschwinden der beiden Mädchen zusammenhängt, oder? Und wenn ja, wer in dem Fall einen Vorteil davon haben könnte, die Töchter von Anders Svensson zu entführen.«

»In solchen Fällen ruht das Hauptaugenmerk auf dem direkten persönlichen Umfeld«, sagte Kaj.

Vera nickte zustimmend.

»Aber wir dürfen nicht zu breit vorgehen, ehe wir nicht wissen, wie die Dinge liegen. Es ist auch schon oft passiert, dass Leute nach einem Streit verschwunden sind, um dann einfach wieder aufzutauchen, wenn sie sich beruhigt haben.«

»Ist Madeleine Svensson denn als vermisst gemeldet?«, fragte Per.

Vera schüttelte den Kopf.

»Wir müssen erst mal abwarten, ob sie sich nicht von sich aus meldet.«

»Wenn wir hier fertig sind, kann ich versuchen, Anders zu erreichen, und vielleicht erwische ich ja auch Jeanette Svensson«, sagte Sofia.

Per nickte.

»Aber sei vorsichtig«, bat Vera. »Wir wollen die Eltern nicht mehr in Angst versetzen als nötig. Die haben schon Hölle genug.«

Es war ungewöhnlich, dass Vera überhaupt die Gefühle der Angehörigen vor der Gruppe zur Sprache brachte. Sofia wusste, dass ihre Chefin im Grunde eine emphatische Person war, doch meist zeigte sie das nicht. Hatte die Scheidung sie vielleicht verändert? Voriges Jahr hatte Vera ihr unerwarteterweise nicht nur anvertraut, dass sie mit einer Frau verheiratet war, sondern auch, dass sie sich nach über fünfundzwanzig Jahren des Zusammenlebens nun trennen würden. Veras Ehefrau, Lillemor, hatte ihr ein Ultimatum gestellt: Geh in Rente, oder ich reiche die Scheidung ein. Vera hatte sich für die Arbeit entschieden und lebte seither allein in einer Wohnung in Domsjö. Das hatte offensichtlich Einfluss auf ihre Stimmung gehabt. Die drastischen Flüche und regelrechten Schimpfkanonaden, zuvor Teil ihres Führungsstils, waren einem verständnisvolleren Ton gewichen. Was nicht hieß, dass ihre Chefin eine sanfte Person geworden wäre.

»Wenn die Eltern nichts von Madeleine gehört haben, dann melde ich sie als vermisst.«

»Wen haben wir denn als Staatsanwalt im Fall Ellie bekommen?«, erkundigte sich Per.

»Anna Sondell.«

Per sah zufrieden aus. Anna war neu, aber sehr erfahren. Sie hatte in jungen Jahren als Polizistin gearbeitet, dann aber Jura studiert. Sie war schnell im Kopf, mit den Arbeitsmethoden der Ermittler vertraut und vor allem immer auf ihrer Seite. Sie entschied lieber einmal mehr auf härtere Bandagen als einmal zu wenig, was sie von der Schar der übrigen Staatsanwälte unterschied.

»Schön. Können wir direkt die Einzelverbindungsnachweise und die Funkmastdaten beantragen?«

»Ich rufe sie gleich an, wenn wir hier fertig sind«, versprach Vera und machte eine Notiz auf ihrem Block. »Morgen Nachmittag werden wir alles, was wir haben, mit Anna zusammen durchgehen. Sie weiß bereits Bescheid, aber ich dachte, es wäre gut, gleichzeitig auch Marie zu briefen.«

Hier bekam Veras Stimme einen etwas genervten Ton. Die Ermittlungen von Gewaltverbrechen in Örnsköldsvik und Umgebung wurden immer von Sundsvall aus geleitet, und in den meisten Fällen von Marie Fransson. Wenn ihr die Leitung einer Ermittlung weggenommen wurde, war das nichts, was Kriminalhauptkommissarin Vera Nordlund sonderlich schätzte, auch wenn ihr vollkommen klar war, wie die Hierarchie hier aussah. Zudem gehörte Marie Fransson nicht zu Veras Lieblingsmenschen, wenn sie überhaupt welche hatte. Die einen Meter fünfzig kleine Leiterin der Voruntersuchung war nicht nur tiefgläubig, sondern auch noch sanfter als Jesus. Und sie hegte ein brennendes Interesse für Pelargonien. Bei jedem Besuch hinterließ sie neue Pflanzen und Töpfe auf dem Revier, sehr zum Verdruss von Vera und den Kollegen.

Karim wandte sich an ihre Chefin.

»Ich habe mir mal die SveAnd AB angesehen und werde gleich mal bei den Kollegen vom Wirtschaftsdezernat vorbeigehen und mich da ein bisschen umhören.«

»Gut«, sagte Vera.

Sofia studierte noch einmal das Whiteboard. Das Unternehmen fiel einem sofort ins Auge. Ohne dass sie direkt wusste, warum, gab ihr das ein schlechtes Gefühl.

Spaltenlang hatten die Zeitungen über das Bauprojekt auf Dekarsön berichtet, und wie es die Umwelt und das Vogelparadies zerstören würde. Möglicherweise hatten sie es hier mit Rache oder Erpressung zu tun, oder jemand wollte Anders Svensson Angst machen, sodass er das Projekt aufgab.

Vera schaute in die Runde.

»Per, sorge doch bitte dafür, dass bei unserer Besprechung morgen früh einer von den Kriminaltechnikern dabei ist, wenn sie bis dahin mit der Untersuchung des Hauses fertig sind.«

Per brummte zur Antwort, und Vera fuhr fort.

»Kaj und Sofia, ich möchte, dass ihr euch die Person Anders Svensson näher anseht. Schaut mal, wie seine privaten Finanzen aussehen, ob er in irgendwelche Familienfehden verwickelt ist, ob er spielt, sexsüchtig ist oder Drogen nimmt. Dasselbe in Bezug auf seine Frau.«

Sie setzte ihre Brille wieder auf.

»Wie geht es mit der Suche nach Ellie voran?«

Kicki klappte eine Karte auf, die Sunnansjö und den Kornsjö-See zeigte.

»Entlang den Straßen hier stehen nur wenige Häuser. Um das Haus der Svenssons herum gibt es nur vier Nachbarn, und alle wohnen das ganze Jahr über hier. Drei von ihnen haben sich an der Suche nach dem Mädchen beteiligt. Die vierte ist eine Dame in den Achtzigern, die natürlich nicht mitgemacht hat. Wir waren mit Erlaubnis der Hausbesitzer in sämtlichen Häusern, haben Zeugen befragt und an Türen geklopft. In den Unterlagen findet ihr eine kurze Information zu jeder

Adresse. Abgesehen von den Häusern gibt es ein paar alte Scheunen und Schuppen, die niemand mehr benutzt. Sie sind alle bereits durchsucht.«

»Und der See?«, fragte Per.

»Er ist gefroren, es gibt also keine Möglichkeit, dass sie da hätte ertrinken können. Wir haben die gesamte Umgebung abgesucht.«

Kicki sah Vera mit niedergeschlagener Miene an.

»Es gibt mehrere Leute, die uns ihre Schneeskooter angeboten haben, und es wäre kein Problem, die Suche auszudehnen. Natürlich machen wir weiter, solange ihr es wollt, aber die Chance, dass Ellie draußen überlebt haben könnte, ist zu diesem Zeitpunkt, wie schon gesagt, minimal.«

Vera nahm die Brille ab, legte sie auf den Tisch und rieb sich das Gesicht.

»Es ist sehr viel wahrscheinlicher, dass jemand im Laufe der Nacht in das Haus eingedrungen ist und das Kind entführt hat, ohne dass die Eltern es merkten«, fuhr Kicki fort.

Veras Blick wanderte aus dem Fenster zur schneebedeckten rosafarbenen Elimkirche auf der anderen Straßenseite.

»Ja, aber wie zum Teufel soll das möglich sein? Das Kind muss doch aufgewacht sein? Wie ist es möglich, dass die Eltern nichts gehört haben?«

Darauf hatte niemand eine Antwort.

39.

Es war erst halb vier Uhr am Nachmittag, aber die Sonne war schon im Begriff, gegenüber von Sofias Haus, hinter den kahlen Hügeln auf der anderen Seite des Wassers, unterzugehen. Philip hatte sich wieder hingelegt. Fredrik wanderte unruhig im Haus auf und ab. Er dachte an das, was Philip über Madeleine, seine Freundin, gesagt hatte. Wie hatte er das nur geheim halten können? Fredrik war nicht einmal bewusst gewesen, dass Philip überhaupt den Wunsch hegen könnte, mit jemandem zusammen zu sein. Natürlich hatten sie, als sie noch Teenager waren, über Mädchen geredet, aber im Laufe der Zeit war das immer seltener vorgekommen, und in den letzten zwei Jahrzehnten hatten weder er noch Philip eine dauerhafte Beziehung gehabt. Fredrik selbst hatte sich, wenn es ihm besser ging, durchaus mit Frauen getroffen, aber keine der Bekanntschaften hatte länger als zwei Monate gedauert. Entweder waren die Frauen es leid gewesen, dass er nicht den Schritt in eine feste Beziehung machen wollte, oder er war es leid, dass … ja, was eigentlich? Dass sie nicht Sofia waren?

Er wusste zwar, dass Philip in verschiedenen Foren unterwegs gewesen war, in denen er sich mit Frauen unterhalten hatte, doch ob das schon früher dazu geführt hatte, dass er einmal mit einer zusammengekommen war, konnte er nicht sagen. Konnte man denn überhaupt eine Beziehung mit jemandem haben, den man noch nie in der echten Welt getroffen hatte? Aber jetzt hatte er also eine Beziehung mit Madeleine. Philip wollte nicht darüber reden, aber Fredrik nahm an, dass sich die beiden im Netz kennengelernt hatten. Ob Inga und Hans davon wussten? Dabei fiel ihm ein, dass er sich wohl mal bei den beiden melden und ihnen erzählen sollte, dass er bei Philip und alles in Ordnung war.

Fredrik zog das Handy aus der Jeanstasche und sah, dass Ida zwei SMS geschickt hatte, beide mit besorgten Fragen, wie es ihm ging und wie es um Philip stünde. Er antwortete kurz, dass alles gut sei, sie aber noch ein paar Tage bleiben würden, und ob es okay wäre, wenn sie ihr Auto noch ein bisschen länger ausliehen. Ida antwortete nahezu postwendend.

Kein Problem. Ich freue mich, wenn wir uns wiedersehen.

Er blickte über das Eis und auf die untergehende Sonne.

Sofia hatte einmal gesagt, dass auf Ulvön immer die Sonne schiene. Er erinnerte sich, wie er hier im letzten Sommer mit dem großen, klobigen Rasenmäher unterwegs gewesen war und wie sie im oberen Stockwerk Sex gehabt hatten, während die Balkontür zum Meer geöffnet war. Damals hatte er geglaubt, dass dies vielleicht eines Tages ihr gemeinsames Zuhause werden könnte. Dieser Gedanke schien jetzt weit entfernt. Ihm brannte das Herz, wenn er an all die verlorenen Leben dachte. Nicht nur seins und Sofias, sondern auch das von seiner Mutter, seinem Vater und seinem Bruder Niklas.

40.

Um Viertel vor fünf war Eva vom Empfang am Telefon und kündigte Anders Svensson an. Um sich die vielen Treppen zu sparen, schickte Sofia nach einigem Zögern Kaj hinunter, den Vater der kleinen Ellie abzuholen. In der Zwischenzeit füllte sie drei Pappbecher mit Kaffee aus der Maschine und stellte Milch und Zucker in der Bibliothek bereit.

Anders Svensson betrat den Raum. Er wirkte hohläugig und bleich, und man konnte Sorge und Schlafmangel aus seinem Gesicht ablesen.

»Wir hätten auch zu Ihnen rauskommen können«, sagte Sofia, obwohl sie natürlich dankbar war, dass sie die Fahrt nicht hatte unternehmen müssen.

»Ich musste einfach mal aus dem Haus raus. Ich ... Amanda ...« Der Satz verlor sich.

Kaj bot ihm einen Platz an.

Anders Svensson setzte sich, ohne jedoch Handschuhe oder Mütze auszuziehen.

»Gibt es etwas Neues?«

Sofia schüttelte den Kopf.

»Leider nein. Wir versuchen wirklich alles. Aufgrund der Übertragungsdaten der Telefonmasten wollen wir herausfinden, wer sich in einem gewissen Umkreis um

Ihr Haus bewegt hat, als Ellie verschwand. Missing People und der Heimatschutz setzen ihre Sucheinsätze fort, aber …«

»… aber wenn Ellie das Haus aus eigenen Stücken verlassen hat, sind die Chancen gering, dass sie in der Kälte überleben konnte«, beendete Kaj den Satz für sie.

Anders Svensson, offensichtlich unwillig, diesen Gedanken zuzulassen, nickte mit gesenktem Blick.

»Möchten Sie einen Kaffee?«

Kaj streckte ihm den Becher hin, ohne eine Antwort abzuwarten. Anders Svensson zog die Handschuhe aus und nahm ihn entgegen.

»Ich muss Sie das fragen: Nehmen Sie oder Ihre Frau irgendwelche Drogen?«

»Wieso das?«

»Wir fragen uns, wie eine mögliche Entführung vor sich gegangen sein könnte. Wie kann sich jemand Zugang zum Haus verschafft haben, ohne dass Sie es gehört hätten?« Kaj beugte sich auf seinem Stuhl nach vorne und nippte an seinem Kaffee.

Anders Svensson schüttelte den Kopf.

»Nein, keine Drogen. Amanda nimmt Schlaftabletten, aber die hat ihr ein Arzt verschrieben.«

»Wie steht es mit Alkohol?«

»Ich trinke ziemlich viel.«

»Und hatten Sie am Samstagabend auch getrunken?«
Er nickte.

»Und Ihre Frau, hatte sie Schlaftabletten genommen?«

»Das tut sie jede Nacht.«

Das könnte erklären, warum Ellies Eltern nichts bemerkt hatten, sollte in der Nacht jemand ins Haus gekommen sein, dachte Sofia. Sie sah zu Kaj, denn es widerstrebte ihr, dem armen Mann noch mehr Sorgen zu bereiten, indem sie ihm berichtete, dass möglicherweise ein weiteres Mitglied seiner Familie vermisst wurde.

»Wie sieht denn der Kontakt zu Ihrer anderen Tochter aus, Madeleine?«, fragte sie.

»Der ist ganz gut, aber nicht so gut wie vor der Scheidung. Warum fragen Sie?«

Kaj räusperte sich.

»Wir haben Informationen, dass sie vor einigen Tagen in Ihrem Haus in Sunnansjö gewesen sein soll. Stimmt das?«

Anders Svensson sah erstaunt aus.

»Nein, das glaube ich nicht. Ich habe vorige Woche mit ihr telefoniert und erzählt, dass ich rauffahren würde. Da habe ich sie auch gefragt, ob sie nicht aus Umeå dazukommen wolle, aber sie meinte, sie müsse lernen. Sie steckt mitten in einer intensiven Prüfungsphase.«

Kaj stellte seinen Becher ab.

»Hatten Sie und Ihre Familie diese Fahrt in den Norden schon lange geplant?«

Anders Svensson schüttelte den Kopf.

»Nur ich. Dass Amanda und Ellie mitfahren würden, hat sich erst im letzten Moment entschieden.«

»Wusste Madeleine davon?«

»Nein. Oder doch, ich habe ihr eine SMS geschickt und gesagt, dass ich versuchen würde, Ellie und Amanda zu überreden mitzukommen, und habe sie gefragt, ob sie sich auch vorstellen könnte, in Sunnansjö für ihre Prüfungen zu lernen, sodass wir uns alle sehen könnten. Aber darauf habe ich keine Antwort bekommen. Sie ist nicht so wahnsinnig begeistert von meiner neuen Familie«, fügte er hinzu und blickte resigniert in seinen Kaffeebecher.

»Wann war das?«

»Donnerstagnacht. Ich hatte lange gearbeitet und bin dann mit einem Taxi nach Hause gefahren. Da war es schon drei Uhr.«

Wer arbeitet denn bis drei Uhr nachts?, fragte sich Sofia. Aber was wusste sie schon, was in der Baubranche so üblich war?

»Als Sie nach Sunnansjö gekommen sind, haben Sie da im Haus irgendwelche Sachen von Madeleine gesehen? Kleider, Taschen, ihr Handy vielleicht? Hing ihre Jacke im Garderobenschrank?«

»Nein. Aber ich verstehe nicht … was hat das mit Ellie zu tun, ob Madeleine im Haus war?«

Diese Frage ignorierte Kaj.

»Wir haben versucht, Ihre Ex-Frau Jeanette zu erreichen, doch leider vergeblich. Wissen Sie, wo sie sich befindet?«

»In Thailand«, antwortete Anders Svensson. »Sie kommt heute zurück. Was wollen Sie von ihr?«

Sofia beugte sich so weit vor, wie der Bauch es zuließ, und legte die Hand auf Anders Svenssons Arm.

»Es tut mir sehr leid, Ihnen das sagen zu müssen, aber wir befürchten, dass Madeleine etwas zugestoßen sein könnte.«

Anders Svensson zog den Arm weg und sah von Sofia zu Kaj.

»Wissen Sie, ob jemand seit Donnerstag mit ihr in Kontakt war?«

Er schüttelte den Kopf.

»Madde ist in Umeå«, sagte er angestrengt. »Ganz klar ist sie das. Ich hatte vor, sie anzurufen und ihr zu erzählen, was mit Ellie passiert ist und all das, aber es ist im Chaos untergegangen.« Er sah zu Boden und dann wieder zu Sofia.

»Ihre Freunde sagen leider, dass sie nicht in Umeå ist«, wandte Sofia leise ein. Ohne etwas zu sagen, griff Anders Svensson nach dem Handy in der Jeanstasche, als wäre das Telefon eine elektronische Rettungsboje. Das war ein Reflex, den Sofia schon oft erlebt hatte.

Anders Svensson tippte den Code ein und suchte die Nummer. Mit dem Handy am Ohr sah er sie an. Sofort ging die Mailbox ran, und eine helle Stimme teilte mit, dass man gern nach dem Piepton eine Nachricht hinterlassen könne.

»Hier ist Papa. Ich bin bei der Polizei. Ellie ist ...« Die Stimme brach, er holte tief Luft, legte den Kopf in den Nacken und schaute zur Decke, ehe er fortfuhr. »Ellie ist verschwunden. Ich mache mir Sorgen um dich. Ruf mich an, sowie du das hier hörst.«

»Sie geht nicht ran«, erklärte er überflüssigerweise, nachdem er das Gespräch beendet und das Handy auf den Tisch gelegt hatte. Sein Blick flackerte zwischen Sofia und Kaj hin und her.

Kaj räusperte sich.

»Wussten Sie, dass ihre Tochter einen Freund hat?«

»Nein, davon hat sie nie etwas gesagt.«

»Es ist jedenfalls so«, erklärte Kaj. »Er war ebenfalls im Haus.«

Anders Svenssons verlorener Blick war kaum auszuhalten.

»Was zum Teufel geht hier vor?«

Die Worte entrangen sich ihm wie eine Mischung aus Flüstern und Schreien.

41.

Die letzten Sonnenstrahlen funkeln wie Kristall auf den gefrorenen Ackerfurchen. Die Kälte beißt in die Wangen.

Ich habe mich auf einen der Stühle auf der rückwärtigen Veranda des Hauses gesetzt, brauche eine Pause von dem stetigen Lärm. Ich kann kaum richtig denken, nachts nicht schlafen.

Die Veranda sieht wirklich heruntergekommen aus. Eis und Schnee liegen auf allen Gartenmöbeln, und aus den gesprungenen Terrakottatöpfen ragen die Stiele von eingeschneiten Pelargonien. Es ist viele Jahre her, seit sich jemand um das Grundstück gekümmert hat. Drinnen im Haus ist es besser. Mit etwas Farbe und neuen Tapeten könnte es direkt schön werden.

Ohne Kissen ist es kalt draußen auf dem Stuhl, die Feuchtigkeit vom Sitz dringt durch die Hose.

Ich stehe auf und gehe durch die Verandatür, schließe die Augen, als ich den Lärm höre, und gewinne an Kraft dazu, als ich mich durch das Haus bewege. Vor der Kellertür bleibe ich stehen.

Warum hört sie nicht auf zu schreien?

42.

Auf dem Weg zurück vom Polizeirevier in Örnsköldsvik hatte Anders alle angerufen, die möglicherweise wissen könnten, wo Madde war. Inzwischen kannte er sich nicht mehr so gut aus, mit wem sie so Kontakt hatte, und die meisten, mit denen er sprach, hatten seit Jahren nichts mehr mit ihr zu tun gehabt. Jeanette erreichte er, als diese gerade aus dem Flugzeug aus Thailand gestiegen war. Erst hatte sie es ganz gelassen genommen. »Du weißt doch, wie sie ist, Anders. Sie will einfach ein paar Tage in Ruhe gelassen werden.« Doch als er von Ellie erzählte, erschrak Jeanette. Dann hatten sie alle Alternativen gedreht und gewendet und versucht, sich gegenseitig davon zu überzeugen, dass es eine normale Erklärung geben müsste. Madde war schon früher mal verschwunden, wenn sie etwas auf Abstand zu ihrer Umwelt gehen musste. Nicht lange, aber durchaus mal ein paar Tage. Meist hatte sie einfach das Handy ausgeschaltet und war in irgendeine Netflix-Serie abgetaucht. Aber das hier war etwas anderes, das spürte Anders.

Als er nach Sunnansjö zurückkam, war Amanda endlich eingeschlafen. Ihre Atmung war flach, und die Wimpern tanzten vor Sorge auf den Wangen, aber sie schlief. Es war erst sieben Uhr abends, aber sie waren beide allzu lange wach gewesen. Am Abend zuvor hatte keiner von ihnen schlafen gehen wollen. Sie hatten nur Decken und Kissen mit nach unten genommen und jeder in seiner Ecke des Sofas gesessen und in den offenen Kamin der Gästehütte gestarrt. Im großen Haus waren immer noch die Kriminaltechniker zugange. Auch jetzt konnte Anders noch ihre weißen Anzüge am Fenster der von großen Baulampen beleuchteten Räume vorbeiziehen sehen. Das fühlte sich gleichermaßen makaber und unwirklich an. Er hatte gefragt, wonach sie suchten, doch sie hatten nicht antworten wollen. Er kapierte schon, dass sie nach Spuren von jemandem suchten, der seine Töchter entführt haben könnte. Fingerabdrücke, DNA, vielleicht Blut. Es schauderte ihn.

Amanda hatte sich den ganzen Tag geweigert, mit ihm zu sprechen. Sie waren beide vollkommen hilflos der Situation gegenüber, aber gleichzeitig gänzlich unfähig, beieinander Trost zu suchen. Sie beschuldigte ihn, die Haustür nicht abgeschlossen zu haben. Er fühlte sich deswegen schuldig.

Sein Körper war erschöpft von all der Sorge. Seit dem Morgen des vergangenen Tages hatte er nichts gegessen. Sowie er die Augen schloss, sah er Ellie vor sich. Im Schlafanzug, mit ängstlichem Blick, eingesperrt. Die Gedanken fuhren ihm im Kopf hin und her. In einem Moment verspürte er Hoffnung, im nächsten abgrundtiefe Sorge. Doch er tat nichts, sondern starrte einfach nur weiter ins Feuer und wartete darauf, dass jemand anrufen und sagen würde, dass man sie lebendig gefunden habe. Unverletzt. Was Madde geschehen sein könnte, ging über seinen Verstand. Hing das mit Ellies Verschwinden zusammen? War er die Ursache für beides?

Anders rieb sich das Gesicht. Die beiden vergangenen Tage waren ein einziger langer Albtraum gewesen. Eine Armee von Dorfbewohnern war angetreten, um nach Ellie zu suchen, doch ohne Erfolg. Lange nach Einbruch der Dunkelheit hatte er noch die Lichtkegel ihrer Taschenlampen über die große Wiese zum See hin wandern sehen.

Er hatte zugehört, was die Polizisten gesagt hatten, aber nicht alles aufnehmen können. Missing People, angeforderte Hundeführer, Heimatschutz, Unterkühlung, Drohnen, Wärmekameras, Helikopter. Inzwischen sprach man auch von einer Ausdehnung des Suchradius.

Er war lange bei Kaj Marklund und der schwangeren Polizistin, an deren Namen er sich nicht erinnern konnte, auf dem Polizeirevier gewesen. Sie hatten wieder und wieder dieselben Fragen gestellt. Gibt es jemanden, der Ihnen Böses will? Haben Sie Feinde? Wer könnte Grund haben, Ihre Töchter zu entführen? Sie hatten nach seiner Firma gefragt, nach den Bauprojekten und seinen Finanzen. Er hatte so gut es ging geantwortet, hatte jedes Wort auf die Goldwaage gelegt. Es würde nichts besser machen, wenn jetzt die Geheimnisse des Unternehmens ans Licht kämen. Würde ein möglicher Entführer eine Lösegeldsumme fordern, dann musste er schnell alles Geld zur Verfügung haben können, das es in der Firma noch gab. Das wäre aber unmöglich, wenn die Behörden seine gesamten Finanzen einfroren. Er würde jedes Konto leeren, das er besaß, alles von Wert verkaufen. Wenn er nur seine Töchter zurückbekam.

Er stand auf und drehte eine Runde durch die Gästehütte, versuchte, die Tränen zu unterdrücken, die aus ihm herauszubrechen drohten. Er wollte schreien, Dinge zerstören. Jemand hatte ihm sein Kind weggenommen. Seine süße, kleine Ellie mit den runden Wangen und dem lockigen Haar. Die Kleine, die noch kaum etwas hatte erleben können. Und seine schöne, kluge Erstgeborene, die ihn immer so mit Stolz erfüllte. Wie sollten seine Mädchen jemals über das hier hinwegkommen und ein normales Leben führen? Wenn sie überhaupt wiederkamen.

Jetzt kamen sie mit Macht. Die Tränen quollen aus ihm heraus. Das Schluchzen war so heftig, dass er keine Luft bekam. Er sackte auf dem Küchenfußboden zusammen und weinte, bis keine Tränen mehr übrig waren.

43.

Wie herrlich war es doch, sich hinsetzen zu können. Sofia kuschelte sich auf das rote Ikea-Sofa und schloss die Augen. Es war zu spät, um nach Ulvön zurückzufahren, also waren sie für die Nacht in der Stadtwohnung geblieben.

Sie hatte noch ihre Jacke an, und die Schuhe hatten auf dem ganzen Weg von der Diele ins Wohnzimmer hinein Pfützen aus geschmolzenem Schnee hinterlassen. Mühsam zog sie die schweren, gefütterten Winterstiefel aus und legte ein Bein nach dem anderen auf den Couchtisch. Das bunte Mosaik, mit dem Claire die Tischplatte verziert hatte, fühlte sich durch die Jeans kalt an. Sie war so erschöpft, dass sie augenblicklich hätte einschlafen können.

Doch das würde sie Kaj gegenüber niemals zugeben. Und Vera gegenüber auch nicht.

Sofia war gerade weggedämmert, als sie unten im Haus die Tür zuschlagen hörte. Sie ließ die Beine auf den Boden gleiten und stützte sich auf die Armlehne des Sofas. Mit ungeahnter Energie kam sie auf die Füße. Als Kaj den Kopf durch die Tür steckte, stand sie in der Küche und spülte eine saubere Tasse, die sie vom Abtropfgitter gepflückt hatte.

»Stehst du hier und spülst? Setz dich lieber hin und ruh dich aus. Ich habe Essen vom Thai geholt.« Mit breitem Grinsen hielt er eine eckige Papiertüte hoch.

»Danke, aber ich bin nicht hungrig.«

Kaj ließ sich nicht die Laune verderben.

»Natürlich musst du was essen.«

*

Eine Viertelstunde später saß Sofia am Küchentisch. Es war bereits nach halb neun.

Die Suche war vor mehreren Stunden beendet worden. Es war stockdunkel, und man konnte nichts mehr sehen. Die Chance, Ellie Svensson da draußen lebend zu finden, war verschwindend gering. Nun war ihre beste Möglichkeit, dass jemand sie entführt hatte und bald mit einer Lösegeldforderung kommen würde, während das Kind sich drinnen im Warmen befand. So schrecklich der Gedanke auch war.

Blieb immer noch die Frage, wo sich ihre große Schwester Madeleine befand. Seit Donnerstagnachmittag war sie von niemandem gesehen worden, und nach Rücksprache mit Jeanette und Anders Svensson hatte Sofia sie nun als vermisst gemeldet. Anders Svensson hatte nichts davon gewusst, dass Madeleine geplant hatte, im Haus in Sunnansjö zu sein, wenn er kam, und noch weniger, dass sie vorgehabt hatte, ihm ihren Freund vorzustellen. Hingegen hatten sie eine Kommilitonin gefunden, die sowohl von dem Freund als auch von der Reise nach Sunnansjö wusste. Ihrer

Aussage nach war die Beziehung gut. Soweit sie wusste, hatten die beiden noch nie zuvor gestritten, und Philip sei auch keinesfalls gewaltsam gegenüber Madeleine gewesen. Jeanette Svensson schien noch weniger zu wissen als ihr Ex-Mann. Sie und ihr neuer Freund waren gerade erst aus einem dreiwöchigen Urlaub in Thailand nach Hause zurückgekehrt, und sie hatte während des Urlaubs keinen Kontakt zu ihrer Tochter gehabt. Sie hatte berichtet, dass Madeleine nicht der Typ war, sich regelmäßig zu melden, und dass sie auch vorher schon manchmal ein paar Tage abgetaucht war, doch im Zusammenhang mit Ellies Verschwinden war sie natürlich sehr besorgt.

Sofia wusste nicht, was sie denken sollte. Kaj schien fest davon überzeugt, dass Fredriks Freund etwas mit Maddes Verschwinden zu tun hatte. Ihr selbst fiel es schwer zu glauben, dass Philip zu Gewalt neigen sollte, aber persönliche Meinungen hatten in einer Polizeiermittlung nichts zu suchen, das wusste sie sehr wohl. Trotzdem schien es unmöglich, die eigenen Gefühle und Gedanken in diesem besonderen Fall ganz außen vor zu lassen.

Kaj legte ihr Besteck hin. Er hatte Kerzen angezündet und das mitgebrachte Essen auf Teller verteilt. Er goss ihr eine Cola ein und stand auf, um für sich selbst ein Bier aus dem Kühlschrank zu holen. Sie ignorierte das Besteck und griff sich die Essstäbchen.

»Was meinst du zu der Ermittlung?«

Er schob sich einen Bissen Pad Thai in den Mund und sah sie an. Die hellblauen Augen glitzerten. Das hier liebte Kaj – zusammen zu leben und zu arbeiten. So wie in Stockholm, als sie noch ein Paar gewesen waren. Die Gespräche mit Kaj, seine Erkenntnisse und seine Erfahrung hatten sie zu einer besseren Polizistin gemacht. Das wusste sie. Es hatte ihr einen Vorteil verschafft, aber auch zu Missstimmung unter ihren Kollegen geführt. Wie würde es wohl jetzt werden, wenn sie nicht mehr nur Kollegen waren, sondern Mutter und Vater eines Kindes? Und wie würde es sein, wenn er in Rente ging? Sein ganzes Selbstbewusstsein beruhte darauf, Polizist und Profiler zu sein. Wer würde er dann werden? Papa? Ehemann?

Sie hatten noch überhaupt nicht darüber gesprochen, wie die Wohnsituation aussehen würde, wenn das Baby einmal geboren war. Selbst hatte sie nicht vor, nach Stockholm zu ziehen, und sie bezweifelte stark, dass Mette sich darauf einlassen würde, mit Kaj nach Örnsköldsvik zu gehen. Sofia war davon ausgegangen, dass er ab und zu ein Wochenende lang raufkommen würde, um sein Kind zu sehen, aber das ganze Gerede von Pensionierung neuerdings hatte sie beunruhigt. Plante er, eine größere Rolle im Leben des Kindes zu spielen?

»Was meinst du, könnte dem Mädchen passiert sein?« Wieder versuchte Kaj, das Gespräch in Gang zu bringen.

»Es ist auf jeden Fall klar, dass sie nicht einfach aufgestanden, rausgegangen und verschwunden ist.«

Kaj nahm einen Schluck Bier und sah sie über das Glas hinweg an.

»Wenn die Eltern nicht dahinterstecken, dann muss etwas anderes passiert sein. Vielleicht ist sie rausgegangen und von einem Tier verschleppt worden. Von einem

Luchs? Einem Bären? Ein ausreichend großer Luchs könnte schon problemlos eine Vierjährige mitschleppen.«

Kaj strich die grauen Haare zurück. Früher war er strohblond gewesen, und der Wechsel von blond zu hellgrau war fast unbemerkt vonstattengegangen. Seine Haut war immer noch hell und glatt, und wenn man nicht wusste, wie alt er war, könnte man ihn durchaus für zehn Jahre jünger halten. Er war ein gut aussehender Mann, da gab es gar nichts. Er war freundlich, fürsorglich und hundertprozentig bereit, Vater zu werden. Trotzdem ging er ihr auf die Nerven. Ein Luchs? Was war das denn für eine bekloppte Theorie?

»Und Madeleine? Soll die auch von einem Tier verschleppt worden sein?«

Kaj lächelte und schob sich mehr Essen auf die Gabel. Offensichtlich war er zufrieden, dass sie an den Überlegungen teilnahm, wenn er auch sicherlich die Ironie in ihrer Stimme wahrgenommen hatte. Je erschöpfter sie war, desto weniger konnte sie das verbergen.

»Nein, da denke ich, sollten wir noch mal ein bisschen mit deinem Freund Philip plaudern.«

Sie öffnete den Mund, um zu sagen, dass Philip nicht ihr Freund sei, ließ es aber bleiben. Das führte sowieso zu nichts. Ihr war klar, dass sie Philip noch einmal würden verhören müssen.

Sie stocherte weiter mit den Essstäbchen in Hühnchen und Nudeln herum. Ihr Magen schrie vor Hunger, und trotzdem fiel es ihr schwer, etwas hinunterzubringen. Am Ende gab sie auf und legte die Stäbchen auf den Teller. Ihr Körper wollte nichts als schlafen.

DIENSTAG, 25. FEBRUAR

44.

Kaj war schon auf, als Sofia erwachte. Der Himmel draußen war grau und schwer von Schnee, es fielen aber noch keine Flocken. Die morgendliche Besprechung sollte um neun beginnen, und jetzt war es halb neun. Zum Glück war die Wohnung so nah, dass sie das Polizeigebäude von ihrem Küchenfenster aus sehen konnte. Von Tür zu Tür brauchte man exakt drei Minuten, wenn alle Fußgängerampeln grün zeigten. In ihrem derzeitigen Zustand würde sie allerdings wohl eher dreimal so lange brauchen.

Kaj hatte Butterbrote vorbereitet und einen silberfarbenen To-go-Becher für Kaffee auf die Spüle gestellt. Sie hatte keine Zeit mehr zu duschen und fuhr sich daher nur ein paarmal mit der Bürste durch die langen Haare, putzte sich die Zähne und stand schließlich noch vor Kaj fertig in der Diele.

»Ui, du hast es heute ja eilig, zur Arbeit zu kommen.« Er lächelte breit und beugte sich zu ihrem Bauch hinunter.

»Und du, mein kleines Apfelbutzelchen, hast du …«

Sofia merkte, wie die Wut in ihr aufstieg. Sie zog die Jacke vor Kajs Nase zusammen.

»Dafür haben wir jetzt keine Zeit«, sagte sie genervt

und wackelte so würdevoll wie möglich die drei Treppen zur Haustür hinunter.

*

»Habt ihr was gehört?« Per sah bekümmert aus, als er Zucker in seine Tasse mit dem Hockeyclub-Logo rührte. Sie hatten sich alle in der Bibliothek versammelt, und Vera hatte wie üblich das Whiteboard aus ihrem Büro mit herübergerollt. Wenn auch eigentlich technisch längst überholt, war das Board ein Symbol für ihre Denkarbeit. Zu Beginn jeder Ermittlung war es immer leer, füllte sich aber nach und nach mit Bildern, Namen und Orten, die dann weggewischt und durch andere ersetzt wurden, bis zu dem Tag, an dem alle Rätsel gelöst waren. Sofia hatte Vera schon oft vor der Tafel sitzend angetroffen, wie sie einfach nur darauf schaute, um etwas zu entdecken, das sie bisher übersehen hatten. Oft war sie dabei erfolgreich.

Jetzt schüttelte Vera den Kopf.

»Ich habe seit gestern Abend keine neuen Informationen. Vor zehn Minuten habe ich mit Kicki gesprochen. Es sind immerhin keine Leichen gefunden worden.« Sie machte eine Pause, nahm ihre Lesebrille ab und legte sie auf den Tisch. »Derzeit können wir davon ausgehen, dass weder Ellie noch Madeleine Svensson aus freien Stücken verschwunden sind. Ein kleines Kind kann sich in dem Schnee nicht weit über das abgesuchte Gelände hinaus bewegt haben. Madeleine hätte natürlich weiter kommen können, doch wir haben von keiner der beiden Spuren gefunden, und es scheint nicht sehr wahrscheinlich, dass sich beide zu unterschiedlichen Zeitpunkten in den Schnee hinaus begeben haben und dort erfroren sein könnten.«

Per hörte endlich auf, in seinem Kaffee zu rühren, legte den Löffel auf den Tisch und nahm einen großen Schluck.

»Sollen wir die Suche einstellen?«

»Warten wir mal ab, was die Staatsanwältin heute Nachmittag sagt.«

Karim fuhr sich durch den Bart.

»Der Albtraum aller Eltern.«

Alle außer Kaj nickten. Sofia wusste, dass es ihm schwerfiel, den Gedanken an einen Täter aus dem häuslichen Umfeld loszulassen.

»Haben wir die Daten der Funkmasten bekommen?«, fragte Vera.

»Nein, aber wenn sie kommen, kümmere ich mich als Allererstes darum«, antwortete Per. »Die Pressemitteilung ist aber raus. Hoffentlich werden wir im Laufe des Tages Hinweise aus der Bevölkerung bekommen.«

»Ich habe die Überwachungsfilme beider Tankstellen in Bjästa angefordert und die von der Dockstabar am Hafen«, sagte Karim. »Außerdem haben wir um die Filme von den beiden Tankstellen im Zentrum von Örnsköldsvik gebeten und von der, die an der Ausfahrt nach Norden liegt, und dann gibt es noch eine in Husum. Wenn eines der Mädchen mit einem Auto verschleppt worden ist, dann könnte der Täter auf einem der Filme zu sehen sein. Zudem kontrollieren wir die leider ja nur sehr wenigen Überwachungskameras der Geschäfte und die an den Straßen.«

»Ich habe mit Örntaxi, dem Flughafen Örnsköldsvik, den Busgesellschaften und dem Reisezentrum am Hauptbahnhof gesprochen«, erklärte Per. »Alle wissen Bescheid und werden Kontakt zu uns aufnehmen, wenn sie etwas Ungewöhnliches bemerken.«

Vera stand auf und trat an das Whiteboard. Sie drehte sich um und sah über die Gruppe.

»Wo ist Johan?«

Sofia kannte den neuen Kriminaltechniker noch nicht, hatte aber schon das Gerücht gehört, er habe bei einigen der jüngeren Kolleginnen die Herzen höher schlagen lassen.

»Die Techniker sind noch nicht fertig. Es ist ein großes Haus. Er wird heute Nachmittag zur Besprechung kommen und über mögliche Funde berichten«, erklärte Per.

»Ich habe mal die Finanzen von SveAnd gecheckt. Offensichtlich läuft es in der Firma ganz und gar nicht so gut, wie Anders Svensson uns weismachen möchte.« Karim hielt ein Bündel Papiere in die Luft. Alle nahmen sich einen Stapel Ausdrucke, die er herumgab. »Sowohl die Steuerbehörde als auch der Fiskus sind ihm auf den Fersen.«

Vera blätterte rasch die Kopien durch.

»Das ist ja keine sehr unterhaltsame Lektüre. Sieht ganz so aus, als sei die SveAnd AB auf dem Weg den Bach runter.«

»Dann könnten wir es mit Erpressung zu tun haben«, ergänzte Karim. »Vielleicht hat irgendjemand kein Geld gekriegt und sich jetzt entschieden, die Sache in die eigenen Hände zu nehmen.«

Vera nickte und fügte das, was Karim gesagt hatte, unter der Rubrik *Motiv* auf dem Whiteboard hinzu. Sie trat einen Schritt zurück und schaute auf das Wirrwarr von Namen und Theorien.

»Oder es ist jemand, der sich rächen will.«

45.

Sie schreit schon wieder. Ich presse mir die Hände auf die Ohren und versuche, mich auf den Fernseher zu konzentrieren. Lange kann ich das nicht mehr aushalten.

Die ersten Tage hat sie verhandelt. Gebettelt, gebeten. Sie wollte Essen und Wasser. Sie wollte aufs Klo gehen dürfen. Sie wollte, dass ich sie freilasse. Sie wollte, dass ich das Licht einschalte.

Wenn sie nur aufhören würde zu schreien, dann würde ich es versuchen. Würde ihr einen Krug mit Wasser und ein paar Brote hinstellen. Die Lampe ist kaputt, aber ich könnte ihr eine Taschenlampe geben. Aber sie ist so wütend und laut, dass ich nicht wage, zu ihr runterzugehen. Was, wenn sie sich wieder auf mich stürzt? Mich verletzt? Dann wäre der ganze Plan ruiniert. Und was wird dann aus dem kleinen Mädchen?

Heute habe ich eine Zeit lang vor der Tür gesessen und ihr zugehört. Wenn sie nicht mehr schreit, dann weint sie.

Fast tut sie mir leid.

46.

Philip saß im Wohnzimmer und sah fern. Den ganzen Vormittag lang war er zwischen der Veranda, auf der er ein paar Zigaretten geraucht hatte, und dem Sofa hin- und hergeschlichen. Im Fernsehen lief eine Dokumentation zu Elchen und ihrer Wanderung, unter anderem über den Ångermanälven. Aber es gab keinen Text, keine Fakten, nur Elche. Fredrik saß daneben und sah mehr zu Philip als auf den Bildschirm.

»Hast du was gehört?«

Philip antwortete nicht, sondern starrte nur weiter auf die Elche. Fredrik pikte ihn in die Seite.

»Hast du etwas von Madeleine gehört?«

Beim Namen der Freundin reagierte Philip sofort. Er griff nach dem Handy, schaute auf das Display, schüttelte dann aber den Kopf und kehrte zu den Elchen zurück.

Fredrik war ruhelos. Draußen wehte der Wind in Böen über das Eis, die graue Wolkendecke war aufgerissen und ließ blauen Himmel und einzelne Sonnenstrahlen hindurch. Ab und zu fielen ein paar leichte Schneeflocken, die jedoch weggeblasen wurden, noch ehe sie auf dem Boden landeten.

Sie waren auf einer Insel gefangen, ohne zu wissen, wie sie von hier wieder wegkommen sollten. Er bereute so sehr, Philip hierher gebracht zu haben. Wie in aller Welt hatte er das für eine gute Idee halten können?

Sofia und Kaj waren am Abend zuvor nicht zurückgekommen, und sie hatte auch auf keine seiner SMS geantwortet. Auf Kaj konnte er gut verzichten, aber er hatte sich gewünscht, Sofia zu sehen. Ihm war, als seien dies die letzten Gelegenheiten, die sie gemeinsam unter einem Dach verbringen würden. Bald würde das Baby kommen, und Kaj und sie würden mit ihrem neugeborenen Kleinen glücklich bis ans Ende ihrer Tage leben. Die Handrücken begannen wieder zu jucken, und seine Gedanken wanderten zur Supermarkt-Tüte zu Hause auf dem Küchentisch. Er konnte förmlich hören, wie es klang, wenn die Schachtel mit den angstdämpfenden Tabletten geöffnet wurde, konnte sehen, wie er den zusammengefalteten Beipackzettel herausfummelte, die Schachtel herumdrehte und die Blister mit Tabletten in seine Hand fallen ließ. Rechteckige, einen halben Zentimeter große Türen in eine Welt, in der nichts mehr schmerzte. Eine Zuflucht, die lange seine einzige Überlebensstrategie gewesen war.

Er erhob sich wieder vom Sofa. Nein, dahin wollte er nicht zurück. Ein Dasein, in dem die Jagd nach seelischer Betäubung das Einzige war, was ihn aufrecht hielt? Ein Dasein mit ständigem Jucken, mit Unruhe, Schlaf- und Gefühllosigkeit? Das war es nicht wert. Er hatte beschlossen, den Rest seines Lebens clean zu verbringen. Da konnte es wehtun, so viel es wollte.

Fredrik ging in die Küche, um Kaffee aufzusetzen, ließ es dann aber bleiben, weil er weiterhin nicht wusste, wie dieser Perkolator funktionierte. Er schenkte sich ein Glas Wasser ein und fragte Philip, ob er auch etwas haben wollte, erhielt aber keine Antwort. Also setzte er sich mit dem Wasserglas an den Küchentisch und holte sein Handy heraus. Die Nachricht von Anders Svenssons verschwundenen Töchtern war in allen Medien, und ihre Fotos waren so oft auf Facebook geteilt worden, dass sie jetzt sogar in seinem Account auftauchten. Fredrik schaute sich das süße, kleine Mädchen mit den großen braunen Augen und dem lockigen Haar an. Wie konnte man nur ein Kind entführen? So was machten doch nur kranke oder sehr verzweifelte Menschen.

Er wollte gerade das Handy weglegen, als Idas Nummer auf dem Display erschien. Erst hatte er den Impuls, sie wegzudrücken, überlegte es sich dann aber anders und ging ran.

»Wie sieht es aus bei euch?« Sie klang angestrengt. Da war nichts von der Wärme, die er in ihrer Stimme zu hören gehofft hatte.

»Die Polizei will, dass wir hierbleiben, bis sie rausgefunden haben, ob Philips Freundin auch verschwunden ist oder ob das nur mit ihrem Streit zu tun hat. Es ist alles ein einziges Chaos.«

»Das heißt, sie haben weder sie noch das kleine Mädchen gefunden?«

»Ja, so ist es.«

»Oje, die armen Eltern.«

Fredrik kämmte die Fransen der blau-weiß karierten Tischdecke mit den Fingern und überlegte, was er sagen könnte, doch in ihm herrschte totale Leere. Nach dem

Streit mit Sofia hatte er nichts als Zuneigung zu Ida empfunden. Er hatte sie vermisst. Doch sosehr er sich auch bemühte, konnte er dieses Gefühl jetzt nicht mehr in sich hervorrufen.

»Du fehlst mir«, sagte sie zögernd.

Aus irgendeinem Grund machte ihn das wütend. Musste sie so klettig sein? Sollte er das ein Leben lang aushalten müssen? Jemanden, der ihn ständig brauchte und kontrollierte? Ihm war schon klar, wie unfair diese Gedanken waren, aber es half nichts. Er sah Sofia, Kaj und das Baby vor sich. Und sich selbst, der in eine leere Wohnung zurückkehrte, zu einer Frau, in die verliebt zu sein er sich zwingen musste.

»Brauchst du das Auto?«, fragte er, anstatt das, was sie gesagt hatte, zu kommentieren.

»Nein.« Die Antwort klang hart, aber sie wurde sofort wieder weich.

»Ich weiß, das ist kindisch jetzt, aber …«

Schweigen.

»Was?«

»Bleibst du wegen Sofia?«

Er sah von der Tischdecke hoch.

»Wie meinst du das?«, antwortete er in barscherem Ton als notwendig. Philip, der gerade von einer weiteren Runde auf der Veranda zurückkehrte, warf ihm an der Durchreiche einen Blick zu. Fredrik schüttelte den Kopf, um ihm zu versichern, dass alles in Ordnung war.

»Ihr wart doch schließlich zusammen und … ich dachte nur …«

»Ist das dein Ernst?«

Fredrik hörte selbst, dass er überreagierte, aber er konnte sich nicht beherrschen. Seine ganze Hilflosigkeit angesichts der Situation entlud sich in seinen Worten.

»Eine Vierjährige ist verschwunden, die Freundin meines besten Freundes ist auch weg und ihm geht es psychisch schlecht, und du glaubst, ich würde hierbleiben, um meine Ex aufzureißen?«

»Nein, ich meine nur …«

»Und selbst, wenn es so wäre.« *Hör jetzt auf, Fredrik.* »Was geht das dich an? Versuchst du, mich zu überwachen? Willst du mich als Haustier haben, das du streicheln und füttern kannst? Bist du wirklich so verdammt lächerlich?«

Ida begann zu weinen, aber er konnte nicht aufhören. Sie hatte in eine Wunde gestochen, und jetzt schoss das Blut heraus.

»Du wirst dein Auto zurückbekommen, mach dir keine Sorgen. Und dann ist das hier, was immer es ist, vorbei.«

»Bitte, Fredrik«, schluchzte Ida, »ich liebe dich doch.«

Er merkte, wie sich irgendetwas in ihm wie eine Faust mit weißen Fingerknöcheln zusammenballte.

»Wie schade. Ich liebe dich nämlich nicht.«

Dann legte er auf.

47.

Um exakt dreizehn Uhr versammelten sie sich in der Bibliothek. Marie Fransson, die Leiterin der Voruntersuchung, saß zusammen mit Vera ganz unten an der kurzen Seite des Tisches. Rechts von ihnen stand das Whiteboard. Marie saß, wie es ihre Gewohnheit war, im Schneidersitz. Neben Vera mit ihrem kräftigen Körperbau wirkte sie wie ein Kind. Sie winkte Sofia zu, streckte den Daumen hoch und zeigte auf den Bauch. Marie hatte keinen Funken Bosheit im Leib. Ihre Gratulationen zum Baby waren durch und durch ehrlich, und Sofia nahm sie dankbar entgegen.

Staatsanwältin Anna Sondell saß an der Längsseite des Tisches, nahe bei Vera. Die beiden Frauen waren ungefähr gleich alt, doch Anna war deutlich mehr auf ihr Aussehen bedacht. Heute trug sie Jackett und Rock im selben Grau, darunter eine hellgraue Bluse und dazu roten Lippenstift. Das blonde Haar war zu einer modernen, aber praktischen Kurzhaarfrisur geschnitten. Auch sie nickte Sofia zu, kommentierte aber den Bauch nicht, den sie im Laufe des Herbstes schon mehrmals, ohne zu gratulieren, gesehen hatte.

Als Letzter betrat der neue Kriminaltechniker, Johan Nyström, den Raum. Er hatte bis jetzt im Haus der

Familie Svensson die Tatortuntersuchung geleitet, und er war mit seinen höchstens dreißig Jahren jünger als die meisten der Gruppe. Das lange blonde Haar war zu einem Man Bun im Nacken zusammengebunden, und dafür, dass es mitten im Winter war, sah er unnatürlich braun gebrannt aus. Um das eine Handgelenk trug er ein dickes Armband, das aus so etwas wie Muschelschalen gemacht zu sein schien.

Karims Miene hellte sich auf, als der junge Kollege eintrat.

»Johan! Wir haben uns seit deinem Urlaub ja noch gar nicht gesprochen. Wie war Bali?«

Johan Nyström erhob die Hand zum Gruß in die Runde, und Sofia erwiderte das Hallo mit einem Nicken. Es stimmte, was getratscht wurde. Johan war ein attraktiver Mann. Der intensive Blick aus den blauen Augen begegnete dem ihren, und er beugte sich über den Tisch.

»Wir kennen uns noch nicht.«

Er drückte ihre Hand. Seine war warm und trocken, und obwohl sich ihre Finger wie dicke Würstchen anfühlten, schienen sie in seiner großen Pranke doch fast zu verschwinden. Ihr Blick wanderte zu seinen muskulösen Unterarmen. Kaj wollte gerade ebenfalls seine Hand ausstrecken, als Johan sich wieder auf seinen Stuhl fallen ließ.

»Bali war nice, aber wir mussten früher nach Hause fahren als geplant. Halb Asien wird gerade abgeriegelt wegen dieses China-Virus.«

Karim nickte besorgt.

»Ja, man ist gespannt, wann es hierherkommt. In einer Woche reisen meine Verwandten aus Teheran an. Wir haben uns seit zwei Jahren nicht gesehen, und sie sind total aufgeregt, weil sie Schnee sehen wollen.«

Johan verschränkte die Hände hinter dem Nacken.

»Das wird, glaube ich, nicht so ein großes Ding. Mit der Schweinegrippe und der Vogelgrippe und alldem anderen Kram war es doch genauso. Schlimmer als das wird es nicht werden.«

Vera räusperte sich, beugte sich über den Tisch und schob eine der Abendzeitungen beiseite, deren Schlagzeilen die Nachricht von dem verschwundenen vierjährigen Mädchen und ihrer großen Schwester herausposaunten.

»Sollen wir jetzt über Bali oder über die Ermittlung reden?«

Johan hob entschuldigend die Hände.

»Wer will anfangen?«

Per meldete sich.

»Man hat mir die Daten von den Telefonmasten für heute Nachmittag versprochen. Vielen Dank, Anna, dass Sie da so schnell waren.«

Die Staatsanwältin bedachte Per mit einem schmallippigen Lächeln.

»Die Listen werden uns ein Bild davon vermitteln, wer sich zu den Zeitpunkten, als Ellie und Madeleine Svensson verschwunden sind, in der Gegend um das Haus aufgehalten hat«, erklärte Vera. »Dazu erfahren wir, welche ein- und ausgehenden Gespräche von den Handys von Philip Lindén, Madeleine, Anders und Amanda geführt wurden.«

Anna Sondell nickte gelangweilt. Ihr war durchaus bewusst, wie das Verfahren aussah.

»Haben Sie den Verdacht, dass die Eltern etwas mit Ellies Verschwinden zu tun haben?«

»Dass ein Nahestehender der Täter ist, kommt viel häufiger vor, als man meinen möchte«, meldete sich Kaj zu Wort. »Ich habe in vielen Fällen ermittelt, in denen ein Elternteil sein Kind getötet hat und dann so tat, als sei es ein Unglück gewesen oder als wäre das Kind verschwunden. Aber wenn ich eins in meinen langen Jahren als Polizist gelernt habe, dann, dass Kinder nicht einfach so verschwinden.«

Alle in der Runde schienen über das nachzudenken, was er gesagt hatte, doch die Staatsanwältin wirkte nicht sonderlich beeindruckt.

»Danke, ich kenne die Statistik auch. Dennoch finde ich, dass es sich nach einer weit hergeholten Theorie anhört. Natürlich könnte es hier ein Unglück gegeben haben, das die Eltern zu vertuschen suchen, aber wie sollte das zum Verschwinden der älteren Tochter passen?«

Kaj sah sie an.

»Wir wissen nicht, ob es so ist, aber wir müssen den Gedanken zumindest zulassen.«

Marie zog ein Bein aus dem Schneidersitz und beugte sich über den Tisch.

»Haben die beiden ein Alibi?«

»Ja, für den Donnerstag, an dem Madeleine verschwunden ist«, sagte Sofia.

»Aber nicht für die Nacht zwischen Samstag und Sonntag?«

»Nur die gegenseitigen Zeugenaussagen der beiden.«
Marie nickte und holte auch das andere Bein hervor.

»Aber das bedeutet natürlich nicht, dass es da nicht einen Zusammenhang geben könnte.« Vera stand auf und ging zum Whiteboard. Obwohl Anna mit im Raum saß, für die diese Besprechung nicht kurz genug sein konnte, war sie unwillig, ihre Routinen zu durchbrechen. Die Staatsanwältin schien jedoch nicht abgeneigt. Vielleicht wusste sie als ehemalige Ermittlerin ein wenig ehrliche Polizeiarbeit als eine willkommene Abwechslung zum Gerichtssaal zu schätzen. Sie drehte den Stuhl zur Tafel und verschränkte die Hände auf dem Schoß.

»Fangen wir mal mit dem kleinen Mädchen an. Habt ihr eine Arbeitshypothese, wie sie verschwunden sein könnte?«

»Wir haben gestern mit Anders Svensson gesprochen.« Sofia versuchte, ihre unbequeme Position im Stuhl zu verändern. »Er hat erzählt, dass seine Frau jeden Abend Schlaftabletten nimmt. Und zuvor hatte er schon zugegeben, dass er am Abend, als Ellie verschwand, Alkohol getrunken hatte. Das könnte der Grund dafür sein, dass die beiden nicht gemerkt haben, dass sich jemand Zugang zum Haus verschafft hat.«

»Oder es ist der Grund dafür, dass sie bewusst oder versehentlich ihre Tochter umgebracht haben«, flocht Kaj ein.

»Sie kommen mir nicht gerade wie eine typische Missbrauchsfamilie vor«, entgegnete Karim, und Sofia stimmte ihm zu. Es war ihnen allen klar, dass Missbrauch durch sämtliche Gesellschaftsschichten hindurch in jeder Art Familie vorkommen konnte. Aber in diesem Fall schien es weit hergeholt, dass die Eltern so beeinträchtigt gewesen sein sollten, dass sie den Tod der Tochter verursacht haben konnten.

»Mit anderen Worten ist es nicht sehr wahrscheinlich, dass die Familie etwas mit Ellies Verschwinden zu tun hat«, stellte Anna fest.

Kaj hob an, ein weiteres Mal zu erklären, was die Statistik dazu aussagte, aber die Staatsanwältin machte weiter, ohne Notiz von ihm zu nehmen. »Und die ältere Tochter?«

»Madeleines Handy ist abgeschaltet, und seit Donnerstagnachmittag hat niemand Kontakt zu ihr gehabt«, erklärte Vera. »Hingegen wissen wir, dass sie zu dem Wochenendhaus rausfahren und dort ihren Freund Philip Lindén treffen wollte. Doch wissen wir nicht mehr als das, was Lindén uns selbst berichtet hat.«

»Und er ist der einzige Verdächtige im Moment?«

Kaj bejahte. Sofia war es gar nicht recht, dass Philip hier als potenzieller Kidnapper hingestellt wurde, doch musste sie einsehen, dass sie auch für das Gegenteil keinerlei Beweise hatte.

Anna Sondell sah skeptisch aus.

»Dann nehme ich mal an, dass ein weiteres Verhör mit ihm geplant ist, oder? Ist bei ihm ein DNA-Abstrich gemacht worden? Habt ihr Fingerabdrücke?«

»Das regeln wir heute Abend.« Kaj nickte Sofia zu, als sei es selbstverständlich, dass sie das Verhör gemeinsam durchführen würden.

Vera schrieb etwas auf die Tafel.

»Befindet er sich immer noch zu Hause bei dir auf Ulvön?«, fragte sie Sofia.

»Ja.«

»Du kannst mit rausfahren, aber Kaj erledigt das Verhör.«

»Aber …«, begann Sofia.

»Kein Aber.« Vera drehte sich um und sah sie streng an. »Es wäre höchst unpassend, wenn du persönlich mit jemandem verbunden wärst, der Teil einer Ermittlung ist.«

Keiner der anderen sagte etwas. Nur Vera und Kaj wussten, was im vorigen Sommer geschehen war und welches Dienstvergehen Sofia begangen hatte, indem sie ihrer Chefin und ihren Kollegen Informationen vorenthalten hatte. Das hatte sie fast ihren Job gekostet. Wenn Kaj nicht so gute Kontakte gehabt hätte und wenn es nicht so übel aussähe, eine schwangere Polizistin zu feuern, dann wäre sie jetzt wahrscheinlich arbeitslos.

»Und wie steht es mit der technischen Untersuchung?« Marie sah zu Johan.

»Wir haben Fingerabdrücke an der Haustür und auf dem Treppengeländer in den oberen Stock gefunden, die wir niemandem in der Familie zuordnen können«, sagte Johan. »Gleiches gilt für das Erdgeschoss, unter anderem an der Tür zu dem Garderobenschrank, in dem sich Madeleines Jacke und ihr Handy befunden haben sollen. Außerdem haben wir DNA gefunden, aber es sind ja auch eine Menge Leute in dem Haus herumgelaufen, ehe wir hinkamen. Wir arbeiten daran, so schnell wie möglich eine Auflistung über alle zu erstellen, die sich dort bewegt haben. Aber wir haben überhaupt keine Spuren gefunden, die darauf hinweisen würden, dass das Mädchen mit Gewalt entführt wurde, weder Schleifspuren noch Blut oder dergleichen. Da das Haus riesig ist, haben wir es noch nicht geschafft, alle Räume zu checken. Das wird leider auch noch etwas dauern. Wir arbeiten so schnell wir können.«

Marie kratzte sich das Kinn.

»Und Madeleine? Irgendwelche Spuren von ihr?«

Johan schüttelte den Kopf.

»Nichts, was wir direkt mit ihr oder ihrem Verschwinden in Verbindung bringen könnten. Die Jacke mit dem Handy hängt, wie ihr ja schon wisst, nicht mehr in der Kammer, und wir haben auch in dem Gästezimmer, das sie die wenigen Male, wenn sie in dem Haus war, benutzt hat, nichts gefunden. Die beiden Gästehütten waren total eingeschneit, wir wissen also, dass in denen niemand war, ehe jetzt Anders und Amanda Svensson in die eine eingezogen sind.«

»Habt ihr überhaupt irgendwas gefunden?« Vera klang ungeduldig.

»Nichts außer dem, was ich gerade aufgezählt habe. Wir haben vor allem die Ein- und Ausgänge kontrolliert, dann den Ort, an dem das Mädchen geschlafen hat, und das Gästezimmer. Mehr haben wir, wie gesagt, noch nicht geschafft.«

Marie sah Vera an.

»Und es ist immer noch keine Lösegeldforderung eingegangen oder eine irgendwie geartete Kommunikation mit einem möglichen Entführer erfolgt?«

Vera schüttelte den Kopf.

Es wurde still im Raum. Allen war nur zu bewusst, dass ihnen die Zeit davonrannte. Sofia versuchte, nicht an die Bilder von all den jungen Frauen und Kindern auf der ganzen Welt zu denken, die entführt, missbraucht und dann weiterverkauft oder getötet worden waren.

Ganz sicher gingen diese Bilder auch den Eltern der vermissten Mädchen durch den Kopf. Das war eine schlimmere Strafe als der Tod, zu wissen, dass das eigene Kind da draußen war und gequält wurde, ohne etwas tun zu können.

Allein der Gedanke verursachte ihr Übelkeit.

48.

Jetzt hat sie lange geschlafen. Sie ist so hübsch, wenn sie da so liegt. Nuckelt mit dem Mund und piept manchmal im Schlaf. Die hellrosa Schlafanzughose und der Pullover dazu haben ein Muster mit Eistüten. Bunte Eistüten mit Augen und Mündern, die lächeln. Schon am ersten Tag habe ich gesehen, dass sie unter der Schlafanzughose eine Windel hat. Vielleicht ist sie doch jünger, als ich dachte, aber Windel ist ja gut. Ich wickele sie mehrmals täglich.

Eigentlich hatte ich sie auf dem Sofa liegen lassen wollen. Aber ich konnte einfach nicht aufhören, an sie zu denken. Diese weiche Kinderhaut und das lockige Haar.

Am Ende konnte ich mich nicht mehr beherrschen und habe sie geholt und neben mich ins Bett gelegt. Da liegt sie jetzt noch. Völlig unwissend über alles, was geschieht.

49.

Der Wind zerrte und riss am Haus, und Fredrik war schlechter Laune. Unten am Bootshaus brannte ein Licht, ansonsten war nur ein vom schwarzen Himmel nicht mehr zu unterscheidendes ebenso schwarzes Eis zu sehen. Philip saß immer noch vor dem Fernseher, hatte aber zumindest einen Toast gegessen, den Fredrik ihm gemacht hatte. Es schien ihm besser zu gehen. Er war noch ein paarmal draußen auf der Veranda gewesen, um zu rauchen, und hatte auf seinem Handy ein paar berufliche Mails beantwortet. Fredrik hatte Inga und Hans angerufen und gesagt, sie würden eine gemeinsame Bekannte besuchen und bald wieder nach Hause kommen. Außerdem hatte er sich bei der Mietwagenfirma in Sundsvall gemeldet, um mitzuteilen, dass sie das Auto bald zurückbringen und seinen Volvo, der dort jetzt repariert in der Werkstatt stand, abholen würden. Er wollte hier weg, hatte aber noch keine Nachricht bekommen, wann die Polizei sie ziehen lassen würde.

Er ging in die Küche und öffnete den Kühlschrank, obwohl er wusste, dass der mehr oder weniger leer war. Um die Mittagszeit war Tord mit einer Tüte vom Laden in Ulvöhamn vorbeigekommen und hatte ein paar Piroggen, zwei Dosen Erbsensuppe, einen Laib Brot und zwei Liter Milch vorbeigebracht. Fredrik nahm zwei Piroggen aus der Tiefkühltruhe und schob sie in die Mikrowelle.

Er sah auf sein Handy. Ida hatte immer noch nicht geantwortet. Er hatte seinen Ausbruch sofort bereut und versucht, sie anzurufen und um Entschuldigung zu bitten, aber sie war weder rangegangen, noch hatte sie auf seine SMS geantwortet. Jetzt war schon der ganze Tag vergangen. So lange hatte es noch nie gedauert, bis sie sich meldete. Er schickte noch eine Nachricht. Das schlechte Gewissen machte ihm zu schaffen, aber nicht nur das. Er hatte sich wirklich furchtbar verhalten. Was, wenn sie ihm nie würde verzeihen können? Der Gedanke tat unerwartet weh.

Philip kam, vom Duft der Piroggen angelockt, in die Küche.

»Holst du uns Besteck?«

Fredrik zeigte auf die Schublade neben der Spüle.

Philip holte Messer, Gabeln und Teller heraus und füllte zwei Gläser mit Wasser. Sie wollten sich gerade hinsetzen und essen, als Fredriks Handy klingelte.

Er dachte gerade, dass es vielleicht Ida sei, erkannte dann aber Sofias Nummer und empfand eine seltsame Erleichterung darüber, enttäuscht zu sein.

»Wie geht es euch?«

»Gut«, antwortete er kurz.

Sofia räusperte sich.

»Wir müssen mit Philip reden.«

»Noch mal? Ist das wirklich notwendig?«

»Wir ermitteln wegen Entführung. Er muss einen DNA-Abstrich machen.«

Fredrik sah zu Philip, der gerade die Verpackung einer der Piroggen öffnete.

»Mein Gott.« Er ging ins Wohnzimmer.

»Wir kommen mit dem letzten Schiff. Kaj wird Philip vernehmen.«

Er flüsterte seine Antwort.

»Ihr glaubt doch wohl nicht, dass er mit dem Ganzen was zu tun hat, oder? Philip kann keiner Fliege etwas zuleide tun.«

Sofias Stimme klang streng.

»Das zu beurteilen ist nicht deine Sache.«

Nachdem Sofia aufgelegt hatte, blieb Fredrik mit dem Handy in der Hand stehen und starrte aus dem Fenster. Er fuhr sich mit der Hand durchs Haar. Wieso zum Teufel war alles so kompliziert? Glaubten die im Ernst, dass Philip in die Sache verwickelt war? Was war Ellie und Madeleine bloß zugestoßen?

Er sammelte sich einen Moment lang und ging dann in die Küche zurück. Als er gerade das Handy in die Jeanstasche stecken und Philip erzählen wollte, dass Sofia und Kaj auf dem Weg waren, klingelte es erneut.

Ida.

Fredrik freute sich, musste aber bald feststellen, dass die Stimme am anderen Ende nicht Ida gehörte.

»Hallo, ich heiße Jonna. Ich bin Idas Schwester.«

Er nahm den Teller entgegen, den Philip ihm reichte.

»Ist etwas passiert?« In seinem Magen begann es zu mahlen. Er rechnete immer mit schlechten Nachrichten, ganz gleich, wer anrief, was wahrscheinlich an all dem lag, was er in seinem Leben schon mitgemacht hatte. Trotzdem war er nicht auf das vorbereitet, was jetzt kam.

»Ida hat versucht, sich das Leben zu nehmen.«

Fredrik ließ den Teller auf die Spüle fallen.

»Was sagst du?«

»Sie lag bewusstlos in deiner Wohnung.«

In seinem Kopf begann sich alles zu drehen, und er musste sich vorbeugen, um den Schwindel in den Griff zu kriegen.

»In meiner Wohnung?«

»Sie hat mich angerufen und gesagt, sie hätte Tabletten genommen. Ich habe den Notarzt gerufen.«

Fredrik richtete sich auf und sah sein eigenes Spiegelbild im Küchenfenster. Er schüttelte den Kopf, obwohl Jonna ihn durch das Telefon ja nicht sehen konnte. Das konnte ja wohl nicht an dem liegen, was er gesagt hatte. Nein, das war völlig unmöglich. Ida war stark. Von so etwas würde sie sich nicht beirren lassen.

»Ich verstehe nicht …«

Jonna holte tief Luft, und er konnte durch ihr Weinen die Wut in ihrer Stimme hören.

»Wir sind im Söder-Krankenhaus. Wenn du einen Arsch in der Hose hast, dann kommst du jetzt her.«

Dann legte sie auf.

50.

Als Kaj und Sofia auf die Einfahrt neben dem Haus in Norrbysbodarna einbogen, stand Philip auf der Veranda und rauchte. Er hob die Hand zu einem Winken.

Sie stiegen aus dem Auto und gingen zur Eingangstür. Philip drückte die Zigarette aus und verschwand durch die Verandatür auf der kurzen Seite des Hauses – die Sofias Vater den »feinen Eingang« genannt hatte, im Gegensatz zur Haustür, die auf der Schattenseite lag und die er benutzen musste, wenn er mit schmutzigen Stiefeln oder Grasschnitt zwischen den Zehen hereinkam. Claire schien das Haus auf Ulvön tatsächlich nur zu den wenigen Gelegenheiten gemocht zu haben, wenn Gäste kamen. Die mussten dann immer die Verandatür benutzen, wurden durchs Wohnzimmer geschleust, wo sie ihre Sammlung von Porzellanfiguren bewundern mussten, um schließlich durch die Terrassentür auf der langen Seite hinausgeschoben zu werden, wo die herrliche Aussicht über das Meer und ein Tisch mit gefüllten Weingläsern auf sie warteten.

Sofia und Kaj gingen um die Hausecke herum, und Sofia bemerkte, dass die Eingangstreppe sowohl gefegt als auch gestreut war. Sie hatte Tord gebeten, nach Fredrik und Philip zu schauen, und auf ihn war einfach Verlass.

Philip begrüßte sie in der Diele. Sie hängten ihre Jacken auf und ließen die schneenassen Schuhe auf der Matte stehen, um dann weiter in die Küche zu gehen.

»Komm, wir setzen uns«, sagte Sofia.

Philip tat, was sie sagte. Fredrik war nicht zu sehen. Vielleicht lag er im Bett und schlief.

Kaj setzte sich auf die andere Seite des Tisches, wühlte in seiner Tasche und fischte ein kleines Tonbandgerät heraus, das er in Gang setzte.

Es fühlte sich mehr als seltsam an, ein Verhör in der eigenen Küche durchzuführen, fand Sofia.

»Verhör mit Philip Lindén am 25. Februar 2020. Anwesende: Kriminalinspektorin Sofia Hjortén und Kriminalkommissar Kaj Marklund.«

Er wandte sich Philip zu.

»Wir haben immer noch keine Hinweise, wo Madeleine sein könnte.«

Philip senkte den Blick.

»Was glauben Sie, könnte ihr passiert sein?«

Philip zuckte mit den Schultern, ohne aufzusehen.

»Finden Sie es nicht seltsam, dass sie gesagt hat, sie würde im Haus sein, und dann nicht dort war, als Sie kamen, dass sie ihr Handy aber dort gelassen hatte?«

»Schon.«

Philip sah auf, vermied aber Kajs Blick und suchte stattdessen den von Sofia. Sie litt mit ihm. Die Situation war ihm offensichtlich sehr unangenehm.

»Wissen Sie, ob Madeleine oder ihre Familie von irgendjemandem bedroht wurden?«

Philip schüttelte den Kopf.

»Wann haben Sie Madeleine das letzte Mal gesehen?«

»Vor sechs Wochen. Sie studiert in Umeå, deshalb sehen wir uns nicht so oft.«

»Und wann hatten Sie das letzte Mal Kontakt mit ihr?«

»Am Mittwoch.«

»Worüber haben Sie da gesprochen?«

»Wir haben nicht gesprochen. Wir haben geschrieben«, antwortete Philip.

»Worüber haben Sie also geschrieben?«, fragte Kaj bemüht ruhig.

»Wir waren uneins, weil ich nicht länger bleiben wollte als abgesprochen und ihren Vater nicht treffen wollte, also habe ich insgesamt einen Rückzieher gemacht. Sie hat geschrieben, dass sie trotzdem nach Sunnansjö fahren würde. Dann bin ich am Donnerstag doch raufgefahren, um sie zu überraschen.«

»Erzählen Sie, was passierte, als Sie zu dem Haus kamen.«

Es war, als würde alle Luft aus Philip entweichen, und er lehnte sich über seine Arme, die auf dem Tisch lagen.

»Das habe ich doch schon getan«, sagte er, die Stirn auf die Unterarme gelegt. Die Geste ließ ihn wie ein kleines Kind wirken.

»Erzählen Sie es uns noch einmal.«

Er hob den Kopf und setzte sich wieder gerade hin. Er sah erschöpft aus.

»Ich bin reingegangen, sie war nicht da. Ich habe sie angerufen. Ihr Handy lag in der Jacke im Garderobenschrank. Ich ging in den oberen Stock und habe gesucht.

Da war sie auch nicht. Ich bin weggefahren und von der Straße abgekommen«, zählte Philip kurz und ohne weitere Details auf.

»Und Sie sind sicher, dass sie nicht im Haus war, als Sie dort ankamen?«

»Warum fragen Sie immer wieder dieselben Sachen?«

»Weil ich wissen will, ob Sie die Wahrheit sagen«, antwortete Kaj.

»Das tue ich.«

Philip sah zu Sofia, und sie nickte als Zeichen, dass er auf die Frage antworten solle.

»Nein, ich habe sie jedenfalls nicht gesehen, und ich habe in alle Räume geschaut.«

»War noch jemand anders im Haus?«

»Nicht, soweit ich sehen konnte.«

»Haben Sie irgendwas Ungewöhnliches bemerkt, als Sie dort waren? Schmutz auf dem Fußboden? Einbruchspuren an der Haustür?«

»Die Tür war nicht verschlossen, und der Schlüssel steckte außen.«

Kaj sah Sofia an.

»Davon haben Sie nichts gesagt, als unser Kollege Sie verhört hat.«

Philip sah Kaj kurz an, dann entgegnete er, dass der Kollege ja nicht nach der Tür gefragt habe. Sofia sah, wie Kaj darum kämpfte, nicht die Geduld zu verlieren. Offensichtlich fiel es Philip schwer, ein Ereignis zu beschreiben, ohne dass jemand ihm direkte Fragen stellte.

»Haben Sie in der Diele etwas Ungewöhnliches bemerkt?«

»Nein.«

»War irgendwo im Haus Blut?«

»Nein.«

»War etwas umgeworfen oder stand am falschen Ort?«

»Das weiß ich nicht. Ich bin vorher noch nie da gewesen.«

Kaj holte tief Luft.

»Lag irgendein Gegenstand an einem ungewöhnlichen Ort? Ein Sofakissen auf dem Fußboden, ein Bild, das schief hing? Schränke oder Schubladen, die offen standen?«

Philip dachte lange nach.

»Der Feuerlöscher im Wohnzimmer saß nicht in seinem Wandhalter.«

51.

Fredrik war durchgefroren, obwohl er seit einer halben Stunde mit der Heizung auf Hochtouren gefahren war. An der Dockstabar hielt er an, um schnell zu tanken. Der Laden war geschlossen, der heiße Kaffee, auf den er sich gefreut hatte, musste also noch warten. Er hatte als einziger Passagier auf der letzten Fahrt des Luftkissenboots von Ulvön zum Festland gesessen. Idas Auto war komplett zugeschneit gewesen, und einen Eiskratzer hatte er nicht gefunden, weshalb er die Windschutzscheibe mit dem Jackenärmel hatte frei fegen müssen, der jetzt immer noch nass war. Die Autotür war zugefroren gewesen, und er hatte mehrmals daran reißen müssen, bis sie aufging. Er hasste den Winter.

Jonna hatte weder zurückgerufen, noch war sie rangegangen, als er versucht hatte, sie zu erreichen. Er hatte keine Ahnung, wie schlecht es Ida ging. Die Sorge quälte ihn.

Binnen einer Sekunde war sie von einer Person, von der er nicht wusste, was er für sie empfand und die ihn zu ersticken drohte, zum wichtigsten Menschen in seinem Leben geworden. Wütend schlug er mit den Händen aufs Lenkrad. Die Eifersucht auf Sofia und Kaj, ihr perfektes Leben und das Kind, das sie erwarteten, hatte ihn völlig blind gemacht. Im Moment hasste er Sofia. Er wollte sie nie mehr sehen. Weder sie noch ihren riesigen Bauch. Oder gar den Superpolizisten Kaj Marklund.

Er wünschte, Philip wäre mit ihm gefahren. Es fühlte sich wie ein monumentaler Verrat an, ihn den Verhören der Polizei ausgeliefert und auf Ulvön zurückgelassen zu haben, im Ungewissen darüber, ob sie seine Freundin finden würden.

Fredrik hatte versucht, ihn dazu zu bringen, mitzukommen.

»Du musst nicht hierbleiben, nur weil die Polizei das sagt. Komm mit mir nach Hause. Wir klären das alles von zu Hause aus.«

Doch den Blick fest auf den Fernseher gerichtet, hatte Philip nur den Kopf geschüttelt. Er hatte weder Unruhe noch Verzweiflung gezeigt, und er war auch nicht in sich selbst verschwunden, so wie er es immer tat, wenn alles zu viel wurde.

»Ich bleibe, bis Madde sich meldet.«

Mit ihm zu argumentieren war sinnlos. Widerwillig hatte er Philip auf dem Sofa sitzen lassen und ihm versprochen, bald wieder zurückzukommen und ihn abzuholen. Es tat ihm weh, seinen besten Freund in einem fremden Haus mit fremden Menschen zurückzulassen, doch er hatte keine Wahl. Er wusste, dass er Sofia sagen sollte, warum er wegfuhr, hatte aber für die Diskussion keine Kraft. Er wollte nur nach Hause.

Nach Hause zu Ida.

*

Sofia saß im Schaukelstuhl und horchte auf Kaj, der auf dem Sofa neben ihr schnarchte. Sie hatten beide aus unterschiedlichen Gründen nicht in dem Doppelbett im oberen Stock schlafen wollen und teilten sich somit für die Nacht das Wohnzimmer. Das war seit acht Monaten nicht geschehen. Kaj war nicht begeistert, dass Philip zusammen mit ihnen im Haus bleiben würde, war aber zufrieden damit, Sofia in Sichtweite zu haben.

Sie musste schlafen, aber in ihr kochten die Gefühle, und zwar hauptsächlich Wut. Als sie nach Ulvön zurückgekommen waren, stellte sich heraus, dass im Gästezimmer eine Person weniger wohnte. Fredrik hatte schlicht die wenigen Dinge genommen, mit denen er hergekommen war, dazu noch das Handy-Ladegerät, das er sich von ihr geliehen hatte, und war nach Hause gefahren. Er hatte sie also als eine Art Sanatorium benutzt und war dann ohne ein Wort abgehauen. Mal wieder. Genau wie im Sommer. Als hätte ihr Haus keine Türen und als könnte man kommen und gehen, wie man wollte. Sie hatte versucht, Philip auszufragen, aber er wusste nicht, warum Fredrik weggefahren war. Irgendetwas mit einer Krise und dass er das letzte Luftkissenboot aufs Festland genommen hatte.

Wenn Kaj und sie nicht so spät an den Anleger am Köpmanholmskaj gekommen wären, dann hätten sie ihn bestimmt dort getroffen. Was für ein lausiger Freund war er bloß, der Philip bei einer völlig unbekannten Person parkte und ihn allein einer polizeilichen Ermittlung überließ? Wo er doch wusste, dass seine Unterstützung wirklich gebraucht wurde. Philip tat ihr leid. Er musste außer sich sein vor Sorge, schien aber nicht imstande, dieses Gefühl auszudrücken. Sie hatte versucht, ihn zu fragen, wie es ihm ging und ob er über etwas sprechen wolle, doch er hatte nur geschwiegen und schließlich darum gebeten, ins Gästezimmer gehen und sich hinlegen zu dürfen.

Sofia stieß mit dem Fuß an den Couchtisch, um dem Schaukelstuhl ein bisschen Schwung zu geben. Während sie schaukelte, dachte sie über die Ermittlung nach. Sie hatten einen Abstrich von Philip bekommen und Fingerabdrücke genommen, die mit dem ersten Schiff am Morgen zu Johan gebracht werden würden. Philip hatte dagesessen und, den Blick auf den Boden gerichtet, das lange Wattestäbchen über die Innenseite seiner Wange gerollt. Es gab nicht das geringste Anzeichen, dass er sie anlog. Alles in seiner Geschichte schien zu stimmen. Sofia hatte schon oft erlebt, wie Menschen versuchten, sich aus Situationen herauszulügen. Geübte Verbrecher waren natürlich schwerer zu entlarven, denn sie hatten bereits eine gleichgültige Haltung gegenüber der Polizei entwickelt. Dem normalen Menschen hingegen gelang es nur selten, auch nur mit einer Notlüge davonzukommen, wenn er auf dem Verhörstuhl saß. Sie zupften an ihren Haaren herum, ihr Blick flackerte, sie wanden sich auf dem Stuhl, schwitzten, wurden rot und lieferten einfach fantastische, detailreiche Geschichten, aus denen Sofia und ihre Kollegen nur zu bald die Luft herauslassen konnten. Philip wies keine dieser Verhaltensweisen auf. Ihr Bauchgefühl sagte ihr, dass er ihnen gegenüber aufrichtig war.

Hoffentlich lag sie damit richtig.

MITTWOCH, 26. FEBRUAR

52.

Das Wartezimmer im Söder-Krankenhaus war leer, als Fredrik ankam. Es war halb vier Uhr morgens, und er hatte extra klingeln müssen, um hereingelassen zu werden. Dann musste er über zweieinhalb Stunden warten, bis jemand Zeit fand, ihn auf die Station mitzunehmen. Als schließlich eine Krankenschwester in blauer Kleidung und weißen Holzschuhen kam und ihn holte, war er schon mehrmals eingeschlafen. Auf dem Weg zurück nach Stockholm hatte er nur zweimal angehalten – einmal, um zu tanken, und dann, um sich einen Kaffee zu holen. Aus Angst, dass ihn das müde machen würde, hatte er nichts gegessen. Trotzdem hatte die Fahrt fast sieben Stunden gedauert, weil die Straßen so glatt gewesen waren. Jetzt brauchte er ganz dringend noch mehr Kaffee und ein Sandwich.

»Sind Sie der Freund?«

Ohne zu zögern, nickte Fredrik.

»Wie geht es ihr?«

»Den Umständen entsprechend gut.«

Mehr sagte die Krankenschwester nicht, während sie nebeneinander durch den Flur gingen und an Zimmern mit offenen oder angelehnten Türen vorbeikamen. Drinnen in der Dunkelheit konnte er Betten und Beine unter Krankenhausdecken erahnen. Es schauderte ihn. Das hier war eine Umgebung, die er verabscheute. Alles holte ihn ein. Die Kälte, das Rettungsboot, die warmen Decken und die Hände, die lächelnden Gesichter und die sanften Dialekte. Er war hinterher so gut versorgt worden, aber was half das denn, wenn seine ganze Familie auf dem Meeresboden lag? Als er nach der Schussverletzung wieder in ein Krankenhaus musste, war das fast unerträglich für ihn gewesen.

Aber jetzt ging es ja nicht um ihn. Jetzt musste er für Ida stark sein.

Sie blieben vor einer geschlossenen Tür stehen. Die Krankenschwester klopfte, und von drinnen war ein schwaches »Herein« zu hören.

Fredrik wusste nicht, was er eigentlich erwartet hatte, doch der Anblick brach ihm fast das Herz. Ida lag auf dem Rücken, die Knie leicht zur Seite gedreht. Über den Beinen lag eine gelbe Decke, und am Oberkörper trug sie ein verwaschenes Krankenhaushemd, das aufgeknöpft war, sodass man die Schläuche sah, die am Brustkorb festsaßen und mit einer Maschine verbunden waren, die rote und grüne Werte zeigte und mehrere Kurven. An der einen Hand war mit Klebeband eine Braunüle befestigt. Die dunkelbraunen Haare waren geflochten und lagen über der einen Schulter. Neben dem Bett saß eine Frau in seinem Alter und hielt Idas Hand. Ihre Gesichtszüge verrieten sofort, dass sie Idas große Schwester war.

Die Krankenschwester verließ das Zimmer, und Fredrik blieb mitten im Raum stehen. Jonna hatte den Blick fest auf das Gesicht ihrer Schwester gerichtet und sagte nichts. Sie schien nicht geschlafen zu haben, und die Augen waren rot vom Weinen.

»Darf ich mich hinsetzen?« Fredrik zeigte auf den Stuhl, der auf seiner Seite des Bettes stand. Sie antwortete nicht, also zog er den Stuhl heran und setzte sich neben Ida.

»Warst du die ganze Nacht hier?«

Keine Antwort.

»Wie geht es ihr?«

Jonna machte sich nicht die Mühe, ihn anzusehen, öffnete aber zumindest den Mund, um etwas zu sagen.

»Sie haben Proben genommen, um die Leber- und die Nierenfunktion zu kontrollieren. Und andere Blutwerte. Außerdem hat sie einen Katheter bekommen.«

Jedes Wort aus Jonnas Mund war wie ein Peitschenhieb über seinen Rücken.

»Was hat sie genommen?«

Den Blick, den sie ihm zuwarf, würde er nie vergessen.

»Was glaubst denn du?«

Die Tüte. Deshalb hatte Ida ihre Schwester von Fredriks Wohnung aus angerufen. Sie hatte ja den Schlüssel und wusste, was sich in der Tüte befand.

Fredrik rieb sich das Gesicht. Wie zum Teufel hatte es nur so weit kommen können?

»War sie denn seitdem schon mal wach?«

»Nein.«

Jonna kämpfte, aber Fredrik sah, dass sie es bald nicht mehr aushalten würde. Die Lippen waren fest aufeinandergepresst, und sie schüttelte den Kopf.

»Das hier ist deine Schuld.«

Die Tränen flossen über, und Jonna wischte sich mit der Rückseite der freien Hand die Nase.

»Du weißt ja nicht, was sie durchgemacht hat, wie sie gekämpft hat, um wieder ins Leben zurückzukommen. Und dann kommst du und zerstörst alles.«

Fredrik begriff nicht, wovon Jonna redete, aber er wusste nur zu gut, dass er die Ursache dafür war, dass Ida jetzt hier lag.

»Sie hat mir erzählt, was du zu ihr gesagt hast.«

Er nickte wieder. Da gab es nichts dran zu drehen. Er hatte sich unmöglich verhalten. Aber wenn er geahnt hätte, dass Ida solche Schritte gehen würde, dann …

Jonna schniefte, und er reichte ihr eine Papierserviette aus der Plastikverpackung, die auf dem Rollentisch neben dem Bett lag. Zu seinem Erstaunen nahm sie das Tuch und sah ihn aus rot geweinten Augen an.

»Entschuldige. Ich weiß, dass du es nicht warst, der … das hier ist nicht deine Schuld. Ich bin nur so wütend. Und ich hab solche Angst.«

Fredriks Schultern sanken herab, und er beugte sich vor und legte die Hand auf Idas Bein. So nah, dass er fast Jonna berührte. Über ihre Wangen rannen lautlose Tränen, und Fredrik strich vorsichtig über Idas Bein unter der Decke.

»Alles wird gut«, flüsterte er mehr zu sich selbst.

53.

Sofia gähnte und krümmte den Rücken, aber der Sicherheitsgurt ihres schwarzen Volvo, mit dem sie sich auf dem Festland fortbewegte, saß zu fest. Sie wusste nicht, wie lange sie noch auf diese Weise zwischen Insel und Festland würde hin- und herpendeln können. Was wollte sie eigentlich beweisen?

Die Sonne hatte sich an den Himmel gekämpft und schien nun durch die grauweißen Wolken über ihnen. Sofia sah aus dem Seitenfenster, während sie den Köpmanholmskaj hinter sich ließen, um nach Örnsköldsvik zur Morgenbesprechung aufs Revier zu fahren. Ihr Spiegelbild im Fenster mischte sich mit der draußen vorbeigleitenden schneebedeckten Landschaft. Sie sah die Falte zwischen ihren Augenbrauen, ihr Mund war nur ein dünner Strich.

Verdammter, elender Fredrik Fröding.

Halbherzig hatte Sofia versucht, Philip dazu zu bringen, mit ihnen aufs Festland zurückzufahren, doch wie oft sie ihn auch fragte, war die Antwort immer dieselbe gewesen: »Ich warte, bis Madde wiederkommt.«

*

Als sie aufs Revier kamen, waren erst nur Vera und Marie vor Ort. Johan, der nach ihrem Verhör mit Philip die Information zu dem Feuerlöscher bekommen hatte, war mit seinem Team erneut nach Sunnansjö gefahren, um den Tatort noch einmal zu untersuchen. Per hatte spät am Abend zuvor die Telefonlisten bekommen, und er und Karim waren den größten Teil der Nacht damit beschäftigt gewesen. Sie würden heute etwas später kommen.

Sofia, Kaj und Marie gingen in Veras Büro.

»Wie lief es mit Philip?«, fragte Vera.

»Wir haben den Abstrich gemacht und Fingerabdrücke genommen. Johan hat alles vorliegen.«

»Und? Was hat er gesagt?«

»Dasselbe wie vorher. Dass Madeleine nicht im Haus war, als er hinkam«, antwortete Sofia.

Vera hielt ihre Hände hoch.

»Aber woher wissen wir, ob das stimmt? Woher wissen wir eigentlich, dass irgendwas von dem, was Philip Lindén sagt, stimmt?«

»Das frage ich mich auch«, sagte Kaj.

»Warum sollte er lügen?«

Sofia hörte, dass sie übertrieben defensiv klang.

Vera sah Kaj über ihren Kopf hinweg an. Galt ihr Urteil nicht mehr als zuverlässig?

Als Kaj nichts sagte, fuhr Vera fort.

»Wenn ich das richtig verstanden habe, ist er etwas …« Vera kratzte sich die Augenbrauen. »Also, etwas …«

»Er leidet unter hochfunktionalem Autismus und Agoraphobie«, unterbrach ihn Sofia.

Vera machte eine Geste mit der Hand, als wären es diese Begriffe gewesen, nach denen sie gesucht hatte. Dann ließ sie sich auf ihrem Stuhl zurückfallen, der auf eine fast liegende Position eingestellt war.

»Und du meinst, dass ihn das als Täter eher ausschließt?«

»Ich meine gar nichts«, entgegnete Sofia. »Ich sage nur, dass sein Zustand ihn nicht mehr zu Gewalttätigkeit neigen lässt als irgendjemand anderen. Eher im Gegenteil. Ich empfinde ihn als sehr passiv.«

Marie sah skeptisch aus.

»Aber das ist doch etwas, das wir überprüfen lassen könnten, oder? Vielleicht sollten wir mit einem Experten aus der Psychiatrie reden und untersuchen lassen, ob gerade seine Störung und seine Phobie eine größere Neigung zu Gewalt und Aggressivität mit sich bringen könnten.«

Was war hier eigentlich los? Vertraute ihr denn niemand mehr? Sofia rieb sich die von der Kälte ausgetrockneten Lippen, um nicht versehentlich auszusprechen, was ihr eigentlich auf der Zunge lag.

»Das können wir natürlich tun, aber die Frage ist, wie wir Anna Sondell dazu bringen sollen, eine psychiatrische Untersuchung zu bewilligen. Wir haben ja nicht den kleinsten haltbaren Hinweis darauf, dass Philip der Täter sein könnte.«

Sofia empfand eine kindische Befriedigung über die niedergeschlagenen Mienen der anderen. Sie hatte recht. Und das wussten sie auch.

Vera nickte.

»Sofia hat recht, aber ich will, dass er sich innerhalb der Bezirksgrenzen aufhält, bis wir mehr herausgefunden haben. Im Moment ist er die einzige Spur, die wir zum Verschwinden von Madeleine haben.«

Kaj nickte widerwillig.

»Und Ellie?«

Vera beugte sich so schnell vor, dass die Rückenlehne ihres Stuhls hin und her federte.

»Kicki meint, wir sollten die Suche so bald wie möglich abblasen. Es gibt nichts, was darauf hindeutet, dass sich das Kind in der Gegend um Sunnansjö befindet.«

Marie holte einen Joghurt aus ihrem Fjällräven-Rucksack, öffnete ihn und leckte den Deckel ab, ehe sie ihn auf eine Serviette auf den Tisch legte.

»Wir können nicht viel anderes tun, als noch mal hinzufahren und mit Anders Svensson zu reden. Konfrontiert ihn mit Karims Informationen über die schlechten finanziellen Verhältnisse der Firma.«

Sofia wollte eben sagen, dass sie in der Zentrale bleiben und Per mit den Telefonlisten helfen würde, aber Kaj war schneller.

»Sofia und ich erledigen das.«

54.

Als Sofia und Kaj beim Wochenendhaus der Svenssons ankamen, hatte es erneut begonnen zu schneien. Die erste Suchaktion des Tages war beendet, und man hatte sich auf dem Hof versammelt, um die nächste zu planen. Eine ältere Frau mit lilafarbenem Skianzug und passendem Stirnband teilte Butterbrote und heißen Kaffee aus. Auf dem Waldweg und unterhalb der Auffahrt parkten mehrere Autos, und während Sofia und Kaj zum Haus gingen, kam noch ein weiteres dazu. Das hier gehörte zu den Dingen, die sie an kleinen Städten und vor allem am Leben auf dem Lande liebte. Man half einander. Wenn etwas passierte, hielt man zusammen. Ob Anders und Amanda im Moment wohl imstande waren, das wertzuschätzen? Wahrscheinlich nicht.

Die Polizisten mit ihren Suchhunden waren auch wieder da, dazu noch ungefähr fünfzig Freiwillige. Alle waren warm angezogen, trugen Stiefel, dicke Winterjacken und Reflexwesten mit dem Logo von Missing People auf dem Rücken. Die Leute vom Heimatschutz waren in Militärkleidung am Start. Viele hatten orangefarbene Stöcke in den Händen, um den Schnee durchsuchen zu können.

Im Vorbeigehen nickten die beiden Kicki zu, die in der Mitte der Gruppe stand und in ihr Handy sprach.

Das große Haus war wieder abgesperrt worden, und hinter dem blau-weißen Band erkannte Sofia den neuen Kollegen und die anderen Kriminaltechniker in weißen Anzügen. Sie blieb neben Kaj vor der Absperrung stehen, und Johan kam mit einer großen Kamera um den Hals auf sie zu. Auf den dunklen Türverkleidungen der hohen doppelten Eingangstür konnte man ganz schwach das schwarze Kohlepulver erkennen, das die Techniker hinterlassen hatten.

»Hallöchen.« Johan nickte ihnen zu, hielt aber den Blick auf das Display der Kamera gerichtet, während er die Bilder durchscrollte.

Kaj streckte sich und spähte ins Haus hinein.

»Wie läuft es?«

»Wir sind immer noch beim Wohnzimmer.« Johan, offenbar unwillig, seine Arbeit zu unterbrechen, nickte zu einer der Gästehütten hinüber. »Sie sind da drüben.« Dann zog er den Mundschutz hoch und ging wieder ins Haus. Kaj streckte die Hand aus, sodass Sofia sich auf dem Weg zu dem zweistöckigen Haus, das eine der Gästehütten darstellte, bei ihm einhaken konnte.

Amanda stand zum Rausgehen bereit in der Diele. Die Decke war niedrig, und das kleine Haus erinnerte an die alten Köhlerhütten, die es auf vielen der Höfe in der Umgebung gab, obwohl es sich offensichtlich um einen Neubau handelte. In den Sprossenfenstern hingen Spitzengardinen, die Wände zierten Aquarelle mit nordischen Sommermotiven. Amanda trug einen reinweißen Skianzug mit einem schwarzen Gürtel in der Mitte und hatte sich eine große dunkle Sonnenbrille in die

Haare geschoben. Sie sah aus, als wäre sie in irgendeinem Skiort in den französischen Alpen zum Après-Ski unterwegs. Nur die rot geweinten Augen verrieten, dass sie nicht auf dem Weg zu einer Vergnügungstour war.

»Können wir uns setzen?«

Amanda schüttelte den Kopf und zog unbeirrt die Schnürsenkel ihrer großen Winterstiefel fest.

»Ich gehe mit raus und suche.«

»Ist das wirklich so eine gute Idee?« Sofia legte die Hand auf Amandas Arm, den diese aber sofort wegzog. Sie senkte den Blick und sah auf Sofias Bauch.

»Ist das Ihr erstes Kind?«

Sofia nickte.

»Dann haben Sie keine Ahnung. Sie wissen *nichts*.«

Sofia stand wie versteinert in der Diele. Amanda hatte recht. Sie wusste nichts darüber, wie es war, ein Kind zu haben. Aber sie wusste, wie es war, eines zu verlieren. Und diese Erfahrung reichte, um sich zumindest teilweise in Amandas derzeitigen Gefühlszustand hineinzuversetzen.

»Ich habe jetzt keine Zeit, mit Ihnen zu reden.« Sie machte einen Schritt auf die Tür zu, aber Kaj hielt sie auf.

»Es dauert nicht lange.«

Amanda blieb widerwillig stehen.

»Dann schießen Sie schon los.«

Sie war völlig verwandelt. Als sie am Sonntag im Haus gewesen waren, hatte sie nur apathisch auf dem Sofa gesessen und geweint. Doch Sofia hatte schon genügend besorgte Eltern kennengelernt, um zu wissen, dass Gefühle schnell umschwenkten, von Sorge zu Wut, von Resignation zu Hoffnung. Der Gedanke, dass sie bald selbst erleben würde, wie es war, Verantwortung für ein kleines Leben zu haben, versetzte sie in Angst und Schrecken.

»Wie gut wissen Sie über die Geschäfte Ihres Mannes Bescheid?«

Amanda wirkte überrascht.

»Was hat das mit Ellie und Madde zu tun?«

»Bitte beantworten Sie einfach meine Frage.«

Amanda seufzte verärgert.

»Ich weiß, was ich wissen muss. Dass es gut geht, dass jeden Monat Geld kommt. Dass wir gut situiert sind. Wieso?«

Kaj sah Sofia an.

»Wir haben erfahren, dass die Geschäfte keineswegs so gut gehen, wie es den Eindruck erweckt. SveAnd soll kurz vorm Konkurs stehen.«

Sie schnaubte und rückte die Sonnenbrille auf dem Kopf zurecht.

»Anders hätte mir doch erzählt, wenn es Probleme mit der Firma geben würde.«

Doch in Amandas Blick war ein deutlicher Zweifel erkennbar. Und noch etwas, das Sofia nicht richtig deuten konnte. Sie durfte nicht vergessen, dass Amanda, egal, wie sie mit ihren Chanel-Ohrringen und der teuren Skikleidung aussah, deutlich jünger war als sie selbst. Als sie in den Neunzigerjahren geboren wurde, war Sofia schon auf dem Gymnasium gewesen.

»Wenn Sie mich entschuldigen wollen, ich muss jetzt raus und nach meiner Tochter suchen. Über das Ge-

schäftliche können Sie mit meinem Mann sprechen.«
Diesmal ließ sich Amanda nicht aufhalten, sondern
drängte sich an Kaj vorbei und verließ die Gästehütte.

Anders kam in die Diele hinaus. Im Wohnzimmer
hinter ihm brannte ein Feuer im offenen Kamin. Er
hatte eine Decke über den Schultern und sah mit leerem
Blick von Kaj zu Sofia.

»Haben Sie irgendwelche Neuigkeiten?«

»Kommen Sie, wir setzen uns«, sagte Kaj und legte
die Hand auf Anders' Schulter. Der ging gehorsam vor
ihnen her und sank dann auf die Armlehne des weißen
Sofas. Auch Sofia ließ sich nieder, nur Kaj blieb stehen.

Sofia reichte Anders die Mappe mit den Papieren, die
sie auf dem Schoß hatte. Sie enthielt alle Informationen
über die Finanzen der Firma, die Karim vom Wirtschaftsdezernat erhalten hatte. Er hatte auch mit dem
Bauleiter gesprochen, mit dem SveAnd derzeit zusam-
menarbeitete. Jerzy Nowak, der den Bau auf Södermalm
leitete, hatte zwar einiges zu sagen gehabt, aber offenbar
nicht alles erzählt. Den Bauleiter für das Projekt auf
Dekarsön hatte Karim noch nicht erreichen können.
Anders nahm die Mappe entgegen, ohne hineinzu-
schauen.

»Ihre Bauprojekte.«

Mit der freien Hand zog Anders die Decke enger um
sich.

»Ja?«

»Möchten Sie uns dazu etwas sagen?«

Widerwillig sah er sich die Ausdrucke an.

»Was soll ich da sagen?«

»Zum Beispiel, dass sowohl die Steuerbehörde als auch das Finanzamt Ihnen auf den Fersen sind. Dass die Baubehörde einbezogen ist und dass der Arbeitsschutz mehrere Anzeigen gegen die SveAnd erhalten hat wegen schlechter Arbeitsbedingungen und Schwarzarbeit.«

Anders holte rasselnd Luft und hustete dann in die Hand, mit der er die Decke um sich hielt.

»Ich hatte vor, es zu erzählen …« Der Rest des Satzes verschwand in einem Gemurmel. Er starrte weiterhin zu Boden.

Als er aufsah, liefen ihm die Tränen herunter.

55.

Der Typ mit der Liste kommt zu mir, bittet um Namen und Personennummer. Ich gebe ihm irgendeinen Namen. Natürlich nicht meinen eigenen. Sage, dass ich meinen Führerschein zu Hause vergessen habe. Er zögert und sieht mich prüfend an, entscheidet dann aber, mich teilnehmen zu lassen. Ich verspreche, im Laufe des morgigen Tages vorbeizukommen und meinen Ausweis zu zeigen. Er notiert ein paar Zeilen auf der Liste und geht dann weiter zum Nächsten.

Kurz danach bittet er um unsere Aufmerksamkeit, und wir versammeln uns in einer dichten Traube um ihn herum. Alle sehen verbissen aus, aber ich kann nicht anders, ich bin erregt. Jetzt bin ich so nahe am Ziel.

Die ganze Nacht habe ich darüber nachgedacht, wie ich vorgehen soll, aber man kann einfach nichts voraussehen. Bisher ist alles viel unkomplizierter abgelaufen, als ich es mir je hätte vorstellen können. Ich muss mich darauf verlassen, dass sich auch diesmal eine Möglichkeit auftun wird.

Die meisten sind mit dem Auto gekommen, andere mit Skootern. Ich habe nicht gewagt, ein Auto zu stehlen, um hierherzukommen. Das wäre ein unnötiges Risiko gewesen. Glücklicherweise habe ich eines gefunden, das die nächsten Tage von niemandem vermisst werden wird.

»Ist allen klar, wo wir uns treffen werden?«

Viele nicken. Ich nicke auch und ziehe die gefütterte Kappe mit den Ohrenschützern tiefer in die Stirn. Zusammen mit der Sonnenbrille wird sie dafür sorgen, dass mich keiner erkennt. Obwohl das eigentlich keine Rolle spielt, denn Anders hat sich hier den ganzen Tag nicht blicken lassen.

Eine Frau kommt die Auffahrt hinunter. Der Leiter des Suchtrupps geht ihr entgegen, legt den Arm um sie und schiebt sie sanft zur Gruppe.

»Das hier ist Amanda. Wie ihr euch denken könnt, ist das hier eine sehr schwere Situation für sie, aber sie möchte trotzdem bei der Suche dabei sein.«

Amanda nickt der Gruppe grüßend zu, sieht aber niemandem in die Augen.

»Kann jemand Amanda mit zum nächsten Sammelpunkt nehmen?«

Das hier ist fast zu simpel. Ich hebe die Hand.

Amanda sieht mich an und zeigt die Andeutung eines Lächelns.

»Sie können mit mir fahren, Amanda.«

56.

Anders saß da, starrte ins Feuer und legte noch ein paar
Scheite nach. Genau wie er es die letzten zwei Tage getan hatte und ohne auch nur für einen Moment den Gedanken loszulassen, was Ellie und Madde zugestoßen
sein könnte. In der Hütte war es mehr als warm genug,
aber Feuer zu machen war das Einzige, was er noch fer-
tigbrachte. Es war bereits Zeit zum Abendessen, doch er
war nicht hungrig, hatte weder Mittagessen noch Frühstück zu sich nehmen können, obwohl er normalerweise
wie verhungert war, wenn er morgens aufwachte. Er
konnte sich gar nicht daran erinnern, wann er zuletzt
etwas gegessen hatte. Kaffee war das Einzige, was er
noch runterbekam. Nicht einmal Whisky reizte ihn.

Die Sorge um seine Kinder überdeckte alle eigenen
Bedürfnisse. Er musste daran denken, wie es gewesen war, zum ersten Mal Vater zu werden. Als Maddes
Herzkrankheit für geheilt erklärt worden war, da war alles so leicht und unkompliziert gewesen. Jeanette und
er waren jung gewesen, ausgestattet mit unbegrenzter
Energie. Sie hatten Fahrradausflüge gemacht, waren mit
dem Zug nach Göteborg gefahren und hatten ein halbes Vermögen im Vergnügungspark Liseberg ausgege-
ben. Sie hatten nicht im Entferntesten die finanziellen

Möglichkeiten gehabt wie heute, aber sie waren glücklich gewesen und hatten ihr kleines Leben wertgeschätzt. Ein starkes Band hatte sie verbunden, sie hatten alles zusammen gemacht. Natürlich hatte er gesehen, dass Madde nicht so war wie andere Kinder, doch das hatte keine Rolle gespielt. Sie war sein Kind, und er liebte sie. Wieder kamen ihm die Tränen, und er fuhr sich mit der Rückseite der Hand über die Oberlippe.

Was hatte er getan, um das hier zu verdienen?

Wenigstens hatte er der Polizei jetzt alles erzählt. Wie seine Familie bedroht worden war. Er hätte das sofort tun sollen, aber er hatte es nicht wahrhaben wollen, hatte den Gedanken nicht zulassen wollen, dass seine schmutzigen Geschäfte möglicherweise die Ursache für das Verschwinden seiner Töchter waren. Er musste an den Abend vor vier Wochen denken, als der junge Pole es sowohl an den Toren vor seiner Villa als auch an der Gegensprechanlage in der Mauer vorbei geschafft hatte. Plötzlich hatte er einfach in den Tannenzweigen gestanden, die Amanda auf der erleuchteten Veranda ausgelegt hatte. In Reflex-Arbeiterkleidung mit dem Logo von SveAnd. Wie irgendein normaler Arbeiter hatte er ausgesehen. Anders hatte die Tür geöffnet und war erstarrt in dem Kontrast zwischen dem Blick des Mannes und dem Duft von Tacos und Amandas und Ellies Lachen, die auf dem Sofa einen gemütlichen Freitagabend genossen.

Die groben Gesichtszüge wurden von der Lichterkette angeleuchtet, die um die Pfeiler zur breiten Eingangstreppe gewickelt waren. Anders hatte ihn wiedererkannt. Er war mit dabei gewesen, als sie das Haus oben in Sunnansjö renovierten, war einer von denen, die Jerzy mit raufgenommen hatte. Sein Englisch war bruchstückhaft, kaum verständlich, doch den Tonfall konnte man nicht missverstehen. An jedes Wort in dem Gespräch erinnerte er sich, sodass es nachts in seinem Kopf widerhallte.

»Jerzy sagt, wir fahren nach Hause?«

»Ja, möglicherweise.«

»Mein Geld?«

»Wir müssen sehen, wie es damit wird. Ich habe noch nicht alles im Detail planen können. Im schlimmsten Fall müsst ihr auf die Löhne warten. Du musst jetzt gehen. Ich will nicht, dass du zu mir nach Hause kommst. Wenn du was von mir willst, dann müssen wir bei Tage auf der Baustelle darüber reden.«

Doch er war nicht gegangen.

»Ich habe Familie zu Hause. Zwei Kinder, Baby unterwegs.«

Anders war wütend geworden. Begriff der Typ nicht, mit wem er sprach?

»Ich scheiß auf deine Familie. Ich habe genug, worüber ich nachdenken muss. Hau jetzt ab!«

Doch der Mann war geblieben, mit herunterhängenden Armen, hatte ihn mit dem Blick fixiert, dann an ihm vorbei ins Haus geschaut.

»Du hast Familie?« Der Ton war sanft gewesen, fast weich.

»Kleines Mädchen. Vier Jahre?« Er hatte mit der Hand ungefähr Ellies Größe angedeutet. Die Kleine war ungefähr eine Woche zuvor mit auf der Baustelle gewesen, war mit einem Bauarbeiterhelm herumgelaufen und hatte allen zugewinkt.

»Du aufpassen auf kleines Mädchen. Verstehst?«

Der ernste Blick hatte Anders zutiefst erschreckt.

»Drohst du mir?«

Es hatte ihn alle Kraft gekostet, dass die Stimme nicht brach.

»Wenn du auch nur in die Nähe meiner Familie kommst, dann werde ich dafür sorgen, dass du nichts von deinem Geld bekommst und auch keinen anderen Job mehr in Schweden. Wie willst du dann deine Kinder versorgen?«

Das bedrohliche Lächeln des Mannes hatte sich in seine Netzhaut eingebrannt.

»Du aufpassen, Anders.«

Dann hatte er sich umgedreht, war den Kiesweg hinuntergegangen, an den Autos von Amanda und Anders vorbei, und war durch das Tor verschwunden.

Als wäre nichts geschehen.

57.

»Das Ganze wird nur immer noch komplizierter.«

Kaj stand in der Wohnung in Örnsköldsvik und öffnete den Kühlschrank. Sie wollten sich die Reste vom gestrigen Abendessen aufwärmen, da sie nur eine Stunde Pause hatten, dann würden sie sich auf dem Revier wieder treffen. Sofia saß am Küchentisch und hatte die Füße auf den Stuhl vor sich gelegt.

»Ich meine, es muss doch Kidnapping sein, oder?«

Sofia nickte abwesend. Sie sah immer noch den leeren Blick und das grau-bleiche Gesicht von Anders Svensson vor sich. Der Fall hatte sich von einer verschwundenen Vierjährigen, von der man befürchtet hatte, sie sei im Schnee verloren gegangen und erfroren, zu einem landesweiten Suchaufruf nach zwei verschwundenen Personen derselben Familie ausgeweitet. Sie fühlte sich sowohl physisch als auch seelisch erschüttert, auch wenn Sofia das Vera oder Kaj gegenüber niemals zugegeben hätte. Ihr unförmiger Körper eignete sich nicht länger dazu, im Schnee herumzustapfen oder mal eben schnell in einen Streifenwagen ein- und wieder auszusteigen. Sie konnte auch nicht mehr so schnell denken wie zuvor. Vielleicht wäre es wirklich verantwortungsbewusster, jetzt in Elternzeit zu gehen und die anderen übernehmen zu lassen.

Sofia graute davor, die ganze Nacht in einem unbequemen Bürostuhl über unendlich langen und ausführlichen Telefonlisten, Karten und Verhörprotokollen zu sitzen. Sie waren im halben Bezirk Nätra von Tür zu Tür gegangen, und die uniformierten Kollegen hatten Angestellte in allen Supermärkten, Tankstellen und sonstigen Läden in Bjästa und Sidensjö, den größten Orten in der Nähe von Sunnansjö, als Zeugen befragt.

Kaj stellte das Thai-Essen, das er in der Mikrowelle aufgewärmt hatte, vor sie hin und reichte ihr eine Serviette.

»Wie es Philip wohl geht?«, fragte sie und stocherte ein wenig in ihren Nudeln herum.

Kaj legte den Kopf schief und sah sie an.

»Du kennst diesen Philip nicht und hast keinerlei Verantwortung für sein Wohlergehen.«

Sofia erwiderte nichts, sie war zu erschöpft, um zu diskutieren. Irgendwie war sie zu erschöpft für alles. Kaj schüttelte nur den Kopf, häufte Hähnchen auf seine Gabel und schob sie in den Mund. Er kaute und schluckte den Bissen hinunter. »Und du musst dich auf das konzentrieren, was für uns wichtig ist. Auf die Ermittlung und darauf, wie es dir geht. Natürlich nicht in der Reihenfolge.« Er lächelte sie an, und sein Tonfall wurde sanfter, als er ihre Miene sah. »Du musst jetzt an dich denken. Und an unser Baby.«

Sofia sah Kaj an und holte tief Luft. Sie mochte Philip. Seine verletzliche Erscheinung, seine Andersartigkeit und die traurigen, erschrockenen Augen. Er hatte einen Beschützerinstinkt in ihr geweckt, den sie nur schwer ablegen konnte. Verärgert wischte sie sich die Augen. Diese verdammten Tränen, die sie nicht aufhalten konnte. Sie war mittlerweile nahe am Wasser gebaut, und sobald sie erschöpft, unruhig oder verzweifelt war, kamen sie. Erstaunlich, was Hormone mit einem ansonsten gesunden und belastbaren Menschen anstellen konnten.

Kaj sah sie mitleidig an.

»Ach Mensch.« Er streckte die Hand aus und legte sie auf ihre. »Machst du dir wirklich solche Sorgen um ihn?«

Sie schüttelte den Kopf.

»Ja. Oder nein. Ich weiß nicht. Ich bin einfach nur müde.«

Er fuhr mit dem Daumen über ihren Handrücken.

»Soll ich mit Vera sprechen? Sie mal fragen, ob du etwas anderes tun kannst? Vielleicht wäre das besser für dich, jetzt, da die Geburt bevorsteht und Philip in unserem Haus wohnt und …«

Sofia ließ die Essstäbchen auf den Teller fallen und stand auf.

»Das wirst du nicht tun! Ich bin voll und ganz in der Lage, für mich selbst zu sorgen.« Sie wischte sich mit der Serviette das Gesicht und ließ das Tuch neben die Stäbchen auf den Teller fallen. »Und was das Haus betrifft, so ist es meines und nicht unseres!«

Dann marschierte sie ins Badezimmer.

58.

Als Sofia sich endlich die Treppen zum Dezernat hinaufgekämpft hatte, blieb sie erst einmal stehen, um Atem zu schöpfen. Kaj war schon losgegangen, während sie noch geduscht hatte. Als sie unter dem warmen, fließenden Wasser stand, war alle Wut von ihr gewichen, jetzt waren nur noch die Erschöpfung und die Unsicherheit übrig. Sofia merkte, wie sich ihr die Kehle zuschnürte und die Tränen ihr wieder in die Augen stiegen. *Jetzt reiß dich zusammen!*

Natürlich würde es ihr nicht immer so gehen. Wenn das Kind erst einmal geboren war, würde sie wieder sie selbst sein. Sie und Kaj würden das Praktische regeln. Das mussten sie einfach schaffen. Alles würde gut werden.

Lautes Lachen riss sie aus ihren Gedanken, und ihr wurde klar, dass es aus Veras Büro kam. Es war fast acht Uhr abends, und dennoch war in allen Zimmern auf dem Flur noch Licht. Das Leben zweier Menschen stand auf dem Spiel, und alle waren sich der bedrohlichen Lage bewusst. Dahinter mussten Erschöpfung, Abendessen mit der Familie, freie Tage und sogar eine Schwangerschaft zurückstehen.

Sofia schaukelte auf die offene Tür zu und klopfte an den Türrahmen.

Vera sah mit einem breiten Grinsen auf, doch ihre Miene veränderte sich sofort, als sie Sofia erkannte. Auf der Schreibtischkante, nur wenige Zentimeter von Vera entfernt, saß Kicki Bjurvall.

»Bist du wieder zurück?«, fragte Sofia erstaunt.

Kicki wandte sich ihr zu und lächelte sie an.

»Ja, wir sind für heute Abend fertig.«

»Wir sprechen gerade darüber, ob wir die Suche fortsetzen sollen oder nicht«, schob Vera ein, als ob die Gegenwart der Kollegin eine Erklärung verlangte.

Sofia machte eine Kopfbewegung Richtung Bibliothek.

»Kommt ihr mit?«

*

»Vor vier Wochen ist Anders von einem der polnischen Arbeiter, der am Rosenlund-Bau beteiligt war, bedroht worden.« Sofia sah in die ernsten Gesichter der Kolleginnen und Kollegen, als sie die Besprechung mit der neuen Information einleitete, die sie und Kaj bekommen hatten. »Ein Schwarzarbeiter, der seinen Lohn nicht bekommen hatte. Er drohte, er würde der Familie etwas antun, wenn er kein Geld bekäme.«

»Und das erzählt er uns erst jetzt?« Vera, wieder an ihrem Platz beim Whiteboard, schüttelte den Kopf.

»Er hat sich nicht getraut«, erklärte Sofia. »Für den Fall, dass eine Lösegeldforderung kommen würde, wollte er die Möglichkeit haben, erst noch alles verfügbare Geld aus dem Unternehmen abzuziehen.«

Vera schleuderte ihren Pappbecher in den Papierkorb neben der Tafel, sodass der restliche Kaffee die Wand hoch spritzte.

»Verdammt noch mal, begreift der nicht, dass er das Leben seiner Kinder aufs Spiel setzt, indem er uns diese Information vorenthält?«

Sofia litt mit Anders Svensson. Die Erkenntnis, dass er selbst die Ursache für die Hölle sein könnte, die seine Kinder und seine Familie nun durchlitten, musste schrecklich sein.

»Wir müssen diese Bedrohung äußerst ernst nehmen. Ich bin gerade dabei, aus Jerzy Nowak, dem Bauleiter des Rosenlund-Projekts, Informationen über alle, die in den letzten sechs Monaten ohne Papiere dort gearbeitet haben, herauszulocken«, erklärte Kaj. »Aber das Problem ist, dass eben diese Papiere fehlen. Von der Hälfte der Leute kannte er nicht mal die vollständigen Namen.«

Vera ließ sich am Besprechungstisch nieder und sah Per und Karim an, die beide dunkle Ringe unter den Augen hatten.

»Wie ist es bei euch gelaufen?«

»Ich bin gerade dabei, alle Einwahlen in die Funkmasten durchzugehen, die dem Haus der Svenssons am nächsten stehen«, sagte Per.

»Und ich kontrolliere die Einzelverbindungsnachweise der Handys von Anders, Amanda, Madeleine und von Philip Lindén«, sagte Karim und fuhr sich mit den Händen durch die Haare. »Das wird eine Weile dauern.«

Per hielt eine Karte hoch, auf der mehrere rote Markierungen zu sehen waren.

»Bisher habe ich noch keinen umfassenden Eindruck, aber ich habe mit der Nacht angefangen, in der Madeleine verschwunden sein soll. Ihre Nummer ist tatsächlich um zehn Uhr am Donnerstagabend mit dem Mast verbunden gewesen, der das Haus der Svenssons abdeckt. Das bestätigt also, dass sie dort war.«

»Das heißt, Philip hat die Wahrheit gesagt«, stellte Sofia fest.

Kaj klickte mit seinem Kugelschreiber.

»Das heißt lediglich, dass Madeleines Handy sich noch an dem Ort befand, als Philip hinkam, und nicht, dass es noch dort war, als er wegfuhr.«

»Doch, es war tatsächlich da.« Per blätterte in seinen Papieren. »Philips Handy hat sich um 03:20 Uhr an dem nächsten Mast eingewählt, aber das von Madeleine blieb vor Ort. Ihr Handy bewegte sich nicht vor 03:45 Uhr. Wir haben Enar Gottfridsson befragt, den Traktorfahrer. Zu der Zeit hatte er Philip bereits aus dem Graben gefischt und war dabei, ihn nach Bjästa zu bringen.«

Kaj lächelte bemüht und legte den Stift auf den Tisch.

»Danke, Per.«

Wie praktisch war es doch für die Polizeiarbeit, dachte Sofia, dass inzwischen die gesamte schwedische Bevölkerung mit einem Apparat herumlief, der berichten konnte, wo, wann und mit wem sie sich an einem Ort befand.

Marie sah auf.

»Dann können wir zumindest schon mal feststellen, dass es nicht Philip Lindén war, der das Handy von

Madeleine bewegt hat. Heißt das auch, dass wir ihn als möglichen Täter streichen können?«

Kaj schien noch nicht bereit, das loszulassen.

»Philip kann sehr wohl Madeleine im Auto gehabt haben, während ihr Handy im Haus blieb.«

Vera schüttelte den Kopf.

»Soll Lindén Madeleine Svensson entführt oder schlimmstenfalls getötet haben, dann die Leiche versteckt, alle Spuren im Haus beseitigt und schließlich noch, um sich ein Alibi zu verschaffen, einen Autounfall mit anschließender Panikattacke gefakt haben? Das ist nicht wahrscheinlich. Vor allem nicht binnen fünfundzwanzig Minuten. Hätte er eine Leiche im Auto gehabt, so wäre die gefunden worden.«

»Er könnte Madeleine im Kofferraum gehabt haben«, schlug Kaj vor.

Vera nahm ihre Lesebrille ab und sah ihn an, während sie die Gläser putzte.

»Nein, das kann er nicht, denn Gottfridsson hat den Kofferraum geöffnet, um das Abschleppseil herauszuholen.«

Kaj nickte, holte tief Luft und atmete langsam wieder aus. Obwohl er offensichtlich darauf fixiert war, dass Philip zumindest im Fall Madeleine der Täter war, verschloss er doch nicht die Augen vor Beweisen.

»Okay, dann streichen wir ihn.«

Sofia freute sich innerlich. Wie schön, dass sie Philip erzählen konnte, dass er nicht länger verdächtigt wurde. Auch wenn das nur ein schwacher Trost war, wenn man bedachte, dass Madeleine immer noch verschwunden war.

Marie griff nach Pers Ausdruck über die Funkmast-verbindungen.

»Ich habe etwas überlegt. Könnte Madeleine noch im Haus gewesen sein, ohne dass Philip sie gefunden hat?«

Per fuhr sich durch seine rote Mähne.

»Möglich ist es. Das ist ein großes Haus. Es könnte sein, dass sie gewartet hat, bis Philip wegfuhr, und dann ihr Handy mitgenommen hat. Aber um 03:53, nur acht Minuten, nachdem das Telefon sich von Svenssons Haus wegbewegt hat, ist es ausgeschaltet worden. Danach haben wir es nicht mehr nachverfolgen können. Und warum sollte sie sich nicht zu erkennen geben, wenn doch ihr Freund da war, um danach das Haus zu verlassen und das Handy auszuschalten?«

Marie zupfte nachdenklich am Kleber einer Banane, die neben ihrem Laptop lag.

»Vielleicht, weil sie sich gestritten hatten und sie ihn nicht treffen wollte?«

Könnte es sein, dass sich Madeleine immer noch aus freien Stücken versteckt hielt? Das kam Sofia sehr weit hergeholt vor.

»Es erklärt nicht, warum sie seither mit niemandem sonst Kontakt gehabt hat, oder warum sie sich nicht gemeldet hat, seit sie öffentlich als vermisst gilt.«

Karim war auf derselben Spur.

»Wenn Madeleine allerdings gegen ihren Willen entführt worden ist, dann muss der Täter zurückgekehrt sein, nachdem Philip das Haus verlassen hatte, um das Handy zu holen. Denn weder das Handy noch die Jacke waren noch dort, als Anders und seine Familie dort ankamen. Warum das Risiko eingehen, für ein Handy zurückzukehren?«

»Vielleicht gab es in dem Handy etwas, das niemand sehen durfte.«

Kaj nickte Per zu.

»Möglich. Oder der Täter wollte alle Spuren beseitigen.«

Marie reichte die Ausdrucke an Per zurück und wandte sich Vera zu.

»Wir müssen die Identität dieses polnischen Bauarbeiters herausfinden. Er ist im Moment unser wahrscheinlichster Täter.«

»In dem Fall muss er gewusst haben, zu welchen Zeiten sich die Familie Svensson im Haus befand. Doch nicht einmal Anders selbst wusste, dass Madeleine und Philip dort sein würden. Und dass Amanda und Ellie mitkommen würden, war laut Anders ja erst im letzten Moment entschieden worden. Falls jemand plante, beide Töchter zu entführen, dann müsste er oder sie ja ungeheures Glück gehabt haben, dass sie fast gleichzeitig am selben Ort auftauchten«, gab Sofia zu bedenken.

»Was meinst du?«, Vera wandte sich an Kaj.

»Mit so wenig Anhaltspunkten schwer zu sagen. Entführungen mit dem Zweck der Erpressung sind ungewöhnlich und schwer durchzuführen. Meist stecken Berufsverbrecher dahinter.«

»Ich will ja keine Vorurteile befeuern«, meinte Per, »aber gerade unter den Immigranten aus den Oststaaten gibt es sehr häufig Berufsverbrecher.«

Kaj richtete sich im Stuhl auf. »Möglicherweise haben wir es mit mehreren Tätern zu tun. An einen Tatort zurückzukehren birgt ein großes Risiko. Wir können voraussetzen, dass diese Person oder diese Personen sehr gut darin sind, keine Aufmerksamkeit auf sich zu ziehen, alternativ, dass sie keine Angst haben, entdeckt zu werden. Vielleicht haben sie das Haus und die Umgebung vorher beobachtet.«

»Ich denke, wir sollten hier erst mal unterbrechen«, warf Marie ein, als Kaj Luft holte, um weiterzusprechen. »Wir müssen diese Telefonlisten noch sorgfältiger durchsehen und die Namen von allen herausbekommen, die auf den Baustellen von SveAnd gearbeitet haben. Es bringt nichts, hier zu sitzen und zu spekulieren.«

Damit übersah Marie Fransson natürlich, dass Kaj viele Jahre lang mit Täterprofilen gearbeitet hatte und hier nicht nur spekulierte, doch er schien es nicht übel zu nehmen. Die Besprechung wurde mit geräuschvollem Stühlerücken beendet, und alle außer Vera und Sofia verließen die Bibliothek.

Vera stand auf und schob das Whiteboard in eine Ecke.

»Wir müssen reden. Sollen wir in mein Büro gehen?«

59.

Als sie in Veras Büro kamen, setzte diese sich hinter ihren Schreibtisch, und Sofia bugsierte mit einiger Mühe den Besucherstuhl von der entgegengesetzten Wand nach vorn.

»Das sieht ziemlich anstrengend aus«, meinte Vera, als Sofia sich endlich ihr gegenüber niedergelassen hatte.

Sofia versuchte zu lächeln. Es fühlte sich an, als habe sich das Baby verkeilt, und sie bekam nur schwer Luft. Doch Vera an ihren Schwangerschaftszipperlein teilhaben zu lassen war so ziemlich das Letzte, was sie wollte.

»Kein Problem. Ich bin nur schwanger. Nicht krank.«

Vera nickte bedächtig.

»Ich würde gern mit dir über deine Zukunft sprechen.«

Sofia erinnerte sich an ein ähnliches Gespräch, das sie im Sommer geführt hatten. Da war es um Sofias Möglichkeiten gegangen, vielleicht eines Tages Veras Nachfolgerin zu werden. Doch sie hatte den Verdacht, dass das Gespräch diesmal eine andere Richtung nehmen würde.

»Ich habe vorgeschlagen, dass Kicki deinen Posten übernimmt, wenn du in Elternzeit gehst.«

»Meinen Posten übernehmen? Und was passiert, wenn ich zurückkomme?«

Sie wusste nicht, ob sie lachen oder weinen sollte. Hatte Kaj hinter ihrem Rücken mit Vera gesprochen?

»Sofia, du weißt, dass ich dich für eine gute Ermittlerin halte, aber glaubst du wirklich, dass du in Vollzeit zurückkommen wirst? Ich meine, als alleinerziehende Mutter und das bei den Arbeitszeiten, die wir manchmal haben?«

Sie glaubten also alle nicht daran, dass sie zurückkommen würde. Sofia öffnete den Mund, um zu antworten, doch die Wut überrollte sie, und sie bekam kein Wort heraus. Das Blut schoss ihr in die Wangen. Am liebsten wäre sie aus Veras Büro gerauscht und hätte die Tür hinter sich zugeschlagen.

»Wahrscheinlich weißt du ja noch nicht mal sicher, ob du weiterhin hier in Örnsköldsvik wohnen wirst, oder?«

»Warum sollte ich nicht hier wohnen wollen? Hat Kaj das gesagt?«

Vera senkte den Blick und sah fast so aus, als würde sie sich schämen.

»Nein, aber ich habe angenommen, dass ihr, wenn das Kind mal auf der Welt ist, näher beieinander wohnen wollt.«

»Und das heißt für dich automatisch, dass ich zu ihm ziehe?«

»Ja«, erwiderte Vera kurz.

Am liebsten hätte Sofia sie gebeten, zur Hölle zu fahren, doch all ihre Energie war für die Wut draufgegangen. Stattdessen merkte sie, dass die verdammten Tränen ihr wieder die Kehle hochstiegen. Sie wollte keine von diesen Frauen sein, die sich durch ihre Schwangerschaft heulten oder alle fünf Minuten die Laune wechselten. Das war nicht sie. Trotzdem saß sie jetzt hier, im Büro ihrer Chefin, und schluchzte und schniefte.

Vera reichte ihr eine Subway-Serviette, die neben einem Einwickelpapier derselben Fast-Food-Kette lag. Auf der Serviette war ein Soßenfleck, aber Sofia nahm sie trotzdem und schnäuzte sich geräuschvoll.

»Entschuldige, ich … es ist einfach ziemlich viel gerade.«

»Sofia, niemand will dir deinen Job wegnehmen. Wir machen uns nur alle Sorgen, dass du möglicherweise nicht in Vollzeit zurückkommen kannst, und wir müssen für die Zukunft planen.«

Sofia nickte und faltete die Serviette zusammen.

»Ich will arbeiten.« Ihre Stimme klang schwach und flehend.

»Natürlich wirst du arbeiten, Sofia. Vielleicht nur nicht mit dieser Sorte Ermittlungen. Der Plan war ja, dass du meine Nachfolgerin werden solltest, und es ist ja kein Geheimnis, dass ich das wollte, oder? Aber das wird jetzt vielleicht schwer werden, mit dem Kind und allem. Das ist das, was ich meine.« Vera klang ehrlich besorgt um sie.

In gewisser Weise begriff Sofia schon, dass Vera es gut meinte, aber sie war auch ziemlich sicher, dass eine Vorgesetzte von Rechts wegen weder so sprechen noch agieren durfte. Die Polizeibehörde durfte sich ja wohl nicht einmischen, wie sie ihre Elternschaft plante, oder? Sie hatte Kollegen, die im Streifendienst arbeiteten, Nachtschicht, Tagschicht, Wochenenden und Abende, und trotzdem eine ganze Schar Kinder hatten. Warum sollte ausgerechnet sie es nicht schaffen, Mutter und Ermittlerin gleichzeitig zu sein?

»Ich kann dich nicht daran hindern, den Rest der Zeit bis zur Entbindung zu arbeiten, aber meine dringende Empfehlung ist, dass du dich auf die ermittlerischen Arbeiten im Innendienst verlegst. Vielleicht auch zum Teil von zu Hause aus arbeitest. Ich will nicht, dass du dich überanstrengst.«

Sofia nickte. Und in ihrem tiefsten Innern war sie auch erleichtert darüber, nicht mehr zwischen Ulvön, dem Polizeirevier und diversen Orten, die jetzt auf der Suche nach Ellie und Madeleine Svensson aufgesucht werden mussten, hin- und herpendeln zu müssen.

Vera reichte ihr eine Mappe mit Papieren.

»Hier sind Hinweise aus der Bevölkerung, die bei uns eingegangen sind. Geh die mal durch.«

Sofia nahm die Mappe, erhob sich mit so viel Würde, wie sie aufbringen konnte, und verließ Veras Büro.

*

Zurück in ihrer Wohnung hätte sie sich am liebsten direkt ins Bett gelegt. Draußen war es dunkel, und die Uhr zeigte bereits nach neun Uhr abends, doch sie hatte keine Kraft, das Licht einzuschalten. Sie war einerseits wütend, dass sie mehr oder weniger genötigt wurde, beruflich zurückzustecken, andererseits lockte das Sofa so unendlich mehr als die Aussicht, Gewerkschaft und Personalrat anrufen zu müssen. Und wenn sie ganz ehrlich war, hatte Vera ja recht. War es überhaupt möglich, die Arbeit einer Vollzeit-Ermittlerin im Dezernat für Gewaltverbrechen mit dem Muttersein zu vereinbaren?

Sie zog die Winterstiefel aus, behielt aber die Daunenjacke an und begab sich ins dunkle Wohnzimmer. Gerade als sie sich aufs Sofa sinken lassen wollte, klingelte ihr Handy, das noch in der Laptoptasche in der Diele lag. Sie seufzte und kehrte um. Als sie endlich das Handy aus der Tasche gewühlt hatte, schwieg es. Sie sah aufs Display. Der Empfang des Reviers. Sie rief zurück, und Eva ging ran.

»Du hast mich angerufen?«

»Wie geht es dir? Ich habe von deinem Gespräch gehört.« Eigentlich hätte Sofia darüber erstaunt sein müssen, aber das war sie nicht. Eva wusste alles, was im Revier vor sich ging, und was sie nicht wusste, war auch nicht wissenswert.

»Ist okay. Ich bin einfach nur müde und … Ach, ich werde den Rest des Abends von zu Hause aus arbeiten.«

Eva räusperte sich.

»Nicht, dass es mich etwas anginge«, begann sie dann, »aber ich finde es nicht in Ordnung, wenn unsere Ermittler hier im Revier Verhältnisse mit ihren Vorgesetzten haben. Irgendwie fühlt sich das nicht richtig an.«

Sofia traute ihren Ohren nicht. Hatte Eva sich die Mühe gemacht, sie nur deshalb anzurufen, um ihr zu sagen, was sie von ihrer und Kajs Beziehung hielt? Außerdem hatten sie ja gar keine Beziehung mehr, also konnte das Eva herzlich egal sein. Ja, sie erwarteten ein gemeinsames Kind, aber das war ja wohl nicht verboten.

»Wie meinst du das?«

Eva schwieg einen Moment. Sofias Reaktion schien sie zu erstaunen.

»Ach je, nein, mein Gott, Sofia! Ich meine doch nicht dich und Kaj. Das darfst du nicht glauben, um Himmels willen!«

Sie lachte etwas überspannt und nervös. Sofia wusste, dass Eva eine Schwäche für Kaj hatte. Das war im Sommer sehr deutlich geworden, als Kaj an der Ermittlung im Mordfall am Ulvön Hotel beteiligt gewesen war. Noch nie zuvor war die Ermittlergruppe mit so viel Butterbroten und selbst gemachten Kuchen überschüttet worden. Eva hatte einen nicht versiegenden Quell kreativer Gründe aufgeboten, warum sie regelmäßig in die Bibliothek kommen musste, wenn die Ermittlergruppe gerade dort zusammensaß. Noch öfter war sie mit irgendwelchen Dingen in Kajs provisorisches Büro gekommen. Seit bekannt geworden war, dass Sofia ein Kind von ihm erwartete, hatte sie den Rückzug angetreten, bekam aber immer noch glänzende Augen, wenn Kaj um die Ecke bog.

»Entschuldige, Eva, aber ich bin müde und mir tut alles weh. Wovon sprichst du eigentlich?«

Eva senkte die Stimme, bis sie nur noch flüsterte, und Sofia konnte kaum verstehen, was sie sagte.

»Kicki und …«

»Ich kann dich nicht verstehen, Eva. Wer ist mit Kicki zusammen?«

Eva flüsterte ein bisschen lauter.

»Vera. Kicki und Vera haben was miteinander.«

60.

Fredrik blieb in der Diele stehen und sah auf die Post hinunter, die da auf dem Teppich lag. Ein paar Fensterumschläge und eine Reihe Reklameblätter. Er hatte den ganzen Tag auf einem Stuhl neben Idas Bett gesessen. Ab und zu war er vor Müdigkeit eingenickt. Sein einziges Ziel war jetzt, seine Zähne zu putzen und ins Bett zu fallen.

Er stellte eine Tüte mit Brot und Saft, die er unterwegs gekauft hatte, auf den Boden und sah den Flur hinunter. Da lagen ein paar Gummihandschuhe und eine durchsichtige Verpackung, die irgendwelche medizinischen Dinge zu enthalten schien. Daneben auf dem Boden erkannte er schwarze Schuhabdrücke von den Stiefeln der Rettungssanitäter.

Dann ließ er den Blick in die Küche wandern, wagte es aber nicht, zu dem runden Tisch zu schauen, wo immer die Supermarkttüte gestanden hatte. Stattdessen konzentrierte er sich auf den Boden davor. Da lag Idas Handtasche. Ein gemustertes Ding in Schwarz und Grau, mit Handgriffen in Rot und Grün. Sie war keine Frau, die sich um Marken scherte, doch diese Gucci-Tasche, das hatte sie ihm erzählt, hatte sie sich zu ihrem Logopädie-Examen gegönnt. Die Tasche war umgefallen, und er sammelte einen Schlüsselbund, ein Päckchen Kaugummi und einen Kugelschreiber ein, die herausgefallen waren, und legte sie wieder zurück. Dabei konnte er der Versuchung nicht widerstehen, an der Tasche zu schnuppern, und er meinte, den schwachen Duft von Idas Parfüm zu verspüren.

Plötzlich überwältigte ihn eine so schlimme Verzweiflung über das, was Ida zugestoßen war, dass seine Beine ihn nicht länger tragen wollten. Mit der Handtasche auf dem Schoß sank er zu Boden. Die gute, freundliche Ida, die ihm ins Leben zurück geholfen hatte. Was hatte er bloß angerichtet? Die Tränen kamen, und er machte sich keine Mühe, sie aufzuhalten, sondern ließ sie frei über den Dreitagebart rollen, während er mit dem Rücken an der Spüle lehnte.

Mit Ida zusammen war er sicher gewesen. Sie hatte an ihn geglaubt, ihn unterstützt und ihm ihre Liebe gezeigt. Trotzdem hatte er nach nur wenigen Tagen ohne sie wieder angefangen, von Sofia zu fantasieren. Er drückte die Handtasche näher an sich und blieb sitzen, bis die Tränen versiegten. Dann nahm er das Handy aus der Hosentasche, um nachzusehen, ob Jonna oder jemand aus dem Krankenhaus angerufen hatte, doch das Display war leer. Er wusste nicht einmal, ob die ihm überhaupt Bescheid sagen würden. Natürlich gaben sie ihm die Schuld an dem, was passiert war, das konnte er verstehen. Er hatte Ida sowohl mit einem Grund als auch mit einer Methode für ihren Selbstmordversuch versehen.

Fredrik rappelte sich hoch, hängte die Jacke über einen der Stühle und wischte sich mit dem Pulloverärmel übers Gesicht. Er musste dringend duschen und dann schlafen. Morgen würde er früh aufstehen und wieder ins Krankenhaus fahren. Ob sie ihn nun da haben wollten oder nicht, würde er das hier doch an Idas Seite mit ihr durchstehen, und wenn sie aufwachte, würden sie zusammen sein.

Er öffnete die Kühlschranktür und stellte fest, dass er bis auf einen Liter Milch, einen Joghurt, dessen Verfallsdatum überschritten war, und eine Packung vegetarischer Würstchen leer war. Als Fredrik den Schrank unter der Spüle öffnete, um den Joghurt wegzuwerfen, sah er, dass in der Mülltüte mehrere Kartonverpackungen lagen. Er zog den Eimer und seine Medikamententüte heraus. Darin lagen mehrere Medikamentenschachteln, alle leer. Ida hatte die Geistesgegenwart besessen, hinter sich aufzuräumen, damit er das nicht würde machen müssen. Wieder schnürte es Fredrik den Hals zu. Er ließ die Schachteln fallen und stellte den Eimer ab. Dann riss er die Mülltüte aus dem Plastikeimer und knüllte sie gewaltsam zusammen. Jetzt würde er diesen ganzen Mist wegwerfen. Nie wieder würde er ein Rezept einlösen. Niemals. Als er durch den Flur ging, um den Müll rauszubringen, sah er, dass auf dem Tisch in der Diele ein dickes DIN-A4-Kuvert stand.

Für Fredrik.

DONNERSTAG, 27. FEBRUAR

61.

Die Sonne schien durchs Fenster und fiel Sofia direkt ins Gesicht. Sie war in Kleidern auf dem Sofa eingeschlafen. Sie sah sich nach Kaj um, erinnerte sich aber dann, dass er spät in der Nacht gekommen und früh wieder gegangen war.

Vera hatte am Abend eine Mail herumgeschickt, dass Sofia jetzt an den Vormittagen im Homeoffice arbeiten und die morgendliche Besprechung deshalb digital abgehalten werden würde. Obwohl sie tags zuvor noch protestiert hatte, war sie jetzt doch dankbar, sich nicht aufs Revier quälen zu müssen. Sie wanderte zur Toilette, dabei fiel ihr Blick auf die Laptoptasche mit der Mappe, die Vera ihr mitgegeben hatte. *Verdammt, die hätte sie gestern Abend noch durchsehen sollen.* Vera erwartete zumindest zu ein paar von den Hinweisen Informationen. Aber stattdessen hatte sie geschlafen, von irgendwann nach neun bis – ja, wie spät war es jetzt eigentlich? Sieben Minuten vor neun. Sie stürzte aufs Klo, pinkelte, spritzte sich etwas Wasser ins Gesicht und setzte sich dann schnell an ihren Computer, als die anderen auch schon an ihren Laptops auftauchten. Alle saßen in der Bibliothek um den Tisch, außer Vera, die ihrer Gewohnheit treu am Whiteboard stand.

»Sofia, hörst du mich?«, fragte Vera, und Sofia hob den Daumen.

»Wir machen eine Runde um den Tisch«, sagte Marie. »Johan?«

Alle wandten sich Johan zu.

»Der Feuerlöscher, von dem Philip Lindén behauptet hat, er habe auf dem Boden gestanden, als er in Svenssons Haus war, stand definitiv nicht an dem Platz, als wir die erste Tatortuntersuchung vorgenommen haben. Ich habe alle Fotos durchgesehen, die wir gemacht haben. Gestern haben wir nun eine neue Untersuchung durchgeführt und uns diesmal auf die Umgebung um den offenen Kamin und den Durchgang zu Diele und Wohnzimmer konzentriert, wo der Feuerlöscher hängt.«

»Habt ihr denn nicht alles untersucht?«, fragte Vera ungeduldig von ihrem Platz an der Tafel aus.

Doch Johan ließ sich nicht aus der Ruhe bringen.

»Wir sind die Räume durchgegangen, die wir zu dem frühen Zeitpunkt für interessant hielten. Wie gesagt, das Haus ist groß.«

Vera wusste genau so gut wie alle anderen, dass eine vollständige Tatortuntersuchung jeder Ecke eines Fünfhundert-Quadratmeter-Hauses in der kurzen Zeit, die sie bis jetzt dafür gehabt hatten, nicht durchzuführen war. Aber mit jedem Tag, der verging, verringerten sich ihre Chancen, Ellie und Madeleine lebendig zu finden.

»Und, habt ihr Spuren gefunden?«, fragte Marie.

Johan rückte seinen Man Bun auf dem Kopf zurecht und nickte.

»An dem Feuerlöscher haben wir Hautreste und Blut gefunden sowie Fingerabdrücke auf dem Handgriff. Außerdem haben wir an der Wand beim Sofa ein paar wenige Blutspritzer gefunden. Das alles haben wir gestern Abend direkt in die Forensik geschickt, und die haben festgestellt, dass es sich um Blut von Madeleine Svensson handelt.«

Sofia ließ sich in ihrem Stuhl zurücksinken. Auch wenn sie eigentlich nie geglaubt hatte, dass Madeleine freiwillig untergetaucht war, schwand jetzt doch alle Hoffnung. Wie sollte sie das Philip beibringen?

»Gibt es denn von den Kollegen bereits eine Antwort?«

»Mit verschwundenen Vierjährigen hat man in der Forensik Vorfahrt.« Johan lächelte Marie verbissen an.

»Habt ihr Hinweise darauf gefunden, dass auch Ellie im Haus Gewalt ausgesetzt gewesen ist?«

Johan schüttelte den Kopf.

»Hingegen haben wir feststellen können, dass die Fingerabdrücke auf dem Feuerlöscher von derselben Person stammen wie die auf dem Treppengeländer nach oben, an mehreren Stellen im Elternschlafzimmer, auf der Toilette und in der Küche.«

»Was bedeutet das?«, fragte Karim.

»Ich weiß es nicht, aber es deutet darauf hin, dass hier jemand nicht einfach nur ins Haus und wieder hinaus gegangen ist, sondern sich ungehindert in den Räumen bewegt hat, ohne Handschuhe zu tragen.«

»Du meinst, es könnte jemand sein, den sie kennen?«

Johan zuckte mit den Schultern.

»Ich meine gar nichts, sondern berichte nur, was ich beobachtet habe. Die Fingerabdrücke sind durchs Register geschickt worden«, fuhr er fort. »Kein Treffer, weder national noch in irgendeinem EU-Land.«

Marie schrieb etwas auf, und das Geräusch einer klappernden Tastatur hallte in Sofias Kopfhörer wider.

Kaj strich sich das silbergraue Haar zurück.

»Wenn wir Philip aus der Ermittlung rausnehmen, haben wir nur noch eine einzige Spur, die wir verfolgen können.«

Alle nickten.

»Wir müssen diesen verdammten Bauarbeiter finden«, sagte Vera. »Und zwar schnell. Und wir müssen noch mal mit Anders reden.«

62.

Heute musste ich mich nicht einmal auf mein Glück verlassen, Amanda hat ganz eigenständig mein Auto und meine Gesellschaft bei der Suche gewählt. Gestern gab es keine gute Gelegenheit, aber heute wird es passieren.

Draußen gleitet die Landschaft vorbei. Schnee und noch mehr Schnee. Sie sitzt eingesunken auf dem Beifahrersitz, die Arme fest um sich geschlungen. Ihre ergebene Haltung lässt mich fast Schuldgefühle empfinden. Fast. Die rot geweinten Augen mit den dunklen Ringen darunter. Trockene, sich pellende Lippen, die zittern, obwohl im Wagen die Heizung läuft.

»Wie geht es Ihnen?«

Amanda reagiert nicht auf meine Frage, sondern starrt einfach nur weiterhin auf die Straße vor uns.

»Wollen Sie etwas Kaffee? In der Thermoskanne da auf dem Boden ist welcher.«

Sie schaut auf die Tüte zu ihren Füßen und schüttelt fast unmerklich den Kopf.

Ich weiß nicht, warum ich so rede. Es ist mir völlig egal, wie es ihr geht oder ob sie Kaffee will. Sie ist mir völlig egal. Sie widert mich an. Dieser viel zu enge Skianzug, die lächerliche schwarze Sonnenbrille, deren Gläser wie große Fliegenaugen wirken, und die Lippen, in die Gott weiß was gespritzt wurde. Keine vernünftige Frau sieht so aus. Ich möchte wetten, dass die weißen, gefütterten Winterstiefel so viel gekostet haben, dass es reichen würde, um meine Eltern einen Monat lang zu versorgen. Vielleicht noch länger.

Ich lege die Hand auf ihren Arm.

»Versuchen Sie, sich ein wenig auszuruhen, Amanda. Bald wird das alles hier vorüber sein.«

63.

Auf der Höhe von Bjästa bog Kaj von der E4 ab. Der Schnee stob um die Reifen des Wagens, als sie ein weiteres Mal die Abfahrt nach Sunnansjö nahmen, doch heute schien die Sonne von einem klaren blauen Himmel.

Nach ihrem Homeoffice-Vormittag war Sofia mitgefahren, um noch einmal mit Anders Svensson zu reden. Kicki Bjurvall empfing sie am Haus und hielt ihnen die Tür auf.

»Nicht mehr lange hin, was?«, fragte Kicki mit einem Blick auf Sofias Bauch.

Sofia wehrte Kickis Hand ab, die auf dem Weg zu ihrem Bauch war. Das Letzte, was sie jetzt brauchte, war, dass die Frau, die mit ihrer Chefin schlief und ihr den Job wegnehmen würde, auf ihr herumtatschte.

Kicki sah sie erstaunt an, machte aber keine große Sache daraus.

»Hast du Kinder?«, fragte Kaj, um Sofias Verhalten zu überspielen.

Kicki schüttelte den Kopf.

»Nein, Kinder sind nichts für mich. Als ich zehn war, hatte ich einen Goldhamster, der versehentlich in den Staubsauger geraten ist. Danach war mir klar, dass ich nicht imstande bin, für etwas Lebendiges zu sorgen. Ich habe zu Hause nicht einmal Zimmerpflanzen.« Sie lachte trocken.

Das erstaunte Sofia. Sie hatte angenommen, dass Kicki eine von den Frauen war, die jedes Wochenende in der Eishockey-Halle stand, um die Mannschaften ihrer fünf Jungs zu unterstützen oder die Geigen und Blockflöten zu Musikstunden schleppte und bei jedem Schuljahresabschluss mit der Kamera ganz vorne stand.

»Sind sie hier?«, fragte Kaj mit einer Kopfbewegung Richtung Wohn- und Esszimmer.

»Anders ist hier. Amanda ist heute wieder mit der Suchmannschaft draußen. Eigentlich hatten wir vor, den ganzen Sucheinsatz heute Mittag abzublasen, aber dann haben wir einen Hinweis über einen Mann bekommen, der mit einem kleinen Mädchen in Ellies Alter gesehen wurde.«

»Und wann?«

»Vor ungefähr einer Stunde.«

Es ärgerte Sofia, dass sie darüber nicht informiert worden waren.

»Wo?«

»In der Eisenbahnunterführung bei Orrvik, nicht weit von hier.«

Kaj nickte und zog seine Winterschuhe aus. Während er kniete, machte er eine Pause, und ihr wurde klar, dass er vorhatte, ihr mit den Stiefeln zu helfen. Kicki stand neben ihr und sah sie an.

Sofia zog ihren Fuß zurück und versuchte, den linken Stiefel mithilfe des rechten Fußes loszuwerden.

»Das kann ich alleine.«

Nach einem kurzen Blick ließen Kicki und Kaj sie in der Diele stehen und gingen ins Wohnzimmer.

Als Sofia ins Wohnzimmer kam, saß Anders Svensson mit einer Tasse Kaffee in der Hand auf dem Sofa. Das Feuer brannte, und er hob den Blick nicht von den roten Flammen.

»Sie sind also schon wieder da.« Das war mehr eine resignierte Feststellung als irgendetwas anderes.

Kicki setzte sich neben ihn, Sofia und Kaj blieben stehen.

»Ja, leider.«

Sofia fasste sich ein Herz.

»Es tut mir leid, Ihnen das berichten zu müssen, Anders, aber wir haben im Wohnzimmer Ihres Hauses Blut gefunden. Es stammt von Madeleine.«

Anders sah sie an. Sein Gesicht zog sich zusammen, und er brach in heftiges Weinen aus. Sie standen schweigend da und warteten, bis das Schlimmste vorüber war, während Kicki ihm den Rücken streichelte.

»Wie Sie wissen, haben wir den Verdacht, dass es eine Verbindung zwischen dem Verschwinden Ihrer beider Töchter gibt.«

Anders hielt krampfhaft seine Tasse umklammert, ohne die Tränen, die ihm übers Gesicht liefen, abzuwischen.

»Ich habe Ihnen alles erzählt, was ich weiß.«

Sofia verlagerte das Gewicht auf den anderen Fuß. Sie hätte sich gern auf den freien Platz neben Anders gesetzt.

»Sind Sie sicher? Wir haben nicht viel, was wir verfolgen können, und der Mann, der Sie bedroht hat, ist immer noch nicht identifiziert. Je mehr Zeit vergeht, desto kleiner werden die Chancen, Ellie und Madeleine wohlbehalten wiederzubekommen.«

Anders beugte sich vor und knallte die Tasse so hart auf den Tisch, dass Kaffee herausschwappte und über den matt polierten Birkenholztisch spritzte.

»Glauben Sie, ich wüsste das nicht?«

»Wir müssen das alles fragen.« Kicki, die am meisten Zeit mit der Familie verbracht hatte und offensichtlich Anders' Vertrauen besaß, legte ihm eine Hand auf die Schulter, und er hob entschuldigend die Hände.

»Entschuldigen Sie, ich bin einfach so …« Anders brach wieder in Tränen aus. »Wir können langsam nicht mehr. Wer tut uns so etwas an?«

Kickis Handy klingelte, sie entschuldigte sich und ging in die Küche.

Kaj und Sofia blieben schweigend stehen und sahen Anders an, der sich schluchzend mit der Hand übers Gesicht wischte. Sofia wollte etwas sagen, um ihn zu trösten, aber was sagte man denn zu jemandem, dessen Kinder vielleicht nie wieder nach Hause kommen würden?

Kurz darauf war Kicki zurück und nickte Sofia und Kaj zu, dass sie mit ihr rauskommen sollten, doch Anders hielt sie auf.

»Was ist los? Wenn Sie was gefunden haben, dann will ich es wissen.«

Sofia konnte sehen, wie Kicki sich bemühte, den professionellen Abstand zu wahren. Ihre Augen waren weit aufgerissen, der Mund ein Strich.

»Die beiden Suchtrupps sind zurück.«

»Und? Haben sie etwas gefunden?«, unterbrach Anders.

»Nein, aber es fehlt eine Person.«

Anders starrte sie mit offenem Mund an.

»Amanda.«

64.

Kaj stellte zwei Tassen Kaffee auf den Konferenztisch, öffnete ein Milchpäckchen, goss den Inhalt in seine Tasse und reichte Sofia die andere. Sie nahm sie dankbar entgegen und lehnte sich auf ihrem Stuhl zurück. Sie waren allein in der Bibliothek und warteten darauf, dass die anderen dazustoßen würden. Karim und Per saßen über Einzelverbindungsnachweisen und Funkmastdaten und versuchten, eine Verbindung zu dem polnischen Bauarbeiter zu finden. Bisher waren sie jeder Möglichkeit nachgegangen, seine Identität herauszufinden. Vera und Marie telefonierten derweil mit der Staatsanwältin Anna Sondell.

Sofia dachte an Anders Svensson. Es war ein Wunder, dass er überhaupt noch aufrecht stehen und atmen konnte. Ehe sie aus Sunnansjö weggefahren waren, hatten sie eine Krankenschwester gerufen, die ihm etwas zur Beruhigung gegeben hatte. Sofia hoffte, dass er sich wenigstens ein paar Stunden ausruhen konnte, ehe er wieder in der Hölle erwachte, in der er sich befand.

Auf dem Weg zurück nach Örnsköldsvik hatten Kaj und Sofia sich mit Magnus Söderström abgestimmt, der auf Seiten der Missing People für den Sucheinsatz verantwortlich war. Er hatte berichtet, dass Amanda ihren

Suchtrupp verlassen hatte, um zurückzugehen und, ein Stück von der Eisenbahnunterführung in Orrvik entfernt, wo man den Mann mit dem Kind gesehen hatte, eine alte Scheune zu untersuchen. Magnus hatte sie darüber informiert, dass sie dort bereits alles abgesucht hatten, aber Amanda hatte darauf bestanden. Die anderen waren noch circa fünfzehn Minuten weitergegangen, bis ihnen klar wurde, dass sie nicht hinterherkam. Das war das Letzte, was sie von ihr gesehen hatten.

Nun wurde wieder das gesamte Programm mit Helikoptern, Hunden und Wärmekameras aufgeboten. In der ganzen Region herrschte Ausnahmezustand, Sofia meinte es fast zu spüren, als sie durch die winterleeren Straßen fuhren. Ständig riefen besorgte Bewohner auf dem Polizeirevier an, um zu fragen, ob man etwas gehört habe und ob sie es wagen könnten, ihre Kinder zur Schule zu schicken. War da ein Pädophiler unterwegs? Bestand die Gefahr, dass noch mehr Kinder verschwanden? Könnte es sich um einen Serienmörder handeln? Das waren alles Fragen, die keiner von ihnen beantworten konnte.

In der Tür tauchte Vera auf, flankiert von Kicki Bjurvall. Kicki ließ Vera den Vortritt, Marie kam dicht hinter ihnen.

Per und Karim betraten gleich danach den Raum und schlossen die Tür hinter sich. Vera stellte sich an ihr Whiteboard, nahm einen Stift und schrieb *Amanda* neben die Namen von Ellie und Madeleine.

»Mein Gott.« Per schüttelte den Kopf. »Was zum Teufel geht hier vor?«

Vera sah die um den Tisch versammelten Kolleginnen und Kollegen mit resigniertem Blick an. Eine solche Situation hatten sie noch nie erlebt. Und egal, wie viele Ressourcen Marie auch aus der flächenmäßig riesigen, aber personell dünn besetzten Polizeiregion Nord würde zusammenziehen können, blieb doch die Tatsache, dass sie immer noch keinen Schimmer davon hatten, was Ellie, Madeleine oder Amanda zugestoßen war. Momentan nahm die Polizei in Stockholm die Baufirmen unter die Lupe, die Schwarzarbeiter beschäftigten, um den polnischen Arbeiter zu finden, der Anders Svensson bedroht hatte, doch in Ermangelung seines Namens und einer eingehenderen Beschreibung als der von Anders Svensson war das im Grunde ein Ding der Unmöglichkeit.

»Ja. Was zum Teufel geht hier vor?«, wiederholte Vera und legte den Stift zurück auf die Leiste am Whiteboard und setzte sich.

Fünf Tage waren seit Ellies Verschwinden vergangen, und es war fast eine Woche her, seit zuletzt jemand von Madeleine gehört hatte. Und jetzt war auch noch Amanda verschwunden. Die Zeitungen waren voll von Bildern von Ellie und Madeleine, und natürlich kursierten dort auch eine Menge Spekulationen, was passiert sein könnte. Trotzdem kamen keine relevanten Hinweise oder Beobachtungen aus der Bevölkerung rein. Alle Kontakte mit den Medien liefen über die Kommunikationsabteilung in Umeå. Mattias Wikström mit seiner Erfahrung und seiner Ortskenntnis äußerte sich täglich über die Situation und nutzte die Gelegenheit, seinen ehemaligen Kollegen in Örnsköldsvik hin und wieder einen Tritt zu verpassen wegen ihres Unvermögens, die verschwundenen Mädchen zu finden. Und ab morgen würde auch Amandas Gesicht auf allen ersten Seiten prangen, dachte Sofia.

»Wie läuft es mit den Telefonlisten?« Vera zeigte auf Per.

»Ich habe fünf Nummern gefunden, die sich zu der Zeit, als Ellie und Madeleine verschwanden, in der Gegend bewegt haben.« Per blätterte einen Stapel Papier durch. »Drei davon gehören zum Pflegedienst in Nätra und eine zu einer Frau in Mellansel, aber die war lediglich an dem Tag, als Madeleine verschwand, dort. Ich werde die Leute vom Pflegedienst anrufen«, fuhr er fort. »Karim, kannst du dich um die Frau in Mellansel kümmern? Vielleicht hat sie nichts mit der Sache zu tun, hat aber was gesehen.«

Karim nickte.

»Und die letzte Nummer?«, fragte Marie.

»Dazu habe ich noch keinen Namen gefunden. Es scheint eine nicht registrierte Prepaidkarte zu sein.«

»Dann könnte das also die Nummer unseres Täters sein?«

Per brummte zustimmend.

»Gut, wie machen wir jetzt weiter?«

Sofia flehte innerlich, dass Vera sie nicht nach der Liste mit den Hinweisen fragen würde, die sie am Tag zuvor hätte durchgehen sollen. Sie nahm sich vor, sich gleich nach der Besprechung damit zu beschäftigen. Am liebsten würde sie nach Ulvön rausfahren, die Tür hinter sich schließen und den ganzen Tag aufs Meer hinaus schauen. An nichts denken, mit niemandem reden. Da fiel ihr Philip ein. Der saß noch in ihrem Haus, allein und sicher sehr besorgt. Er wusste noch nicht, dass er nicht mehr auf der Liste der Verdächtigen stand. Sie hatte Vera gefragt, ob sie ihm die Nachricht mitteilen dürfe, aber die hatte sie gebeten, noch ein wenig damit zu warten.

Sie musste Tord bitten, im Laufe des Abends mal nach ihm zu sehen. Sollte sie Philip von dem Blut erzählen, das sie gefunden hatten? Nein, das würde ihn sicher nur zusätzlich aufregen. Außerdem wäre es ein Dienstvergehen und würde niemandem etwas nutzen. Sie hoffte inständig, dass Fredrik bald kommen und ihn abholen würde. Er konnte ihn doch nicht einfach allein da draußen hocken und darauf warten lassen, dass Madeleine gefunden wurde.

Marie wickelte ein Käsebrot aus einer Plastikverpackung. Obwohl sie sehr klein war und nicht mehr wog als eine Fünftklässlerin, aß sie doch ununterbrochen. Auf dem Tisch neben ihrem Computer lag immer ein Snickers, eine Banane oder ein Butterbrot.

»Wenn wir unserem Täter näher kommen wollen, brauchen wir ein Motiv. Offensichtlich macht sich hier jemand viel Mühe, um Anders zu schaden.« Vera begann, auf die Tafel zu schreiben. »So wie ich es sehe, haben wir zwei mögliche Szenarien. Entweder handelt es sich um eine Entführung mit dem Ziel, Geld von Anders zu erpressen. Oder das Motiv ist Rache, möglicherweise aufgrund von wirtschaftlichen Ungereimtheiten.«

»Ein Kidnapper hätte inzwischen eine Lösegeldforderung geschickt.« Kaj lehnte sich auf dem Stuhl zurück und faltete die Hände hinter dem Kopf. Er sah müde aus. »Ich glaube, es ist an der Zeit einzusehen, dass es hier um etwas anderes geht.«

65.

Als ich nach oben komme, ist das Mädchen gerade dabei aufzuwachen.

Ich bleibe mit der Breiflasche in der Hand stehen und beobachte sie durch den schmalen Türspalt. Sie blinzelt mit den dunklen Augen und umklammert den Teddy, den ich im Schrank gefunden habe. Sie sieht nicht ängstlich aus, eher verwirrt.

Als sie der Tür den Rücken zuwendet, trete ich rasch ans Bett. Sie reagiert nicht. Ich ziehe ihr die Decke über den Kopf, sodass sie mein Gesicht nicht sieht, und halte sie fest im Arm, erwarte, dass sie schreien wird, aber das tut sie nicht.

Hat sie sich vielleicht an meine Berührung gewöhnt? Es fällt mir so schwer, mich zu beherrschen. Nachts liege ich wach und schaue sie an, streichle die weiche Haut. Langsam fange ich an, mich vor meinen Gefühlen zu fürchten. Ich will, dass sie mir gehört.

»Hallo, Ellie«, flüstere ich.

Sie antwortet nicht.

»Bald ist das alles hier vorbei. Du musst keine Angst haben.«

Jetzt wird der Körper unter der Decke von einem Schluchzen geschüttelt.

»Ich will zu Mama.«

Ich streichle sie außen auf der Decke, spüre, wie sie sich entspannt und wieder einschläft. Sie wird sich an nichts von dem hier erinnern.

»Mama schläft. Sie wird sehr lange schlafen.«

66.

Als Fredrik aufwachte, war es bereits später Nachmittag. Obwohl er in der Nacht zuvor so gut wie gar nicht geschlafen hatte, war ihm das Einschlafen doch schwergefallen. Den Brief von Ida hatte er nicht zu öffnen gewagt, voller Angst, dass er Wut und Vorwürfe enthalten würde, die seine Reue und seine Selbstvorwürfe nur noch befeuern würden. Als er das letzte Mal auf die Uhr geschaut hatte, war es halb zwei gewesen. Doch am Ende hatten die lange Autofahrt und die Sorge um Ida doch das Ihre getan, und er war in einen tiefen und traumlosen Schlaf gefallen.

Jetzt saß er wieder im Krankenhaus und streichelte vorsichtig Idas Hand. Ihr Gesicht war glatt und entspannt, ihr Brustkorb, der immer noch an Schläuche angeschlossen war, hob und senkte sich. Unter der Decke spürte er die Wärme ihres Körpers.

Wie hatte es so weit kommen können? Ida, die so stark, so gesund war. Die auf ihn eingeredet hatte, dass man nicht nur von Butterbroten leben konnte, die ihm in Tupperdosen gesundes Essen geschickt hatte, das er nie gegessen hatte, die ihm zu Yoga und Meditation geraten und ihn ins Spa mitgeschleift hatte, wo sie in Kimonos rumgelaufen waren und trotz Schnees draußen gebadet hatten. Wie war es möglich, dass sie diejenige war, die jetzt hier lag? Wenn da einer hingehörte, dann er. Fredrik dachte an die Tüte mit den Medikamenten. Sie hatte ihn gebeten, sie wegzuwerfen, hatte sie sogar einmal eingepackt und gesagt, sie sollten damit zur Apotheke gehen und sie abgeben. Aber er hatte es nicht getan, hatte sie als Notanker behalten wollen. Oder als ein Zeichen dafür, dass er die Dämonen besiegt hatte, oder als Herausforderung – wofür auch immer. Die Tüte zu sehen, sie aber nicht anzurühren, hatte jeden Tag einen kleinen Sieg bedeutet. Ein Tag ohne angstdämpfende Medikamente. Philip hatte ihn ausgelacht, war aber auch stolz gewesen. Fredriks Tablettenmissbrauch war zwischen ihnen immer ein Grund zu Diskussionen gewesen. Philip, der Gott weiß wie viele Besuche bei Ärzten durchlaufen hatte, die seine Phobien zu heilen versuchten, verabscheute Alkohol und Medikamente.

Wie erstaunlich war es doch, dass kaputte Menschen anscheinend zueinander hingezogen wurden. Philip hatte sich konsequent geweigert, Tabletten zu nehmen, und Fredrik hatte manisch versucht, noch mehr davon zu bekommen. In ihrer beider Leben hatten chemische Substanzen eine Rolle gespielt, und doch hatten sie letztendlich keinem von ihnen in irgendeiner Weise geholfen. Es ging über seinen Verstand, dass die Ärzte meinten, Glück mit Medikamenten erzwingen zu können.

Es klopfte an der Tür, und eine Frau mit gepiercten Augenbrauen und unnatürlich rotem Haar betrat den Raum. Sie lächelte ihn an und begutachtete dann die Kurven auf den Monitoren, mit denen Ida verbunden war.

»Wie geht es ihr?«

»Besser.«

»Ist das normal, so viel zu schlafen?«

Die Ärztin lächelte mitleidig.

»Wenn man so etwas durchmacht, ist der Körper stark beeinträchtigt. Aber wir haben in ihren Blutproben nichts Ungewöhnliches festgestellt, wir werden sie also morgen im Laufe des Tages verlegen.«

Fredrik sah Ida an. Ihre Augen waren immer noch geschlossen, und sie schien nicht darauf zu reagieren, dass sie sich direkt neben ihr unterhielten.

»Wohin?«

»Auf eine psychiatrische Station. Die werden dann entscheiden, ob sie stabil genug ist, um entlassen zu werden.«

Sie legte Fredrik die Hand auf die Schulter.

»Sie wird wahrscheinlich den ganzen Abend und die Nacht schlafen. Fahren Sie nach Hause und ruhen Sie sich aus.«

»Ich bin grade erst gekommen«, sagte er entschuldigend.

»Sie können jetzt sowieso nichts tun. Sparen Sie lieber ihre Kräfte.«

»Ich war es, der … es war meine Schuld«, stotterte Fredrik.

Sie strich ihm vorsichtig über die Schulter.

»Wenn so etwas passiert, hat niemand Schuld. Auf seelische Krankheiten hat man als Angehöriger keinen Einfluss.«

Fredrik nickte ergeben.

Er stand auf, ging zum Kopfende des Bettes, beugte sich hinab und küsste Ida auf die Stirn.

»Ich komme wieder.«

*

Als er von Idas Station kam, klingelte sein Handy.

»Wo bist du?«

Sofias Ton war kurz angebunden.

»Ich bin in Stockholm. Wieso?«

»Wieso? Falls du dich erinnerst, du hast deinen Freund Philip hier gelassen.«

»Ich hatte ein paar andere Sorgen. Ich …«

»Und ich nicht oder was? Du meinst, ich habe alle Zeit der Welt, um mich um deine Freunde zu kümmern?«

Sie hatte recht. Es war einfach unmöglich von ihm gewesen, Philip bei Sofia abzustellen und dann zu verschwinden, aber er hatte in der Situation nicht anders handeln können.

»Bitte entschuldige. Es war ein wenig …«

Er verstummte.

»Ist was passiert?«, fragte Sofia.

Es erstaunte ihn nicht wirklich, dass Philip ihr nichts erzählt hatte. Die Gefühlswelt seines besten Freundes unterschied sich so wesentlich von der aller anderen, dass es keinen Sinn machte, sich zu überlegen, wie er wohl dachte. Das hatte Fredrik schon vor langer Zeit gelernt und sich dadurch eine Menge Enttäuschungen und Frustration erspart. Er akzeptierte Philip so wie er war – und umgekehrt galt dasselbe.

»Meine … meine Freundin hat versucht, Selbstmord zu begehen.«

Am anderen Ende wurde es kurz still. Fredrik wusste nicht, ob es das Wort *Freundin* oder *Selbstmord* war, auf das Sofia am meisten reagierte, aber als sie endlich antwortete, klang sie gefasst, und es schien ihr aufrichtig für ihn leid zu tun.

»Das ist ja furchtbar, Fredrik. Was für eine schlechte Nachricht.«

Fredrik nickte in den Hörer und bestieg den Fahrstuhl, der auf seinem Stockwerk gehalten hatte.

»Wie geht es bei euch, habt ihr Madeleine und Ellie gefunden?«

»Liest du keine Zeitungen?« Sofia klang eher erstaunt als ärgerlich. Als wäre es eine Selbstverständlichkeit, dass er den Fall in den Medien weiterverfolgt hatte. Vielleicht war das auch so, aber er hatte keine Sekunde Zeit übrig gehabt, sondern ausschließlich darüber nachgegrübelt, was er hätte anders machen können, um zu verhindern, dass Ida einen so drastischen Ausweg wählte.

»Amanda Svensson ist auch verschwunden«, fuhr Sofia fort.

»Was sagst du da?«

Sofia brummte.

»Das Leben von zwei, vielleicht auch drei Personen steht auf dem Spiel.«

»Aber ihr werdet ja wohl nicht ernsthaft annehmen, dass Philip dazu fähig sein könnte, oder?«

Wieder schwieg sie kurz. Fredrik wusste, was das

bedeutete. Sie erwog, ob sie ihm Informationen aus der Ermittlung weitergeben durfte.

»Das tun wir auch nicht mehr«, erwiderte sie schließlich, »aber er muss nach Hause. Ich weiß, dass er hierbleiben will, bis wir Madeleine finden, aber es sieht einfach nicht gut aus, wenn er bei mir ist, nach dem ... ja, nach dem, wie es im letzten Sommer war. Ich will nicht herzlos klingen, aber solange die Ermittlung erfordert, dass ich auf dem Festland bleibe, kann ich mich nicht um ihn kümmern, und er kann da draußen nicht alleine rumsitzen. Und wenn ich zurück nach Ulvön fahre, dann ist es schwierig, wenn er als Beteiligter weiter bei mir zu Hause wohnt.«

Fredrik verstand. Sofia hatte ihm wie auch Philip einen großen Dienst erwiesen, indem sie bei ihr bleiben durften, solange es Philip nicht gut ging.

»Ich komme, sobald ich kann.«

Er senkte die Stimme, als der Fahrstuhl anhielt und ein Paar mittleren Alters einstieg.

»Was glaubt ihr, ist mit ihnen passiert?«

Diesmal musste Sofia nicht nachdenken.

»Du weißt, dass ich darüber nicht mit dir reden kann, Fredrik.«

Ihre Polizeistimme, die er liebte und gleichzeitig hasste, ging ihm sofort durch Mark und Bein.

»Der Vater scheint ja ziemlich viel Geld zu haben. Vielleicht wird bald ein Lösegeld verlangt.«

Sofia antwortete nicht.

»Soll ich mit Philip reden und versuchen herauszufinden, ob er noch etwas weiß? Vielleicht fällt es ihm leichter, mit mir zu reden als mit euch. Vielleicht …«

»Tu das bitte nicht«, unterbrach Sofia ihn. »Konzentrier du dich auf deine … Freundin.«

Er hörte, wie angestrengt sie atmete, vielleicht machte ihr großer Bauch sie so kurzatmig. »Und wir hier konzentrieren uns auf die Ermittlung. Aber komm doch bitte und hol Philip ab, sobald das geht.«

»Das werde ich tun.«

67.

Die Papierstapel auf dem Wohnzimmertisch schienen sie höhnisch anzulächeln. *Ein weißer Kastenwagen, der langsam eine Straße herunter fährt. Ein Mann, der ein schlafendes Mädchen in ein Auto hebt. Ein Mädchen, das weinend allein vorm H&M saß, aber dann war eine Mutter gekommen.* Ein Hinweis war weniger glaubhaft als der andere, und doch musste jemand sie alle durchgehen, und es war ihr Job, das zu tun. Als sie beim letzten Stapel ankam, dessen oberster Hinweis lautete: *Unbekannter dunkelhäutiger Mann ist in einem hellblauen Volvo vorbeigefahren,* schob sie die Papiere weg. Wer rief denn die Polizei an, um nur das als Hinweis auf einen Täter zu hinterlassen?

Sofia saß auf dem Sofa und streckte Beine und Rücken. Die anderen waren auf dem Revier, aber Kaj hatte vorgeschlagen, dass sie nach Hause gehen sollte, und sie hatte nicht protestiert. Sie schielte schon vor Müdigkeit und konnte dennoch nicht schlafen. Sie spürte einen Schmerz im Brustkorb, ganz nahe an ihrem Herzen. Und zwar so sehr, dass sie erst dachte, es wäre physisch. Doch als sie sich unter die Dusche stellte und die Gedanken an die Ermittlung für einen Augenblick ausblendete, begriff sie, was es war. Eifersucht. Dunkle, schmerzhafte und verzweifelte Eifersucht. Fredrik hatte eine Freundin. Eine richtige Freundin, nicht einfach irgendeine Frau, mit der er sich ab und zu traf, wie er es zuvor ausgedrückt hatte, sondern eine, die ihm so viel bedeutete, dass er Hals über Kopf hinfuhr, um sie zu unterstützen, wenn sie ihn brauchte. Philip und Sofia hatte er im Chaos zurückgelassen. Während das Wasser über ihren Körper rann, ließ sie die Tränen kommen. Sie schämte sich über die ambivalenten Gefühle, die ihr Bauch ihr verursachte. Sie würde Mutter sein, etwas, wovon sie nie geglaubt hatte, dass sie es noch erleben würde. Sie liebte ihr Baby. Trotzdem spürte sie Panik. Das Baby war das Ende von ihrer und Fredriks Beziehung. Sie gehörte nun zu Kaj und der Familie, von der sie selbst entschieden hatte, dass sie das Beste für das Kind sein würde. Fredrik hingegen würde sein Leben mit seiner Freundin weiterleben, vielleicht heiraten und eine eigene Familie gründen. Der Gedanke machte ihr Angst.

Aber sie musste sich zusammenreißen und ihre Gefühle beiseiteschieben. Amanda war immer noch verschwunden. Mehrere Stunden waren vergangen, und der Suchtrupp war immer noch unterwegs, obwohl es längst dunkel war. Sie hatten alle, die zusammen mit Amanda gesucht hatten, befragt, doch niemand hatte etwas gesehen oder gehört. Es war immer noch keine Lösegeldforderung gestellt worden, und sie hatten keine neuen Informationen. Inzwischen zweifelte niemand mehr daran, dass die Fälle zusammengehörten. Die Frage war nur, wie.

Sofia stieg aus der Dusche und trocknete sich gründlich ab. Als sie in die Küche kam, sah sie, dass Eva angerufen hatte. In ihr Handtuch gewickelt, setzte sie sich an den Küchentisch und rief zurück.

»Hallo, meine Liebe. Wie geht es dir?«

»Gut, danke. Arbeitest du so spät noch?«

»Ich bin gerade auf dem Weg nach Hause.« Sofia konnte das Geräusch der Glastür des Empfangs hören, die abgeschlossen wurde.

»Du, ich wollte mich bei dir entschuldigen, weil ich gestern so getratscht habe«, sagte Eva, klang dabei aber kein bisschen entschuldigend. »Ich fand einfach, dass du es wissen solltest. Ich hoffe, das hat dich nicht zu sehr beschäftigt.«

»Warum sollte es? Vera darf doch wohl …«, nun konnte sie ja wohl nicht gut *schlafen mit* sagen, wenn es um ihre Chefin ging, »… eine Beziehung haben, mit wem sie will.«

»Schon, aber findest du nicht, dass …«

»Wolltest du was Bestimmtes?«

Eva schien sich nicht von Sofias Unwillen, auf die Tratschebene einzusteigen, beirren zu lassen. Sicherlich gab es da viele andere, die mit großen Ohren zuhören würden. Im Herbst war Lillemor, Veras Ex, aufs Revier gekommen und hatte eine Szene gemacht, weil sie wollte, dass Vera ihre Meinung zur Scheidung ändern sollte. Aber Vera war bei ihrer Position geblieben, und die Scheidung war durchgezogen worden. Dass die ganze Zentrale nun wusste, dass Vera mit einer Frau verheiratet gewesen war, schien ihr nichts auszumachen.

Niemand würde ihr Privatleben infrage stellen oder kommentieren. Die einzige Person in Veras Nähe, die sich nicht vor ihr fürchtete, war Marie Fransson, was, wie Sofia annahm, einer der Gründe war, warum Vera Marie nicht mochte. Als Leiterin der Voruntersuchung war es Maries Job, alles infrage zu stellen, aber es waren schon viele vor ihr daran gescheitert, Vera in die Schranken zu weisen, obwohl das Teil der Stellenbeschreibung war. Möglicherweise könnte man auch Karim zu den wenigen Menschen zählen, die keine Angst vor Vera hatten. Doch in seinem Fall war das wohl lediglich die totale Unfähigkeit, mit jemandem in Konflikt zu geraten. Niemand konnte ihn dazu provozieren, die Stimme zu erheben.

Eva räusperte sich.

»Also, es geht um eine Dame, die heute aus Drömme angerufen hat und Anzeige erstatten wollte. Sie heißt Judith Nordin und ist achtundsechzig Jahre alt. Sie sagt, bei ihrer Nachbarin würde andauernd das Licht brennen. Ich konnte deswegen natürlich keine Anzeige aufnehmen, habe aber versprochen, dass wir uns melden.«

Sofia seufzte.

»Ich rufe sie morgen an.«

»Super. Und du, mach dir keine Sorgen über Kicki und Vera. Das ist bestimmt bald wieder vorbei. Sicher nur ein Flirt.«

»Ich mache mir keine …«, begann Sofia zu protestieren, aber Eva hatte bereits aufgelegt.

FREITAG, 28. FEBRUAR

68.

Es ist Zeit. Ich kann kaum begreifen, dass alles so leicht ge-
gangen ist. Jetzt muss mir nur ein guter Ort einfallen, an
dem ich das Mädchen lassen kann.

Die ganze letzte Nacht habe ich wach gelegen und darü-
ber nachgedacht, wie ich es anstellen soll. Der Beschluss kam
so kurzfristig, dass ich noch nicht überlegt hatte, was ich
dann mit ihr machen werde.

Die Frau ist noch im Keller. Die Kleine werde ich leicht
wegbringen können, aber was ich mit der Frau machen soll,
weiß ich nicht. Sie wird nicht freiwillig mitkommen. Viel-
leicht kann ich ihr das sedierende Nasenspray verabreichen,
aber ich traue mich nicht runter.

Sie schreit die ganze Zeit. Die letzten Stunden weniger,
aber immer noch laut genug, dass es jemand hören könnte.
Ich traue mich nicht, ihr Essen zu bringen. Nicht einmal, die
Tür aufzumachen.

Vielleicht ist es am besten, wenn ich sie einfach hierlasse.

69.

Als Fredrik am Medborgarplatsen aus der U-Bahn stieg, um zum Söder-Krankenhaus zu gehen, schneite es. Beim Frühstück hatte er die Zeitungsaufmacher auf seinem Handy gelesen und dabei festgestellt, dass stimmte, was Sofia gesagt hatte. Die Seiten waren voll von Nachrichten über Familie Svensson und die seltsamen Geschehnisse. Er fragte sich, wie Philip das wohl aufnahm. Er hatte mehrere Male versucht, ihn anzurufen, doch ohne Erfolg.

Idas Schwester hatte eine SMS geschickt, dass ihre Eltern jetzt auf dem Weg von Övertorneå nach Stockholm waren. Sie würden am Nachmittag ankommen, um dabei zu sein, wenn Ida in die Psychiatrie auf der anderen Seite des Ringvägen verlegt werden würde. Er freute sich nicht gerade darauf, Mutter und Vater der Frau zu treffen, die er im Stich gelassen und in einen Selbstmordversuch getrieben hatte.

Fredrik sah in den Himmel zu den leichten Flocken, die lautlos auf den Boden segelten und zu grauem Matsch wurden, sowie sie gelandet waren. Auf dem Weg hatte er Blumen für Ida gekauft. Rosa Tulpen. Ihre Lieblingsblumen.

Ehe er am Abend zuvor das Krankenhaus verlassen hatte, war die Ärztin mit der gepiercten Augenbraue noch da gewesen und hatte ihm erklärt, womit er rechnen musste, wenn Ida jetzt in die Psychiatrie verlegt wurde, und was sie während der Zeit auf der Intensivstation durchgemacht hatte. Eine Welle unbegreiflicher medizinischer Begriffe hatte sich über ihn ergossen, doch er hatte nicht zu fragen gewagt, was das alles bedeutete. Hauptsache, Ida hatte es geschafft.

Fredrik wischte sich ein paar Schneeflocken von der Stirn. Die Kälte brannte. Diese verdammte Medikamententüte. Warum hatte er sie nur aufgehoben? Und warum war er so grob zu Ida gewesen? Die Schuldgefühle zermürbten ihn. Wenn er nur die Klappe gehalten hätte, dann wäre das alles nicht passiert.

Am Rosenlundspark sah er ein paar Kinder in Reflektorwesten, die sich im Schnee tummelten, dicht umschwärmt vom Kitapersonal. Er musste an Sofia und das Kind denken. Bald würde sie Mutter so eines Kleinen sein, es abholen und bringen, Handschuhe und Butterbrote einpacken. Würde er das jemals erleben? Er wandte den Blick von der Kinderschar ab und versuchte, auch das Bild von Sofia wegzuschieben. Wie konnte er nur an sie denken, wo doch Ida nur wenige Straßen weiter im Krankenhaus lag?

Vor einem hohen Bauzaun blieb er stehen. An einem Gerüst waren als Sichtschutz und um Wind und Wetter von den Bauarbeitern abzuhalten, große Plastiktransparente angebracht. Durch die Lücken konnte er Arbeiter mit blauen Helmen und gelben Westen erkennen. Dort stand das halb fertige Skelett von etwas, das einem Schild zufolge ein Wohnhaus werden sollte. Einer der

Bauarbeiter zwängte sich durch den Zaun und nickte ihm zu, als er vorbeiging. Fredrik senkte den Blick, als würde er etwas Verbotenes tun. Als der Mann vorbeigegangen war, las er weiter, was auf dem Schild stand. Das Wohnhaus sollte im Frühjahr 2022 fertig sein und achtzehn Zweizimmerwohnungen enthalten. Es sah teuer aus. Die Bilder zeigten große verglaste Balkons und eine schick begrünte Dachterrasse. Wer konnte sich denn so eine Wohnung leisten? Da fiel sein Blick auf das Foto von einem lächelnden Mann in einem anthrazitfarbenen Anzug und mit einem schief sitzenden Schutzhelm auf dem Kopf, der den Arm um einen jüngeren Mann in Bauarbeiterkluft gelegt hatte. Der Text über den Köpfen der beiden Männer lautete:

Hier bauen wir den Rosenlund-Wolkenkratzer!
Willkommen im Interessentenbüro
der SveAnd AB. Eingang um die Ecke.

Fredrik hielt inne. SveAnd AB.
Das Unternehmen von Anders Svensson.

70.

Philip blickte übers Meer. Es faszinierte ihn, wie schnell der Wetterumschwung gekommen war. Einen Tag zuvor war der Schnee noch um die Hausecken gesaust, und die eisige Kälte hatte auf der Haut gebrannt, wenn er zum Rauchen auf die Terrasse gegangen war. Jetzt gab sich der Wind fast milde, und früh am Morgen hatte er einen Eisbrecher gesehen, der zwischen Sofias Bootshaus und der Insel auf der anderen Seite eine breite Schneise ins Eis gerammt hatte. Die Insel drüben hieß Ronön, das hatte ihm Tord erzählt.

Er mochte den alten Mann. Tord war jeden Tag, seit Philip allein hier war, mit Essen und Zigaretten vorbeigekommen. Er war ganz anders als die meisten Menschen, die Philip kannte. Tord konnte problemlos eine halbe Stunde dasitzen und mit ihm Kaffee trinken, ohne ein Wort zu sagen. Obwohl sie so unterschiedlich waren, schien es doch, als würden ihre Persönlichkeiten irgendwie zusammenpassen. Die meisten Menschen verstanden Philip nicht und versuchten deshalb verzweifelt, die Stille mit sinnlosem Geplauder zu füllen. Das aber war seine schwächste Seite. Er schien immer die falschen Sachen zu sagen und hatte schon mehr als einmal Menschen vor den Kopf gestoßen, indem er etwas über ihr Aussehen oder ihre Art, sich zu verhalten, gesagt hatte. Anderen Leuten schien es einfach eingebaut zu sein, immer das Richtige zur passenden Gelegenheit zu sagen, und vor allem für sich zu behalten, was auszusprechen nicht gesellschaftlich akzeptiert war. Diese Fähigkeit ging ihm völlig ab. Was er dachte, das sprach er auch aus. Wenn jemand fragte, wie er eine neue Frisur fand, dann antwortete er ehrlich, auch wenn sein Urteil lautete, dass die Frisur hässlich sei. Hans und Inga hatten unermüdlich versucht, ihm beizubringen, was man sagen durfte und was nicht, aber das vergaß er oft, wenn es darauf ankam. Er wollte nicht gemein sein, er war einfach so.

In Madde hatte er einen Menschen gefunden, dem es genauso ging. Sie hatten dieselben Probleme, und das war ihnen auch beiden sofort klar gewesen. Beide hatten hochfunktionalen Autismus, und es war kein Problem für sie, sich in der Hälfte der üblichen Zeit ein Seminar auf der Universität reinzuziehen. Beide hatten die Schule mit besten Noten verlassen – er auf Distanz, während sie gekämpft und versucht hatte, das soziale Zusammenspiel mit Klassenkameraden und Lehrern zu bewältigen. Sie hatte sich besser geschlagen als er, aber es war ihr dabei auch nicht gut gegangen. Jetzt wollte sie Ärztin werden. Eine Arbeit, die eine schreckliche Menge Kontakte zu unbekannten Menschen mit sich brachte, aber sie war fest entschlossen, das zu schaffen.

Ihm tat das Herz weh, wenn er an Madde dachte. Wo war sie nur? Könnte es so einfach sein, dass sie sich versteckte, weil sie sauer auf ihn war? Nein, das war überhaupt nicht ihre Art. Wenn sie sauer war, dann sagte sie das. Warum hatte sie ihn nicht angerufen? Die Polizei schien auch nicht zu glauben, dass sie freiwillig verschwunden war. Doch das bedeutete, dass ihr etwas zugestoßen war.

Dieser Gedanke war schlimmer als alles andere. Er durfte sie nicht verlieren. Sie war der einzige Mensch, der ihn wirklich verstand.

71.

Vera zeigte sich kurz mit besonders verbissener Miene auf dem Bildschirm, und dann musste Sofia, weil nichts anderes zu sehen war, lange auf die gerunzelte Stirn ihrer Chefin starren, während die anderen nach und nach der Videokonferenz beitraten. Selbst die Staatsanwältin Anna Sondell nahm von ihrem Büro aus teil, was ungewöhnlich war, weil sonst in der Regel Marie dafür sorgte, dass sie auf dem Laufenden gehalten wurde.

Als auch Marie sich eingeloggt hatte, ergriff Vera das Wort. Sofia sah eine Hand mit Muschelarmband den Schirm zurechtrücken, sodass das Gesicht ihrer Chefin ganz zu sehen war.

»Wir wissen alle, was heute Nacht passiert ist.«

In den Bildkacheln auf dem Schirm wurde zustimmend gebrummt und genickt. Nur Sofia saß da wie ein einziges Fragezeichen. Kaj hatte die Wohnung schon wieder verlassen, als sie am Morgen aufgewacht war, und sie hatte keine Ahnung, wovon die anderen sprachen.

»Das Auto, in dem Amanda Svensson gefunden wurde, wird jetzt von den Technikern untersucht.«

»Wird sie überleben?«, fragte Marie.

»Das ist noch nicht klar. Offensichtlich steht es nicht gut um sie«, antwortete Kaj.

Vera beugte sich über den Tisch und ließ ihren großen Busen auf den verschränkten Armen ruhen. Die Stirn kam dem Bildschirm so nahe, dass Sofia den hellen Streifen am Scheitel erkennen konnte, wo das Pflaumenrot rausgewachsen war.

»Gibt es was Neues bezüglich dieser Telefonnummern vom Pflegedienst?«

Sofia hatte keine Chance, die anderen zu unterbrechen und zu fragen, wovon hier eigentlich geredet wurde. Nachdem alle mehrere Tage im Dunkeln getappt waren, hatte sich bei den Kollegen der Jagdinstinkt eingestellt. Jetzt floss das Adrenalin.

»Immer noch keine Antwort«, erwiderte Per.

»Verdammte Scheiße.« Vera fuhr sich mit den Händen durchs Haar.

»Und das Auto?«

»Ein dunkelgrüner Volvo Amazon, der einer Dagny Holmström gehört. Sie ist die nächste Nachbarin der Svenssons in Sunnansjö.« Karim hielt eine abwehrende Hand hoch. »Bevor sich irgendjemand jetzt freut, muss ich sagen, dass Dagny an Altersdemenz leidet und viermal täglich vom Pflegedienst besucht wird. Außerdem ist ihr Haus von den Suchtrupps zweimal komplett gescannt worden. Dasselbe gilt für ihren Schuppen und die Garage. Es ist höchst unwahrscheinlich, dass Dagny die Täterin ist.«

»Und wie ist Amanda dann an das Auto gekommen?«, fauchte Vera, als sei es Karims Schuld, dass sie Dagny von der Liste der Verdächtigen streichen mussten.

»Sie waren Nachbarn. Es wäre sicher nicht schwer für

sie gewesen, das Auto aus der Garage zu holen. Bis zu Dagny Holmströms Haus sind es weniger als fünfhundert Meter«, erklärte Marie.

»Das ist mir schon klar, aber was zum Teufel hatte sie in dem Auto zu suchen? Und wozu brauchte sie es?«

Niemand antwortete.

»Entschuldigt bitte, aber was ist eigentlich passiert?«, fragte Sofia, und mit einem Mal drehten sich alle zu ihren Bildschirmen.

»Mein Gott, Sofia, es tut mir leid!« Marie machte eine entschuldigende Geste, und Sofia hörte das zustimmende Murmeln der Kollegen. »Wir haben vergessen, dich zu briefen.«

Sofia hob abwehrend die Hand, und Marie sprach weiter. »Ein Hundebesitzer hat Amanda Svensson auf dem Fahrersitz des Autos gefunden, von dem wir gerade gesprochen haben. Sie ist auf der Höhe von Drömme durch die Leitplanken und eine steile Böschung hinuntergefahren, hat sich scheinbar mehrmals überschlagen und ist dann in einen Steinhaufen gekracht. Das alles passierte ein paar Kilometer von dem Ort entfernt, den abzusuchen sie geholfen hat, ehe sie verschwand. Nun hat sie mehrere Brüche und eine schwere Kopfverletzung. Abgesehen davon war sie stark unterkühlt, als sie gefunden wurde. Wenn sie für die Suche nicht vernünftig angezogen gewesen wäre, dann wäre sie bestimmt tot.«

Sofia schüttelte den Kopf.

»Das klingt ja völlig absurd. Wie ist das denn passiert?«

»Das ist bisher noch unklar.« Johan lehnte sich auf dem Stuhl zurück. »Wir sind dabei, das Auto zu bergen, und haben auch Leute am Fundort, aber es ist ziemlich schwieriges Terrain und man kommt nicht gut ran. Bisher ist noch völlig unmöglich zu sagen, ob es sich um einen Unfall handelt oder einen Selbstmordversuch.«

»Was glaubt ihr denn, was passiert ist?«, beharrte Sofia. Sie fand schwer begreiflich, was sie da hörte. Warum sollte Amanda das Auto einer Nachbarin stehlen oder ausleihen, nur um es ein paar Kilometer weiter eine Böschung hinunterzufahren?

»Wie gesagt, wir wissen noch nichts Näheres. Amanda ist operiert und jetzt in ein künstliches Koma versetzt worden. Selbst wenn sie überlebt, wird es dauern, ehe wir mit ihr sprechen können«, sagte Kaj.

»Wir müssen noch einmal mit Anders sprechen«, erklärte Marie und zog nachdenklich das silberne Kreuz an ihrer Halskette hin und her.

Vera starrte sie an.

»Ach ja, findest du? Das ist ja eine originelle Idee.«

Anna Sondell räusperte sich vernehmbar und bewegte sich auf ihrem Stuhl. Auch wenn Marie eine weit offene Tür eingetreten hatte, so half Veras Sarkasmus doch niemandem weiter.

Vera seufzte tief.

»Tut mir leid, ich bin einfach so frustriert.«

Sogar über den Bildschirm konnte man wahrnehmen, wie unangenehm die Stille war, die sich daraufhin in der Bibliothek breitmachte. Vera hatte Marie um Entschuldigung gebeten. Was ging hier eigentlich vor? War ihre Chefin über Nacht ausgetauscht worden?

Kaj lächelte angestrengt und sah gerade in die Kamera.

»Ich habe mehrmals versucht, Anders Svensson zu erreichen, doch ohne Erfolg. Der Arzt sagt, er habe einen schweren Schock und könne derzeit nicht vernommen werden. Er befindet sich zusammen mit seiner Ehefrau auf der Intensivstation, und vor der Tür steht rund um die Uhr ein Polizist.«

Sofia konnte Vera neben Kaj brummeln hören.

»Teufel aber auch.«

Fluchen kann sie also noch, dachte Sofia.

»Und was die ganze Sache noch seltsamer macht, ist das hier.« Johan hielt ein Stück Papier vor die Kamera. Es war die Kopie eines aus einem Ringbuch gerissenen Papiers, aber Sofia konnte nicht erkennen, was da stand.

»Wir checken derzeit noch Fingerabdrücke und DNA, aber es scheint so zu sein, als habe Amanda das hier geschrieben. Und in dem Fall weiß der Teufel, was wir damit anfangen sollen.«

»Was steht denn da?«, fragte Sofia ärgerlich. Sie konnte das Geschriebene nicht erkennen, weil Johan das Papier die ganze Zeit hin und her schwenkte.

»*Verzeih, Anders*«, las Johan laut vor. »*Ich musste es versuchen. Du hast mir keine andere Wahl gelassen. Ich werde dich immer lieben. Bis in den Tod.*‹«

Sofia lehnte sich zurück. Was konnte das bedeuten?

»Was ›versuchen‹?«

Johan legte das Papier hin.

»Keine Ahnung, aber es klingt unheilverkündend.«

72.

Fredrik betrat die Baubaracke, in der ihn eine teure Küche mit Kühlschrank aus rostfreiem Stahl und einer schwarzen Granit-Arbeitsfläche begrüßte. Über dem Küchentisch hing eine Lampe aus poliertem Kupfer mit nackten Glühbirnen an Armen, die in alle Richtungen wiesen, und auf dem Tisch stand neben mehreren Stapeln Informationsbroschüren über das Bauprojekt eine Schale Kirschen. Wie die Wohnungen später aussehen würden, konnte man mithilfe animierter Bilder an der gegenüberliegenden Wand sehen. Der restliche Raum war ebenso fantasielos eingerichtet wie die Vorzeigeküche, doch die Botschaft war eindeutig: Die Wohnungen des Rosenlund-Wolkenkratzers waren nur etwas für Leute, die viel Geld hatten.

Er wusste nicht, warum er die Baracke betreten hatte – als er begriffen hatte, woher er den Namen Sve-And AB kannte, hatten sich seine Füße wie von selbst hierher bewegt.

Fredrik nahm eine der Broschüren und blätterte darin. Die Planung des Bauprojekts war im Herbst 2019 begonnen worden, und das Haus sollte in zwei Jahren bezugsfertig sein. Die Fotos zeigten einen lächelnden Anders Svensson, der einen ersten Spatenstich vornahm,

Politikern die Hände schüttelte und Dinge sagte wie: »Für ein lebendiges und attraktives Södermalm.« Es war schwer, ihn mit dem Mann zusammenzubringen, dessen Familie derzeit auf allen Aufmachern der Zeitungen zu sehen war. Was für eine Hölle er durchleben musste! Fredrik hoffte zutiefst, dass sie die Töchter und seine Ehefrau bald finden würden. Er blätterte weiter. Der Rosenlund-Wolkenkratzer war offensichtlich nur die erste Etappe einer umfassenden Nachverdichtung in dem Gebiet. Es schien, als würde kein grünes Fleckchen im Stadtteil unberührt bleiben. Nächstes Jahr schon würden die Kinder aus den Tagesstätten auf ihren Ausflügen woandershin gehen müssen.

Ein blonder Mann in Fredriks Alter mit engem blauem Jackett und hellbraunen Schuhen kam auf ihn zu und streckte die Hand aus. »Dan Möller, Makler.«

Offensichtlich war es sein Job, in der Baracke herumzuhängen und darauf zu warten, dass jemand aus dem Schneematsch hereintrampeln und eine Wohnung für achtzehn Millionen Kronen kaufen würde. Fredrik vermutete, dass er der erste Besucher an diesem Tag war.

»Schick, oder?«

»Oh ja.«

»Wo wohnen Sie derzeit?«

»Östermalm«, antwortete Fredrik selbstsicher, und der Makler versuchte nicht einmal, seine Freude zu verbergen. Er musste Dan Möller ja nicht verraten, dass er zwar im schicken Östermalm wohnte, aber nur in einer Zweizimmerwohnung ohne Balkon, die er von seiner Großmutter geerbt hatte.

»Sind Sie interessiert?« Der Mann reichte ihm einen Hochglanzfolder. »Einige wenige Wohnungen sind noch verfügbar.«

Fredrik antwortete nicht, sondern blätterte in dem Prospekt, der alle möglichen zusätzlichen Wahlmöglichkeiten zeigte, angefangen bei Türbeschlägen über Fliesen bis hin zu Dunstabzugshauben. Es schien ganz so, als ob mehr als nur einige wenige Wohnungen noch zur Verfügung ständen. Soweit er auf dem Plan sehen konnte, waren nur zwei als verkauft markiert. Die Dachwohnung und eine der Wohnungen im Stockwerk darunter. Die große Erdgeschossfläche sollte eine Reihe von Restaurants beherbergen.

Der Makler sah ihm über die Schulter.

»Die Dachwohnung ist gerade wieder frei geworden.«

»Wie denn das?«

Der Makler ließ sein Handy in die Jacketttasche gleiten und zuckte geheimnistuerisch mit den Schultern.

»Um genau die Wohnung hat es ein bisschen Unruhe gegeben, aber wie gesagt, sie ist gerade wieder auf den Markt gekommen.«

Fredrik blätterte zu der Seite, auf der die oberste Wohnung präsentiert wurde. Zwei Etagen mit Terrassen in drei Himmelsrichtungen, von denen aus man über ganz Stockholm schauen konnte. Der Verkaufspreis lag klar nördlich von dreißig Millionen Kronen. Der Makler kam näher und grinste breit.

»Tatsächlich wollte der Bauherr selbst die Wohnung haben, aber er hat sich aus dem Kauf zurückgezogen.

Eine solche Möglichkeit begegnet einem nur einmal im Leben. Was meinen Sie? Interessiert?«

Fredrik nickte, und in Dan Möllers Blick gingen die Lämpchen an. Er legte den Arm um Fredriks Schultern und bot ihm einen Stuhl an.

»Espresso oder Latte?«

73.

Als Fredrik den Makler Dan Möller verließ, hatte er eine Tüte Broschüren dabei und den Kopf voller Versprechungen über enorme Gewinne bei einem möglichen zukünftigen Verkauf und, zwischen den Zeilen, Fantasien über einen steten Strom von Frauen, die von dem standesgemäßen Wohnobjekt beeindruckt wären. Fredrik hatte versucht, nach Informationen über Anders Svensson zu fischen, und herausbekommen, dass dessen moralischer Kompass wohl deutlich zu wünschen übrig ließ. Der Makler hatte sich nicht direkt geäußert, aber versehentlich verraten, dass der Bau sowohl verzögert war als auch weit über Budget lag.

Nun stand Fredrik noch vor der Baracke und schaute in den von Schneeflocken schweren Himmel hinauf. Das Skelett des hohen Hauses verursachte ihm fast Schwindel. Es schauderte ihn, und er sah die große Fähre vor sich. Wie riesig die gewesen war, als er sich plötzlich außerhalb von ihr befunden hatte.

Er dachte an Niklas. Seinen kleinen Bruder, dessen Hand er in jener Nacht auf der Ostsee losgelassen hatte und der seither immer in seinen Gedanken war. Er hatte die Hoffnung nie aufgegeben. Vor sich sah er die aufblasbaren orangefarbenen Rettungsboote, die von den

Wellen herumgeworfen wurden. Einige von ihnen beschädigt, andere voller dunkler Leiber, die dort Zuflucht gesucht hatten. Aber sie waren da gewesen, ganz in der Nähe, als die große Welle kam und Niklas weggespült worden war. Fredrik wusste, dass Niklas in eines von ihnen geklettert war. Es musste einfach so sein. Auch wenn er nur ein Kind gewesen war, so war er doch stark und ein guter Schwimmer gewesen, und im Unterschied zu vielen anderen damals hatte er keinen Alkohol getrunken.

Zwei Männer mit Bauarbeiterhelm, die auf Fredrik zukamen, rissen ihn aus den Gedanken.

»Suchen Sie jemanden?«, fragte der Ältere von beiden in strengem misstrauischem Ton.

»Nein, ich sehe mich nur um. Ich überlege, eine der Wohnungen zu kaufen.« Fredrik hob die Tüte mit dem SveAnd-Logo hoch, und der Mann wurde gleich freundlicher.

»Ach so. Entschuldigung, wenn ich unfreundlich geklungen habe. Hier springen im Moment so viele Journalisten herum, dass wir kaum mehr zum Arbeiten kommen. Ich bin Jerzy Nowak, der Bauleiter.« Er schüttelte Fredrik die Hand und klang aufrichtig bedauernd. Wahrscheinlich wären Fredriks fiktive zweiunddreißig Millionen ein willkommener Zuschuss zum Baubudget. Der andere Mann stand schweigend neben ihm.

Der Bauleiter winkte Fredrik, ihm zu folgen. »Kommen Sie rein und schauen Sie es sich an, wenn Sie wollen.« Die Aussprache verriet einen gewissen Akzent, aber die Grammatik war tadellos.

»Ja, ich habe gehört, was der Familie des Besitzers zugestoßen ist. Furchtbar. Rennen deshalb so viele Journalisten hier herum?«, fragte Fredrik den vorangehenden Jerzy und folgte ihm durch einen Spalt im Bauzaun.

Jerzy nickte und reichte ihm wortlos einen Baustellenhelm, den Fredrik aufsetzte.

»Für welche Wohnung interessieren Sie sich?«

»Die oberste«, log Fredrik und hielt wieder die Tüte als eine Art Beweis hoch, dass er ein echter Spekulant sei.

»Ah so, ist die also wieder frei?« Jerzy klang erstaunt und resigniert zugleich. In einer seiner Taschen klingelte ein Handy, und er zog sich den Arbeitshandschuh mit den Zähnen ab und holte es aus der Tasche. In einer Sprache, die wie Polnisch klang, tauschte er ein paar kurze Sätze aus und winkte dann dem jungen Mann, der mit ihnen gekommen war.

»Führ ihn mal ein bisschen herum. Ich muss am anderen Tor eine Lieferung entgegennehmen.«

Der Mann nickte.

Jerzy hob die Hand zum Abschied und stiefelte über den schneebedeckten Bauplatz davon. Der jüngere Mann nickte Fredrik zu, dass er ihm folgen solle.

»Tomasz.« Er schlug sich selbst auf die Brust und sah sich um, als würde er darüber nachdenken, in welche Richtung sie gehen sollten.

»Ganz oben?« Er legte den Kopf in den Nacken und zeigte auf das, was die Dachwohnung werden würde.

Fredrik nickte.

»Wie ich verstanden habe, wollte der Bauherr selber dort wohnen«, versuchte er, aber Tomasz zuckte nur mit den Schultern, als sei das neu für ihn. Oder er verstand nicht, was Fredrik sagte.

Als sie um die Ecke des Gebäudes gekommen waren, wandte sich Tomasz ihm zu und sagte mit leiser Stimme: »Schreiben über Anders?«

Fredrik wollte eben wieder mit der Tüte winken, als ihm klar wurde, dass Tomasz auf etwas ganz anderes aus war. Er schaute sich um, ob auch niemand in der Nähe war, und rieb dann Daumen und Zeigefinger aufeinander. Geld. Tomasz wollte bezahlt werden. Er dachte, Fredrik sei ein Journalist, der sich undercover in das Gebäude geschmuggelt hätte. Fredrik überlegte einen Moment. Was hatte er eigentlich davon, einen Bauarbeiter zu bestechen, um Informationen über Anders Svensson zu bekommen? Hatte er nicht ganz andere Sorgen als Sofias Ermittlung? Doch auf der anderen Seite betraf das, was da passiert war, auch seinen besten Freund. Philip würde dasselbe für ihn tun, so wie im letzten Sommer, als er Fredrik Informationen beschafft hatte, obwohl ihn das durchaus in Schwierigkeiten hätte bringen können. Die Hand bewegte sich zur Innentasche der Daunenjacke, wo seine Brieftasche sich befand. Sechshundert Kronen in bar war alles, was er hatte, doch Tomasz schien sich mit der Summe zufriedenzugeben. Er führte Fredrik weiter zwischen die Baubaracken und beugte sich dann zu ihm und flüsterte: »Sie sich scheiden lassen.«

»Die wollten da oben wohnen, aber jetzt lassen sie sich scheiden?«

Tomasz nickte.

»Wissen Sie, warum sie sich scheiden lassen wollen?«

Tomasz grinste.

»Andere Frauen.« Dann schob er die Scheine, die er bekommen hatte, in seine Hosentasche.

»Seine Frau. Nicht froh.«

74.

Als Sofia nach dem Mittagessen aufs Revier kam, saßen Vera, Marie und Kaj immer noch mit ihren Laptops in der Bibliothek. Die Kartons von verschiedenen Lieferservices standen auf dem Tisch. In der Tür begegnete ihr Kicki, die aber mit gesenktem Blick den Flur hinunter verschwand. Die Suche in Sunnansjö war beendet, und sie hatte der Ermittlergruppe fürs Erste weiter nichts zu berichten.

Karim und Per folgten direkt hinter Sofia.

»Was machst du denn hier, ich dachte, du sollst von zu Hause arbeiten?«, fragte Karim lächelnd und zog einen Stuhl für sie heran.

»Nur die Vormittage«, antwortete Sofia und ließ sich so graziös wie möglich nieder.

»Was kann ich tun?« Sofia klappte ihren Laptop auf. »Ich habe fast alle Hinweise abgeklappert«, fügte sie hinzu, als Veras Blick auf ihr landete.

Kaj streckte seine langen Beine aus, lehnte sich zurück und verschränkte die Hände hinter dem Nacken.

»Ich nehme alle Hilfe, die ich kriegen kann. Anders hat kein Wort gesagt, seit seine Ehefrau auf der Intensivstation ist. Wenn sich daran nichts ändert, will der Arzt ihn in die Psychiatrie überweisen.«

Vera schob sich die Lesebrille wie einen Haarreif auf den Kopf und rieb sich das Gesicht.

»Also, es ist ja schon klar, dass es dem Mann nicht gut geht, aber es ist verdammt unpassend, dass wir ihn nicht vernehmen dürfen. Ohne eine Zeugenaussage von ihm und Amanda kommen wir nicht weiter.« Sie zeigte resigniert auf die Kopie des Briefes, die im Unfallwagen gefunden worden war. »Kaj, ich will, dass du Anders verhörst, sowie die Ärzte ihr Okay geben. Und mach ein bisschen Druck, wir können nicht ewig warten.«

Marie sah sie an.

»Wir dürfen uns nicht auf das Auto und den Brief fixieren. Solange wir keine Möglichkeit haben, Amanda selbst oder Anders danach zu fragen, bringt uns das nichts. Vielleicht hat der Brief nicht einmal mit dem Verschwinden von Ellie und Madeleine zu tun«, fügte sie hinzu. »Wir haben noch eine andere Spur, mit der wir weiterkommen müssen, und zwar den Schwarzarbeiter von SveAnd. Konnten die Kollegen vom Grenzschutz uns da weiterhelfen?«

Per schüttelte den Kopf.

»Das war eine Sackgasse. Ehrlich gesagt weiß ich nicht richtig, wie wir da weitermachen sollen. Wir haben von allen möglichen Instanzen Hilfe angefordert, aber wir wissen einzig und allein, was Jerzy Nowak uns erzählt hat. Zu Anfang waren es nur ein paar Arbeiter. Freunde von Jerzy aus Polen, aber jetzt scheint es sich um ungefähr hundert Personen zu handeln, die im Wechsel für SveAnd und andere Bauprojekte im Land gearbeitet haben. Die meisten sind über Kontakte nach

Schweden gekommen, mit denen Jerzy nichts direkt zu tun hatte. Das konnte überhaupt nur so lange laufen, weil sie eine Person auf Behördenseite hatten, die ihm Tipps gegeben hat, wenn auf den Baustellen Kontrollen anstanden. Und den Namen dieser Person will Jerzy auf keinen Fall nennen.«

»Und der polnische Mann, der Anders bedroht hat, besaß keine dieser Karten, die ja eigentlich obligatorisch sind?«

»Das konnte Jerzy nicht sagen, aber wahrscheinlich ist es so.«

Vera lehnte sich über den Tisch, um Per sehen zu können, der am Weitesten von ihr entfernt saß.

»Wie ist es mit den über die Masten herausgefundenen Telefonnummern gelaufen?«

»Ich habe endlich den Pflegedienst erreicht. Sie haben ein großes Gebiet abzudecken und deshalb mehrere Autos, die gleichzeitig in Sunnansjö herumfahren. Viele alte Menschen, die allein in ihren Häusern sitzen, brauchen Essen und Hilfe beim Anziehen und der persönlichen Hygiene. Jedes Auto hat ein eigenes Handy, aber ich habe nicht herausbekommen können, welche Personen in der aktuellen Zeit welche Autos benutzt haben.« Per zog kurz seine Fan-Kappe ab, um sich zum Bildschirm vorzubeugen, dann setzte er sie gleich wieder auf. »Lediglich die oberste Leitung und die Gruppenleiterinnen haben Zugang zum Einsatzplan. Die Leitung aber ist langzeitkrankgeschrieben, und die beiden Gruppenleiterinnen waren nicht erreichbar, als ich angerufen habe. Eine von ihnen arbeitet halbtags, und die andere war unterwegs, um sich um einen Todesfall unter ihren Patienten zu kümmern. Ich habe sie gebeten, so bald wie möglich anzurufen.«

»Ist das alles, was wir haben?« Marie war offenkundig gestresst. Sofia wusste, dass sie am Ende des Tages der Staatsanwältin einen Bericht würde abliefern müssen, und bisher hatte sie noch nicht viel zu bieten.

»Es gibt noch etwas: Ich war in Kontakt mit der Frau in Mellansel«, warf Karim ein. »Sie heißt Karin Vedin und arbeitet bei Jetpak.«

»Jetpak?« Marie sah fragend aus.

»Ein Kurierdienst. Sie war in Bjästa und hat ein Paket abgeholt. Da hat sie gesehen, wie Madeleine Svensson von der Bushaltestelle her die Straße herunterkam. Sie hat angehalten und sie eingeladen mitzufahren. Es war schließlich elendes Matschwetter und von der Bushaltestelle mindestens einen Kilometer zu laufen.«

»Ist sie mitgefahren?«

Karim nickte.

»Karin Vedin hat Madeleine exakt um zehn Uhr am Abend an der Auffahrt zum Haus der Svenssons abgesetzt.«

Marie nickte zufrieden.

»Und was ist mit Karin Vedin selbst?«, fragte Kaj.

»Sie ist sofort nach Hause gefahren. Wir haben beim Ehemann nachgefragt, und er hat bestätigt, dass sie zu der Zeit nach Hause gekommen ist, die sie uns genannt hat.«

»Dann bleibt nur noch die letzte Telefonnummer«, sagte Marie. »Das Handy mit der Prepaidkarte.«

75.

Der Kaffee im Pappbecher war schon lange kalt. Die Cafeteria im Erdgeschoss des Krankenhauses glich einer Schulmensa. Nichtssagende Birkenfurniermöbel und ein langer Tresen mit Tabletts, wo man verschiedene verpackte Mahlzeiten bestellen konnte, die man dann selbst in einem Mikrowellenofen aufwärmen musste. Am Tisch neben Fredrik saß eine Mutter mit einem etwa achtjährigen Sohn, dessen Bein von der Hüfte abwärts eingegipst war. Beide aßen »Karins Lasagne«, die gelben Kartons lagen noch auf dem Tisch. Die Mutter stocherte nur in ihrem Essen herum, während der Sohn mit gutem Appetit aß.

Fredrik war ein Weilchen oben bei Ida gewesen und hatte die leicht gefrorenen Tulpen abgegeben. Sie war immer mal kurz wach gewesen und hatte ihn ihre Hand halten lassen, aber sie hatten nicht miteinander gesprochen. Die Krankenschwester konnte berichten, dass sie nun die Beruhigungsmittel reduzieren würden, die Ida die ersten Tage so müde gemacht hatten. Ida war dann sofort wieder eingeschlafen, und er war für ein heißes Getränk in die Cafeteria gegangen. Und wenn er ehrlich war, dann versuchte er auch, Idas Eltern und ihrer großen Schwester aus dem Weg zu gehen, die heute kommen würden, um die Verlegung in die Psychiatrie zu begleiten.

Auf dem Tisch vor Fredrik lag die Tüte mit dem Logo von SveAnd und all die Broschüren über die Wohnung im Rosenlund-Wolkenkratzer. Er schüttete sie aus und breitete die Prospekte auf dem Tisch aus, ohne richtig zu wissen, wonach er suchte. Es war völlig unklar, ob Anders Svenssons verschwundene Familienmitglieder etwas mit dem Bauprojekt zu tun hatten, denn was könnte das schon sein? Er nahm sein Handy heraus und googelte SveAnd. Eine Unmenge von Fotos mit Anders Svensson vor verschiedenen Bauprojekten rund um Stockholm tauchte auf. Dazu ein paar Bilder von ihm vor einer Kirche und die Schlagzeilen der Klatschpresse, die über die Hochzeit mit der bedeutend jüngeren US-Amerikanerin Amanda Wilkins berichteten. Fredrik studierte die Fotos. Der Unterschied war auch für jemanden, der nichts von dem Paar wusste, deutlich. Anders hatte das schüttere Haar zurückgekämmt, und die beginnende Glatze schien durch, als er sich vorbeugte, um seine Braut zu küssen. Amanda war dünn wie eine Bohnenstange, mit unnatürlich großen Brüsten und ebenso unnatürlichen Lippen. Der Ausschnitt des Brautkleids erinnerte an einen Matrosenanzug, war aber so tief angesetzt, dass man fast die Brustwarzen sah. Fredrik war kein Mönch und erfreute sich an ein paar schönen Brüsten ebenso wie jeder andere Mann, doch hatte er nie verstanden, wie man all diesen Plastikkram so anziehend finden konnte. Er dachte an Ida. An ihr natürlich sonnengebräuntes Gesicht und an das lange dunkle

Haar in seiner natürlichen Farbe. Sie sah nackt schön aus. Gut trainiert und an den richtigen Stellen weich.

Er lenkte den Blick wieder auf die Broschüren und versuchte, das Bild von Ida zu verdrängen. Was hatte der Bauarbeiter gesagt? Dass Anders Svenssons Frau sich scheiden lassen wollte, weil er untreu gewesen war? Fredrik betrachtete wieder die Bilder auf seinem Handy. Nach dem, was er bisher gelesen hatte, war Amanda Svensson ohne eigenes Vermögen in die Ehe gekommen, und es wurde fröhlich behauptet, dass Anders sich von der jungen Maklerauszubildenden hatte umgarnen lassen, die mit ihm eine gute Partie gemacht hatte. Eine gewisse Jeanette Svensson, mit der Anders zuvor fast dreißig Jahre lang verheiratet gewesen war, hatte an der Scheidung sicherlich auch verdient, mit dem Auftritt von Amanda aber offensichtlich die Niete gezogen. Konnte alles, was jetzt gerade geschah, mit der drohenden Scheidung zu tun haben?

Fredrik rieb sich resigniert das Gesicht, griff nach dem kalten Kaffee und trank den Rest aus, ohne irgendetwas zu schmecken. Das hier war nicht sein Fight. Er liebte Philip wie einen Bruder, er würde ihn abholen und durch all diese furchtbaren Ereignisse hindurch an seiner Seite sein, aber er konnte das Problem nicht für ihn lösen, sosehr er sich das auch wünschte. Das hier war die Aufgabe der Polizei, und ihm war schmerzlich bewusst, dass dies nicht mehr die Berufsgruppe war, zu der er gehörte.

76.

Sofia saß in ihrem Büro und blätterte den Stapel mit Hinweisen aus der Bevölkerung durch, ohne sich wirklich konzentrieren zu können. Die Sonne schien direkt auf das Fenster, und die Temperaturen waren schnell gestiegen. Binnen nur eines Tages hatte es angefangen, vom Dach zu tropfen. Auch die anderen arbeiteten nun an ihren Plätzen. Sofia hatte fast alle Leute angerufen, die auf der Liste mit Hinweisen standen, diese aber sofort streichen können. Einer Frau war klar geworden, dass sie in Wirklichkeit die Tochter eines Kollegen gesehen hatte, und nicht Ellie. Jemand anders entschuldigte sich und erklärte, dass die Kinder angerufen und aus Spaß einen falschen Hinweis gegeben hatten. Sofia bat eindringlich darum, ein ernstes Gespräch mit den Kindern zu führen.

Es standen immer noch ein paar Nummern auf ihrer Liste, doch würde sie sich nicht dazu herablassen, die Person anzurufen, die »einen unbekannten dunkelhäutigen Mann« gesehen hatte. Da mochte Vera sagen, was sie wollte.

Bis zur nachmittäglichen Besprechung hatte sie noch fünfzehn Minuten. Sie fühlte sich rastlos. Also nahm sie den Hörer und wollte eben eine weitere Nummer

wählen, als Fredriks Nummer auf dem Display auftauchte. Sie ließ es ein paarmal klingeln, ehe sie ranging.
Er sollte ja nicht glauben, dass sie auf seinen Anruf wartete.

»Hjortén.«

»Hier ist Fredrik.«

In ihr loderte die Eifersucht. Sofia musste sich zwingen, daran zu denken, in welcher Situation sich Fredrik
befand: Die Freundin seines besten Freundes war verschwunden, und seine eigene Freundin lag nach einem
Selbstmordversuch im Krankenhaus. Das Letzte, was er
jetzt brauchte, war ihr Teenagerverhalten. Sie räusperte
sich.

»Wie geht es dir?«

»Schlecht. Ida schläft, aber ich habe ihre Schwester
getroffen, und ihre Eltern sind auch auf dem Weg. Sie
wird heute Nachmittag in die Psychiatrie verlegt, und
wir werden sie begleiten.«

Wir. Fredrik und seine neue Familie. Die Vorstellung,
dass er von einer neuen Familie umgeben war, die ihn
mit Wärme willkommen hieß, schnürte ihr die Luft ab.
Ihre große Gemeinsamkeit war immer die Abwesenheit
von nahestehenden Menschen gewesen. Stolze Einsamkeit. Jetzt würde er das aufgeben und Teil von etwas anderem werden. Sofia sah Kaffeenachmittage bei den
Schwiegereltern vor sich, Weihnachtsabende mit mas-
senhaft Kindern, Charterreisen zu runden Geburtstagen
und unzählige Feiertage im Kreise der Verwandtschaft.
Alles, was sie sich in ihrer Jugend gewünscht hatte. Eine
Familie, die nicht an jedem Feiertag einen alkohol-

bedingten Streit ausfocht. Fredrik hatte sie in der Elternlosigkeit allein zurückgelassen, und es fiel ihr schwer, das anders zu empfinden.

Aber was erwartete sie eigentlich? Sie war schwanger mit dem Kind eines anderen Mannes. Es stand Fredrik vollkommen frei, sich ein Leben mit jemand Neuem aufzubauen. Schließlich war doch sie diejenige gewesen, die ihre Romanze im letzten Sommer beendet hatte.

»Werd' jetzt bitte nicht sauer, aber …«, Fredrik klang zögernd, »… aber ich bin zufällig über Informationen zu Anders Svensson gestolpert.«

Die melancholische Zärtlichkeit, die sie eben noch empfunden hatte, war wie weggeblasen.

»Du bist zufällig über Informationen gestolpert?«

Am anderen Ende der Leitung war es still.

»Verdammt noch mal, Fredrik. Du bist kein Polizist. Wann wirst du das endlich begreifen? Du bist niemals ein Polizist gewesen. Lass uns unseren Job machen. Es kommt nie was Gutes dabei heraus, wenn du rumläufst und Ermittler spielst. Hast du aus dem letzten Sommer denn gar nichts gelernt? Du wärst fast dabei draufgegangen, verdammt noch mal!« Die Schimpfkanonade war lang und enthielt viel zu viele Flüche. Sofia musste mit Erschrecken feststellen, dass sie wie Vera klang.

»Ich schwöre, ich habe nichts Verbotenes getan. Ich habe nur mit ein paar Leuten auf der Baustelle der Sve-And AB im Rosenlundspark geredet.«

»Warum das denn?«

»Ich weiß nicht. Wegen Philip, wegen der Familie …
wegen dir. Willst du nun wissen, was ich rausgekriegt
habe oder nicht?«

Sofia seufzte übertrieben. Einerseits, um ihre Missbil-
ligung zu zeigen, und andererseits, um die Tränen zu
unterdrücken, die schon wieder in ihr lauerten. *Wegen
dir.* Er wollte ihr helfen. Der Gedanke rührte und verärgerte sie zugleich.

»Ja, jetzt sag schon.«

77.

Kicki stand über Vera gebeugt, die ihrerseits am kurzen Ende des langen Konferenztisches in der Bibliothek saß. Sofia musste sich beherrschen, die beiden nicht anzustarren.

Das hier war Vera Nordlund, die ihr gepredigt hatte, wie wichtig es war, Privat- und Arbeitsleben nicht zu vermischen. Könnte es wirklich wahr sein, was Eva gesagt hatte, dass die beiden ein Verhältnis hatten? Und dann Kicki Bjurvall, die sich von einer sehr geschätzten Kollegin zu einer Person gewandelt hatte, die Sofia überhaupt nicht mochte. Nicht nur, dass Kicki ihr den Job wegnehmen wollte, jetzt würde sie ihr auch noch die Mentorin stehlen, die Vera all die Jahre für Sofia gewesen war. Per bemerkte ihren Blick und lehnte sich zu ihr.

»Du weißt es also auch schon?«

Sofia fuhr zusammen.

»Was denn?«

Per grinste und setzte an, etwas zu sagen, als Marie sich auf der anderen Seite des Tisches positionierte und die Besprechung eröffnete.

»Ich bin ein wenig verärgert.« Der Ton klang streng. Wütender konnte Marie wahrscheinlich nicht werden, nahm Sofia an.

Die Blicke der anderen wandten sich Marie zu, aber Vera und Kicki hatten nicht bemerkt, dass die Sitzung begonnen hatte, und plauderten immer noch am Ende des Tisches miteinander.

Ein plötzlicher Knall ließ sie alle zusammenfahren. Maries Handflächen trafen so hart auf den Tisch, dass Johans Kaffeetasse überschwappte. Die Sanftmütigkeit von Marie Fransson hatte offensichtlich auch ihre Grenzen.

Vera saß wie versteinert da.

»Besprecht ihr etwas zu unserer Ermittlung, das ihr uns anderen mitteilen wollt? Oder spielt es vielleicht keine Rolle für euch, dass wir hier im Dunkeln tappen und die Zeit uns davonläuft?«

»Entschuldigung …«, begann Kicki, wurde aber sofort von Marie unterbrochen, die immer noch mit den Händen auf der Tischplatte dastand und Vera fixierte.

»Ich will keine Entschuldigungen. Ich will Ergebnisse.«

Im Raum wurde es mucksmäuschenstill.

Maries Blick war so schneidend, als könne er Vera durchlöchern. Kicki verschwand lautlos aus dem Raum und machte vorsichtig die Tür hinter sich zu. Marie und Vera starrten einander eine Weile an, dann setzte sich Marie wieder und fuhr in ruhigerem Ton fort.

»Wir müssen schneller, besser, intelligenter agieren. Das Leben von Ellie und Madeleine steht auf dem Spiel.«

Karim hob die Hand, um zu signalisieren, dass er etwas zu berichten habe.

»Das Handy mit der Prepaidkarte gehört einem gewissen Albin Nygren. Er ist sechzehn Jahre alt und wohnt bei seinen Eltern in Vik, nicht weit von Sunnansjö entfernt. Wie sich herausgestellt hat, verbringt Albin seine Freizeit damit, Rohypnol zu verkaufen, und dafür benutzt er das Handy mit der nicht registrierten Nummer.«

Marie holte tief Luft und schloss die Augen.

»Ich bin allen Hinweisen aus der Bevölkerung nachgegangen«, ergänzte Sofia schnell, ehe Marie noch einen Anfall kriegte. Sie schielte zu Vera, die mit saurer Miene, roten Wangen und verschränkten Armen schweigend dasaß. Alle in der Gruppe waren es gewohnt, dass sie die Besprechungen leitete, und vor allem auch für mögliche Flüche verantwortlich zeichnete.

»Die Hinweise haben nichts ergeben, aber ich habe etwas anderes«, begann Sofia. »Und zwar habe ich erfahren, dass die Ehe von Anders und Amanda Svensson keineswegs so stabil war, wie Anders es gerne darstellen möchte.« Sie vermied zu erwähnen, woher sie diese Information hatte, und zu ihrer Erleichterung fragte auch niemand danach. »Sie hatten die Dachwohnung im neuen Bau der SveAnd im Rosenlundspark in Stockholm für sich reserviert. Wert über dreißig Millionen. Kürzlich haben sie es sich anders überlegt und sind vom Kauf zurückgetreten. Offensichtlich steht die Scheidung im Raum, und der Grund dafür soll sein, dass Anders andere Frauen hat.«

Die Kollegen sahen sie an, ohne etwas zu erwidern. Alle Gedanken schienen auf Hochtouren zu laufen. Kaj fand als Erster die Sprache wieder.

»Amanda hätte also ein Motiv, Anders zuzusetzen. Hat sie vielleicht die Entführungen arrangiert und etwas ist schiefgegangen? Vielleicht hat sie deshalb den Brief geschrieben und ist die Böschung runtergefahren.«

Marie klickte auf ihrem Computer und las laut vor: »*Verzeih, Anders. Ich musste es versuchen. Du hast mir keine andere Wahl gelassen. Ich werde dich immer lieben. Bis in den Tod.*« Mit abwesendem Blick zupfte sie an dem silbernen Kreuz. »Das könnte sein.«

Kaj stützte die Ellenbogen auf den Tisch und lehnte sich vor. Das hier war sein Gebiet. Sofia war in ihrer ganzen Laufbahn als Polizistin niemandem begegnet, der so messerscharf Motiv und mögliche Szenarien erkennen konnte wie er. Kaj verschränkte die Finger ineinander und sah Marie an, während er fortfuhr: »Mit Amanda als potenzieller Täterin könnten wir es sowohl mit einem finanziellen als auch mit einem rachebedingten Motiv zu tun haben. Nehmen wir einmal an, sie hat von den Seitensprüngen erfahren und will sich von Anders scheiden lassen, aber er weigert sich. Vielleicht gibt es einen Ehevertrag. Versucht er möglicherweise, ihr das Sorgerecht zu entziehen? Sie inszeniert Ellies Entführung, spielt die trauernde Mutter, die an allen Suchen teilnimmt, und plant, danach mit der Tochter zu verschwinden. Aber dann geht irgendwas schief.«

Marie nickte begeistert.

»Es muss ja nicht stimmen, dass Amanda keine Ahnung von den finanziellen Schwierigkeiten der Firma hatte, wie sie behauptet hat. Vielleicht wusste sie durchaus, dass SveAnd auf dem Weg in den Konkurs war, und wollte sich ihren Teil holen, ehe es zu spät war. Das Geld würde sie ja brauchen, um zusammen mit der Tochter ein neues Leben zu beginnen.«

»Warum ist dann keine Lösegeldforderung eingegangen?« Karim sah skeptisch aus. »Und Madeleine passt immer noch nicht ins Bild. Was für einen Grund sollte Amanda haben, sie zu entführen? Nein, da stimmte was nicht.«

»Vielleicht hat sie alles rausgekriegt und gedroht, Amanda zu entlarven?«, schlug Marie vor.

Karim biss sich auf die Unterlippe und schüttelte zweifelnd den Kopf.

»In den Einzelverbindungsnachweisen habe ich keinerlei Beleg dafür gefunden, dass Amanda Madeleine angerufen oder ihr eine SMS geschickt hätte. Oder umgekehrt. Wie hätte Madeleine denn auch von Amandas Plan erfahren sollen, wo die beiden kaum Kontakt hatten?«

»Vielleicht stand sie auf irgendeine Weise im Weg und musste beseitigt werden, damit der Plan gelingt?«, beharrte Marie, und Kaj nickte ihr aufmunternd zu.

»Ja, aber ich weiß nicht …« Karim sah Sofia an, die seiner Meinung war. Irgendetwas passte an dieser Theorie nicht.

»Amanda hat ein Alibi für die Nacht, in der Madeleine verschwunden ist.«

»Sie könnte Helfer haben«, schlug Marie vor.

Das war nicht unmöglich. Aber bei den Gelegenheiten, zu denen sie mit ihr gesprochen hatten, wirkte

Amanda ehrlich verzweifelt, dachte Sofia. Konnte man eine solche Sorge wirklich vorspielen?

»Würde Amanda denn wirklich riskieren, dass ihrer Tochter etwas zustößt?«, fragte Karim. »Ich meine, wenn sie in die Sache verwickelt ist, dann muss sich so lange jemand anders um Ellie gekümmert haben. Sie kann sie doch nicht versteckt und dann allein gelassen haben, ohne nach ihr zu sehen.«

»Vielleicht ist sie kein Risiko eingegangen«, meinte Per. »Ellie könnte doch bei jemandem sein, dem sie vollkommen vertraut.«

»Aber das erklärt immer noch nicht Madeleines Verschwinden«, insistierte Sofia.

»Noch nicht«, meldete sich Vera zu Wort, die bisher geschwiegen hatte. »Aber das hier ist gut. Richtig gut. Hier könnten wir ein glaubwürdiges Motiv gefunden haben. Karim, versuch alles über einen möglichen Ehevertrag oder Vorgänge beim Familiengericht und dem Sozialdienst herauszufinden. Und prüfe nach, ob einer der beiden Ehepartner die Scheidung eingereicht hat. Kaj, kannst du ihm helfen?«

Kaj nickte.

»Es darf auf keinen Fall an die Presse gelangen, dass die Frau im Auto Amanda Svensson war. Wenn es einen möglichen Mittäter gibt, wollen wir ihn nicht in die Flucht jagen.«

Sofia mochte überhaupt nicht daran denken, was das für Ellie und Madeleine bedeuten könnte.

»Per, ich will wissen, wer diese drei Nummern beim Pflegedienst benutzt«, fuhr Vera fort. »Noch heute!«

Sie sah Sofia an, der sie offensichtlich kein Lob auszusprechen gedachte, obwohl sie diejenige gewesen war, die ihnen mit neuen Informationen diese Spur beschert hatte.

»Du machst weiter mit den Hinweisen, die reinkommen.«

78.

Fredrik war spät dran. Aus Nachmittag war Abend geworden. In der Hoffnung, dass Idas Eltern es schaffen würden, ihr beim Umzug auf die neue Station zu helfen und dann wieder abzufahren, hatte er so lange wie möglich in der Cafeteria gewartet. Er wollte ihnen nicht begegnen. Noch nicht.

Er ließ das Söder-Krankenhaus hinter sich, überquerte den Ringvägen und nahm den Fahrstuhl in die Psychiatrische Abteilung. Als der auf der richtigen Etage hielt, vibrierte das Handy in seiner Tasche, und er sah, dass es Philip war. Er verließ den Fahrstuhl und ging ran.

»Hallo, ich habe schon versucht, dich zu erreichen. Wie geht es dir?«

»Fredde …« Die Stimme, die auch gewöhnlich schon eintöniger wirkte als die der meisten anderen Menschen, hatte jetzt jeden Ton verloren und klang fast hohl.

»Warum finden die sie nicht?«

Fredrik schloss die Augen. Ihm war egal, wenn andere Leute ihn so mitten auf dem Krankenhausflur stehen sahen. Wo sollte man denn Gefühle der Trauer und Resignation zeigen, wenn nicht hier?

»Ich weiß nicht.«

Er wollte Philip trösten, wusste aber nicht, was er sagen sollte. Alle Worte fühlten sich leer an, und genau wie sein Freund hatte auch er jegliche Kontrolle über das verloren, was um sie herum geschah.

»Sofia und ihre Kollegen tun alles, was sie können, da bin ich ganz sicher.«

Er sah Sofia vor sich. Den unnatürlich dicken Bauch und den schlanken Körper. Die Falte zwischen den Augenbrauen, wenn sie sich konzentrierte. Er wusste, dass sie alles bewegen würde, was in ihrer Macht stand, um Madeleine und Ellie zu finden.

Erschöpfung überkam ihn. Wie sollte er es schaffen, sowohl Ida als auch Philip zu unterstützen? Schon verspürte er wieder das wohlbekannte Jucken auf seinen Handrücken. Wie bewältigten eigentlich andere Menschen diese Situationen, wenn das Leben um sie herum in Stücke ging? Wie überlebte man, wenn man diese Gefühle der völligen Machtlosigkeit und Unzulänglichkeit nicht mit Drogen wegdrücken konnte? Es gab niemanden, den er das gerade fragen könnte, denn Ida war die Einzige, mit der er hatte reden können. Sie war stark und auf eine Weise klug, die ihn hatte glauben lassen, dass es möglich sein konnte, das Leben und den Alltag zu meistern. Doch jetzt war auch sie zusammengebrochen, und auch sie hatte der verführerischen Verlockung, alles loszuwerden, was ihre Seele quälte, nicht widerstehen können. Fredrik waren in all den Jahren, in denen man ihn durch die Psychiatrie geschleust hatte, Hunderte von Beispielen für Menschen begegnet, die von der Trauer zerrieben worden waren. Alle versuchten sie, vor etwas zu fliehen, dem man doch unmöglich entkommen konnte. Wie bezwang und überlebte man Widerstände? Vielleicht war das ja die Lehre, die einem das Leben erteilen sollte.

Diese plötzliche philosophische Erkenntnis überrumpelte ihn, und er begriff, dass er von Ida enttäuscht war. Sie hatte ihn schließlich immer wieder ermahnt, sich der Welt und seinen eigenen Gefühlen von Verlust und Einsamkeit ohne die Tabletten zu stellen. Doch dann hatte sie selbst aufgegeben. Sofia hingegen stand unverändert stark da. Sie hatte ihm zugehört und ihn von seiner Trauer und seinem Glauben, Niklas könnte es in ein anderes Rettungsboot geschafft und überlebt haben, erzählen lassen. Doch im Unterschied zu Ida hatte Sofia ihn nicht weiter grübeln lassen. Sie hatte zugehört, aber nicht an seinen Überlegungen teilgenommen, das wurde ihm jetzt klar. So wie ein vernünftiger Mensch es tat, der wusste, dass unmöglich war, woran Fredrik glaubte. Vielleicht hatte auch Ida niemals geglaubt, dass Niklas noch lebte, sondern ihn nur froh machen und ihm ein falsches Gefühl von Glück vermitteln wollen. Doch das hätte, wenn er seinen Irrtum einmal erkannt hätte, in einem noch heftigeren seelischen Zusammenbruch geendet. Sofia hingegen hatte versucht, ihm die Wahrheit zu vermitteln, auch wenn die bitter war. Vielleicht aber war das genau, was er brauchte, um in seinem Leben weiterzukommen.

»Hallo?«

Fredrik hatte ganz vergessen, dass Philip immer noch in der Leitung hing.

»Sowie ich kann, komme ich und hole dich ab.«

»Okay.«

Philip murmelte eine Abschiedsphrase. Er fragte nicht nach Ida, sondern war vollkommen in seiner eigenen Sorge gefangen.

Fredrik legte auf und blieb vor Idas Tür stehen.

Von drinnen waren unterschiedliche Stimmen zu hören. Gezwungenes Lachen. Ida war wach. Jetzt würde er ihre Familie kennenlernen. Die vorwurfsvollen Blicke sehen und spüren, wie das schlechte Gewissen ihm die Kehle noch enger zusammenschnürte. Er wollte nicht.

Es wäre so leicht, einfach auf dem Absatz kehrtzumachen und wegzugehen. Sich all den anstrengenden Dingen nicht auszusetzen. Auch wenn Ida etwas Besseres verdient hatte.

Eine Weile stand Fredrik mit der Hand auf der Türklinke da, ermahnte sich selbst hineinzugehen.

Dann drehte er sich um und ging zurück zu den Fahrstühlen.

79.

»Jetzt komm mal auf den Teppich.« Kaj versuchte, ihr die Hände auf die Schultern zu legen, aber sie wich zurück. Er schloss die Tür zu dem winzigen Raum, der als sein provisorisches Büro diente. »Und schrei nicht so.«

Die nachmittägliche Besprechung hatte sich lange hingezogen, und draußen vor den Fenstern war es stockfinster.

»Ja, aber ist das nicht einfach verdammt unglaublich? Ich komme mit einem Hinweis, der einen Durchbruch in der Ermittlung bedeuten kann, darf aber nicht dabei sein, wenn dem nachgegangen wird!«

»Das hat überhaupt nichts mit deinen Fähigkeiten als Ermittlerin zu tun. Wahrscheinlich macht sich Vera Sorgen um dich und will nicht, dass du von einem Verhör zum nächsten rennen musst. Weißt du was, ich finde, du solltest jetzt mal nach Hause in die Wohnung gehen, dir ein heißes Bad einlassen und dich da eine Weile entspannen.«

»Ach, verdammt noch mal, Kaj! Ich bin schwanger und nicht krank!« Diesen Satz hatte sie in den letzten Monaten unzählige Male wiederholt, doch je mehr der Bauch wuchs, desto weniger war sie selbst noch von seinem Wahrheitsgehalt überzeugt. Vielleicht war sie nicht krank, aber ihr Körper war stark beeinträchtigt. Alles in ihr schrie danach, sich hinlegen, die Augen schließen und ausruhen zu dürfen, aber sie hatte nicht die Absicht, das zu tun, nur weil Vera und Kaj sie dazu aufforderten.

Kaj hob abwehrend die Hände.

»Mach, was du willst. Ich habe versprochen, Karim zu helfen, die familiäre Situation der Familie Svensson unter die Lupe zu nehmen.« Er zeigte auf einen Zettel, der auf seinem Schreibtisch lag. »Da hast du die Nummer vom Sozialamt in Danderyd. Ruf da doch mal an und versuch rauszukriegen, ob die irgendwas über die Familie vorliegen haben.«

Resigniert sah Sofia auf den Zettel. Plötzlich schien die Sache mit der Badewanne sehr verlockend.

Kaj lächelte und nahm den Zettel.

»Ach komm schon, Sofia, geh nach Hause.«

Sie öffnete den Mund, um zu widersprechen, doch die Verlockung des roten, weichen Sofas war einfach unwiderstehlich, und sie gab nach.

Zehn Minuten später saß sie zwischen den Sofakissen und starrte auf den Fernseher, der nicht eingeschaltet war. Die Fernbedienung lag zu weit weg. Sie dachte an Anders. Auch wenn er seiner Frau untreu gewesen war, tat er ihr dennoch unglaublich leid, wie er jetzt vermutlich allein an einem Krankenhausbett saß und auf den Bescheid wartete, ob seine Frau überleben würde und man seine Töchter lebendig gefunden hatte.

Sie nahm ihr Handy und rief erst ihr eigenes Festnetztelefon auf der Insel und dann Philips Handynummer an. Niemand ging ran. Dann versuchte sie es bei Tord, der sich sofort meldete.

»Wie geht's?«

»Ja, gut. Heute Nachmittag war ich mit ein bisschen Essen und Zigaretten draußen bei ihm. Muss sagen, es scheint ihm trotz allem recht gut zu gehen.«

Sofia fragte sich, wie um alles in der Welt Tord feststellen konnte, ob es Philip gut ging, wo der doch kaum mit jemandem sprach. Doch Tord besaß die Fähigkeit, Menschen zu lesen. Sie vertraute seiner Einschätzung.

»Ich weiß nicht, wann ich es schaffen werde, wieder rauszukommen. Die Ermittlung hält uns alle hier gerade in Atem.«

»Kein Problem«, versicherte ihr Tord. »Aber versprich mir, dass du auf dich und das kleine Mädel aufpasst.«

Sofia lächelte.

»Versprochen.«

Sie legte auf und schloss die Augen. Dann fuhr sie sich mit den Händen über den Bauch und spürte die Ausbuchtung vom Po des Kindes unter ihren Rippen. Die Berührung ließ das Kleine da drinnen sich bewegen, und sie sah durch den Pullover, wie auf der anderen Seite ein Fuß den Bauch ausbeulte. Ihr war klar, dass das Baby rein theoretisch jederzeit kommen konnte, weil der Kopf bereits fest im Becken saß, aber die Hebamme hatte erklärt, dass sie als Erstgebärende damit rechnen musste, dass es über den errechneten Termin hinaus gehen würde.

Die Gedanken torkelten in ihrem Kopf herum wie betrunkene Jugendliche auf einem Festival, und die Augenlider wurden mit jedem Blinzeln schwerer.

Als Kaj nach Hause kam, hatte sie bereits mehrere Stunden auf dem Sofa geschlafen.

SAMSTAG, 29. FEBRUAR

80.

Die Morgenbesprechung war ausgesetzt, und Sofia hatte bis neun Uhr geschlafen. Ausnahmsweise war sie einmal hungrig gewesen, als sie aufwachte. Nach zwei gerösteten Scheiben Brot, einem großen Becher Kaffee und einer langen heißen Dusche hatte sie sich so fit gefühlt, dass sie sogar etwas Mascara aufgetragen hatte, ehe sie zur Arbeit ging.

Gerade als sie sich an ihrem Schreibtisch niedergelassen hatte, erschien Karim in der Türöffnung.

»Der Antrag auf Scheidung ist Ende Januar beim Amtsgericht Attunda eingereicht worden, aber nur mit der Unterschrift von Amanda.« Er wedelte mit einem Papier. »Nachdem die Bearbeitungsgebühr nicht bezahlt worden ist, wurde der Antrag automatisch zurückgezogen. Es gibt einen Ehevertrag«, fuhr er fort. »Amanda kriegt bei einer Scheidung erst nach sieben Jahren Ehe etwas. Und die beiden waren erst sechs Jahre verheiratet.«

Sofia kratzte sich am Hals.

»Kann es also um Geld gegangen sein? Oder vielleicht hat Anders Amanda gedroht, dass er ihr Ellie wegnimmt, wenn sie versucht, die Scheidung durchzuziehen?«

Karim brummte zustimmend.

»Ich mache mal weiter und versuche, die Eltern von Amanda zu erreichen, um zu fragen, ob die was von der Untreue und den Scheidungsplänen wussten.«

Sofia nickte, und Karim ging hinaus.

Sie rief die Ermittlungsdaten auf dem Computer auf und klickte sich durch verschiedene Aktennotizen und Zeugenaussagen. Genauso wie allen anderen in der Gruppe war auch ihr das Ticken der Uhr schmerzhaft bewusst. Madeleine und Ellie waren immer noch spurlos verschwunden. Amanda kämpfte im Krankenhaus um ihr Leben und war nicht imstande, ihnen irgendetwas zu erklären. Wenn sie einen Komplizen gehabt hatte, dann bestand die Gefahr, dass der jetzt dasaß und auf Instruktionen wartete, die nicht kamen.

Auf dem Tisch vibrierte ihr Handy. Die Nummer vom Empfang.

»Hjortén.« Sie beschloss, das Gespräch kurz zu halten, für den Fall, dass Eva wieder anrief, um zu tratschen.

»Eine Dame möchte dich sprechen. Judith Nordin. Ich verbinde euch.«

Die ältere Frau aus Drömme, die anzurufen sie total vergessen hatte. Es klickte in der Leitung.

»Ich bitte um Entschuldigung, dass ich mich noch nicht gemeldet habe«, begann Sofia, »wir haben hier sehr viel zu tun.«

»Wann können Sie denn mal zu mir rauskommen?«, fragte eine erstaunlich feste Stimme am anderen Ende. »Ich fürchte, dass meiner Nachbarin Ingegerd etwas zugestoßen ist.«

Sofia klemmte sich das Handy zwischen Wange und Schulter und sah auf die Armbanduhr.

»Wie wäre es, wenn ich jetzt gleich komme?«

Wenn sie sofort losfuhr, würde sie es bis zur Nachmittagsbesprechung wieder zurück schaffen. Sie konnte doch nicht einfach nur hier sitzen und Löcher in die Luft starren, während alle anderen wie blöd schufteten. Auch wenn diese Sache keine Priorität hatte, handelte es sich doch wenigstens um solide Polizeiarbeit. Es war durchaus schon vorgekommen, dass sie draußen auf dem Lande Personen gefunden hatten, die seit mehreren Wochen tot in ihren Häusern lagen. Und meist waren es tatsächlich die Nachbarn, die anriefen und von überfüllten Briefkästen und dergleichen berichteten. Da erledigte sie das besser gleich.

*

Fünfundzwanzig Minuten später bog Sofia in die ordentlich geräumte Einfahrt eines Hauses in Drömme ein. Auch der Eingang war gefegt und gestreut, und auf jeder Seite der Treppe hingen Blumenkästen mit Heidekraut und kleinen Engeln darin am Geländer. Sie stieg die Treppe hinauf und klingelte an der Tür. Sofort waren von drinnen behände Schritte zu hören.

»Sofia Hjortén von der Polizei Örnsköldsvik«, sagte sie, als die Tür aufging. »Sind Sie Judith Nordin?« Sie hielt ihre Polizeimarke hoch, sodass die Frau sie sehen konnte. Judith Nordin beugte sich vor, hob eine Brille, die ihr an einer mit Strasssteinen besetzten Schnur um den Hals hing, auf die Nase und studierte den Ausweis eingehend. Als sie zufriedengestellt war, trat sie einen Schritt zurück und bat Sofia in die Diele.

»Oje, mein liebes Kind. Sie sehen ja aus, als würden Sie platzen.« Sie zeigte auf Sofias Daunenjacke, deren Reißverschluss tatsächlich dabei war aufzugehen. Judith Nordin führte sie in die Küche und bot ihr einen Platz auf der Küchenbank an. Auf dem Tisch standen mehrere Bleche mit frisch gebackenen Zimtschnecken. Das ganze Haus duftete wie eine Bäckerei, und Sofia verspürte zu ihrem eigenen Erstaunen Hunger auf Backwerk. Judith Nordin kümmerte sich schweigend um Kaffee, stellte eine Tasse mit Untertasse neben Sofia und hielt ihr ein Blech mit Zimtschnecken hin.

»Jetzt nehmen Sie nur. Sie brauchen beide Kraft für die Geburt. Ich würde mal sagen, längstens noch zwei Tage. Na, vielleicht drei.«

»Bis was?«

»Bis sie kommt, natürlich.«

Sofia starrte Judith Nordin an.

»Na, nun sehen Sie mich doch nicht so an«, erwiderte diese gespielt beleidigt. »Ich habe selbst fünf Kinder geboren. Und dieses kleine Mädchen da«, sie zeigte auf Sofias Bauch, »das wird vor Ende der Woche draußen sein.«

Sofia musste einfach über die Dame lächeln, die klarer im Kopf zu sein schien, als sie selbst gerade und offensichtlich wusste, wovon sie sprach, was das Gebären von Kindern anging.

»Der errechnete Termin ist der achtzehnte März.«

Ihr Gegenüber verzog das Gesicht, biss in eine Zimtschnecke und nickte, als wäre sie von ihren eigenen Backkünsten beeindruckt. Sie nahm sich die Zeit, zu Ende zu kauen, und trank dann einen Schluck vom schwarzen Kaffee.

»Ihr Gesicht ist auf so eine bestimmte Weise geschwollen, da sieht man, dass es bald so weit ist.«

Sofia merkte, wie es vor Nervosität in ihrem Magen zog. Natürlich war ihr klar, dass ihr Baby eines schönen Tages geboren werden würde, aber der Gedanke, dass es – laut der selbst ernannten Mutter Erde ihr gegenüber – vielleicht in nur wenigen Tagen geschehen könnte, machte sie nervös. Sie starrte in ihre Kaffeetasse. Würde sie wirklich in wenigen Tagen Mutter sein? Und wie war es möglich, dass ihr die Bedeutung dahinter erst jetzt so richtig klar wurde? Doch sie schob die Gedanken weg und konzentrierte sich auf Judith Nordin.

»Nun. Sie machen sich Sorgen um Ihre Nachbarin?«

Die ältere Dame nickte und streckte den Hals ein wenig, um aus dem Fenster sehen zu können.

»Ingegerd. Sie wohnt in dem weißen Ziegelsteinhaus den Hügel runter.« Sie zeigte hinaus, und Sofia machte Anstalten aufzustehen, um das Haus auch sehen zu können, aber Judith Nordin wehrte ungeduldig ab, sodass sie sich wieder setzte.

»Es gibt nur ein weißes Ziegelsteinhaus. Ganz unten am Fuß des Hügels. Sie können es nicht verfehlen.«

Jetzt stand Sofia aber doch auf und sah aus dem Fenster. Das Haus war so weit entfernt, dass sie die Augen zusammenkneifen musste, um es zu sehen.

»Wie in aller Welt können Sie das von hier aus erkennen?«

Judith Nordin zeigte ungeniert auf ein Fernglas, das auf dem Fensterbrett stand.

»Da unten ist die ganze Zeit Licht an. Der Pflegedienst kommt, aber Ingegerd ist nicht zu sehen. Wenn schönes Wetter ist, gehen die sonst immer ein bisschen mit ihr raus auf die Veranda. Auch alte Menschen brauchen frische Luft, müssen Sie wissen.« Sie sah Sofia an, als wäre das eine neue Information für sie.

War Judith Nordin vielleicht doch nicht so wach im Kopf, wie sie zuerst gedacht hatte?

»Aber wenn der Pflegedienst da ist, dann ist doch alles in Ordnung«, wandte Sofia ein. »Die haben sicher einfach nur vergessen, das Licht hinter sich auszuschalten. Waren Sie denn schon dort und haben geklingelt?«

Judith Nordin schüttelte den Kopf.

»Wir kommen nicht miteinander aus.« Eine kurze und emotionslose Feststellung.

»Und trotzdem haben Sie die Polizei angerufen?«

Die ältere Dame verzog das Gesicht.

»Ja, selbstverständlich.«

Sofia versuchte, sich auf dem Küchensofa anders hinzusetzen. Sie stellte die Kaffeetasse neben sich und schaute sich nach den Handschuhen und der Mütze um, die sie abgelegt hatte. Natürlich schaute man auf dem Lande nach seinen Nachbarn, aber leider gab es oft auch den Fall, dass alte Leute meinten, irgendetwas würde nicht stimmen, und später stellte sich nicht selten heraus, dass die Nachbarn zwei Wochen nach Gran Cana-

ria gereist waren und ihnen sogar die Schlüssel überlassen hatten. Trotzdem war die Polizei gezwungen,
jedes Mal hinzufahren und die Sache zu überprüfen.

»Bestimmt ist mit Ihrer Nachbarin alles in Ordnung,
Judith, aber ich werde auf dem Weg zurück kurz anhalten und dort klingeln.«

»Gehen Sie nicht rein?«

»Nur weil ich von der Polizei bin, darf ich nicht
einfach bei Leuten reingehen. Wir brauchen eine Genehmigung oder einen besonderen Grund für die Annahme, dass jemandem dort etwas passiert ist.«

»Und mein Wort reicht nicht aus?« Diesmal sah
Judith Nordin wirklich gekränkt aus.

»Leider nicht.«

Die ältere Dame kniff den Mund zusammen und
schüttelte den Kopf. »Dann werde ich wohl selbst hingehen und einbrechen müssen.«

»Das werden Sie nicht tun.« Sofia erhob warnend den
Zeigefinger.

Judith Nordin starrte sie so stur an, dass sie den Blick
senken musste.

»Wissen Sie was, wir machen es so. Ich fahre jetzt
runter und klingele. Wenn ich niemanden antreffe, dann
verspreche ich Ihnen, dass ich den Pflegedienst anrufen
und die bitten werde, noch mal hinzufahren und nach Ingegerd zu sehen. Die haben die Schlüssel und das Recht,
ins Haus zu gehen. Wäre das in Ordnung für Sie?«

Judith Nordin nickte widerwillig.

*

Sofia parkte in der Garageneinfahrt, blieb eine Weile sitzen und schaute zum Haus. Es war ein Bungalow aus weißem Ziegelstein, verkleidet mit dunkelbraunen Holzpanelen. Das Grundstück war nicht so gut gepflegt wie das von Judith Nordin. In den Blumenkästen unter den Fenstern standen eingeschneite Geranien, und der Weg vom Briefkasten zur Eingangstür war nicht geräumt. Sofia stieg aus dem Auto und tappte vorsichtig, um nicht auszurutschen, zur Treppe und klingelte. Als niemand kam, drückte sie noch einmal etwas länger auf die Klingel. Von drinnen war kein Laut zu hören. Sie klopfte fest an die Milchglasscheibe in der Tür, legte das Ohr ans Holz und meinte, ein Jammern aus der Diele zu hören. Noch einmal klopfte sie fest, doch wieder kam niemand. Sie merkte, wie ihr Puls stieg. Hatte Judith Nordin doch recht gehabt? War der alten Dame etwas zugestoßen?

81

Ich stehe gerade an der Spüle und bereite eine Flasche Brei vor, als es an der Tür klingelt. Ich lasse die Flasche ins Becken fallen und werfe mich auf den Boden. Wieder geht die Klingel, und ich höre eine Frau rufen. Gebückt schleiche ich in die Diele hinaus und greife nach der alten Sportpistole, die ich in der Garage gefunden habe.

Durch die Milchglasscheibe der Eingangstür sehe ich, wie sich ihre Silhouette wegbewegt. Als sie am Küchenfenster vorbeigeht, erhasche ich einen kurzen Blick auf weizenblondes Haar, das unter einer grünen Strickmütze herausschaut.

Polizei. Die schwangere Polizistin, die ich vor Anders' Haus gesehen habe. Was macht die hier? Will sie den ganzen Plan ruinieren, wenn doch gerade alles zu klappen scheint?

Aus dem Zimmer weiter hinten höre ich das lallende Gejammer von Ingegerd. Sie ist viel zu schwach, als dass sie um Hilfe rufen könnte. Im Keller ist es still. Viel zu still. Ich sollte runtergehen und nachsehen, aber ich will nicht.

Das Blut rauscht mir in den Ohren. Ich warte einen Augenblick und bewege mich dann in den hinteren Teil des Hauses. Ich lege den Finger auf den Mund, als mir Ingegerds erschrockener Blick aus dem Bett begegnet.

Ich habe nicht vor, freiwillig aufzugeben. So viel ist klar. Falls sie reinkommt, kriegt sie eine Kugel in den Kopf.

82.

Sofia war auf eine Schneewehe gestiegen und hatte durchs Küchenfenster geschaut. Da drinnen war nichts Ungewöhnliches zu erkennen. Kühl- und Gefrierschrank waren geschlossen und die Stühle ordentlich unter den Kiefernholztisch geschoben. Ein lilafarbener gehäkelter Läufer lag auf dem Tisch, darauf stand eine Zuckerdose aus Porzellan mit aufgemalten Stiefmütterchen.

Sie ging ums Haus herum. Ihre Füße versanken gut dreißig Zentimeter im harschigen Schnee, und es fiel ihr schwer, das Gleichgewicht zu halten. Am letzten Küchenfenster waren die Jalousien heruntergezogen, doch in das Wohnzimmer an der Ecke hatte sie einen guten Einblick. Da standen ein Sofa, dessen Überwurf große gelbe Blumen trug, und ein vor Sauberkeit blitzender Glastisch. Auf dem Tisch stand ein Korb mit Wolle und Häkelnadeln. Auf der anderen Seite des Raumes konnte sie in einem dunkel gebeizten Bücherregal einen Fernseher erkennen. Hier war das Jammern deutlicher zu hören. Kurze gutturale Laute.

»Hallo?« Ihr Ruf hallte von der Fensterscheibe wider, und ihr Atem hinterließ einen nebligen Ring, als sie die Hände ums Gesicht legte und sich vorbeugte, um besser hineinsehen zu können.

»Ist jemand zu Hause? Hier ist die Polizei«, sagte sie schnell, um Ingegerd, falls sie zu Hause war, nicht zu erschrecken.

Sie stapfte um die Hausecke und stieg auf die Terrasse. Auf der Sonnenseite war der Schnee geschmolzen und hatte einen wässrigen Eisboden hinterlassen. Sofia hielt sich an der weißen Ziegelsteinfassade fest, als sie zur Terrassentür ging. Die war abgeschlossen. Sie schaute durch die Scheibe und sah Esszimmermöbel und weitere Bücherregale im selben dunklen Holz wie im Wohnzimmer. Sie blieb stehen und horchte. Alles war still.

Als sie gerade umdrehen und wieder zur Vorderseite des Hauses gehen wollte, ließ ein lauter Knall sie zusammenzucken. Ihr Fuß rutschte auf dem glatten Untergrund weg, und sie fiel, ohne sich abstützen zu können, mit einem harten Schlag direkt auf die eisbedeckte Terrasse.

Auf einen Ellenbogen gestützt, konnte sie gerade noch eine Katze rasend schnell über den Acker hinter dem Haus verschwinden sehen. Die Plastiktür der Katzenklappe schaukelte immer noch wie die Saloontüren in einem Western.

»Blödes Viech«, murmelte sie und versuchte aufzustehen, ohne gleich wieder der Länge nach hinzufallen. Sie hielt die Hand auf den Bauch und krabbelte erst auf die Knie, um sich dann aufzurichten. Nichts war gebrochen, und das Baby strampelte heftig da drinnen.

Sie blieb noch lange stehen und horchte ins Haus, doch kein Laut war mehr zu hören.

Dann ging sie zu ihrem Wagen und fuhr weg.

83.

Sofia parkte das Auto vor dem Krankenhaus und schob vorsichtig ihren blau geschlagenen Po vom Fahrersitz. Der Wind fühlte sich fast mild an, und sie musste ihre Augen mit der Hand vor dem grellen Sonnenlicht schützen. Der harte Griff des Winters um die ganze Region hatte sich binnen nur weniger Tage gelockert. Jetzt schmolzen auch die mit Kies durchsetzten Schneewehen. Der Frühling war nicht mehr fern.

Auf dem Weg von Judith Nordin nach Hause hatte sie mit Kaj telefoniert. Anders hatte am Abend zuvor Beruhigungsmittel bekommen und die ganze Nacht geschlafen. Die Ärzte waren der Ansicht, dass sie nun ein kurzes Verhör mit ihm durchführen könnten.

Etwas weiter hinten auf dem Parkplatz sah sie Kaj aus seinem Auto steigen. Er kam gleich auf sie zu.

»Was machst du denn hier? Solltest du nicht in der Zentrale bleiben?«

»Ich war sowieso mit dem Auto unterwegs, und weil du gesagt hast, du fährst hierher, dachte ich, dass ich auch mitkommen kann.«

Kaj sah sie müde an, protestierte aber nicht.

Sie nahmen den Fahrstuhl zur Station hinauf und blieben am Schwesternzimmer stehen, um zu fragen, in welchem Zimmer Amanda Svensson lag. Man schickte sie ganz ans Ende des Flurs, und Sofia nickte dem Kollegen in Uniform zu, der vor der Tür postiert war.

Als sie hereinkamen, saß Anders auf einem Stuhl an der Seite seiner Frau und umklammerte krampfhaft ihre Hände. Es sah aus, als würde er beten. Das würde ich an seiner Stelle auch tun, dachte Sofia.

Das Gesicht der jungen Frau war von Schwellungen und Blutergüssen übersät. Man konnte kaum ihre Augen erkennen. Sie hatte einen großen Verband um den Kopf, und um den Mund klebte ein Pflaster, das einen Schlauch fixierte, der weiter in ihren Hals führte.

Kaj trat vor und legte Anders Svensson seine Hand auf die Schulter. Der fuhr zusammen, als hätte er sie nicht hereinkommen hören. Seine Augen waren blutunterlaufen, die Haut von einem ungesunden Grau, und er schien in den letzten Tagen stark abgenommen zu haben. Das blonde Haar lag in Strähnen über der beginnenden Glatze.

»Sie sagen, es ist ein Wunder, dass sie überlebt hat.«

Sofia sah die Frau an, die mehr tot als lebendig wirkte.

»Sie war so ausgekühlt, dass sie fast keine Lebenszeichen mehr zeigte, als man sie gefunden hat. Wenn sie nicht für die Suche so warm angezogen gewesen wäre, dann wäre sie sicher erfroren.« Sachlich gab Anders Auskunft über den Zustand seiner Frau, doch seine Stimme schwankte bedenklich.

Kaj setzte sich auf den Stuhl neben ihn. Sofia sah sich nach einem Sitzplatz um, doch es gab keinen mehr, und so blieb sie stehen. Kaj nahm ein zusammengefaltetes

DIN-A4-Blatt aus der Jackentasche und legte es auf Anders' Schoß.

»Dieser Brief ist zusammen mit Amanda im Auto gefunden worden. Wissen Sie, was er bedeuten könnte?«

Anders beugte sich vor, um die Worte zu lesen. Als er fertig war, sah er zu ihnen auf und schüttelte den Kopf.

»Wir glauben, dass Amanda ihn geschrieben hat«, sagte Kaj. »Wir sind uns nicht sicher, ob das bedeutet, dass sie aus irgendeinem Grund sehr verzweifelt war und selbst diesen Ausweg gewählt hat, oder dass sie in irgendeiner Art in das verwickelt sein könnte, was Ellie und Madeleine zugestoßen ist.« Anders reichte ihm das Papier zurück. »Soweit wir wissen, hat es zwischen Amanda und Ihrer älteren Tochter Unstimmigkeiten gegeben. Können Sie sich einen Grund vorstellen, warum Amanda so etwas vielleicht inszenieren wollte?«

Anders schüttelte den Kopf.

»Amanda würde nie jemandem Böses wollen. Seit dem ersten Tag hat sie versucht, eine Beziehung zu Madeleine aufzubauen und sie mehr in unsere Familie zu integrieren. Und dass sie Ellie irgendeiner Gefahr aussetzen würde, ist vollkommen undenkbar. Nein, Amanda hat mit der Sache nichts zu tun.«

»Aber die Tatsache, dass der Brief zusammen mit Amanda gefunden wurde, wirft auf jeden Fall Fragen auf ...«

»Amanda hat nichts damit zu tun!«, unterbrach ihn Anders. »Finden Sie lieber den, der es getan hat, anstatt hier zu stehen und meine Frau mit Schmutz zu bewerfen. Finden Sie meine Töchter!« Er hielt die Hand seiner Frau so fest, dass seine Fingerknöchel weiß wurden.

»Natürlich gehen wir auch der Spur mit dem Mann nach, der Sie und Ihre Familie bedroht hat, aber bisher wissen wir nicht mehr, als dass er aus Polen stammt und schwarz auf Ihrer Baustelle gearbeitet hat. Können Sie uns wirklich nicht mehr sagen? Einen Namen? Was auch immer?«

Anders schüttelte wieder den Kopf.

»Wollte Amanda Sie verlassen?«

Diese Frage kam ihr gefühllos vor, da seine Frau regungslos im Bett neben ihnen lag, aber Sofia musste sie einfach stellen.

Erst sah es so aus, als wolle er es leugnen, doch dazu fehlte ihm die Kraft.

»Ja, sie wollte sich scheiden lassen.«

»Warum denn?«

Lange starrte er wortlos die gelbe Bettdecke an. Als er dann redete, klang die Stimme resigniert.

»Sie hatte mich mit einer anderen erwischt.«

Sofia wechselte von einem Fuß auf den anderen und versuchte, eine bequeme Stellung zu finden. Kaj stand auf und bot ihr den Stuhl an, woraufhin sie sich dankbar neben Anders niederließ. Sie verschränkte die Hände über ihrem Bauch und suchte seinen Blick.

»Aber Sie haben die Scheidungspapiere nicht unterschrieben.«

»Nein, ich wollte es noch einmal versuchen, aber es fiel ihr so schwer, über den Betrug hinwegzukommen.«

»Seit wann wissen Sie, dass sie sich scheiden lassen will?«

Er wandte den Blick ab. Die freie Hand zupfte an ein paar Fusseln auf der Decke.

»Noch nicht lange. Seit vor Weihnachten vielleicht.«

»Waren Sie wütend, als sie die Papiere eingereicht hat?«

Er zuckte mit den Schultern.

»Eher traurig. Enttäuscht von mir selbst. Nach der Scheidung von Jeanette hatte ich mir geschworen, nie wieder untreu zu sein.«

»Hat Amanda versucht, das alleinige Sorgerecht für Ellie zu bekommen?«

Anders sah zu Sofia hinüber. Seine Miene war gefasst, aber der Blick schrie förmlich vor Entsetzen. Vielleicht erkannte er erst jetzt, warum sie das fragte. Begriff, dass ihre Theorie womöglich stimmen könnte. Er lehnte sich so dicht zu ihr hinüber, dass sie seinen Atem spürte. Er roch säuerlich, als hätte er sich mehrere Tage nicht die Zähne geputzt.

»Hören Sie nicht, was ich sage? Amanda hat nichts damit zu tun!«

Kaj trat einen Schritt näher, aber Sofia hob die Hand, um ihm zu signalisieren, dass das nicht nötig war.

»Anders, Ihre beiden Töchter sind verschwunden. Die Zeit vergeht, und wir kommen keiner Idee, was ihnen zugestoßen sein könnte, näher. Haben Sie uns wirklich nichts anderes mehr zu erzählen? Über die Scheidung, über die Drohungen, über die Firma? Etwas, das uns helfen könnte?«

Er sah zu dem blauen Himmel hinaus, der durch die Spalten der Jalousie zu erkennen war. Das einzige Geräusch im Raum war das monotone Brummen der Maschinen, die Amanda am Leben erhielten.

»Nein, nichts.«

84.

Als sie aufs Revier zurückkamen, ging Kaj sofort zu
Vera und Marie, um ihnen zu berichten, wie das Treffen
mit Anders verlaufen war. Sofia holte sich eine Tasse
Kaffee und beschloss, jetzt direkt den Pflegedienst
wegen Judith Nordins Nachbarin anzurufen. Der Rest
der Gruppe war damit beschäftigt, die Teile des Puzzles
um Amanda und ihre mögliche Verwicklung in das
Verschwinden von Ellie und Madeleine zusammenzubringen.

Sie ließ sich mit ihrem Kaffee am Schreibtisch nieder
und legte die Füße auf den Kinderstuhl unter dem Tisch,
den sie sich aus dem Vorzimmer geholt hatte. Als sie gerade den Computer hochgefahren und die Nummer
vom Pflegedienst in Nätra herausgesucht hatte, klopfte
es an der Tür.

»Herein.«

Das runde Gesicht von Kicki erschien in der Tür. Die
kurzen Haare wurden von einem Zick-Zack-Haarreifen
aus Plastik zurückgehalten.

»Vera und Marie sind beschäftigt, da habe ich gedacht, du würdest das hier vielleicht haben wollen.« Sie
wirkte nervös und bekam nicht richtig heraus, was sie
sagen wollte. Stattdessen machte sie zwei rasche Schritte

ins Zimmer, legte einen Stapel Papiere auf den Tisch und trat dann wieder den Rückzug an.

»Das sind die Listen mit allen, die bei den Sucheinsätzen dabei waren. Ich habe vorhin mit Teilnehmern der Gruppe gesprochen, die zusammen mit Amanda Svensson unterwegs war. Die Gesprächsnotiz habe ich in die Ermittlungsakten hochgeladen.«

Sofia nickte zum Dank.

Kicki erwiderte das Nicken, blieb aber in der Tür stehen.

Geh jetzt. Wir haben nichts mehr zu besprechen, dachte Sofia. Ihre ganze Körpersprache musste schreien, dass sie Kicki nicht länger in ihrem Zimmer haben wollte.

»Ja, du, da ist noch was, worüber ich gern mit dir reden wollte.«

Nein, danke.

Sofia tat ihr Bestes, zu lächeln und ungerührt auszusehen. In der Hoffnung, dass Kicki es sich anders überlegen und einfach gehen würde, saß sie schweigend da, doch sie hatte kein Glück.

»Vera und ich sind zusammen«, brach es plötzlich aus Kicki heraus, als wolle sie schnell reden, bevor sie ihre Worte bereuen konnte. »Ich weiß, dass ihr euch nahesteht, also, wie nahe man Vera nun stehen kann.« Sie lachte ein wenig und suchte Sofias Blick, doch als die nicht in das Lachen einstimmte, wurde sie wieder ernst. »Wir treffen uns schon seit ein paar Monaten. Es ist nicht optimal, weil ich ja in der Gruppe anfangen werde, aber, ja … ich wollte einfach, dass du es weißt.« Als sie nur ein kurzes Nicken zur Antwort erhielt, verstand

Kicki endlich den Wink und verließ das Büro ohne weitere Worte.

Sofia starrte auf die offene Tür. Dann stimmte also, was Eva gesagt hatte. Sie war ebenso erstaunt darüber, wie über die Tatsache, dass Kicki meinte, es würde sie etwas angehen. Sie griff nach dem Telefon und wählte die Nummer des Pflegedienstes und hatte fast sofort jemanden am Apparat.

»Pflegedienst Nätra, Jelena Hagelin.«

»Hallo, mein Name ist Sofia Hjortén, und ich rufe von der Polizei in Örnsköldsvik an. Haben Sie einen Moment Zeit?«

Die Frau am anderen Ende klang gestresst.

»Das müsste aber schnell gehen. Bei uns sind zwei Leute krank, und zwei sind bei ihren kranken Kindern zu Hause, und wir haben fast kein Personal.«

»Es geht um eine Ingegerd Westin. Sie wohnt in …« Sofia schaute auf den Zettel, den Judith Nordin ihr geschrieben hatte. »Drömme 440, Gemeinde Sidensjö.«

»Ist etwas mit ihr?«

»Ihre Nachbarin macht sich Sorgen um sie. Offensichtlich ist Ingegerd eine Weile nicht draußen gewesen, und im Haus brennt ständig Licht.« Sofia hörte selbst, wie wenig besorgniserregend das klang.

Jelena schien erleichtert.

»Nein, mit Ingegerd ist alles in Ordnung. Ihre Tochter ist zu Besuch. Deshalb ist der Pflegedienst für ein paar Wochen ausgesetzt worden. Man kriegt Ingegerd nicht in den Rollstuhl, wenn man allein ist, bestimmt war sie deshalb nicht draußen.«

»Okay. Die Nachbarin macht sich jedenfalls Sorgen.«

»Sie wissen ja, wie sie sind, die alten Leute«, sagte Jelena lachend.

Sofia wusste es. Wie viel ihrer Arbeitszeit hatte sie nicht im Laufe der Jahre darauf verwandt, nach verwirrten Omas zu suchen, die im Wald verschwunden waren, oder nach verwirrten Opas, die vergessen hatten, in welcher Richtung die E4 verlief.

»Gibt es sonst noch etwas, andernfalls müsste ich wirklich los. Hier ist heute leider Chaos.«

»Nein, das war alles. Danke für Ihre Hilfe.«

85.

Fredrik klopfte vorsichtig an die Tür. Den ganzen Tag hatte er sich über sich selbst geärgert, weil er so feige gewesen war, und überlegt, was er tun sollte. Schließlich hatte er sich zusammengerissen und sich auf den Weg in die Psychiatrie gemacht. Als er das Zimmer betrat, saß Jonna mit hochgezogenen Beinen auf einem Sessel. Ida lag im Bett auf der Seite und schlief mit offenem Mund, das lange Haar fiel ihr über die Wange.

»Wie geht es ihr?«, fragte Fredrik leise.

Jonna holte tief durch die Nase Luft und legte dann das Handy, das sie in der Hand gehabt hatte, weg.

»Besser. Sie war auf, hat zu Abend gegessen und geduscht. Du musst nicht flüstern. Sie hat was zum Schlafen bekommen.«

Fredrik setzte sich ans Fußende des Bettes und legte die Hand auf Idas Bein. Sie reagierte nicht.

Dieses Zimmer war viel gemütlicher als das im Krankenhaus. Die Wand am Kopfende des Bettes war blau gestrichen, die Möbel waren weiß. An den Wänden hingen Bilder mit Sommermotiven. Doch auch wenn die ganze Station sehr viel weniger steril wirkte, verrieten doch die fehlenden Fenstergriffe, dass dies hier ein Ort für Menschen war, denen man nicht vertrauen konnte.

Er sah Ida an. Ihr Brustkorb hob sich rhythmisch, und er bildete sich ein, dass sie jetzt mehr Farbe auf den Wangen hatte. Seit dem Selbstmordversuch hatte sie die meiste Zeit geschlafen. Fredrik machte sich Sorgen, was wohl passieren würde, wenn sie richtig aufwachte und nachdachte. Würde sie böse auf ihn sein? Ihm vorwerfen, was geschehen war, und nichts mehr von ihm wissen wollen? Die Vorstellung tat schrecklich weh.

Die ganze Nacht hatte er wach gelegen und nachgedacht. Gegrübelt. Es gab nichts mehr, was er für eine gemeinsame Zukunft mit Sofia tun konnte. Sie hatte einen anderen Mann gewählt und erwartete ein Kind mit ihm. Was zwischen ihnen gewesen war, war unwiederbringlich verloren. Ihre ganze Romanze hatte einem rasch auflodernden Feuer geglichen, das plötzlich erlosch, als hätte man einen Deckel auf den Topf gelegt. Die frustrierenden Gesprächsversuche im Krankenhaus nach seiner Operation waren da keine Hilfe gewesen. Jetzt war es vorbei. Und zwar endgültig. Wenn er immer nur zurückschaute und sich überlegte, was hätte sein können, dann würde er nie gesund werden.

Jonna sah ihn an.

»Sie hat gestern nach dir gefragt. Warum bist du nicht gekommen?«

»Ganz ehrlich?«

Sie nickte.

»Ich habe mich nicht getraut.«

Jonna stand aus dem Sessel auf, warf sich die Jacke über den Arm und schob das Handy in ihre Handtasche. Sie ging zur Tür. Als sie an Fredrik vorbeikam, blieb sie stehen und sah ihn an. »Wenn du ein Teil dieser Familie werden willst, Fredrik Fröding, dann musst du dich mal ein bisschen abhärten.« Sie schlug ihm auf die Schulter und verließ das Zimmer.

Fredrik blieb sitzen und starrte auf die geschlossene Tür. Was bedeutete das? Sie hatte nicht böse geklungen. Eher als würde sie ihn necken. Fast fröhlich. Ein Teil dieser Familie. Ein Teil einer Familie.

Er spürte ein Flattern in seiner Brust. Ja, das würde er werden. Sie würden zusammenleben, er und Ida. Mit ganzem Herzen würde er sich ihr zuwenden. Was auch immer geschah – er gelobte sich selbst, der perfekte Freund zu werden. Er würde sie so pflegen, wie sie ihn gepflegt hatte, ihr zeigen, was für ein fantastischer Mensch sie war und wie er sie dafür schätzte. Sie würden zusammenziehen, Kinder haben und ein glückliches gemeinsames Leben. Wenn sie ihn nur haben wollte und ihm verzieh. Da kam ihm ein Gedanke: Er würde um Idas Hand anhalten.

Die Tür wurde aufgerissen, er wurde aus seinen romantischen Fantasien gerissen und fand sich im Krankenzimmer mit seinem Geruch nach Putzmitteln und Angst wieder. Eine Reinigungskraft kam mit einem Wagen herein und fragte, ob sie putzen könne. Fredrik nickte, stand auf, sammelte seine Sachen zusammen und zog die Jacke über. Ehe er ging, beugte er sich über Ida und küsste sie auf die Stirn. Sie murmelte etwas im Schlaf, und er streichelte ihre Wange.

»Morgen komme ich wieder.«

86.

Sofia eilte den Flur zur Bibliothek hinunter. Die Sonne war untergegangen, und obwohl bereits Ende Februar war, schienen die Tage immer noch viel zu kurz zu sein.

Vera winkte Sofia herein, als sie vorsichtig die Tür öffnete. Ein kleiner verärgerter Zug um die Mundwinkel verriet ihr, dass Vera nicht erfreut über ihre Verspätung war, zumal die Nachmittagsbesprechung ja schon verschoben worden war.

»Ja, wie ihr seht, ist der Mist jetzt draußen in den Medien. Ich finde es verdammt unglaublich, wie so was so schnell durchsickern kann!«

Per schüttelte den Kopf, und Marie seufzte laut. Sofia hatte die Zeitungen gelesen, und ihr war klar, dass Vera die Nachricht über die im Unfallauto gefundene Amanda meinte.

»Keiner«, mahnte Vera und drohte der Gruppe mit erhobenem Finger, »keiner sagt auch nur ein Sterbenswörtchen über den Brief, ehe wir mehr rausgekriegt haben. Wir hier im Raum sind außer Anders Svensson die Einzigen, die davon wissen.«

»Und die Forensik«, schob Johan ein.

Vera murmelte etwas Unverständliches und klappte ihren Laptop auf.

»Haben wir von denen eigentlich eine Antwort?«, wandte sich Marie an Johan.

»Nein, noch nicht.«

Kajs Blick war fest auf den Tisch vor sich gerichtet. Sofia konnte förmlich sehen, wie alles in seinem Kopf unter Volldampf lief. »Die Erstellung des Täterprofils ist ein Erfahrungssport«, pflegte er immer zu sagen. Und wenn jemand darin Erfahrung besaß, dann er.

»Womit haben wir es hier eigentlich zu tun?« Er wischte sich mit dem Zeigefinger über die Lippen, ohne den Blick vom Tisch zu heben. »Die Vorgehensweise deutet darauf hin, dass der Entführer exakt weiß, was er da tut. Oder es ist jemand, dem es vollkommen egal ist, wenn er gefasst wird.«

Kaj streckte sich nach der Kopie des Briefes und hielt sie hoch, wie um seine Worte zu unterstreichen.

»Letzteres würde auf eine verzweifelte Person hinweisen, die im Affekt agiert. Einen Nahestehenden. Ersteres würde bedeuten, dass wir es mit jemandem zu tun haben, der so etwas schon einmal gemacht hat.«

Vera sah zu dem Papier, das Kaj jetzt auf den Tisch zurücklegte.

»Oder beides.«

Kaj nickte heftig.

»Genau. Amanda könnte für die Entführungen jemanden beauftragt haben, der genau wusste, wie man so was macht. Das Motiv könnte sein, sich wegen der Untreue an Anders zu rächen und ihm seine letzten Ersparnisse abzuknöpfen, ehe sie ihn dann verlässt. Vielleicht hat sie ja auch vor einem Sorgerechtsstreit Angst gehabt.«

Die Lage für Amanda sah zunehmend schlechter aus, fand Sofia. Vielleicht war sie wirklich auf irgendeine Weise in das Geschehene verwickelt. Und dennoch stimmte da irgendetwas nicht. Also sprach sie ihre Bedenken aus.

»Würde ein erfahrener Berufsverbrecher wirklich im ganzen Haus Fingerabdrücke hinterlassen?«

Johan warf ihr einen schwer zu deutenden Blick zu.

»Genau darüber habe ich auch nachgedacht.«

»Was auch immer, es erklärt trotzdem nicht, warum Amanda mit dem Auto die Böschung runtergefahren ist«, warf Per ein.

»Oder warum sie den Brief geschrieben hat«, fügte Marie hinzu.

Johan räusperte sich.

»Wir waren draußen am Unfallort, ehe sie das Auto geborgen haben, und da wies nichts auf irgendeinen Streit hin, oder dass jemand den Wagen vom Damm geschoben haben könnte. Die Leitplanke auf der Seite von Drömmehållet her war durchbrochen, und wie wir wissen, saß Amanda hinterm Steuer. Wir können also sagen, dass es sich eher nicht um einen inszenierten Unfall handelt. Trotzdem können wir immer noch nicht ausschließen, dass Amanda versehentlich vom Damm gefahren ist.«

Vera schüttelte den Kopf.

»Warum war sie denn überhaupt dort unterwegs, und dazu noch in Dagnys Auto?«

Johan zuckte nur mit den Schultern.

»Vielleicht wollte sie jemanden treffen?«

Kaj nahm noch einmal die Kopie des Briefes in die Hand und betrachtete sie lange.

»Vielleicht wollte derjenige, den Amanda für die Entführung engagiert hat, mehr Geld und hat versucht, sie zu erpressen. Vielleicht war alles so kompliziert geworden, dass sie keinen anderen Ausweg sah, als sich das Leben zu nehmen.«

»Nicht unmöglich«, sagte Sofia. »Aber wenn das Szenario so aussieht, wie du sagst, dass sie nämlich selbst zwei Entführungen arrangiert hat, die irgendwie schiefgegangen sind, dann würde ein Selbstmord ja gewissermaßen das Todesurteil für Ellie und Madeleine bedeuten.«

Vera stand auf, blieb dann aber ohne etwas zu schreiben vor dem Whiteboard stehen.

»Die einzige Person, die uns erklären könnte, wie das alles zusammenhängt, liegt im künstlichen Koma auf der Intensivstation. Verdammt!«

Kaj schüttelte den Kopf.

»Ich habe heute mit Amandas Arzt gesprochen. Ihre Kopfverletzungen sind sehr schwerwiegend. Selbst wenn sie aus dem Koma wieder aufwacht, ist nicht sicher, ob sie auf unsere Fragen wird antworten können. Es besteht immer noch die Gefahr, dass Amanda für den Rest ihres Lebens ein Pflegefall bleibt. Falls sie überlebt.«

Sofias Handy klingelte. Mühsam erhob sie sich und ging aus dem Raum, um das Gespräch anzunehmen.

»Es ist Judith Nordin«, sagte Eva vom Empfang und stellte durch.

»Ich bin gerade in einer Sitzung. Kann ich Sie später zurückrufen?«

Doch Judith Nordin scherte sich nicht um Sofias Versuch, das Gespräch vorzeitig zu beenden.

»Haben Sie mit dem Pflegedienst gesprochen?«

»Ja, das habe ich. Es besteht kein Grund zur Sorge. Ingegerds Tochter ist zu Besuch.«

»Was sagen Sie da?«

Sofia sprach laut und deutlich: »Ich habe gesagt, Sie müssen sich keine Sorgen machen. Ingegerds Tochter ist zu Besuch.«

Schweigen. Sofia schaute zur Tür, sie wollte zurück in die Sitzung.

»Wenn es sonst nichts mehr gibt, dann würde ich …«

Doch die alte Dame unterbrach sie.

»Ingegerd hat doch gar keine Tochter!«

87.

Wie konnte sie nur überleben? Sie hat alles ruiniert. Absolut alles. Warum konnte sie nicht einfach sterben? Ich habe gesehen, wie sich das Auto mehrmals überschlagen hat.

Und dann das Mädchen. Ich weiß nicht mehr, was ich mit ihr machen soll. Sie ist so süß. Sie hat Besseres verdient, als in all das hier reingezogen zu werden.

In nur wenigen Tagen hat sie etwas in mir geweckt, von dem ich dachte, dass ich es gar nicht kennen würde. Wenn sie nicht schläft, sitzt sie mit dem Teddy auf dem Schoß und schaut Filme, die ich für sie angestellt habe. Ihre Bewegungen sind schläfrig, der Daumen wandert immer wieder in den Mund. Mit der anderen Hand streichelt sie das Ohr des Teddys. Ich will einfach nur in ihrer Nähe sein. An etwas anderes kann ich gar nicht mehr denken. Nicht an den Plan, nicht an Anders. An gar nichts.

Meine Seele ist schwach geworden. Vielleicht wäre es besser, mich ihrer zu entledigen und dann zu verschwinden.

Und all diese Gefühle loszuwerden.

88.

Per und Karim, die Familie hatten, waren nach Hause gefahren. Es war schließlich Samstagabend und bereits neun Uhr. Alle waren erschöpft. Vera hatte sich in ihrem Büro verbarrikadiert, und Kaj in seinem. Marie telefonierte mit der Staatsanwältin.

Ein Teil von Sofia wäre gern nach Hause gegangen und hätte sich aufs Sofa gelegt, doch ein anderer Teil hielt sie vor Ort. Sie setzte sich hin und wählte zum zweiten Mal an diesem Tag die Nummer vom Pflegedienst in Nätra, denn sie hatte Per versprochen, diese Sache für ihn zu übernehmen. Obwohl seit ihrer Anfrage mehr als ein Tag vergangen war, hatte sich bisher keine der Gruppenleiterinnen des Pflegedienstes gemeldet und ihnen mitgeteilt, wer die Autos und die dazugehörigen Handys benutzt hatte, die sich zu den entscheidenden Zeitpunkten im Umkreis von Svenssons Haus bewegt hatten. Wenn jetzt im Laufe des Abends niemand vom Pflegedienst die Namen aus dem Computer schüttelte, dann würde Marie für einen Durchsuchungsbefehl sorgen. Sie hatten keine Zeit, noch länger zu warten.

»Pflegedienst Nätra, Maja Mäkelä.«

»Mein Name ist Sofia Hjortén, und ich rufe von der Polizei Örnsköldsvik an.«

»Hallo.« Die junge Frau am anderen Ende wirkte plötzlich eingeschüchtert.

»Wir warten immer noch auf Informationen von Ihnen, welche Personen die Handynummern benutzt haben, die wir Ihnen geschickt haben.« Sofias Ton klang garstiger als nötig.

»Okay. Ich weiß nicht, ob ich Ihnen helfen kann. Jelena ist nicht hier, und Gunnel ist irgendwo draußen …«

Sofia holte tief Luft.

»Das hier ist eine polizeiliche Ermittlung! Wenn Sie nicht bald mit den Informationen rüberkommen, dann werden wir eine Streife zu Ihnen schicken, die sowohl Sie als auch den verdammten Computer abholen wird.«

Mein Gott. Sie war wirklich zu einer zweiten Vera geworden.

Sofia hörte, wie Maja Mäkelä nach Luft schnappte. Im Hintergrund klapperte jemand mit Schlüsseln.

»Warten Sie, da kommt gerade Gunnel.«

Die junge Frau verschwand aus der Leitung, kurz danach war Gunnel dran.

»Ich bitte um Entschuldigung, dass wir uns nicht gemeldet haben«, begann die Gruppenleiterin, »hier war die letzten Tage ziemlich viel los.«

Sie loggte sich sofort in den Computer ein. Sofia las die Telefonnummern vor und um welche Zeitpunkte es ging. Man hörte, wie Gunnel frenetisch mit der Maus klickte.

»Samuel Eriksson hat das Auto gefahren, zu dem das Telefon mit der Nummer, die auf 73 endet, gehört.

Johanna Wikner hatte das mit der Nummer auf 08 und Nina Sandberg das mit der Nummer, die auf 19 endet.«

»Können Sie sehen, zu welchen Zeiten die drei gearbeitet haben?«

»Alle drei haben sowohl am Donnerstag als auch am Samstag voriger Woche die Nachtschicht gefahren. Die beginnt um zweiundzwanzig Uhr und geht bis um sieben.«

»Können Sie den Einsatzplan fotografieren und mir schicken?« Sofia las Gunnel die Mailadresse vor. »Und noch etwas, wenn ich Sie gerade am Telefon habe. Eine Ihrer Klientinnen, Ingegerd Westin in Drömme, hat ihren Pflegedienst für eine Zeit ausgesetzt.«

»Ja, ihre Tochter kümmert sich um sie.«

»Laut ihrer Nachbarin, Judith Nordin, hat Ingegerd keine Tochter.«

»Ach was?« Gunnel klang unsicher.

»Wissen Sie, für wie lange der Pflegedienst ausgesetzt ist?«

Sofia hörte Gunnel auf der Tastatur klappern.

»Leider nein, aber ich kann Jelena fragen.«

»Haben Sie die Möglichkeit, das direkt zu tun und mich dann noch heute zurückzurufen?«

Gunnel versprach es, und sie beendeten das Gespräch.

Sofia schrieb jeden Namen und jede Telefonnummer auf Post-its und klebte die Zettel ganz oben auf den Bildschirm. Viele ihrer Kollegen fanden das, was sie jetzt tun würde – nämlich die Nummern mit Menschen und Orten, die sie besucht hatten, in Verbindung zu bringen –, langweilig. Sie selbst liebte diese Art der Recherche. Ihr Blick flog über den Bildschirm, sortierte auf der Jagd nach Verbindungen aus der Unmenge Daten Informationen heraus. Sie klickte auf *Drucken* und schaukelte so schnell sie konnte in den Druckerraum. Da wartete sie ungeduldig, während der Apparat ein Blatt nach dem anderen ausspie.

»Sofia, kannst du mal reinkommen?«

Veras Stimme hallte durch den Flur.

Sie betete zu Gott, dass es nichts mit Veras Privatleben zu tun hatte. Vor einem Jahr noch hatte sie sich danach gesehnt, Teil des innersten Kreises um ihre Chefin zu werden, aber jetzt wollte sie nur noch davor fliehen. Vera bat sie, die Tür hinter sich zu schließen, aber Sofia blieb bewusst mit den Ausdrucken in der Hand in der Tür stehen, um zu zeigen, dass sie es eilig hatte.

»Ich weiß, dass Kicki mit dir gesprochen hat«, sagte Vera mit leiser Stimme.

»Das geht mich alles nichts an …«, begann Sofia, aber Vera unterbrach sie.

»Wir sind ein Paar. Es hat diesen Herbst angefangen. Mir ist bewusst, dass ich dich einmal wegen derselben Sache kritisiert habe. Dafür bitte ich um Entschuldigung. Damals habe ich nicht begriffen, wie schwer es ist, wegen der Arbeit auf jemanden zu verzichten, in den man verliebt ist. Mir ist klar, dass das hier nicht okay ist, aber ich weiß nicht, wie ich es beenden soll. Ich bin verliebt. Es wäre schön, wenn du das für dich behalten könntest, bis uns was eingefallen ist, wie wir damit umgehen können.«

Sofia sah stur zu Boden. Niemals in all ihren Jahren bei der Polizei in Örnsköldsvik hatte sie Vera jemanden um Entschuldigung bitten hören, und jetzt schon das

414

zweite Mal binnen nur weniger Tage. Und verliebt? Saß Vera hier und sagte, dass sie in Kicki verliebt war?

»Ich wollte es dir auf jeden Fall erzählen, weil du nicht nur eine geschätzte Mitarbeiterin bist, sondern auch eine Freundin.«

Sofia hob den Kopf, um Vera anzusehen, merkte aber, wie ihr der Mund offen stand. Wer war diese Frau? Das war doch nicht die Kriminalhauptkommissarin Vera Nordlund, um die alle im Revier einen Bogen machten, damit sie nicht angebellt wurden. War sie plötzlich durch eine sanfte, fast fröhliche Person ersetzt worden, die Gefühle ausdrückte und Wertschätzung bewies? Sofia konnte es kaum glauben.

»Danke« war alles, was sie herausbekam, ehe sie schnell den Raum verließ und die Tür sorgfältig hinter sich zumachte.

Sie eilte in ihr eigenes Büro und ließ sich auf ihren Stuhl fallen. Was war hier eigentlich los? Sollte sich mit einem Mal alles verändern? Die Arbeit, die Karriere, das Leben? Vera war verliebt. Sie ließ die Worte auf ihrer Zunge zergehen und stellte fest, dass sie bitter schmeckten. Genau wie auch Papa Kaj und Bonus-Mama Mette schlecht schmeckten.

Sofia versuchte, sich wieder auf die Arbeit zu konzentrieren, und breitete die Ausdrucke, die sie geholt hatte, auf dem Schreibtisch aus.

Alle zu dem Abend, an dem Madeleine verschwunden war, platzierte sie auf einem Stapel, und alle zu der Nacht, in der Ellie entführt worden war, auf einem anderen. Dann legte sie mit dem Textmarker los.

Schon bald konnte sie feststellen, dass Samuel Eriksson als Erster mit seinem Auto in der Gegend um Sunnansjö gewesen war, doch ganze zwei Stunden vor dem Zeitpunkt, zu dem Karin Vedin ihrer Aussage nach Madeleine am Haus rausgelassen hatte. Johanna Wikner war erst wieder gegen sieben Uhr am Morgen danach in der Gegend gewesen. Doch eine Person hatte sich nur eine halbe Stunde nachdem Madeleine abgesetzt worden war, direkt unter dem Mast befunden, der auch Svenssons Haus abdeckte. Sofia stürzte sich auf den anderen Papierstapel und begann zu suchen. Da war die Telefonnummer wieder. In derselben Nacht, in der Ellie verschwunden war.

Es war die Nummer von Nina Sandberg.

*

Sofia starrte auf die geschlossene Toilettentür. Draußen konnte sie hören, wie die Kolleginnen und Kollegen den Einsatz koordinierten. Schnelle Schritte und adrenalingetriebene Stimmen. Nachdem sie Marie berichtet hatte, dass sich Nina Sandberg zu beiden Zeitpunkten in der Nähe des Hauses der Svenssons befunden hatte, war sofort ein Einsatzplan koordiniert worden. Gunnel vom Pflegedienst hatte ihnen erzählt, dass Nina seit vielen Jahren für sie arbeitete und oft auf der Tour eingesetzt war, wo sie auf dem Weg zu Dagny Holmström am Haus der Svenssons vorbeikam. Vielleicht waren sie und Amanda einander ja in einem anderen Zusammenhang begegnet?

Sofia schloss die Augen und versuchte, tief durchzuatmen. Schon am Nachmittag hatte sie Wehen gehabt, sie aber ignoriert. Während sie mit den Verbindungen beschäftigt gewesen war, hatte sie noch zwei bemerkt, und jetzt war Blut auf dem Toilettenpapier. Margit, die Hebamme auf Ulvön, hatte gesagt, das sei ganz natürlich und ein Zeichen dafür, dass der Muttermund weich würde. Oder so. Sofia konnte sich in ihrer Aufregung nicht richtig daran erinnern. Wenn sie Kaj fragte, dann würde er ihr sicherlich eine ganze Vorlesung halten. Aber sie beschloss, nichts zu sagen. Es war nicht sinnvoll, sich weiter aufzuregen.

Sie spülte, wusch sich die Hände und kehrte an ihren Arbeitsplatz zurück. Kaum saß sie, da tauchte Marie in der Tür auf.

»Wir fahren jetzt.« Während sie sprach, rückte Marie die Dienstwaffe unter der Jacke zurecht und schloss die Klettverschlüsse der schusssicheren Weste. »Ich habe mit Sondell gesprochen, und wir haben die Genehmigung für eine Hausdurchsuchung. Wenn sie die Mädchen hat, dann …«

Hinter ihr im Flur gingen Vera und Kaj vorbei. Marie nickte ihnen zu. »Wir sehen uns in der Tiefgarage.«

Die Regionale Eingreiftruppe war einberufen worden, und sie hatte zusammen mit der Polizei vor Ort die Aufgabe erhalten, Nina Sandberg festzunehmen. Sofia selbst wollte am allerliebsten nach Hause gehen. Das Adrenalin, das sie verspürt hatte, während sie die Telefonlisten verglich, war ebenso schnell wieder versickert. Sie hatte nicht einmal versucht, mit auf den Einsatz zu kommen. In einem früheren Leben hätte sie mit Zähnen und Klauen darum gekämpft, mit an einen Ort fahren zu dürfen, wo zwei ihrer Freiheit beraubte Personen wahrscheinlich befreit und ein Kidnapper festgenommen würde. Doch jetzt fühlte sie sich einfach zu erschöpft.

»Während wir weg sind, such doch bitte alles über Nina Sandberg zusammen, was du kriegen kannst. Jetzt ist das Motiv das Wichtigste, denn dass sie die Möglichkeit hatte, haben wir ja bereits festgestellt. Such nach Verbindungen zwischen ihr und Amanda Svensson. Hatte sie Kontakt zur SveAnd AB? Prüf nach, ob sie finanzielle Probleme hatte. Amanda könnte ihr Geld für die Entführungen geboten haben. Check ihre Bankkonten, finde heraus, mit wem sie Kontakt hat. Überprüf alte Freunde, Freundinnen und Verwandte, die in unserem Register sein könnten.«

»Ich weiß schon«, sagte Sofia. »Haut ihr ab und nehmt sie fest!«

Marie streckte den Daumen hoch und eilte den Flur hinunter. Nur eine Minute später hörte Sofia das Martinshorn der Autos, die in hohem Tempo die Tiefgarage verließen und weiter Richtung Arnäsvall zur Wohnung von Nina Sandberg brausten.

89.

Sofia hatte schon ein paar Stunden auf dem Sofa geschlafen, als Kaj nach Hause kam. Er hatte versprochen, sie anzurufen, wenn alles vorbei wäre, und sie hatte in der Hoffnung auf gute Nachrichten so lange gewartet, wie sie vermochte. Sie hoffte, dass Anders Svensson wieder mit seinen Kindern vereint sein würde, und sie zumindest physisch keinen Schaden genommen hatten.

Sie hörte, wie Kaj sich in die Diele schlich, die Jacke aufhängte, dann leise weiter in die Küche ging und etwas aus dem Kühlschrank nahm.

Sofia stand auf und ging zu ihm. Er lehnte an der Spüle und leerte in großen Schlucken eine Dose Bier. Seine ganze Körpersprache verriet eine Niederlage.

»Wie ist es gelaufen?«

Er fuhr zusammen und begann zu husten, sodass das Bier über die Spüle spritzte. Kaj schlug sich selbst mit der Faust auf den Brustkorb und hustete noch ein paarmal.

»Mann, hast du mich erschreckt.«

Sofia entschuldigte sich und ließ sich am Küchentisch nieder, während Kaj die Arbeitsfläche abwischte und sich ein paar Brote schmierte. Als er sich setzte, sah sie, wie erschöpft er war.

»Wie geht es dir?«, fragte Kaj.

Sie sagte nichts von der Blutung, sondern drehte nur den Daumen hoch.

»Jetzt erzähl doch. Wie lief es mit Sandberg?«

Kaj schüttelte den Kopf.

»Gar nicht. Als wir hinkamen, saßen sie und ihr Freund vor dem Fernseher. High wie zwei Wolkenkratzer und ordentlich betrunken. Es gab ein Mordstheater. Einen Hund hatten sie auch, ein riesiges Vieh. Es hat sicherlich zehn Minuten gedauert, bis sie den an der Leine hatten, sodass Marie und Vera reingehen konnten.«

Er biss von einem der Brote ab.

»Waren Ellie und Madeleine da?«

Kaj schüttelte den Kopf und rieb sich die Stirn.

»Wir haben immer noch keine Ahnung, wo verdammt noch mal sie sein könnten.«

Normalerweise fluchte er nicht, aber Sofia konnte ihn verstehen. Jetzt waren fast anderthalb Wochen vergangen, seit Madeleine verschwunden war, und bald eine Woche, seit sie von Ellies Verschwinden wussten. Die Hoffnung, die beiden lebend zu finden, wurde immer geringer.

»Habt ihr was anderes gefunden?«

»Bier, Schnaps. Cannabis im Aschenbecher auf dem Wohnzimmertisch, aber sonst nichts. Nichts, was darauf hindeutet, dass Nina Sandberg die beiden Mädchen entführt haben könnte. Oder besser gesagt nichts, was darauf hindeutet, dass sie Madeleine und Ellie in ihrer Wohnung gehabt haben könnte. Wir waren in den Kellerräumen und haben die ganze Wohnung durchkämmt, doch keine Spur von den beiden. Wir haben Leute vor Ort, die von Tür zu Tür gehen, aber ich glaube nicht, dass man eine Vierjährige und eine erwachsene Frau in einem dicht bevölkerten Wohngebiet verstecken kann, ohne dass einer der Nachbarn etwas gesehen oder gehört hätte.«

Sofia nickte.

»Und du?«

Erst dachte sie, er meinte wieder den Bauch, aber dann wurde ihr klar, dass er die Aufgaben meinte, die man ihr übergeben hatte.

»Nina Sandberg ist total clean. Nicht einmal ein Ticket für zu schnelles Fahren. Sie arbeitet seit 2007 bei dem Pflegedienst, hat keine Kinder, war nie verheiratet.«

»Also, ganz clean ist sie ja nicht«, murmelte Kaj.

»Zumindest liegt bei uns nichts gegen sie vor. Wo sind sie und ihr Freund jetzt?«

»In einer Zelle, wo sie ihren Rausch ausschlafen. Heute Nacht mit ihnen ein Verhör durchzuführen war völlig ausgeschlossen. Vera will, dass wir gleich morgen mit Nina Sandberg reden.«

SONNTAG, 1. MÄRZ

90.

Fredrik erwachte davon, dass die Briefkastenklappe aufging und ein paar Werbeblätter auf die Fußmatte fielen. All die Jahre, in denen er seit dem Tod seiner Großmutter die Wohnung allein bewohnte, hatte er schon draußen einen Keine-Werbung-bitte-Zettel ankleben wollen, aber dazu war es nie gekommen. Seine Großmutter hatte es geliebt, in den dünnen Reklameheftchen zu blättern und den Kauf von Gartenstühlen und Pflanzkästen geplant, obwohl sie nicht einmal einen Balkon hatten. »Für später«, pflegte sie immer zu sagen, »wenn wir ein Haus auf dem Lande haben.« Aber auch dazu war es nie gekommen.

Fredrik schlug die Decke zurück und lag eine Weile da und spürte, wie die Kälte im Raum seinen Körper weckte. Dann nahm er das Handy und schickte eine SMS an Philip. Der antwortete sofort. Keine Neuigkeiten zu Madeleine. Fredrik schrieb, dass er so bald wie möglich kommen und Madeleine hoffentlich bald gefunden sein würde.

Es war erst sieben Uhr, sodass er noch eine lange Dusche nehmen und hinunter in den Supermarkt gehen konnte, um dort ein frisches Brötchen und Saft zu kaufen, ehe er ins Krankenhaus fuhr. Er musste an die Idee mit dem Heiraten denken und wie aufgeregt er am Abend zuvor darüber gewesen war. Eigentlich hatte er erwartet, dass sich das Gefühl wieder verflüchtigen würde, wenn er eine Nacht darüber geschlafen hätte, aber es war noch da. Er würde um Idas Hand anhalten, und sie würden eine Familie werden. Sollte sie seinen Nachnamen annehmen, oder er ihren? Fredrik Niemi. Nein, das hätte Großmutter nicht gefallen. Sogar sein Vater hatte sich breitschlagen lassen, den Namen seiner Mutter anzunehmen, um den so berühmten Namen Fröding zu erhalten.

Und Fredrik würde wieder anfangen zu arbeiten. Es war höchste Zeit, ins Leben zurückzukehren und zu vergessen, was im Sommer geschehen war.

Laut seinem Psychiater Torsten Bredh war es wichtig, sich zu einem Arbeitsplatz zugehörig zu fühlen und am sozialen Leben teilzunehmen. Fredrik fragte sich, wie es wohl sein würde, ohne Tabletten zurück zur Arbeit zu gehen, alles klar zu sehen und Teil einer Gemeinschaft zu sein. Vielleicht Freunde zu gewinnen. Vor seinem inneren Auge sah er, wie er den Ehering vorzeigte. Ein normaler Mann mit einem normalen Leben. Mit einer Kernfamilie. Die rosige Fantasie, die er sich im Laufe des letzten Tages ausgemalt hatte, wurde allerdings durch die Frage der Wahl des Arbeitsplatzes ein wenig verdüstert. Zur Passbehörde wollte er nicht zurück. Er wollte nicht mehr endlose Tage damit verbringen, Menschen zu helfen, an dem für das Foto richtigen Platz zu stehen, an der richtigen Stelle zu unterschreiben und den Fingerabdruck richtig abzunehmen. Er dachte daran, was dieser Polizist gesagt hatte, der Philip verhört hatte. Dass es nie zu spät war. Konnte man die Polizeiausbildung nach so vielen Jahren wieder aufnehmen? Würde er sich irgendetwas anrechnen lassen können? Immerhin hatte er alles außer der Anwärterzeit abgehakt. Aber wahrscheinlich war die Ausbildung inzwischen so anders, dass er keinerlei Nutzen von dem haben würde, was er damals gelernt hatte. Er griff nach dem Handy und googelte *Polizeiausbildung*. Im Herbst würde der neue Ausbildungszyklus losgehen. Die Aufnahme geschah laufend. Er hatte alle Noten und Qualifikationen. Mein Gott, sollte er das tun? Der physische Test würde eine Herausforderung sein, denn als er den das letzte Mal absolviert hatte, war er in bedeutend besserer Form gewesen. Andererseits hatte er ja noch mehrere Monate zum Trainieren vor sich. Das müsste gehen. Er war schon immer sehnig und zäh gewesen. Obwohl sein Körper wegen des Tablettenmissbrauchs einiges hatte durchmachen müssen, fühlte er sich stark. Natürlich würden sie nach den Narben fragen, garantiert eine Hintergrundkontrolle zu ihm laufen lassen und nachprüfen, ob er in ihrem Register vorkam. Oder kontrollierten sie vielleicht nur das Vorstrafenregister? Da hatte er keinen Eintrag. Der psychische Test war ein größeres Problem. Konnten sie die Akten von seinem Psychiater anfordern? Nein, das schien nicht vorstellbar.

Fredrik zog die Decke wieder um sich und drehte sich auf die Seite. Wenn er das Frühstück ausließ, konnte er sich noch ein Weilchen im Bett gönnen. In der Cafeteria konnte man auch fertige Stullen kaufen.

Die Schlafzimmertür stand offen, und sein Blick fiel auf den Küchentisch. Da stand an die Salz- und die Pfeffermühle gelehnt der dicke DIN-A4-Umschlag von Ida. Den machte er lieber gleich mal auf. Er würde Idas letzte Worte an ihn lesen und dann den Brief wegwerfen. Das würde den Start in ihr neues Leben symbolisieren. Fredrik stand in seine Decke gewickelt auf und schlurfte in die Küche, setzte sich auf einen der Stühle und griff nach dem Umschlag. Er öffnete ihn und ließ den Inhalt auf den Tisch gleiten. Ganz zuoberst lag ein handgeschriebener Brief. Nirgends war, wie er befürchtet hatte, von Wut und Enttäuschung zu lesen. Idas Ton war ruhig und liebevoll. Sachlich, aber ergeben. In altmodischem Stil erklärte sie ihm ihre ewige Liebe. Er las alles mehrmals und spürte, wie ihm die Tränen in die Augen stiegen. Sie schloss den Brief mit »Deine Ida«. Ganz unten auf der Seite hatte sie noch hinzugefügt: »Mach mit dem hier, was du willst. Habe eine Weile daran gearbeitet.«

Er legte den Brief beiseite und hob ein Bündel Papier vom Tisch, hielt aber abrupt inne, als er den Zettel sah, der auf der ersten Seite klebte. Darauf stand in Idas Handschrift: *Der Bericht der Havariekommission zur* Estonia-*Katastrophe.*

91.

Sofia war schon wach, als sie Kajs Wecker im Schlafzimmer klingeln hörte. Ihr Baby hatte fast die ganze Nacht still gelegen, und es fühlte sich an, als ob der harte Druck direkt unter dem Brustkorb ein wenig nachgelassen hatte. Sie blutete nicht mehr und fühlte sich ruhiger, hatte Kaffee gekocht und zwei Käsebrote vorbereitet. Als sie sah, wie überwältigt Kaj von dieser kleinen Geste war, wurde ihr klar, wie sehr sie in der letzten Zeit mit sich selbst beschäftigt gewesen war. Sie hatte so gute Laune, dass sie Kaj sogar eine ganze Weile in seiner lächerlichen Babystimme mit dem Bauch reden ließ.

Als er damit fertig war, goss sie den letzten Kaffee in jeweils einen silberfarbenen To-go-Becher, dann machten sie sich auf den Weg ins Revier. Es war ein strahlend sonniger Märztag, und sie freute sich auf den kleinen Spaziergang.

*

Nina Sandberg war bereits aus der Zelle geholt worden und saß zusammen mit ihrem Pflichtverteidiger im Verhörraum. Nina war um die fünfzig und sah müde und angeschlagen aus. Das braun gefärbte Haar hatte einen breiten grauen Streifen über dem Scheitel. Unter den Augen hatte sie dicke Tränensäcke, und man konnte sehen, dass sie geweint hatte. Die Urinprobe auf Cannabis war positiv gewesen. In der Wohnung waren keine großen Mengen gefunden worden, und die Staatsanwältin hatte bereits auf eine Bewährungsstrafe entschieden, da Nina geständig war. Das würde einen Punkt im Strafregister und Tagessätze bedeuten. Wahrscheinlich hieß es auch, dass sie ihren Job verlieren würde, doch darauf konnten sie sich jetzt nicht konzentrieren.

Nachdem Kaj die üblichen für die Einleitung des Verhörs notwendigen Phrasen auf Band gesprochen hatte, zeigte er auf das Mikrofon, sodass Nina verstand, was man von ihr erwartete.

»Sie sind heute Nacht wegen Verstoßes gegen das Betäubungsmittelgesetz festgenommen worden.«

Nina nickte, was Kaj wieder auf das Mikrofon zeigen ließ.

»Ja«, deklamierte sie deutlich.

»Wissen Sie, warum wir bei Ihnen zu Hause waren?«

»Nein.«

Sie warteten eine Weile, um zu sehen, ob sie nur die Unwissende spielte, doch sie schien wirklich keine Ahnung zu haben. Nina sah nicht aus wie die üblichen Kiffer, schien aber auch nicht klar genug im Kopf zu sein, um sich zu fragen, warum die Polizei ohne Grund in ihrer Wohnung aufgetaucht war.

»Nehmen Sie regelmäßig Drogen?«

Die meisten Festgenommenen pflegten zu behaupten, es sei das erste Mal gewesen, aber Nina gestand sofort, dass sie im Verlauf des letzten halben Jahres eine wachsende Menge von Cannabis und Alkohol zu sich genommen hätte.

»Ich leide unter Rheuma«, fügte sie hinzu, als könne sie damit die Zustimmung der anderen gewinnen.

»Wo haben Sie sich am Donnerstag, den 20. Februar, abends befunden?«

Nina dachte nach.

»Bei der Arbeit, glaube ich. Wieso?«

»Und in der Nacht vom Samstag, das war dann der 22. Februar?«

»Da habe ich auch gearbeitet«, antwortete Nina, ohne nachzudenken. »Worum geht es hier eigentlich?« In ihrer Stimme schwang eine Mischung aus Ärger und Sorge mit. Der perfekte Ausgangspunkt für ein Verhör.

»Welche Patienten haben Sie an diesen Tagen besucht?«

Nina dachte nach.

»Wenn ich Nachtdienst hatte, dann war es die Gegend um Sunnansjö. Ja, wahrscheinlich Ingegerd Westin in Drömme, dann Lars-Erik. Er wohnt an der Straße nach Sunnansjö. Danach Dagny. Sie wohnt oben auf der Anhöhe, wie man hier sagt. Sie wissen schon, ganz in der Nähe von dem Ort, wo die ehemalige Schule steht …« Das bisschen Farbe auf Ninas Wangen verschwand im selben Moment, als die Synapsen zu arbeiten begannen.

»Die verschwundenen Mädchen? Deshalb fragen Sie das alles. Die Kleine und ihre Schwester …« Sie schlug sich die Hand vor den Mund.

Kaj nickte, sagte aber nichts, sondern ließ das Schweigen die Erkenntnis beschleunigen. Ninas Anwalt sah seine Klientin an.

»Aber, ich war nicht …« Der Satz erstarb, und Nina schien darüber nachzudenken, welche Aussage welche Konsequenzen mit sich bringen würde. Jetzt setzte Kaj an. Seine Stimme war messerscharf.

»Erzählen Sie uns, wo die beiden sind, Nina. Es wird leichter für Sie, wenn Sie das jetzt gleich sagen.«

Nina sah ihren Anwalt an. Er nickte ihr auffordernd zu.

»Ich habe nicht …« Tränen begannen ihr die Wangen hinunterzulaufen, und sie rieb sich nervös die Augen.

»Brauchten Sie Geld für Drogen? Haben Sie sich deshalb darauf eingelassen? Wie hat Amanda Kontakt zu Ihnen aufgenommen?«

Nina schüttelte heftig den Kopf.

»Wer ist Amanda? Ich verstehe gar nichts.«

»Nina, wo sind die Mädchen?«

»Ich habe nicht …«

»Das Leben einer Vierjährigen steht auf dem Spiel. Sagen Sie uns, wo Sie die beiden versteckt haben.«

Kajs Stimme war jetzt laut. Nicht einmal Sofia hätte gewagt, ihm zu widersprechen. Nina rückte auf dem Stuhl nach hinten.

»Ich weiß es nicht! Ich habe nichts getan. Das war nicht ich!«

Kaj lehnte sich schnell über den Tisch.

»Wer war es dann?«

432

Nina verstummte, wich aber Kajs Blick nicht aus. Sie weinte und holte rasselnd Atem. Sofia spürte, wie ihr Herz kräftig im Brustkorb schlug. Da war sie wieder, diese Intensität, die sie an der Polizeiarbeit so liebte. Jetzt waren sie ganz nah dran.

»Ich glaube, es könnte Jelena gewesen sein.«

92.

Fredrik blätterte in den Papieren vor und zurück, ohne wirklich aufzunehmen, was er da vor sich hatte. Alles war so bekannt. Er hatte den Bericht der Kommission unzählige Male gelesen, aber das, was Ida jetzt offensichtlich getan hatte, nämlich zu handeln, hatte er niemals gewagt. Zu groß war die Angst gewesen, dass er womöglich eine unangenehme Antwort bekommen würde. Stattdessen hatte er gegrübelt, sich selbst Vorwürfe gemacht und sich in ein abgrundtiefes Loch fallen lassen, aus dem nur die Tabletten ihn wieder herausziehen konnten. In den ersten Jahren nach der Katastrophe hatte er sich gegen alles abgeschottet, sich in der Schule danebenbenommen, geschwänzt, mit den falschen Leuten rumgehangen, so getan, als ginge es ihm gut. Ein Teenager ohne Eltern, der von Reportern und Menschen belagert wurde, die ihn fragen wollten, wie es gewesen war, wie er es geschafft hatte, da rauszukommen, was er in der Nacht gesehen hatte, und wie er sich jetzt fühlte. Im Nachhinein war es ein Wunder, dass er überlebt hatte. Nicht nur die Nacht auf der *Estonia*, sondern auch die Zeit danach. Sehr viele Male hatte er auf einem Bahnsteig gestanden und sich gefragt, ob wohl alles endlich vorbei wäre, wenn er nur diesen einen Schritt weiter machte. Doch er hatte ihn nie getan. Er bildete sich ein, der letzte Funke Leben hätte ihn davon abgehalten, sich umzubringen, doch nun erkannte er, dass es die Angst gewesen war. Er hatte es ganz einfach nicht gewagt.

Ohne seine Großmutter wäre es gar nicht weitergegangen. Sie hatte ihn mit strenger und liebevoller Hand zurück ins Leben gelotst. Ohne sie hätte er sich wahrscheinlich mit den Tabletten umgebracht. Doch so hatte er niemals eine Überdosis genommen und nur ab und zu mal einen Blackout gehabt, und das meist in Kombination mit Alkohol.

Er strich mit der Hand über die aus einem Schreibblock gerissenen Blätter, die er ganz unten im Papierbündel entdeckt hatte. Seite um Seite in Idas Handschrift – eine Ergänzung zu den Ausdrucken, die sie gemacht hatte. Abgesehen von den Seiten aus dem Kommissionsbericht waren da noch Kopien verschiedener Artikel und Interviews. Alle handelten sie von der Rettungsaktion im Zusammenhang mit dem Untergang der *Estonia*. Fredrik fand Listen mit den Namen von Überlebenden und dazu Notizen von Ida, in welche Krankenhäuser sie gebracht worden waren und welche Rettungsfahrzeuge sie aufgenommen hatten. Auch seinen eigenen Namen fand er auf der Liste der Geretteten, die ins Universitätskrankenhaus in Åbo gebracht worden waren. Er wurde als die jüngste überlebende Person genannt. Da stand nichts von Niklas.

Er kapierte nicht richtig, was Idas Notizen bedeuteten. Da war eine lange Reihe schwedischer, finnischer und estnischer Namen jeweils mit Mailadresse, Telefonnummer oder dem Wort »Facebook« versehen. Erst als er diese mit den Personen verglich, die auf den Fähren gewesen waren, die Menschen aus der Ostsee gerettet hatten, begriff er: Hier waren methodisch alle aufgelistet, die an den Rettungsaktionen teilgenommen oder mit der Versorgung der Schiffbrüchigen zu tun gehabt hatten, und deren Kontaktdaten gesammelt. Einige Namen waren durchgestrichen, aber er konnte nicht sehen, ob sie bereits zu jemandem Kontakt aufgenommen hatte. Er war zutiefst gerührt über ihr Engagement und ihren Glauben an seine Geschichte.

Ida hatte versucht, seinen Bruder zu finden.

93.

Per und Karim waren immer noch nicht im Büro. Sie würden im Laufe des Nachmittags kommen und Marie ablösen. Sowohl Kaj als auch Vera hatten jedoch eine Ablösung abgelehnt.

Die Ermittlung hatte eine radikale Wendung genommen. Sofia saß zusammen mit Marie und Kaj in Veras Büro. Sie sahen sich noch einmal die Aufnahme vom Verhör mit Nina Sandberg an.

Jelena Hagelin war in einem Haus in Gullänget, nördlich von Örnsköldsvik gemeldet. Dies war die Adresse ihres Ex-Mannes. Er selbst war auf die Philippinen ausgewandert, in das Heimatland seiner neuen Freundin.

Im selben Moment, als Jelenas Name fiel, hatte man die regionale Eingreiftruppe wieder einberufen und einen Zugriff geplant. Die Kollegen aus der Zentrale standen bereit, sie festzunehmen, doch zu ihrer großen Enttäuschung waren sie ein weiteres Mal mit leeren Händen zurückgekehrt. Jelena Hagelin befand sich weder in dem besagten Haus, noch war sie an diesem Tag zu ihrer Schicht im Pflegeheim erschienen.

Jetzt arbeiteten alle fieberhaft daran, sie aufzuspüren und eine Verbindung zwischen ihr und Amanda Svensson zu finden. Jelena Hagelin war zur Fahndung ausgeschrieben, und ihr Name, ein Passbild und ihre persönlichen Daten waren bereits an alle Polizeibezirke des Landes gegangen.

»Wo zum Teufel könnten die beiden Mädchen sein?« Vera schob sich die Lesebrille auf die Stirn und rieb sich die Augen. »Und wie verdammt noch mal ist Amanda in Kontakt mit einer Person vom Pflegedienst gekommen, die sie dann überredet hat, Ellie und Madeleine zu entführen?«

Kaj schüttelte den Kopf. Es war mehr als seltsam, aber das waren nun mal die Informationen, die ihnen vorlagen. Um das Wie und das Warum mussten sie sich später kümmern. Jetzt war das Wichtigste herauszufinden, wo Jelena Hagelin die beiden Mädchen festhielt, ehe es zu spät war.

»Nina Sandberg hat erzählt, dass sie in den Nächten, als Madeleine und Ellie verschwanden, ihre Schicht getauscht hat«, sagte Kaj. »Es war offensichtlich nicht das erste Mal, dass Jelena sich angeboten hatte, ihre Schicht zu übernehmen. Erst hat Nina offenbar gedacht, Jelena wolle mehr Geld verdienen, weil ›der Typ, der sie importiert hat, sie abgewrackt hat‹, wie Nina sich so charmant ausdrückte.«

Vera verzog den Mund.

»Zur nächsten Nachbarin von Anders Svensson, Dagny Holmström, der Frau mit dem Volvo Amazon, kommt der Pflegedienst viermal täglich«, fuhr Kaj fort. »Am Morgen, am Vormittag, am Nachmittag und am Abend. Das war eine Route, die Jelena meist selbst übernahm. Die Verantwortung für den Einsatzplan liegt bei den Leiterinnen der beiden Gruppen. Die Frauen haben dann heimlich untereinander getauscht. Aber für die Stunden, die Jelena anstelle von Nina gearbeitet hat, forderte sie niemals Lohn und hat auch den Plan dann nicht aktualisiert.«

»Warum?«

Kaj zeigte auf den Laptop, und Vera drückte wieder auf Play.

Auf dem Bildschirm war Nina zu sehen. Sie bewegte sich unruhig auf ihrem Stuhl. Die Kamera war auf sie gerichtet, doch auf dem Tisch zwischen ihnen konnte man Kajs Hände erkennen.

»Welche Gründe hat Jelena dafür angegeben, dass sie mit Ihnen die Schicht tauschen wollte?«, fragte Kaj in der Aufnahme.

»Sie sagte, sie würde Dagny sehr mögen, und die würde auch nur ihr vertrauen.«

»Stimmte das?«

Nina dachte einen Moment nach.

»Dagny ist sehr anstrengend, und sie mag Jelena, aber ich nehme an, dass wir anderen auch mit ihr klargekommen wären.«

»Aber niemand wusste, dass Sie Ihre Schichten getauscht haben?«

»Nein.« Nina senkte den Blick. »Jelena wusste, dass ich … ja, dass ich kiffe. Sie hat mir damit gedroht, das rumzuerzählen, wenn ich irgendwas sagen würde. Und ich hab ja trotzdem Geld bekommen und musste nicht dafür arbeiten. Für mich war das sozusagen Winwin.«

»Warum, glauben Sie, wollte Jelena unbedingt Ihre Schicht übernehmen?«

Nina hielt den Blick weiterhin gesenkt.

»Ehrlich gesagt …« Nina unterbrach sich.

»Was?«

»Also, ich weiß ja nicht, aber ich hatte das Gefühl, dass sie sich da oben mit wem getroffen hat.«

»Wann fing das Ganze an?«

»Vor ungefähr vier Jahren.«

Sofia drückte auf Pause und sah Vera an.

»Anders und Amanda haben das Haus vor knapp vier Jahren gekauft. Es kann nicht nur ein zufälliges Zusammentreffen sein, dass Jelena Hagelin zur gleichen Zeit anfing, sich zusätzliche Gründe zu verschaffen, nach Sunnansjö zu kommen, oder?«

Vera nahm die Lesebrille ab und kaute eine Weile nachdenklich auf dem einen Bügel.

»Das Haus ist komplett renoviert worden, nicht wahr? Wenn Anders auf seinen Baustellen Schwarzarbeiter beschäftigt hat, dann ist es ja wohl nicht weit hergeholt zu glauben, dass er das im Privaten auch tat, oder?«

Kaj nickte.

»Woher kommt Jelena?«, fragte Vera.

»Wieso?«

»Nina hat doch gesagt, sie sei ›importiert‹ worden.« Vera machte mit den Fingern wütende Zitatzeichen um das Wort in die Luft. Trotz der gelegentlich barschen Haltung gegenüber ihrem Personal, waren Vorurteile und Ungerechtigkeiten etwas, das sie rotsehen ließ. Sie hatte null Toleranz für Rassismus, Homophobie und vorgefasste Meinungen.

Sofia sah Vera an. Sie begriff, was sie dachte.

»Polen.«

Marie, die der ganzen Besprechung schweigend und mit auf den Bildschirm fixiertem Blick gefolgt war, räusperte sich.

»Genau wie der Arbeiter, der Anders bedroht hat.«

Vera nickte.

»Jelena kann also im Haus einen Landsmann kennengelernt haben, einen der Bauarbeiter. Vielleicht hat sie auch jemanden wiedergetroffen, den sie schon von früher kannte.«

»Das könnte erklären, wie Amanda in Kontakt mit ihr gekommen ist«, sagte Kaj. Er hob seinen Kaffeebecher, um einen Schluck zu nehmen, überlegte es sich aber anders und sprach weiter. »Vielleicht ist so der ganze Plan ins Rollen gekommen.«

»Das ist möglich.«

»Wir müssen noch mal mit Anders reden«, sagte Sofia.

»Ich habe ihn mehrmals angerufen«, sagte Kaj. »Er geht nicht ans Handy. Wir müssen wohl ins Krankenhaus fahren.«

94.

Als sie in Amandas Zimmer kamen, saß Anders am selben Platz wie das letzte Mal. Die Hand ruhte schlaff auf Amandas dünnen Beinen, die Augen waren geschlossen. Heute sah er gepflegter aus, trug helle Chinos und einen grauen Pullover mit V-Ausschnitt und Hugo-Boss-Aufdruck.

Kaj zog den Stuhl heran, der jetzt auf der anderen Seite von Amandas Bett stand, und Sofia setzte sich.

»Wir haben versucht, Sie zu erreichen.«

»Ich hatte das Handy leise gestellt. Haben Sie etwas Neues?« Anders sah von Sofia zu Kaj.

»Wir haben einen Tipp bekommen, der uns sehr interessiert.«

»Und?« Ungeduldig nahm Anders die Hand vom Bein seiner Frau.

»Wir müssen über etwas mit ihnen reden, was das Haus in Sunnansjö betrifft. Haben Sie, als es renoviert wurde, Handwerker beauftragt, die schwarz für Sie gearbeitet haben?«

Anders antwortete nicht.

»Wir wissen bereits, dass auf Ihren Baustellen Schwarzarbeit an der Tagesordnung ist, es gibt also keinen Grund, darum herumzureden.«

Anders verschränkte die Arme vor der Brust.

»Okay, fine. Ja, das habe ich getan. Was hat das mit alldem hier zu tun?«

»Haben die Arbeiter im Haus gewohnt?«

»Manche ja. Nicht die ganze Zeit, aber ab und zu.«

»Wissen Sie, ob einer von ihnen Besuch von seiner Freundin bekommen hat?«

Anders verzog das Gesicht.

»Nein, das weiß ich wirklich nicht.«

»Wie viele waren es?«

Er zuckte mit den Schultern. »Vielleicht fünf bis zehn im Wechsel. Jerzy hat sie ausgewählt, ich hatte keinen direkten Kontakt mit ihnen.«

»Wann ist das Haus fertig geworden?«

Anders sah Kaj an.

»Ganz fertiggestellt war es vor zwei Jahren.«

»Und danach haben Sie keine Bauarbeiter mehr dort gehabt?«

»Nein.« Die Antwort wirkte aufrichtig.

Das Haus war also in zwei Jahren fertiggestellt worden, dachte Sofia. Trotzdem hatte Jelena Hagelin weiterhin die Schicht mit Nina Sandberg getauscht. Zu dem Zeitpunkt war aber kein polnischer Schwarzarbeiter mehr dort beschäftigt gewesen. Wer war es dann gewesen, für den sie sich die Mühe gemacht hatte? Plötzlich stand ihr alles klar vor Augen. Ein Gedanke hakte in den anderen und bildete schnell eine Indizienkette, die stark genug war, auch vor den strengen Augen von Anna Sondell zu bestehen. Kaj musste die Einsicht im selben Moment gekommen sein. Er sah sie an und nickte.

»Waren Sie seither oft im Haus?«, fragte Sofia.

Anders zuckte mit den Schultern.

»Ab und zu fahre ich für ein Wochenende rauf.«

»Allein?«

»Ja, Amanda findet, die Fahrt ist für Ellie zu lang.«

»Haben Sie hier oben viele Freunde?«

Anders verzog das Gesicht und brachte etwas zustande, das einem Lächeln glich.

»Nein, aber das ist sozusagen der Hauptgrund. Allein sein zu können.«

»Ganz allein?«

Er drehte sich um und sah Kaj empört an.

»Was sind das hier für Fragen? Ja, ganz allein. Ist es vielleicht verboten, in seinem Wochenendhaus allein zu sein?«

Kaj hielt Anders' Blick lange stand. Die Luft im Raum stand still, und wieder hörte man nur das zischende rhythmische Geräusch der Maschinen, die Amandas Atmung kontrollierten.

»Kennen Sie jemanden namens Jelena Hagelin?«

Anders erstarrte mit offenem Mund. Erst sah er zu Kaj und dann zu Sofia.

Sein Gesicht war leichenblass.

»Ist sie es? Ist sie es, die das hier getan hat?«

Als keiner antwortete, erhob er sich vom Stuhl und machte ein paar Schritte auf das leere Krankenhausbett am anderen Ende des Zimmers zu. Er blieb lange am Fußende stehen und begann dann, so an dem Bett zu rütteln, dass das Kopfende gegen die Wand schlug.

»Diese verdammte, elende Hure. Ich bringe sie um!«

Kaj machte ein paar Schritte auf Anders zu, der abwehrend die Hände hochhielt.

»Fassen Sie mich nicht an!«

Dann ging ihm die Luft aus, und er glitt auf den Fußboden hinunter, den Rücken an die Toilettentür gelehnt. Er stützte die Ellenbogen auf die Knie und ließ das Gesicht in die Hände fallen. Sein Körper zuckte unter den Schluchzern, und sie ließen ihn eine Weile sitzen, ehe sie etwas sagten.

»Das waren Sie, oder?«, sagte Kaj.

Anders wischte sich die Nase mit dem Ärmel des teuren Markenpullovers.

»Sie hatten ein Verhältnis mit Jelena Hagelin«, wiederholte Kaj.

Anders nickte.

»Erzählen Sie«, forderte Sofia ihn auf.

»Sie kam eines Abends vorbei und fragte, ob sie das Haus anschauen dürfte. Sie arbeitete im Pflegedienst und sagte, sie sei mehrere Jahre lang immer daran vorbeigefahren. Es ist eine ehemalige Schule«, fügte er hinzu, als wäre das von Bedeutung. »Sie stammte aus Warschau, und ich war schon ziemlich oft geschäftlich dort gewesen, also sprachen wir eine Weile darüber. Dann fragte ich, ob sie ein Glas Wein wollte. Ich war allein, erschöpft nach einem langen Tag. Und eins kam zum anderen.«

»Wann war das?«

»Vor ein paar Jahren.«

»Und dann haben Sie sich weiterhin getroffen?«

Anders zuckte mit den Schultern.

»Immer mal wieder. An den Wochenenden, an denen ich allein rauffuhr, um am Haus zu basteln, war sie meist bei mir. Einmal haben wir uns in einem Hotel in Sundsvall getroffen. Es war nichts Ernsthaftes.«

»Sind Sie immer noch ein Paar?«

Anders stützte sich an der Toilettentür ab und erhob sich rasch. Sofia erschrak über seinen Tonfall.

»Wir waren niemals ein verdammtes Paar! Sie war verheiratet und ich auch. Es war eine sexuelle Beziehung und nichts weiter. Zu Anfang war es nett und schmeichelhaft, wir konnten miteinander reden und so, aber am Ende wurde es mir zu viel. Jedes Mal, wenn ich da war, kam sie zu mir. Einmal saß sie schon im Wohnzimmer und wartete auf mich. Sie hatte Feuer im Kamin gemacht und Wein eingeschenkt. Als würde sie dort wohnen. Ich sagte ihr, dass es vorbei sei, aber sie weigerte sich, das zu akzeptieren.«

»Wann war das?«

»Ungefähr vor einem Jahr. Irgendwann um Weihnachten rum. Sie hatte bei einer Scheidung mehr zu verlieren als ich, also nutzte ich das aus und drohte ihr damit, ihrem Mann alles zu erzählen. Da hörte sie auf.«

Anders schloss die Augen und holte tief Luft.

Sofia sah, dass Kajs Blick sich verfinstert hatte.

»Das alles wollten Sie uns aber nicht erzählen, als Ihre Töchter verschwunden sind?«

Anders schüttelte den Kopf und starrte völlig kraftlos und mit leerem Blick vor sich hin.

»Ich habe nicht gedacht, dass sie so verdammt krank im Kopf sein könnte.«

Sofia legte die Hand auf seinen Arm, und er ließ es zu.

»Wissen Sie, wo Jelena jetzt sein könnte?«

95.

Kaj eilte den Krankenhausflur hinunter. Anders Svensson hatte erzählt, dass der Ex-Mann von Jelena Hagelin von seinen Eltern einen alten Bauernhof vor Husum, nördlich von Örnsköldsvik, geerbt hatte. Ein einsam stehendes zweistöckiges Haus, das über zehn Jahre unbewohnt gewesen war. Der perfekte Ort, um zwei Personen als Geiseln zu halten, ohne dass es irgendjemand mitbekam. Anders Svensson hatte darauf bestanden mitzukommen, wenn Jelena festgenommen würde. Eigentlich war das ausgeschlossen, aber wenn sie die Töchter lebendig finden würden, dann wäre es gut, wenn ihr Vater direkt für sie da sein könnte.

Ein drittes Mal war die regionale Eingreiftruppe zusammengerufen worden. Diesmal durfte nichts schiefgehen. Sofia dachte an die von Adrenalin getriebenen Einsatzkräfte, die sie im Laufe ihrer Berufsjahre kennengelernt hatte. Ein Zugriff ohne eine Festnahme war für die Beamten ein Albtraum. Hoffentlich fanden sie Ellie und Madeleine diesmal – und zwar lebendig.

Sofia ging mit langsamen Schritten den Flur hinunter, als ihr Handy klingelte.

»Da ist wieder diese Frau aus Drömme, Judith Nordin«, sagte Eva müde. »Ich stelle sie durch.«

Sofia wollte gerade protestieren, aber irgendetwas in ihr sagte, dass es wichtig sein könnte.

Es klickte im Hörer, und dann hörte sie Judith Nordins entschlossene Stimme.

»Sie haben mich gar nicht angerufen wegen der angeblichen Tochter von Ingegerd.«

»Ich habe dazu noch keine konkrete Antwort bekommen. Der Pflegedienst ist jedenfalls schon seit einiger Zeit ausgesetzt. Das ist das Einzige, was ich weiß. Wir befinden uns gerade in einer sehr aufwendigen Ermittlung. Ich habe der Sache deswegen noch nicht weiter nachgehen können.«

»Was reden Sie da?« Judith Nordin klang empört. »Der Pflegedienst ist überhaupt nicht ausgesetzt. Die waren erst gestern dort.«

Da war er. Der Gedanke, den sie wegen der Jagd nach Jelena, Ellie und Madeleine weggeschoben hatte. Der Pflegedienst. Hatte Nina Sandberg nicht gesagt, dass Ingegerd Westin auch zu ihrer Route durch Sunnansjö gehörte?

»Sprechen Sie denn immer mit dem Personal vom Pflegedienst, das sich um Ingegerd kümmert?«

»Ja, wieso?«, erwiderte Judith Nordin gekränkt. »Das ist ja wohl kein Verbrechen. Manchmal begegnen wir uns, wenn ich die Mülltonne zur großen Straße runterziehe. Ich spioniere nicht, falls Sie das meinen.«

»Das glaube ich auch nicht«, beeilte sich Sofia zu sagen. »Wissen Sie, ob da immer eine dunkelhaarige Frau ist? Schmal, sehr hübsch.« Sie fühlte es im ganzen Körper, das hier war richtig.

»Ja«, antwortete Judith Nordin sofort. »Sie heißt irgendwas Komisches mit Vornamen. Elina oder so.«

»Jelena? Ist sie das, die Sie in der letzten Woche beim Haus gesehen haben?«

»Ja, aber·…« Die ältere Frau verstummte. »Warten Sie kurz.«

»Judith?«

»Warten Sie kurz, habe ich gesagt«, zischte Judith Nordin. Sofia konnte hören, wie die ältere Dame sich im Haus bewegte und die Tür öffnete.

»Da steht jemand am Schlafzimmerfenster.«

Sofia drückte das Handy fester ans Ohr.

»Was sagen Sie da? Es steht jemand an Ihrem Fenster?«

Judith Nordin murmelte etwas Unverständliches. Es raschelte, so als würde sie sich eine Jacke anziehen.

»Ich verstehe Sie nicht, was meinen Sie?«

»Am Fenster von Ingegerd.«

»Da steht jemand vor dem Fenster von Ingegerd?«

Es kratzte in der Leitung, und Sofia hörte, wie ein Reißverschluss zugezogen wurde und eine Eingangstür zufiel.

»Drinnen. Da steht ein kleines Mädchen an Ingegerds Schlafzimmerfenster.«

96

Die Sportpistole in der Hand fühlt sich schwer an. Der geschnitzte Holzkolben ist abgenutzt und nach vielen Jahren des Anfassens glatt poliert. Ingegerd hat erzählt, dass Ruben sein ganzes Leben lang im Schützenverein war. Er hat sogar Wettkämpfe mitgemacht. Das hat sie mir erzählt, ehe sie ihren Schlaganfall hatte. Vor alldem hier. Als sie mir immer noch vertraute.

Das Mädchen sitzt auf dem Bett, den gehäkelten Teddy fest an die Brust gedrückt, und schaut den Film an, den ich eingeschaltet habe.

Ich gehe zu ihr hinüber und streiche ihr mit der freien Hand über die Wange. Sie reagiert nicht, sie ist vom Nasenspray immer noch ein bisschen benommen.

Die Tränen fließen. So hatte das hier nicht ausgehen sollen.

Alles ist falsch gelaufen.

Ich setze mich auf die Bettkante und entsichere die Pistole. Sie wird nichts spüren.

Die Hand zittert, als ich die Mündung auf ihren Hinterkopf richte und mich abwende.

Sie umklammert den Teddy fester.

97.

Fredrik blieb vor den Fahrstühlen der Psychiatrischen Abteilung stehen und holte tief Luft. Er sah Jonna im Aufenthaltsraum, der gegenüber von Idas Zimmer lag. Jetzt war es an der Zeit, den Stier bei den Hörnern zu packen. Er konnte ihnen nicht länger aus dem Weg gehen. Jonna stand mit dem Rücken zu ihm und sprach mit den Eltern. Er versuchte, sich einzureden, dass es schon gut gehen würde.

Die Mutter entdeckte ihn als Erste. Sie war um die sechzig, trug einen lilafarbenen Wollmantel und kurz geschnittene Haare. Neben ihr stand ein untersetzter und muskulöser Mann in kariertem Hemd, der eine Daunenjacke unter dem Arm hatte. Ida hatte erzählt, dass ihr Vater in seiner Jugend Boxer gewesen sei.

Fredrik streckte die Hand aus, um Idas Mutter zu begrüßen, aber sie machte zwei Schritte auf ihn zu und breitete die Arme aus. Er fiel in die Umarmung, als wäre es die natürlichste Sache der Welt, und legte die Wange auf ihren vom Schnee durchweichten Mantel. Sie roch nach Parfüm und nassem Hund zugleich.

»Entschuldigung. Es tut mir so leid. Ich …«

Er machte sich los und sah zu Boden.

»In solchen Situationen hat keiner eine Chance, da

ist niemand verantwortlich, nur die Person selbst.« Ihre Stimme war sanft, und sie sprach breites Norrländisch. Dann nahm sie seine Hand und zog ihn zu ihrem Mann.

Idas Vater streckte seine große Pranke aus, und Fredrik schüttelte sie, nachdem er seine eigene Hand an der Jeans abgewischt hatte.

»Björn. Und das hier ist Lotta.« Björn zeigte auf seine Frau und lächelte ein warmherziges und offenes Lächeln. »Komm und setz dich«, sagte er mit einer Geste zur Sofagruppe, die dem Fernseher zugewandt stand.

»Wie geht es dir?« Lotta sah ihn an, und Fredrik spürte, wie etwas in seinem Innern schmolz. Ihre runden Wangen waren rosig von der Kälte, und ihre ganze Person strahlte Mütterlichkeit aus.

»Gut, den Umständen entsprechend. Es war etwas viel diese Woche.« Er hörte, wie lächerlich das klang. Die beiden hatten fast ihre Tochter verloren, und hier saß er und klagte.

»Wir haben gehört, dass es deinem Freund Philip gerade nicht gut geht.«

Fredrik sah Lotta erstaunt an.

»Hat Ida das erzählt?«

»Ida erzählt uns alles.« Ihr Blick ging zum Krankenzimmer der Tochter, und er sah, dass sie Tränen in den Augen hatte.

»Wart ihr heute bei ihr drin?«

Jonna schüttelte den Kopf.

»Nein, Ida stand unter der Dusche, als wir kamen. Sie wollte rüberkommen, wenn sie fertig ist.«

Eine Krankenschwester kam vorbei und zeigte ihnen, wo sie sich Kaffee holen konnten.

Björn stand auf und legte die Daunenjacke neben sich.

»Milch und Zucker?«

»Nur Milch«, antwortete Fredrik. Björn tätschelte ihm die Schulter und verschwand zusammen mit Jonna den Flur hinunter.

Als sie gegangen waren, wandte sich Lotta ihm zu, streckte die Hand aus und legte sie auf seine.

»Du darfst nicht glauben, dass dies hier deine Schuld ist, Fredrik.«

»Aber wenn ich nicht …« Vor Scham konnte er nicht weiterreden.

Doch Lotta ließ sich nicht beirren.

»Es ist nicht deine Schuld. Ida kämpft schon viele Jahre mit Depressionen.«

Fredrik sah sie erstaunt an.

»Wir sind nicht zum ersten Mal hier«, fuhr sie fort, ohne den Blick abzuwenden. »Manche Menschen bekommen körperliche Krankheiten, und andere müssen das Joch der unsichtbaren psychischen Krankheiten tragen. Wir haben beschlossen, vor anderen damit nicht hinter dem Berg zu halten.«

Fredrik fuhr sich über die Bartstoppeln, um die Tränen zu verbergen, die ihm in die Augen stiegen. Lottas Worte trafen ihn direkt ins Herz. Ida war nicht die Einzige in seiner Umgebung, die von psychischer Krankheit heimgesucht war. Er dachte an Philip, der einsam und isoliert, nur mit seinen Gedanken und Sorgen als

Gesellschaft auf Ulvön saß. Ganz zu schweigen von ihm selbst. Manchmal fühlte es sich an, als wäre sein ganzes Leben ein einziges großes Chaos aus Angst. Vielleicht hatte Lotta recht. Wäre Offenheit in Bezug auf die eigenen Schwierigkeiten nicht eine Erleichterung?

Björn und Jonna kamen mit einem Tablett, auf dem Pappbecher voll Kaffee standen, zurück. In dem Augenblick, als sie sich aufs Sofa setzten, ging die Tür zu Idas Zimmer auf. Das lange Haar war immer noch nass und hinterließ dunkle Flecken auf dem hellrosa Sweatshirt. Sie trug karierte Schlafanzughosen und die fluffigen Wollpuschen, die sie auf dem Weihnachtsmarkt im Skansen gekauft hatte. Sie war immer noch blass, kam aber mit festem Blick auf sie zu. Lotta, Björn und Jonna standen auf, und Ida umarmte sie einen nach dem anderen. Fredrik saß mit den Ellenbogen auf die Knie gestützt und schaute zu Boden. Erst als Ida seine Schulter berührte, wagte er es aufzusehen. Sie schauten einander lange an, und keiner von beiden sagte etwas. Schließlich räusperte sich Björn und legte seiner Frau die Hand auf die Schulter.

»Also, vielleicht sollten wir mal ein bisschen Kaffee holen«, sagte er und nickte zum Flur hin.

Fredrik schaute auf die gefüllten, dampfenden Pappbecher, die bereits auf dem Tisch standen.

Ida lächelte.

98.

Im Keller ist es still. Ich habe ein paarmal geklopft und gerufen, bekomme aber keine Antwort mehr. Vielleicht ist sie tot. Ich sollte runtergehen und nachsehen, aber ich wage es nicht. Es spielt ja doch keine Rolle mehr.

Das Mädchen sitzt neben mir im Bett und schaut Pu der Bär. Ich habe es nicht über mich gebracht. Aber ich kann sie auch nicht hier zurücklassen. Sie ist jetzt mein. Meine Tochter Ellie.

Manchmal fragt sie nach ihrer Mutter.

Die Mama hat dich bei mir gelassen, damit ich mich um dich kümmere, sage ich dann. Wir werden jetzt zusammen sein. Sie antwortet nicht, fragt aber auch nicht mehr.

Jetzt darf sie ein Weilchen wach sein. Ich muss ihr etwas anderes anziehen und sie waschen, ehe wir abhauen. Ich habe ein süßes rosafarbenes Kleid mit passenden Strumpfhosen und eine weiße Daunenjacke mit dazugehöriger Thermohose gekauft und eine Tasche mit weiteren Sachen und Kleidern für uns beide gepackt. Ich habe meinen Pass, aber keinen für sie. Das muss ich irgendwie lösen, wenn ich an die Grenze komme. Oder vielleicht einen Pass kaufen, wenn ich durch Stockholm oder Malmö komme. Den wenigen Schmuck, den ich besitze, habe ich dabei. Dazu noch etwas von Ingegerd, aber nicht alles. Ich würde niemals alles nehmen. Wir müssen es nur nach Hause schaffen, dann wird sich alles lösen. Ich werde Mama und Papa sagen, dass sie mein Kind ist. Die können sie tagsüber beaufsichtigen, und ich suche mir einen Job als Kassiererin oder in irgendeiner Fabrik.

Anders und ich werden niemals zusammenkommen. Das ist mir jetzt klar. Auch wenn alles so geklappt hätte wie geplant, und ich Amanda aus dem Weg geräumt und dann so getan hätte, als würde ich Ellie für ihn finden, hätte das doch keine Rolle gespielt. Er wäre niemals dankbar gewesen. All die Liebe, die ich ihm gegeben habe, hat er einfach weggeworfen. Jetzt werde ich sie stattdessen ihr geben. Ellie.

Ich gebe ihr einen Kuss auf den Kopf und gehe die Treppe hinunter, um ihre Sachen zu packen. Ingegerd jammert aus ihrem Zimmer, aber ich habe keine Zeit, sie jetzt im Bett herumzudrehen.

Du kannst deine Frau haben, Anders, kannst sie weiterhin mit anderen Frauen betrügen, aber das Mädchen bekomme ich.

Sie soll nicht mit einem wie dir aufwachsen müssen.

99.

Sofia tat ihr Bestes, schnell über den Parkplatz des Krankenhauses zum Auto zu laufen, aber das Baby protestierte wild, indem es trat und den Kopf gegen ihr Becken drückte. Bei jedem Schritt zog es in den Beinen. Sie wurstelte sich so schnell sie konnte auf den Fahrersitz und startete den Wagen. Zum zehnten Mal versuchte sie, Judith Nordin anzurufen, bekam aber keine Antwort. Das Herz hämmerte nach dem schnellen Lauf, und die Gedanken fuhren Karussell. Konnte es Ellie sein, die Judith Nordin an Ingegerd Westins Fenster gesehen hatte? Oder hatte sie sich trotz Fernglas getäuscht? Der Abstand runter zu dem Haus betrug mehrere Hundert Meter. Aber Judith Nordin war fest überzeugt gewesen und hatte sich nicht aufhalten lassen. Das Geräusch der zuschlagenden Eingangstür und der eiligen Schritte im Schnee waren das Letzte, was Sofia gehört hatte, ehe das Gespräch unterbrochen worden war.

Der Gedanke an Ellie ließ Sofia fester aufs Gaspedal treten. Die tief stehende Sonne blendete sie. Auf der Brücke über den Moälv musste sie wegen eines von der Fahrbahn abgekommenen Saabs eine Vollbremsung hinlegen. Sie saß in ihrem Privatwagen und konnte weder Blaulicht einschalten noch über Funk Hilfe rufen. Nicht einmal eine Dienstwaffe hatte sie für den Notfall dabei.

Was war eigentlich Jelenas Plan? Wollte sie Rache nehmen, weil Anders sie verlassen hatte, oder wollte sie seine Familie aus dem Weg schaffen?

Während der Fahrt versuchte Sofia, Kajs Nummer zu wählen. Als es ihr endlich gelungen war, die richtigen Knöpfe zu drücken, ging niemand ran. Dasselbe bei Marie und Vera. Sofia sah auf die Uhr. Seit die regionale Eingreiftruppe und die Polizeieinheit gemeinsam mit Marie und Vera das Revier verlassen hatten, um raus nach Husum zu fahren, waren zwanzig Minuten vergangen. Kaj und Anders hatten sich ihnen direkt vom Krankenhaus aus angeschlossen. Wenn sie mit Blaulicht gefahren waren, sollten sie inzwischen also zumindest in der Nähe des Zielortes sein. Sie probierte die Nummer von Anna Sondell, doch die Staatsanwältin war auch nicht erreichbar.

Als sie am Sidensjöväg Richtung Drömme abbog, klingelte endlich ihr Handy.

»Karim, wie gut, dass du anrufst.«

»Ich bin gerade auf dem Weg in die Zentrale, um Marie abzulösen, bin aber spät dran und erreiche sie nicht. Du klingst atemlos, ist irgendwas passiert?«

Sofia holte Luft.

»Ich bin auf dem Weg raus nach Drömme.«

»Warum denn?«

»Judith Nordin hat angerufen. Sie behauptet, in einem der Fenster von Ingegerd Westins Haus ein Mädchen gesehen zu haben. Soweit sie weiß, hat aber Ingegerd weder Kinder noch Enkelkinder, trotzdem ist der Pflegedienst ausgesetzt worden, weil die Tochter sie angeblich pflegt. Ich glaube, dass Jelena Hagelin dort Ellie und Madeleine gefangen hält.«

»Wer ist Judith Nordin?«, fragte Karim.

Erst da wurde Sofia klar, dass Karim nicht über ihre Nachforschungen zu Judith Nordin und Ingegerd Westin im Bilde war. Die Informationskette schien in der Eile auf dem Weg zu ihm unterbrochen worden zu sein.

Karim klang verwirrt.

»Und diese Jelena hat Amanda Svensson geholfen oder was?«

»Wahrscheinlich ist es nicht so gelaufen, aber ich erkläre dir das später. Ich bin gleich da.«

»Sofia!« Karims Stimme klang scharf. »Du machst jetzt keine Dummheiten. Ich rufe Kaj und Vera an und erzähle, was hier los ist.«

Sie bremste, als sie sich Ingegerd Westins Haus näherte. Aus der Entfernung sah alles genauso aus wie das letzte Mal, als sie dort gewesen war. Sofia kroch im Schneckentempo vor das Haus und parkte den Wagen in der Garagenauffahrt. Als sie den Zündschlüssel herumdrehte, entdeckte sie, dass die Eingangstür offen stand. Im Reflex griff sie an die Stelle, wo in all den Jahren des Streifendienstes ihre Waffe gesessen hatte. Weder im Erdgeschoss noch im oberen Stock waren Bewegungen in den Fenstern zu erkennen. Lautlos öffnete sie die Autotür und stieg aus.

»Karim, schick Verstärkung nach Drömme 440 in Sidensjö.«

Als sie sah, dass hinter der offenen Tür jemand lag, fügte sie hinzu: »Und einen Krankenwagen.«

100.

»Ich liebe dich.« Das waren die ersten Worte, die aus Fredriks Mund kamen, als Idas Familie außer Hörweite war. »Ich liebe dich, und bitte verzeih mir.«

Ida sah ihn an. In den dunkelbraunen Augen war kein Vorwurf zu erkennen. Sie setzte sich neben ihn aufs Sofa und nahm seine Hand.

»Ida, ich wollte nicht …« Er konnte nicht ausdrücken, was er fühlte. Scham, aber auch ein schreckliches Entsetzen bei dem Gedanken daran, wie das Ganze hätte ausgehen können. Ida umfasste seine Hand. Ihre Lippen waren trocken und aufgesprungen. Sie schluckte angestrengt. Jonna hatte erzählt, dass sie intubiert worden war, um besser atmen zu können. Der Schlauch war weg, aber sicherlich tat es noch weh, wenn sie sprach. Fredrik reichte ihr einen Kaffeebecher, sie nahm einen Schluck und verzog das Gesicht.

»Fredrik, ich mache dir keinerlei Vorwürfe.« Sie räusperte sich. »Das Ganze war meine Entscheidung.«

»Aber wenn ich nicht so dumme Sachen gesagt hätte …« Das war mehr eine Feststellung als eine Frage, doch Ida schüttelte den Kopf.

»Es war nicht das erste Mal.«

Fredrik sah sie an.

»Wie oft?«

»Mehrmals.«

Sie schwiegen einen Moment.

»Aber nie wieder?«

Sie lächelte und umfasste seine Hand fester.

»Nie wieder.«

Das hier war die Person, mit der er sein Leben verbringen würde. Da war er jetzt ganz sicher. Auch Ida trug etwas Dunkles in sich. Sie würden einander ganz anders verstehen können als andere Menschen. Sie würden sich helfen können weiterzugehen. Er schielte zum Flur, denn er wollte nicht von Idas Familie gestört werden, wenn er sie fragte, ob sie seine Frau werden wolle. Er hatte es nicht geschafft, einen Ring zu kaufen, musste aber an das Bankfach denken, das er immer noch unten im Keller der Handelsbank am Östermalmstorg besaß. Darin lagen die schönen goldenen Eheringe seiner Großeltern. Der eine hatte drei Diamanten. Großmutter hatte beide Ringe ihr ganzes restliches Leben lang getragen, obwohl sie schon mit fünfzig Witwe geworden war. Und noch einmal zu heiraten war für Greta Fröding keine Option gewesen.

Doch jetzt war ihm der Ring egal. Es gab keine bessere Gelegenheit, um sie um ihre Hand zu fragen. Oder, eigentlich konnte er sich durchaus tausend bessere Gelegenheiten und Orte vorstellen, aber er wollte nicht warten.

Er streichelte ihre Hand. Die war so weich. Trotz der dunklen Ringe unter den Augen war sie jetzt schöner denn je. Fredrik nahm Anlauf, richtete sich

auf, um den Mut für die entscheidenden Worte auf-
zubringen.

Doch Ida war schneller.

»Hast du meinen Brief gelesen?«

101.

»Hallo?«

Sofias Hand suchte wieder vergeblich nach der Waffe.

»Ingegerd?«

Aus dem Haus war ein Jammern zu hören, und Sofia blieb in der Auffahrt stehen, um zu horchen. Ohne Pistole fühlte sie sich nackt und sah sich nach etwas um, womit sie sich verteidigen könnte. Neben der Garageneinfahrt stand ein Spaten. Sie griff danach und schlich dann Richtung Treppe. Sie wusste, dass sie eigentlich auf die Verstärkung warten sollte, aber Leben zu retten ging über alles. Wenn sie auf die anderen wartete, könnte es vielleicht schon zu spät sein.

Sie umrundete den Briefkasten und legte den Kopf in den Nacken, um zu den Fenstern im oberen Stockwerk hochzusehen. Kein kleines Mädchen war zu sehen.

»Hallo«, rief sie noch einmal. »Ich komme von der Polizei. Ist hier jemand?«

Wieder war ein Jammern aus dem Haus zu hören.

Sofia ging weiter Richtung Eingang. Noch ehe sie die ersten Treppenstufen genommen hatte, konnte sie sehen, dass es Judith Nordin war, die dort mit geschlossenen Augen auf dem Rücken lag. Die grauen Haare hatten sich aus dem Knoten gelöst, und mehrere Haarsträhnen verteilten sich über die Türschwelle. Sofia nahm die Treppe in zwei großen Schritten und zog die Tür ganz auf, um ins Haus zu kommen. Während sie sich über die ältere Dame beugte und an ihrem Hals nach einem Puls fühlte, spähte sie weiter ins Haus hinein. Ein Bild war von der Wand gefallen, bei einem anderen war das Glas zerbrochen.

Judiths Puls schlug gleichmäßig und stabil. Sofia sah, dass sie am Hinterkopf blutete und im Haar große rote Flecken hatte.

»Judith«, flüsterte sie und schüttelte sie vorsichtig. »Judith, ist jemand im Haus?«

Die ältere Frau blinzelte ein paarmal, stöhnte und fasste sich an den Kopf.

»Ist jemand hier?«

Judith Augen rollten wieder nach hinten, als würde sie erneut das Bewusstsein verlieren.

Sofia sah auf. Wieder war ein Jammern zu hören, und ihr wurde klar, dass es aus dem Zimmer ganz am Ende der lang gezogenen Diele kam.

»Hallo?«, rief sie noch einmal und erhielt ein weiteres Jammern zur Antwort. Diesmal etwas lauter. Mit dem Spaten vor sich ging sie weiter ins Haus hinein. Rechts die Küche, leer. Links die Treppe zum ersten Stock, niemand zu sehen. Neben der Treppe eine Tür, von der sie annahm, dass sie in den Keller führte, verschlossen. Wohnzimmer und Esszimmer, auch rechts. Vor dem Wohnzimmer konnte sie die Terrasse erkennen. Niemand da. Jetzt war im unteren Stockwerk nur noch ein Zimmer übrig. Durch die offene Tür ganz hinten in der

Diele konnte sie das Ende von etwas erkennen, das wie ein Krankenhausbett aussah. Ein Paar nackter Füße schaute unter der Decke hervor, und sie konnte sehen, dass die Zehen sich bewegten.

Sofia sammelte sich, hob den Spaten hoch und machte sich bereit. Sie zählte Atemzüge, versuchte, sich zu beruhigen. Dann stürzte sie mit dem Spaten über dem Kopf ins Zimmer.

Der Blick der zu Tode erschrockenen alten Frau in dem Krankenhausbett ließ sie abrupt innehalten. Neben dem Bett stand ein Rollstuhl. Sofia senkte den Spaten und ging zu der Frau hinüber.

»Ingegerd?«

Sie nickte.

»Ist noch jemand anders hier, Ingegerd?«

Die Lippen bewegten sich, doch es kamen keine begreiflichen Worte heraus. Sofia sah, dass ihre Mundwinkel schief hingen – wahrscheinlich hatte sie einen Schlaganfall gehabt. Die eine Hand bewegte sich langsam von der Decke und schob sich neben den Körper. Der Zeigefinger krümmte sich zu einer Klaue. Ingegerd pickte auf die Matratze und sah Sofia intensiv an.

»Im Keller?«

Ingegerd nickte wieder.

102.

Ida sah Fredrik erwartungsvoll an.

»Ja, ich habe den Brief gelesen«, sagte er.

»Und?«

»Ich weiß nicht, was ich sagen soll.«

Das war die Wahrheit. Was Ida für ihn getan hatte, war mehr, als er aufnehmen konnte. Nicht nur, dass sie ihm geglaubt hatte, als er sagte, Niklas habe überlebt. Sie hatte tatsächlich nach seinem kleinen Bruder gesucht.

»Du hast versucht, Niklas zu finden, nicht wahr?«

Ida lächelte.

»Ja, aber es steht nicht alles in den Unterlagen.«

Sofort begann es auf den Handrücken wieder zu jucken. Er kratzte sich ungeduldig, versuchte, ruhig zu atmen. Eigentlich wollte er nicht wissen, was sie entdeckt hatte, ihm war zu sehr bewusst, wie minimal die Chance war, dass Niklas überlebt haben könnte.

Ida griff nach seiner Hand, und das Gefühl, dass er eine schlechte Nachricht erhalten würde, verstärkte sich. Würde er die Wahrheit aushalten? Würde er ein für alle Mal akzeptieren müssen, dass Niklas tot und es ihm, Fredrik, vollständig misslungen war, auf seinen kleinen Bruder aufzupassen?

Ida erzählte von der Detektivarbeit, die sie im Herbst unternommen hatte, um Niklas zu finden. Fredrik hörte konzentriert zu und stellte keine Fragen, sondern ließ sie in ihrem Tempo erzählen.

Es war nicht leicht gewesen, Informationen darüber zu bekommen, was im Zusammenhang mit dem Untergang der *Estonia* geschehen war. Wie sortierte man verwischte Erinnerungsbilder einer Katastrophe, bei der niemand die Zeit gehabt hatte, das Geschehen ordentlich zu dokumentieren? Das alles war lange vor dem digitalen Zeitalter gewesen, in dem sie jetzt lebten, in dem nichts passierte, ohne dass es gefilmt und übers Internet weitervermittelt wurde. Dieser Gedanke war ihm schon oft gekommen. Wie wäre es, wenn die *Estonia* heute unterginge? Würde es Handyfilme aus dem Innern der Fähre geben? Letzte Grüße, die irgendwo in eine Cloud hochgeladen worden waren, sodass Angehörige daran teilhaben konnten? Versprechungen ewiger Liebe und ewigen Erinnerns, während die Wassermassen das Schiff langsam füllten. Das war ein so schrecklicher Gedanke, dass ihm davon schlecht wurde. Wie viele hatten damals dort gelegen, verletzt oder außerstande, sich zu befreien, und nur auf den kalten Tod durch Ertrinken gewartet. Seine Mutter und sein Vater waren zwei davon. Fredrik rieb sich das Gesicht, um die widerwärtigen Gedanken loszuwerden. Er war dankbar dafür, dass niemand etwas dokumentiert hatte. Die Erinnerungen an das, was in jener Nacht geschehen war, genügten schon.

Ida erzählte, dass es mit der Idee begonnen hatte, sich nur ein bisschen umzuhören, die dann zu einer Art

Besessenheit geworden war. Sie hatte mit Journalisten, Schriftstellern und Rettungspersonal gesprochen, aber vor allem mit schwedischen, finnischen und estnischen Überlebenden. Jeder von ihnen hatte seine eigene Version dessen, was geschehen war, und anders auf die Frage geantwortet, ob möglicherweise eine Person überlebt haben und dann verschwunden sein könnte.

Fredrik saß mucksmäuschenstill. Manche Sachen ließ sie aus, und er begriff, dass sie das tat, damit er nicht alles noch ein weiteres Mal durchleben musste.

Ida beugte sich vor und nahm einen Schluck von dem kalt gewordenen Kaffee, der vor ihnen auf dem Tisch stand.

»Ich habe zwei Personen erreicht, die mit auf dem Passagierschiff *MS Isabella* waren. Der eine war von der Besatzung. Er behauptete entschieden, dass alle Geretteten gezählt, identifiziert und an Land gebracht worden seien, als das Schiff in Åbo angekommen war. Der andere war ein Koch. Er hatte als Sanitäter beim Militär gedient. Er erzählte, dass fünfzehn Leute vom Personal, Künstler, Barkeeper, ja alle, die noch auf den Beinen stehen konnten und nicht seekrank waren, geholfen hatten, verletzte und unterkühlte Überlebende aufzunehmen. Im Salon auf dem Vorderdeck war eine provisorische Notaufnahme eingerichtet worden, dorthin hatte man alle Decken von der ganzen Fähre gebracht, um diejenigen, die aus dem Meer geholt worden waren, zu wärmen. Das Personal hatte die Überlebenden die ganze Nacht lang massieren müssen, um ihre Körpertemperatur zu erhöhen.«

Fredrik versuchte, sich vorzustellen, wie das gewesen sein musste. War Niklas dort gewesen? In Decken gewickelt und von jemandem versorgt, der ihm etwas Warmes zu trinken und zu essen gab?

»Der Koch hat auch erzählt, dass sie direkt vom Autodeck der *Estonia* Menschen aufgesammelt haben, jedoch keine Überlebenden. Wie sie das mitten im Sturm und mit mehrere Meter hohen Wellen zustande gebracht haben, ist mir unbegreiflich«, sagte Ida. »Was für Helden.«

Fredrik nickte. Er würde niemals den Mann von der Seenotrettung vergessen, der ihn aus dem Rettungsboot geholt hatte, das voll mit eiskaltem Wasser war. Der Mann hatte ihn so fest gehalten, dass er nicht einmal Angst gehabt hatte, als er direkt in die Luft hinauf zu dem wartenden Helikopter gefiert worden war.

»Jedenfalls«, fuhr Ida fort, »war er ganz sicher, dass er einen sehr kleinen Jungen aufgenommen hatte, der von einem der Rettungsboote der *MS Isabella* aufgesammelt worden war. Er hatte sogar einige Jahre später noch mal versucht, Kontakt zu ihm zu bekommen, da aber die Antwort erhalten, dass niemand unter zehn Jahren die Katastrophe überlebt hätte.«

Fredrik beugte sich nach vorn über die Knie, um nicht zu hyperventilieren. Er konnte nicht verarbeiten, was Ida ihm erzählte. In der letzten Zeit hatte er versucht, endlich zu akzeptieren, dass der Traum, den er so lange genährt hatte, dass Niklas vielleicht überlebt haben könnte, genau das gewesen war: ein Traum. Eine gefährliche Fantasie, die ihn daran gehindert hatte, in seinem

471

Leben vorwärtszukommen. Er hatte darüber mit Sofia gestritten – seine Überzeugung, dass sein kleiner Bruder es geschafft hatte, gehörte zu den Gründen für ihre Trennung. Und jetzt erzählte Ida, dass es trotz allem eine Möglichkeit gab.

Sie stellte den Kaffeebecher auf den Tisch und umfasste wieder seine Hand.

»Er war sich hundertprozentig sicher, dass der Junge, um den er sich gekümmert hatte, gesagt hat, er käme aus Stockholm.«

103.

Sofia befühlte den Türrahmen, um einen Nagel zu finden, an dem der Schlüssel zur Kellertür hängen könnte, doch da war keiner. Sie sah sich in der Diele um. Hinter ihr stand eine Kommode aus lackiertem Kiefernholz. Sie zog die beiden obersten Schubladen heraus und suchte zwischen zerknüllten Schals und Handschuhen, ohne etwas zu finden. Die mittlere Schublade war voller Vorhängeschlösser, Fahrradschlösser, Reflexstreifen, Streichholzschachteln und Mützen. Sie riss die Lade ganz heraus und schüttete den Inhalt auf den Boden. Während sie alles ausbreitete, um besser sehen zu können, hörte sie in der Ferne die Sirenen der Polizeiautos. Sie sah zu Judith, die immer noch in der Diele auf dem Fußboden lag. Sie hatte begonnen, sich zu rühren, und fasste sich wieder an den Kopf.

Auch in der letzten Schublade war kein Schlüssel. Ihr Blick fiel auf den Spaten, der vor Ingegerds Zimmer am Türrahmen lehnte. Ohne weiter nachzudenken, holte sie ihn und wandte sich der Kellertür zu. Es war eine dünne, glatte Tür im typischen Stil der Neunzigerjahre. Wenn sie nicht schwanger gewesen wäre, hätte sie sicher ein Loch hineintreten können, doch der Bauch war zu sehr im Weg, um einem solchen Tritt die ausreichende Kraft zu geben. Stattdessen hob sie den Spaten und landete einen Schlag auf die Mitte der Tür. Das Blatt ging sofort durch und schnitt in die weiße Oberfläche. Sie riss den Spaten heraus und schlug weiter zu. Bald hatte sie ein so großes Loch geschlagen, dass sie das eine Bein hindurchschieben konnte. Noch ein paar Schläge, und sie würde mit dem ganzen Körper hindurchpassen.

Atemlos ließ Sofia den Spaten fallen, holte mit der Hand auf dem Bauch ein paarmal keuchend Luft, dann rief sie die pechschwarze Kellertreppe hinunter: »Polizei, ist da jemand?«

Kein Laut war zu hören.

Sie streckte die Hand durch das Loch und versuchte, den Lichtschalter zu finden. Dann fiel ihr ein, dass sie in der untersten Kommodenschublade eine Taschenlampe gesehen hatte, also drehte sie sich um und schnappte sie aus dem Haufen Sachen. Nachdem sie ein paarmal an den Batterien gedreht hatte, ging die Lampe an.

Die Sirenen kamen jetzt näher. Vorsichtig presste sie sich durch das Loch in der Tür und leuchtete mit der Taschenlampe die Treppe hinunter. Das Erste, was ihr entgegenschlug, war der Gestank. Kot, Urin und Erde. Sie zog ihren Pullover hoch und drückte ihn auf die Nase.

»Hallo?«, rief sie wieder und beugte sich hinunter, um in den Raum unter ihr leuchten zu können. »Madeleine? Ellie?«

Der Lichtkegel fiel auf einen Betonfußboden. Sie erkannte ein paar einfache Holzregale, auf denen überwinternde Pflanzen und Flaschen mit Saft und Gläser mit Marmelade standen. Davor lagen ein paar kaputte Terrakottatöpfe.

Sie machte ein paar Schritte die Treppe hinunter und betrat den harten Betonboden. Geradeaus stand eine Kühltruhe und links davon, unter der Treppe selbst, lagen ein paar zu einem Nest zusammengerollte Decken. Einen Schritt weiter entdeckte sie Füße, die aus den Decken herausragten. Eine enge Jeans und Strümpfe, die einmal weiß gewesen waren.

»Madeleine.« Schnell ging Sofia zu dem Körper, der wie ein Baby eingerollt war. »Madeleine. Hier ist die Polizei. Kannst du mich hören?« Vorsichtig zog sie an der Decke. Der Gestank, der von ihr aufstieg, war erstickend. Sie ließ das Licht von der Taschenlampe auf Madeleines Körper fallen. Die Jeans war fleckig, die Hände hinter ihrem Rücken mit Kabelbindern zusammengebunden.

Vorsichtig schüttelte Sofia sie, spürte aber durch das dünne T-Shirt, dass der Körper steif war. Das Licht der Taschenlampe fiel im selben Augenblick auf Madeleines Gesicht, als sie oben aus der Diele Vera ihren Namen rufen hörte.

Die Augen waren aufgerissen, und das Gesicht im Schrecken erstarrt.

Madeleine Svensson war tot.

104.

So schnell sie konnte, bewegte sich Sofia die Keller-treppe hinauf. Sie wollte weg von dem Gestank und dem Schrecken im Gesicht der jungen Frau. Wo war Elli? Hatte sie dasselbe Schicksal erlitten?

Als Sofia nach oben in die Diele kam, sah sie die Rettungskräfte. Judith hatte eine Halskrause um und hielt eine Kompresse auf die Wunde am Kopf, während zwei Sanitäter sie auf eine Trage hoben.

Mehrere Personen mit schwarzen Helmen und erhobenen Waffen bewegten sich im Erdgeschoss. Aus jedem Raum hörte man ein lautes »Gesichert!«, ehe sie sich weiter in den nächsten begaben.

Vera und Kaj standen in der Tür und warteten darauf, dass das Haus freigegeben würde. Sofia sah noch Veras Blick aus dem Augenwinkel, ehe sie das Treppengeländer zum oberen Stockwerk packte und sich auf die erste Stufe hievte.

»Ellie? Hier ist die Polizei. Antworte, wenn du mich hörst.«

Mehrere Personen aus der Eingreiftruppe waren jetzt auf dem Weg zu ihr, und Vera kam durch die Diele geschritten.

»Hier geht jetzt keiner weiter.« Der Mann, ein Kollege vom Revier in Örnsköldsvik, der jetzt neben ihr stand, war breit wie eine Wand. Sein Tonfall war streng und duldete keinen Widerspruch.

Sie drehte sich um und sah Vera an.

»Madeleine liegt da unten, tot. Ich glaube, Ellie ist noch im Haus.«

Der Mann drängte sich an ihr vorbei, und mehrere seiner Kollegen folgten mit erhobenen Waffen. Vera kam ein paar Schritte hinter ihnen. Sofia folgte ihr, obwohl Vera abwehrend mit der Hand winkte. Der Treppenabsatz im oberen Stockwerk lag im Dunkeln. Die Türen zu den angrenzenden Zimmern waren geschlossen, und die Teppiche und die vergilbten Kiefernpaneele an den Wänden schluckten das bisschen Licht, das vom Erdgeschoss heraufdrang.

Die Einsatzkräfte gingen weiter und stießen die erste Tür auf. Sie führte in ein Badezimmer mit Wänden und Fußboden in Orange.

Badewanne und Duschkabine waren leer.

»Gesichert!«

Die nächste Tür wurde geöffnet. Ein Büro. Auch das leer.

»Gesichert!«

Der Kollege, der Sofia auf der Treppe aufgehalten hatte, trat ein paar Schritte von der letzten geschlossenen Tür zurück und erhob die Waffe. Ein anderer ging hin und drückte die Klinke hinunter. Als die Tür aufschwang, hielt er inne, senkte die Waffe und bewegte sich zur Seite, sodass Sofia das nicht gemachte Doppelbett sehen konnte, das mitten im Zimmer stand. Ein leises »Gesichert!« war hinter ihr zu hören. Mehrere Polizisten waren auf dem Weg die Treppe hinauf, blieben aber stehen, als sie die erhobene Hand ihres Kollegen sahen.

Da auf dem Bett lag das Kind, zusammengerollt und mit einem Teddy im Arm. Als Ellie sie sah, setzte sie sich auf und nahm den Daumen aus dem Mund. Ihre Bewegungen waren unsicher.

»Ich will zu Mama.«

Zwanzig Minuten später stand Sofia mit einer Decke über den Schultern in der Auffahrt und sprach mit den Sanitätern, die Judith in einen der Krankenwagen schoben. Sie hatte einen Verband um den Kopf und noch die Halskrause an, war aber weiterhin bei Bewusstsein.

»Ich habe gesagt, dass die Polizei unterwegs ist«, krächzte Judith und lächelte freudlos. »Sie hat mich brutal umgerempelt, als ich versucht habe, sie aufzuhalten.«

Sofia strich Judith über den Arm und lobte sie für ihren Mut. Dann wurden die Türen des Wagens geschlossen, und die Ambulanz fuhr davon. Marie kam und legte den Arm um Sofia.

»Was für eine schreckliche Tragödie.«

Anders saß mit seiner jüngsten Tochter auf dem Schoß in einem der Streifenwagen. Beide waren in Decken eingewickelt, und Anders weinte leise, die Wange auf Ellies Haar gelegt. Abgesehen von dem psychischen Stress, dem die Kleine ausgesetzt gewesen war, schien es ihr relativ gut zu gehen, aber sie sah mager und mitgenommen aus. In der Küche hatten sie Breiflaschen gefunden und sedierendes Nasenspray. Im Schlafzimmer, in dem Ellie festgehalten worden war, lagen weitere leere Babyfläschchen neben einer Reihe Taschen, die mit Kinder- und Erwachsenenkleidung, Geld, Schmuck und Jelenas Pass gepackt waren. Es schien, als hätte sie vorgehabt, mit dem Mädchen zu verschwinden.

Sofia befreite sich aus Maries Arm und ging zum Streifenwagen. Vorsichtig klopfte sie an die Scheibe, und Anders nickte ihr einladend zu. Sie öffnete die Tür und beugte sich leicht zu den beiden hinein. Ellie hatte einen gehäkelten Teddybären mit Knopfaugen unter dem Arm, von dem Sofia annahm, dass Ingegerd ihn vor vielen Jahren gemacht hatte. Vielleicht in der Hoffnung, ihn eines Tages ihrem eigenen Kind geben zu können, das sie jedoch nie bekam.

»Mein Beileid«, sagte sie. Er nickte wieder, antwortete aber nichts.

»Wir werden Ellie später befragen müssen.« Die Kleine reagierte, als sie ihren Namen hörte, und kuschelte sich enger an ihren Papa. Anders erwiderte nichts.

»Haben Sie eine Ahnung, wohin Jelena verschwunden sein könnte?«

Er schüttelte den Kopf und drückte das Gesicht in die Haare der Tochter.

»Ich will zu Mama«, piepste die Kleine, und er streichelte ihr den Rücken.

»Wir werden zu Mama gehen. Ganz bald gehen wir zu Mama.«

Sofia umarmte Anders leicht, mit Ellie zwischen ihnen. Er erwiderte die Umarmung mit der freien Hand, dann schlug sie die Autotür zu, und der Wagen rollte los. Ellie würde zu einer gründlichen Untersuchung ins Krankenhaus von Örnsköldsvik gebracht werden.

Vera und Kaj standen vor dem Haus und sprachen mit Johan, der bald mit der kriminaltechnischen Untersuchung beginnen würde. Die Sanitäter aus dem zweiten Krankenwagen steckten den Kopf aus der offenen Eingangstür und winkten ihnen zu. Sie würden Madeleines Leiche mitnehmen und wollten nur sichergehen, dass der Wagen mit Ellie und Anders schon weggefahren war. Vera gab ihnen grünes Licht, und die Bahre mit der in einen schwarzen Leichensack gehüllten jungen Frau wurde zum wartenden Krankenwagen getragen.

Auch Ingegerd war zu einer Untersuchung ins Krankenhaus gebracht worden. Sofia hoffte, dass sie niemals in das Haus würde zurückkehren müssen, in dem sie über eine Woche lang mit einem sterbenden Menschen im Keller, einem im oberen Stockwerk eingeschlossenen Kind und einer Wahnsinnigen als Pflegerin gefangen gehalten worden war. Sie musste Madeleines verzweifelten Hilferufe gehört haben, ohne irgendetwas tun zu können.

Vera kam zu Sofia. Einen Moment lang sah es so aus, als würde sie zu einer Umarmung ansetzen, doch begnügte sie sich damit, ihr kurz die Hand auf die Schulter zu legen.

»Ohne dich hätten wir Ellie vielleicht nicht rechtzeitig gefunden. Wer weiß, was diese verdammte Verrückte sich noch ausgedacht hätte?«

Kaj, Marie und Johan kamen zu ihnen. Dann standen sie alle fünf zusammen und sahen zu, wie die Türen des Krankenwagens geschlossen wurden und er dann durch die schneebedeckte Landschaft davonrollte.

»Nun müssen wir nur noch diesen Psychofall finden«, sagte Vera und verschränkte die Arme vor dem Brustkorb.

Bei Sofia schlug die Erschöpfung mit voller Kraft zu, und sie fürchtete, im Stehen einzuschlafen.

»Das müsst ihr ohne mich machen.« Sie zog die Jacke so gut es ging über dem Bauch zusammen. »Jetzt gehe ich in Elternzeit.«

105.

Alles ist mir weggenommen worden. Alles. Sie haben das Kind, das meines sein sollte, aus meinem Arm gerissen. Ich werde sie nie wiedersehen. Das Band, das wir geschaffen hatten, wird nicht erhalten bleiben. Sie wird sich nicht an mich erinnern. Niemals werde ich die Liebe empfinden dürfen, die ich ihr hätte geben können.

Ich hatte es fast geschafft.

Diese verdammte Nachbarin. Sie wolle reinkommen, sagte sie, Ingegerd sehen und in den oberen Stock gehen. Sie weigerte sich, mein Nein zu akzeptieren. Die Polizei sei unterwegs, sagte sie. Wenn du nur still geblieben wärest, mein liebes Kind, dann hätte sie kehrtgemacht und wäre wieder gegangen. Ich kann immer noch deinen herzzerreißenden Schrei hören. In meinem tiefsten Innern weiß ich, dass du nach mir gerufen hast. Ich sollte deine Mama werden.

Das Letzte, was ich noch hatte, ist mir genommen worden.

Und ich weiß genau, wer daran schuld ist.

106.

Sofia sah über das dunkle Wasser. Die Sonne war schon lange untergegangen. Sie war direkt von Ingegerds Haus in die Wohnung in Örnsköldsvik gefahren, hatte ihre Sachen gepackt, sich nach Köpmanholmen begeben und die nächste Fähre nach Ulvön genommen. Sie wollte nichts anderes, als die Bilder der toten Madeleine Svensson loswerden und die Gedanken daran vergessen, was mit Ellie passiert wäre, wenn Judith das Kind nicht im Fenster gesehen hätte.

Der Eisbrecher war vorausgefahren, und das Luftkissenboot war jetzt gegen die sehr viel bequemere Fähre *MS Ulvön* ausgetauscht worden.

Man merkte, dass die Bewohner von Ulvön den Frühling in der Luft spürten. Ein großer Teil des Gepäcks auf dem offenen Achterdeck bestand aus Blumenerde, Brettern und Fassadenfarbe. Noch lag der Schnee auf den Beeten, aber bald würde die Sonne ihre Insel hervorschmelzen, und sie würde zusammen mit ihrem neugeborenen Kind den Frühling genießen können.

Sofia ließ sich im Salon nieder und begrüßte ein paar Nachbarn, die ebenfalls unterwegs auf die Insel waren. Im Winterhalbjahr waren so gut wie nie irgendwelche

Touristen auf dem Schiff, und die Pendler kannten einander gut.

»Ich habe gerade im Radio gehört, dass Sie das Mädchen gefunden haben. Wie schön, dass es vorbei ist. Aber da war auch von einer Toten die Rede. Darf man fragen, wer das ist?«

Sofia schüttelte den Kopf und nahm eine Zimtschnecke aus der Tüte, die ihr die Frau entgegenstreckte.

»Und niemand ist festgenommen worden? Aber das dürfen Sie natürlich auch nicht sagen, oder?« Sofia nahm einen Bissen, lächelte und sah die Frau an.

»Nein.«

Sie wechselten das Gesprächsthema, und die Frau zeigte auf Sofias Bauch.

»Nicht mehr lange hin, oder?«

»Weniger als vier Wochen, und die werde ich auf dem Sofa verbringen.«

Die Frau lachte, packte die Tüte mit den Zimtschnecken in ihren Rucksack und holte stattdessen ein Buch heraus. Das Gespräch erstarb. Die Fähre von Köpmanholmen nach Ulvöhamn brauchte anderthalb Stunden. Da wurde von niemandem erwartet, dass er die ganze Überfahrt lang Konversation betrieb. Manche strickten, andere schauten auf ihre Handys oder nutzten die Gelegenheit zu einem Schläfchen.

Sofia blickte hinaus auf die großen Eisschollen, die von der Fähre beiseitegeschoben wurden. Der Lärm, wenn sie am Metallrumpf entlangschrammten, war ohrenbetäubend. Sie dachte an Philip – wie würde er reagieren, wenn er erfuhr, was Madeleine zugestoßen war?

Sie hatte Fredrik angerufen, und der hatte sich sofort ins Auto gesetzt, um zu kommen. Sie waren sich einig gewesen, dass es am besten war, wenn Sofia es Philip persönlich erzählte. Sicherheitshalber hatte sie Tord angerufen und ihn gebeten, sie abzuholen und mit zum Haus zu kommen. Sie hatte keine Angst vor Philip oder seiner Reaktion, aber es fühlte sich besser an, jemanden als Unterstützung dabeizuhaben, wenn sie berichtete, was geschehen war.

Tord stand schon am Kai und wartete auf sie, als die Fähre in Fjären, dem Stopp vor Ulvöhamn, anlegte. Im Laufe der Jahre waren immer mehr Dauerbewohner der Insel auf die nördliche Seite gezogen und wohnten nicht mehr unten beim Hafen. Zwar lag die Fähre, wenn der Eisbrecher gefahren war, über Nacht in Ulvöhamn, doch im Winterhalbjahr stiegen nur wenig Leute dort aus.

Mehrere Passagiere blieben stehen, um ein wenig mit Tord, dem inoffiziellen Bürgermeister der Insel, zu plaudern. Sofias roter Golf stand ein Stück vom Kai entfernt.

»Wie geht es dir?«, fragte er, als sie sich ins Auto gesetzt hatten. Einen Sicherheitsgurt hielt man auf der Insel nicht für nötig, und obwohl sie es als Polizistin und werdende Mutter besser wissen sollte, genoss Sofia, den Bauch einmal nicht einklemmen zu müssen.

»Jetzt ist es besser. Die letzten Tage war es schon ziemlich anstrengend.«

Tord streckte die Hand aus und strich ihr über den Bauch.

»So kurz vorher sollst du auch nicht mehr draußen hinter irgendwelchen Schurken herrennen. Du musst doch an das Mädel denken.«

Sofia lächelte, lehnte sich zurück und schloss die Augen, als Tord den Wagen startete. Sie fuhren vom Parkplatz und auf den Waldweg, weg vom Kai und der hell erleuchteten Fähre – ohne die schmale Frau zu sehen, die regungslos auf dem oberen Deck stand und ihnen nachsah.

107.

Als Sofia und Tord das Haus betraten, war es bis auf die kleinen Lämpchen in den Küchenfenstern dunkel. Die Uhr über dem Bauernschrank in der Diele zeigte Viertel nach acht. Sofia ging in die Küche. Im Wohnzimmer war der Fernseher eingeschaltet, und Philip saß auf dem Sofa. Auch als sie das Licht einschalteten, wandte er nicht den Blick vom Bildschirm.

»Wir sind jetzt da!«, rief sie, doch er antwortete nicht.

Tord trug ein paar Tüten mit Lebensmitteln herein, die er unten im Laden gekauft hatte, und Sofia ging geradewegs in die Waschküche, um aus der engen Schwangerschaftshose zu kommen und sich Jogginghose und Wollsocken anzuziehen. Sie merkte sofort, wie die Spannung aus ihrem Körper wich. Die Ermittlung hatte sie mehr angestrengt, als sie sich hatte eingestehen wollen. Alle Theorien über irgendwelche Drohungen von Schwarzarbeitern, einen möglichen Konkurs, Scheidung und Sorgerechtsstreitigkeiten hatten sie am Ende für etwas viel Einfacheres verschrotten müssen: Jelena hatte all das hier aus Liebe zu Anders getan. Dass ein Mensch zu so etwas fähig war, war schwer zu verstehen. Sofia schüttelte den Kopf, wie um die Gedanken loszuwerden. Jetzt war es vorbei, und sie würde in diesem Haus bleiben, bis das Kind auf der Welt war. Margit hatte ihr versichert, dass eine erste Geburt meist lange dauerte und sie es deshalb auf jeden Fall schaffen würde, ihr rechtzeitig zu Hilfe zu kommen, selbst wenn sie beim Einsetzen der Wehen nicht auf der Insel war. Die für sie zuständige Hebamme in der Mütterzentrale in der Stadt hatte über die Entscheidung zur Hausgeburt geknurrt, doch Sofia hatte darauf beharrt, es so zu machen, wie sie es von Anfang an gewollt hatte.

Nun stand sie in der Waschküche und holte tief Luft, ehe sie zu Philip rausging. Sie spürte die wohlbekannte Nervosität, die immer kam, wenn sie schlechte Nachrichten überbringen musste. Das waren Fälle, die man nie vergaß.

Sie war traurig, von Madeleine erzählen zu müssen. Philip war in kurzer Zeit zu einem Menschen geworden, um den sie sich sorgte. Sie wusste nicht, ob das daran lag, dass er von einem Tag auf den anderen quasi in ihrer Fürsorge zurückgelassen worden war, oder weil er eine Verbindung zu Fredrik darstellte. In jedem Fall war er inzwischen wichtig für sie geworden.

Sie sammelte sich und ging hinaus ins Wohnzimmer. Tord ließ alles in der Küche stehen und folgte ihr. Er setzte sich an den Esszimmertisch, der niemals zu etwas anderem benutzt wurde, als dazu, Pilze und Beeren zu trocknen. Sofia ließ sich neben Philip auf dem Sofa nieder. Er rutschte ein wenig zur Seite, damit sie Platz hatte, suchte aber nicht ihren Blick. Es war, als wüsste er, dass sie mit schlechten Nachrichten kam.

»Philip.« Sie legte ihre Hand auf sein Bein. Der Blick war immer noch fest auf den Bildschirm gerichtet. Sofia konnte sehen, wie sein Brustkorb beim Atmen zitterte, und dass die Augen von Tränen glänzten.

Er wusste es bereits.

Sofia beugte sich vor und legte die Arme um ihn, versuchte, ihn so nah an sich zu ziehen, wie der Bauch es zuließ. Erst wehrte er sich ein wenig, ließ sich dann aber umarmen und brach in lautes Weinen aus. Tord sah sie mitleidsvoll an, machte aber keinen Versuch, sich zu ihnen zu gesellen. So saßen sie lange da.

Als die Tränen versiegt waren und Philip sich aus der Umarmung befreit hatte, sah er Sofia mit abgrundtief traurigem Blick an.

»Hat sie gelitten? Musste Madeleine leiden, ehe sie gestorben ist?«

Einen Moment lang erwog sie, die Wahrheit zu sagen, doch wurde ihr sofort klar, dass sie ihm das Bild von seiner Freundin ersparen wollte, allein und einer Wahnsinnigen ausgeliefert, die sie im Dunkeln in einem Keller hatte verdursten lassen. Sie wusste, dass die Obduktion einige Zeit in Anspruch nehmen würde, doch konnte man davon ausgehen, dass Madeleine verdurstet war. Sofia hatte von Menschen gehört, die neun Tage ohne Wasser überlebt hatten, doch das war die Ausnahme, und Anders hatte erzählt, dass Madeleine an einer angeborenen Herzkrankheit gelitten hatte. Vielleicht hatte das ihren Tod beschleunigt. Wenn sie nur früher gekommen wären, hätte Madeleine vielleicht überlebt. Die Todesangst und die Qualen des Verdurstens, die sie erlitten haben musste, waren unvorstellbar. Sofia wollte nicht, dass Philip die junge Frau so in Erinnerung behielt.

»Nein, Philip«, sagte sie schließlich, »sie hat nicht gelitten.«

108.

Sofia stand an der Spüle und trocknete die letzten Tee-
tassen ab. Tord hatte Butterbrote geschmiert, die sie zusammen mit Philip schweigend gegessen hatten.

Sie hatte ihn ermahnt, sich doch schlafen zu legen,
aber er wollte nicht. Stattdessen saß er vor dem Fernseher und sah sich ein Naturfilmprogramm nach dem
anderen an. Fredrik hatte eine SMS geschickt und berichtet, dass er auf der Fähre war. Er musste jede Ge-
schwindigkeitsbegrenzung radikal überschritten haben,
um die letzte Fähre noch zu erwischen, aber gerade war
sie einfach nur dankbar dafür.

Draußen von der Einfahrt hörte Sofia, wie Tord sein
Lastenmoped startete. Er wollte nach Hause und schlafen und am Morgen wiederkommen. Beim Supermarkt
hatte er Lebensmittel für sicherlich einen Monat im
Voraus bestellt, die mit dem ersten Schiff am Kai von
Ulvöhamn ankommen würden. Der kleine Laden auf
der Insel bot nur das Nötigste, und Sofia hatte den Verdacht, dass Tord auf dem Festland palettenweise Windeln und Feuchttücher eingekauft hatte. Es war schon
entschieden, dass er ins Gästezimmer ziehen und die
letzten Wochen bis zur Geburt des Babys damit verbringen würde, das Gitterbett zusammenzubauen, den

Kinderwagen auszuprobieren und alles andere zu erledigen, was werdende Eltern normalerweise so machten. Sofia freute sich so unendlich mehr darauf, das mit Tord tun zu können als mit Kaj. Trotzdem würde es ihr nicht gelingen, Kaj von der Insel fernzuhalten. Natürlich hatte er dieselben Rechte wie sie, mit seinem Kind zusammen zu sein, aber sie wünschte, er hätte mit dem Ausleben seiner Vaterschaft gewartet, bis das Baby geboren war. Trotz allem waren sie ja kein Paar.

Ihr Rücken begann, gegen die unbequeme Stellung zu protestieren. Sie stützte die Hände auf die Spüle und versuchte, ihre Muskeln zu dehnen, als draußen vorm Fenster etwas ihren Blick einfing.

Da stand jemand unten auf dem Steg beim Bootshaus.

109.

Vom Meer bläst es heftig. Hände und Füße sind so kalt, dass ich sie nicht mehr spüre, und es brennt auf meinen Wangen.

Aber das ist egal.

Alles ist egal.

Die Kälte macht mir nichts aus. Das Feuer, das in meinem Innern brennt, reicht aus, um mich zu wärmen. Und die Pistole in der Jackentasche macht mir Mut.

Vom Bootshaus aus sehe ich die Lampen in der Küche und ihre Silhouette, wenn sie sich im Haus bewegt. Den großen Bauch und den schwankenden Gang.

Werde ich jemals erleben dürfen, wie es sich anfühlt, ein Kind in meinem Bauch zu tragen?

Vielleicht nicht.

Aber sie wird niemals erleben, wie es sich anfühlt, ihr Kind im Arm zu halten.

110.

Sofia holte schnell die Strickjacke, die über der Rückenlehne des Sofas hing. Philip sah mit rot geweinten Augen zu ihr auf, als sie an ihm vorbeiging.

»Willst du rausgehen?«

Sofia zog die Jacke an.

»Ich werde nur ein bisschen Luft schnappen.«

Philip fragte nicht weiter, und sie ging in die Diele,
um sich ein Paar Stiefel zu holen. Als sie sich nach einer
Mütze oben auf der Hutablage streckte, spürte sie plötzlich, wie etwas in ihr zerriss. Als würde ein Aquarium
voller Wasser gesprengt. Sie blieb mit der Strickmütze
in der Hand stehen. Ein feuchtes Rinnsal lief an ihren
Beinen hinunter, und dann breitete sich eine seltsame
Stille in ihrem Körper aus.

Gebeugt eilte Sofia zur Toilette, und als sie sich hin-
setzte, schoss Wasser aus ihr heraus. Die Fruchtblase
musste gesprungen sein, und sie bekam es mit der Angst
zu tun. Ihr Baby war unterwegs, dabei sollte es doch erst
in ein paar Wochen kommen. Ein Schmerz durchschoss
sie, wie sie ihn noch nie erlebt hatte. Wie ein Krampf,
der sie von innen zu zerteilen drohte, und sie konnte einen Schrei nicht verhindern.

»Bist du okay?«

Von der anderen Seite der Toilettentür war Philips Stimme zu hören.

»Die Fruchtblase ist geplatzt«, rief sie so gefasst, wie sie konnte. »Ruf Tord an. Und die Hebamme. Die Nummern hängen am Kühlschrank.«

Sie hörte Philip davoneilen, als die nächste Wehe kam. Die war noch stärker als die erste, und für einen Moment wurde ihr schwarz vor Augen.

»Philip! Schnell!«

Sie stützte sich an der Duschwand ab und wartete auf das Ende der Wehe. Doch es folgte direkt die nächste und dann wieder eine. Zwischen den Wehen verschwand der Schmerz, was ihr eine kurze Atempause verschaffte, doch die Angst, die mit der nächsten Wehe einsetzte, lähmte sie. Sie hatte geglaubt, Schmerzen gut ertragen zu können, aber offensichtlich hatte sie gar nicht gewusst, was ein echter Schmerz war.

Sie versuchte, aufzustehen und sich die Hose hochzuziehen, hatte aber keine Kraft. Wieder rief sie nach Philip, bekam aber keine Antwort. Es mussten schon mehrere Minuten vergangen sein, seit sie ihn zum Telefonieren losgeschickt hatte. Genügend Zeit, um die Nummer der Hebamme zu wählen und wiederzukommen. Oder hatte er sich abgeschottet und saß wieder vor dem Fernseher?

»Philip!« Sie rief so laut sie konnte. Keine Antwort. Mit einer immensen Kraftanstrengung kam sie zum Stehen und schaffte es, die Hose hochzuziehen. Sie wartete auf die nächste Wehe und ließ sie abklingen, dann schloss sie die Tür auf. Draußen war niemand. Der Fernseher war abgeschaltet, und im Haus war kein Geräusch zu hören. Sie ging in die Küche und sah Philip mit dem Handy an die Brust gedrückt und dem Zettel mit der Telefonnummer der Hebamme in der Hand dastehen.

»Philip?«, fragte sie mit ruhiger Stimme, ehe eine weitere Wehe sie überkam. »Es ist nicht schlimm, Philip. Alles ganz natürlich. Ich schaffe das schon.« Dabei wusste sie nicht, ob sie sich selbst glauben sollte. »Hast du die Hebamme angerufen?«

Er starrte wie versteinert durch die Terrassentür im Wohnzimmer.

»Philip?« Die nächste Wehe hatte begonnen, und sie wollte wissen, ob Hilfe unterwegs war. Sie machte ein paar Schritte auf ihn zu, um den Zettel aus seiner Hand zu nehmen. Philips Blick war stur auf die schneebedeckte Terrasse gerichtet.

Als sie aufsah, wurde ihr klar, wohin er starrte.

Draußen unter der Lampe stand Jelena Hagelin.

111.

»Los, lauf!«

Draußen begann Jelena, an den Terrassentüren zu zerren. In der einen Hand hielt sie eine Pistole. Für einen Moment begegneten sich ihre Blicke, dann wandte sich die andere um und rannte zur Vorderseite des Hauses.

Sofia riss an Philips Arm. Der verlor fast das Gleichgewicht und stolperte hinter ihr her ins Badezimmer.

Sofia konnte den Schmerz, der sich durch ihr Inneres arbeitete, nicht länger zurückhalten. Sie ließ sich auf die Knie nieder und schrie so laut sie konnte, die Hand an die Unterseite des Bauches gedrückt. Draußen konnte sie Jelenas Schritte auf dem Kiesweg näher kommen hören. Sofia rappelte sich mühsam hoch und schaffte es gerade noch zur Eingangstür, um abzuschließen.

»Du musst mir helfen!«, rief sie über die Schulter, bekam aber keine Antwort. Jelena warf sich mit ihrem ganzen Gewicht gegen die Tür und schrie wie wahnsinnig. Sofia drehte sich um und sah Philip an, der zu Tode erschrocken aussah.

»Oben, das große Schlafzimmer«, stöhnte sie und zeigte die Treppe hinauf. »Papas Waffenschrank.« Sie streckte sich nach der Schale, die auf dem Schränkchen neben der Eingangstür stand. Ihre Hand zitterte, als sie Philip den Schlüssel gab. Er nahm ihn entgegen und blieb in der Diele stehen. Jelena zerrte weiter an der Klinke und trat gegen die Tür. Einen Moment lang wurde es still, dann zerbarst die Milchglasscheibe und Jelenas Hand wurde zwischen den Glasscherben, die noch im Rahmen steckten, sichtbar. Sie tastete nach dem Drehschloss, konnte es aber nicht erreichen.

»Philip, los!«

Er verschwand die Treppe hinauf und kam bald mit Stens altem Schrotgewehr und einer Schachtel Patronen zurück. Sofia winkte ihm, schnell ins Badezimmer zu gehen, sie selbst ging gebückt, mit der Hand unter dem Bauch, dann knallte sie die Tür zu und schloss ab. Jelena war nicht mehr an der Eingangstür. Vielleicht suchte sie nach einem anderen Zugang ins Haus. Sofia lud das Gewehr mit zwei Patronen. Sie zielte auf die Badezimmertür, um bereit zu sein, wenn Jelena hereinkam, doch die nächste Wehe lähmte sie völlig, und sie ließ das Gewehr auf die Fliesen fallen. Der Schmerz war von Eingeweiden und Becken weiter nach unten gewandert, und sie konnte spüren, wie es vom Kopf des Kindes zog, das versuchte herauszukommen.

»Meine Hose!« Sie keuchte und strampelte mit den Beinen. Philip sah sie erschrocken an, kroch dann aber auf allen vieren zu ihr, um ihr zu helfen, sie auszuziehen.

»Was soll ich tun?« Plötzlich war der Blick klar und fest. Er riss ein paar Handtücher vom Wäscheständer und stopfte sie unter Sofia, als sie sich hinlegte.

»Ich weiß nicht«, stöhnte Sofia und sah ihn an, als die nächste Presswehe ihren Körper zu zerreißen drohte.

Die Hebamme hatte gesagt, dass es Stunden, ja, vielleicht sogar mehrere Tage dauern könnte, weil es sich ja um ihr erstes Kind handelte. Die Frauen, die in Autos und Fahrstühlen Kinder zur Welt brächten, seien immer Dritt- oder Viertgebärende. Warum kam das Kind jetzt, und warum ging es so schnell? Stimmte irgendetwas nicht? Gleichzeitig schrie ihr Körper, dass hier alles richtig war, dass er bereit war und sie einen Job zu erledigen hatte.

Ihr wurde klar, dass ein fremder Mensch sie fast ganz nackt sah, doch die Erleichterung darüber, dass Philip überhaupt da war, überwog.

»Ich sehe den Kopf«, flüsterte er. »Ich glaube, du solltest jetzt pressen.« Er drückte seine Hände gegen ihre Schienbeine, damit sie einen Widerstand hatte. Sofia merkte, wie eine Urkraft sie überkam. Aller Schmerz und alle Angst verschwanden, und jetzt zählte nur noch, ihr Baby zur Welt zu bringen. Doch sowie die Wehe zu Ende war, schwand ihre Kraft. Erschöpft legte sie den Kopf auf das Handtuch.

»Ich schaffe es nicht.« Sie weinte. Es war zu schwer, sie würde es nicht fertigbringen.

Philip packte ihren Arm und drückte ihn fest.

»Natürlich schaffst du das. Wenn die nächste Wehe kommt, dann presst du mit aller Kraft.«

In dem Moment hörten sie aus dem Wohnzimmer einen Knall.

Jelena hatte es ins Haus geschafft.

Philip lehnte sich mit seinem Gewicht gegen ihre aufgestellten Beine. Die Wehe nahm Fahrt auf, und die

Kraft war zurück. Sie holte tief Luft, drückte das Kinn auf den Brustkorb und presste mit aller Kraft. Klar und deutlich sah sie Stens Gesicht vor sich. Er lächelte. Er würde Opa werden. Sie presste noch fester, spürte den Kopf des Kindes wie Feuer im Unterleib brennen. Jetzt sterbe ich, konnte sie noch denken, ehe der Schmerz endlich nachließ, und sie spürte, wie der kleine Körper aus ihr herausglitt. Philip fing den blutigen kleinen Körper in einem Handtuch auf. Sofia konnte noch die Andeutung eines Lächelns in seinem Gesicht sehen, ehe er ihr das Kind in den Arm legte. Die Erleichterung darüber, den kräftigen Schrei zu hören, überspülte sie. Sie versuchte, sich auf die Ellenbogen aufzustützen, sah die Nabelschnur, die sie immer noch mit ihrem Baby verband. Der Badezimmerfußboden war voller Blut, und sie zitterte vor Kälte am ganzen Leib. Jetzt konnte sie nicht mehr. Mit dem Handtuchbündel im Arm ließ sie den Kopf auf den kalten Fliesenboden sinken und schloss die Augen. Sie war so müde. Alle Energie, die sie eben noch gehabt hatte, war weg. Jetzt wollte sie nur noch schlafen. Für einen Moment ließ sie sich in die Bewusstlosigkeit wiegen.

»Sofia?« Philip rüttelte fest an ihrem Arm. Vor der Badezimmertür konnte man Jelenas Schritte hören. Sofia schlug die Augen auf, sah aber nur weiße Punkte. Philip zerrte weiter an ihrem Arm, aber sie wedelte ihn weg, schaffte es nicht zu begreifen, was passierte.

Es rasselte am Schloss der Badezimmertür. Sie kannte das Geräusch. Wie oft hatte sie im Dienst nicht schon selbst ein Messer benutzt, um ein Schloss von der Außenseite zu öffnen? Hunderte von Malen. Dann das wohlbekannte Quietschen, als die Badezimmertür weit aufgeschoben wurde. Sofia schloss wieder die Augen. Sie hörte, wie Jelena die Pistole entsicherte. Ihr war klar, dass es jetzt vorbei war, aber sie war viel zu erschöpft, um zu reagieren. Sie drückte das Baby fester an ihre Brust, versuchte, ihm all die Liebe zu geben, die sie hatte, ehe es zu spät sein würde.

Eine Hundertstelsekunde der Stille.

Dann ein ohrenbetäubender Knall, der Sofia zusammenfahren ließ. Das Kind in ihrem Arm begann, laut zu weinen. In der Diele fiel etwas auf den Fußboden, und Sofia öffnete vorsichtig die Augen. Da draußen lag Jelena Hagelin auf dem Rücken.

Auf dem Badezimmerfußboden neben Sofia saß Philip mit Stens Schrotgewehr im Arm.

112.

Der Rettungshubschrauber war im Schnee vor Sofias Haus gelandet. Während er den Weg zum Haus hinaufrannte, hörte Fredrik, wie sich ein weiterer Helikopter vom Meer her näherte. Die Terrassentür war ausgehebelt und stand einen kleinen Spalt offen. An der Eingangstür kamen ihm zwei Sanitäter entgegen, die ihn barsch zur Seite schubsten, um mit einer Trage zwischen sich an ihm vorbeizukommen. Auf der Trage lag eine Frau um die vierzig mit dunklem Haar und einer Sauerstoffmaske auf dem Gesicht. Ihre Augen waren halb geschlossen, aber als die Sanitäter an ihm vorbeirannten, sah sie ihn an. Ihn schauderte.

Die Scheibe in der Eingangstür war zerschlagen. Als er in die Diele kam, sah er, dass überall Blut war.

»Hallo?« Er machte einen großen Schritt über die Glassplitter und rief ins Haus hinein.

»Hier drinnen«, war eine Stimme zu hören.

Als er ins Wohnzimmer kam, sah er Tord auf dem Sofa sitzen, den Arm um Sofia gelegt, die in einen weißen Morgenmantel gewickelt war. Eine Frau um die fünfzig im Freizeitdress saß vor ihr auf dem Wohnzimmertisch und rückte ein Handtuch um etwas in Sofias Arm zurecht.

Fredrik begriff sofort, dass es das Baby war, obwohl es doch erst in einigen Wochen kommen sollte. Sofias Gesichtsausdruck zu sehen, als sie das kleine Bündel betrachtete, war vollauf genug. Ihm wurde warm ums Herz von der überwältigenden Liebe, die er in ihrem Blick erkannte.

Neben dem Sofa stand Philip. Das hellgraue Hemd war bis zu den Ellenbogen voller Blut, und auch die Jeans hatte riesige Blutflecken.

Fredrik konnte sich nicht im Entferntesten vorstellen, was hier passiert war.

»Mein Gott, bist du verletzt?«

Philip schüttelte den Kopf.

»War das die Frau, die …« Er nickte zur Diele hin, als ihm die Worte ausgingen.

»Jelena Hagelin«, antwortete Sofia kurz, ohne den Blick von dem kleinen Wesen in ihrem Arm zu nehmen.

Fredrik sah Philip wieder an. Seine Augen waren wach, aber voller Trauer. Als ihre Blicke sich begegneten, verzog sich Philips Gesicht, und er begann zu weinen. Schnell war Fredrik da und nahm ihn in den Arm. Sie hielten sich lange ganz fest, und Philip weinte still an seiner Schulter.

»Es tut mir so leid, Philip. Madeleine, ich weiß nicht, was ich sagen soll …«

Philip machte sich los und wischte sich mit der Hand die Nase. Seine Fingernägel waren ebenfalls blutig.

»Fredrik, komm«, sagte Tord, und Philip nickte zustimmend.

Fredrik setzte sich neben Sofia aufs Sofa. Sie sah ihn an, hob das Bündel hoch und hielt es ihm entgegen. Unter dem Handtuch, das den Hinterkopf des Kindes bedeckte, war ein dichter pechschwarzer Haarbüschel zu erkennen, und er sah ein verschrumpeltes rotes Gesicht und einen fast herzförmigen roten Mund. Vorsichtig hob Sofia das Baby auf seinen Arm, und er nahm es im Reflex entgegen, obwohl er nicht wusste, was er damit machen sollte. Die Frau, die auf dem Wohnzimmertisch saß und von der Fredrik annahm, dass sie die Hebamme der Insel war, rückte geübt seine Hände so zurecht, dass der Kopf des Kindes gestützt wurde.

»Das war ich, der … ich habe geholfen.« Philip sah gleichermaßen stolz wie peinlich berührt aus, während die Tränen ihm weiter die Wangen hinunterliefen. Fredrik sah ihn erstaunt an.

»Woher wusstest du, was du tun musstest?«

Philip zuckte nur mit den Schultern.

»Man hat ja schon den ein oder anderen Film gesehen.«

Das Baby bewegte sich in Fredriks Arm, öffnete die Augen und schien, seinen Blick zu fixieren.

Fredrik sah zu Sofia und dann wieder zu dem kleinen Wesen.

»Ist es ein Junge oder ein Mädchen?«

Erst da bemerkte er die Augen des Kindes. Sie waren dunkelbraun, fast schwarz, genau wie seine eigenen. Auch die Züge von Nase und Kinn kamen ihm bekannt vor. Es war, als würde er in sein eigenes Baby-Fotoalbum schauen.

Sofia streichelte den Kopf des Babys und sah ihn an.

»Natürlich ein Mädel«, antwortete Tord und strahlte übers ganze Gesicht.

SECHS WOCHEN SPÄTER

113.

Sofia drückte den Griff des Kinderwagens herunter, um mit den Vorderrädern über die Schneewehe zu kommen, die sich immer noch vor dem Eingang des Reviers auftürmte. Sie hatte Kaj etwas widerwillig versprochen, nach dem Besuch beim Kinderarzt vorbeizukommen und Astrid zu zeigen.

Sie sah auf ihre Tochter, die im Kinderwagen lag, sodass nur die kleine Himmelfahrtsnase über dem Schaffell des Wagens herausschaute. Die Mütze in hellrosa und weißem Garn hatte Mette gestrickt. Sofia fand sie schrecklich, hatte sie der Kleinen aber Kaj zuliebe aufgesetzt.

Er war so stolz, wechselte Windeln, schaukelte und trug die Kleine. Wenn sie schlafen sollte, bettete er sie in den Wagen und spazierte stundenlang mit ihr herum. Mette war zweimal da gewesen, und Sofia hatte versucht, den Ball flach zu halten, hatte sie ihre Vorträge über Babyschwimmen, Yoga für Neugeborene und Beckenbodenübungen halten lassen. Nur wenn Sofia stillte, war sie mit Astrid allein. Damit sie ihre Ruhe hatte, tat sie deshalb immer so, als gestalte es sich mit dem Stillen schwierig. Die Kleine trank gierig und schnell, aber Sofia ließ sie dann noch eine ganze Stunde bei sich liegen, nur um mit ihr allein zu sein, ohne dass Kaj ihr die ganze Zeit über die Schulter schaute. Sie hatten immer noch nicht darüber gesprochen, wie ihre Wohnsituation aussehen würde. Bisher hatten Kaj und Mette in der Wohnung in der Stadt übernachtet, und Sofia wohnte im Haus auf Ulvön. Kaj arbeitete weiterhin vom Revier in Örnsköldsvik aus, um nah bei ihr und Astrid sein zu können. Er schien es nicht eilig zu haben, an seinen eigentlichen Arbeitsplatz in der Polizeizentrale auf Kungsholmen in Stockholm zurückzukehren.

Als Sofia den Wagen ins Foyer rollte, streckte Eva den Kopf aus dem Empfangshäuschen und strahlte.

»Na, endlich kriegt man die kleine Schönheit mal zu sehen.«

Schnell kam sie aus der Seitentür der Bude gelaufen, und noch ehe Sofia reagieren konnte, hatte Eva die Hand in den Wagen gesteckt und Astrid das Fell weggezogen. Die Kleine zuckte von der hastigen Bewegung zusammen und begann zu weinen.

»Ach du meine Güte«, turtelte Eva. »Habe ich dich erschreckt?«

Sie hob Astrid hoch, die gegen die barsche Behandlung lautstark protestierte. Dass die ganze Welt jetzt von einem Virus sprach, vor dem alle Leute sich zurückzogen, schien Eva völlig egal zu sein.

»Oh, wie wunderbar sie riechen, wenn sie neugeboren sind«, sagte sie und ignorierte Astrids Proteste. »Sie mögen es, wenn man sie etwas fester anpackt.« Mit diesen Worten klopfte sie Astrid fest auf den Po. Jetzt klang die Tochter wie ein Feueralarm, und mehrere Personen, die im Wartezimmer saßen, zogen missbilligend die Augenbrauen hoch.

»Ich glaube, sie hat Hunger.« Sofia griff nach ihrer Tochter und nahm sie in den Arm. »Könntest du mir helfen und den Wagen hier unterstellen, während ich raufgehe?«

Zufrieden darüber, eine Aufgabe zu haben, die das Kind betraf, nickte Eva und reichte Sofia die Wickeltasche.

»Kaj und Vera sind eben vom Mittagessen zurückgekommen.«

Sofia lächelte dankbar und wiegte Astrid, damit sie sich beruhigte. Bevor sie ihre Karte durch den Scanner an der Tür zog, holte sie tief Luft. Sie würde höchstens eine halbe Stunde bleiben.

*

Fünfundvierzig Minuten später saß sie immer noch in Kajs Büro, mit einem Strom von Besuchern, die alle die kleine Astrid ansehen wollten. Die meisten hielten Abstand, aber Karim konnte sich nicht beherrschen. Nachdem er sich sorgfältig die Hände mit Desinfektionsmittel eingerieben und mehrmals betont hatte, wie kerngesund er sei, hob er Astrid hoch, die sich ohne Proteste anfassen ließ. Karims Augen glänzten, als er Sofia ansah.

»Sie sieht genauso aus wie meine Mädchen, als sie klein waren.«

Sofia lächelte, wich aber Kajs Blick aus. Astrid sah wirklich so aus, als könnte sie Karims Tochter sein. Das dicke dunkle Haar und die olivfarbene Haut hatten weder Ähnlichkeit mit Kajs noch mit ihren eigenen Farben. Eine Tatsache, die Kaj überhaupt nicht bewusst zu sein schien.

Karim wiegte Astrid im Arm und sprach leise auf Persisch mit ihr. Er verschwand in den Flur hinaus und ging draußen mit ihr auf und ab. Er ist wie dafür geschaffen, sich um Kinder zu kümmern, dachte Sofia. Aber das war vielleicht auch kein Wunder, schließlich war seine Frau Hebamme, und sie hatten vier eigene Töchter.

»Willst du den Film sehen?«, fragte Kaj, nachdem er einen kontrollierenden Blick in den Flur geworfen hatte.

»Welchen Film?«

»Von Jelena Hagelins Verhör.«

Sofia hatte ganz vergessen, dass die Vorbereitungen für Jelenas Gerichtsverfahren liefen. Anna Sondell hatte Anklage wegen Entführung, Totschlags und Mordversuchs erhoben. Sie hatten alle Beweise, die sie brauchten, damit sie eine lange Gefängnisstrafe bekam. Unter Madeleine Svenssons Fingernägeln war Jelenas DNA gefunden worden, ebenso auf der Sportpistole, die bei Ingegerd Westin gestohlen worden war, und auf dem Brief aus dem Unfallauto. Darüber hinaus gab es noch Sofias und Philips Zeugenaussagen zu dem Mordversuch gegen sie.

Jelena war bereits auf ihre geistige Zurechnungsfähigkeit untersucht worden, und eine weitere gerichtsmedizinische Untersuchung wartete.

Amanda Svensson war aus der Narkose geholt und die Beatmungsgeräte waren abgeschaltet worden. Die

Prognose für ihre Genesung war laut Auskunft der Ärzte gut. Ellie und Anders hatten an ihrem Krankenhausbett gesessen, als sie aufwachte. Amanda hatte Jelena sofort auf einem Foto identifiziert und erzählt, wie sie mit der Pistole bedroht und gezwungen worden war, den Brief zu schreiben und dann über den Straßenrand die Böschung hinunterzufahren. Jelena hatte tatsächlich damit gedroht, Ellie zu töten, wenn Amanda nicht gehorchte.

Kaj suchte den Film vom Verhör in seinem Computer und drückte auf Play. Der Bildschirm zeigte Jelena Hagelin in einem Krankenhausbett. Auf der einen Seite des Bettes saß Vera und auf der anderen Kaj, den man nur von hinten sah. Jelenas einer Arm war von der Schulter bis zum Ellenbogen bandagiert. Der Schuss, den Philip abgefeuert hatte, war in Arm und Schulter gegangen – der einzige Grund dafür, dass sie noch lebte.

»Wie geht es Ellie?«, war das Erste, was Jelena fragte, nachdem Kaj Datum und Uhrzeit eingesprochen und dokumentiert hatte, dass Vera mit vor Ort war.

Weder er noch Vera antworteten.

»Sie wissen, warum wir hier sind, nicht wahr?«, fragte Vera.

Jelena nickte.

»Sie sind angeklagt, Madeleine Svensson getötet, Ellie Svensson entführt und auf Amanda Svensson einen Mordversuch verübt zu haben. Unter anderem.«

Jelena nickte scheinbar unberührt. Entweder hatte sie viele Medikamente im Leib, oder sie empfand wirklich keine Schuld über das, was sie getan hatte, dachte Sofia.

In Jelenas Computer und im Schrank an ihrem Arbeitsplatz hatten sie Hunderte von Bildern von Anders Svensson gefunden. Einige waren zu der Zeit aufgenommen worden, als sie noch zusammen gewesen waren, aber die meisten stammten von seiner Facebook-Seite. Es gab auch Bilder, die heimlich durch das Fenster des Wochenendhauses gemacht worden waren. Fotos, auf denen Anders auf dem Sofa lag und schlief, auf der Terrasse saß und seinen Morgenkaffee trank, oder wie er auf dem See angelte. Jelena hatte im Laufe des letzten Jahres jeden seiner Schritte verfolgt. Sie hatte sogar Bilder von seiner Villa in Stockholm gemacht. Doch hatte sie sich nicht damit zufriedengegeben, ihre Liebe nur zu fotografieren und zu stalken, sondern sie hatte auch mehrere Nächte allein in Sunnansjö verbracht. Sie hatte in Anders' Bett geschlafen, seine Kleider getragen und im Haus vor sich hingepuzzelt, während sie darauf wartete, dass er zurückkommen würde. Das alles hatte sie selbst ausgesagt, und es war von Johans Untersuchungen bestätigt worden.

»Warum haben Sie Ellie und Madeleine entführt?«

Jelena starrte lange Zeit mit leerem Blick vor sich hin.

»Es kam einfach so.«

»Es kam einfach so?«, echote Vera.

»Ich bin auf dem Weg zu Dagny am Haus vorbeigefahren. Da habe ich gesehen, dass in den Fenstern Licht war. Ich wollte ihn einfach nur sehen.«

Sie sah Vera an, als ginge sie davon aus, dass die sie verstehen würde.

»Man kann von der Straße aus nicht ins Haus sehen«, entgegnete Vera.

Jelena zuckte mit den Schultern, verzog dann aber das Gesicht und fasste sich an den verletzten Arm.

»Sie war da, als ich hinkam«, sagte sie, während sich ihre Augenbrauen vor Schmerz zusammenzogen.

»Madeleine?«

»Ja.«

»Was ist dann passiert?«

»Ich dachte … ich dachte, er würde mich mit einer anderen betrügen. Eine Sicherung brannte einfach durch in meinem Kopf. Nach allem, was ich für ihn getan hatte …!«

»Also haben Sie Madeleine mit dem Feuerlöscher niedergeschlagen?«

Jelena nickte.

»Aber ich wollte sie nicht da liegen lassen. Anders tat mir leid, weil er dann das ganze Blut würde sehen müssen.«

Sofia schauderte es vor dem Bildschirm. Wie verquer konnte das Bild eines Menschen von Liebe sein?

»Also habe ich sie ins Auto gelegt und bin dann zu Ingegerd gefahren. Ich hätte sie ja in den Moälv geworfen, aber sie ist aufgewacht und hat geschrien, als ich den Kofferraum öffnete. Sie trat mir ins Gesicht und versuchte, sich zu befreien, also habe ich sie noch einmal geschlagen, diesmal mit dem Wagenheber. Als ich versuchte, sie aus dem Auto zu ziehen, kam jemand vorbei, ich war also gezwungen, sie im Kofferraum liegen zu lassen.«

»Warum sind Sie zu Ingegerd gefahren?«

»Die muss mehrmals täglich gewickelt werden. Auch in der Nacht. Sie kann ja nicht die ganze Nacht in vollgepinkelten Windeln liegen, das ist ja wohl klar, oder?«

Jelena sagte das so selbstverständlich, als ob Kaj und Vera die Herzlosen seien, die nicht begriffen, dass ein alter Mensch Pflege brauchte. Als wäre das völlig abgekoppelt davon, dass sie Ingegerds Keller als Gefängnis benutzt und einen Menschen dort hatte verdursten lassen.

Jelena schüttelte den Kopf.

»Ich wusste nicht, was ich mit ihr machen sollte. Dann fiel mir ein, dass Ingegerd einen Keller hat. Da entschied ich, sie dort zu lassen, bis ich mir was ausgedacht hatte.«

Jelena sah angestrengt aus.

»Aber als sie aufgewacht ist, war sie wahnsinnig geworden. Wieder und wieder schrie sie, dass ich sie rauslassen sollte, und dass sie die Tochter von Anders Svensson sei, und dass ich Geld von ihm bekommen würde, wenn ich sie rausließe. Bestimmt eine Stunde saß ich auf der anderen Seite der Kellertür und hörte zu, wusste nicht, was ich mit ihr anfangen sollte. Erst glaubte ich ihr nicht, also, dass sie seine Tochter sein sollte«, fügte sie hinzu, als wäre das ein wichtiges Detail. »Dann sagte sie, ich sollte ihr Handy holen.«

»Sie sind also zurück nach Sunnansjö gefahren, um es zu holen?«

Jelena nickte.

»Wie sind Sie reingekommen?«

»Mit der Kopie des Ersatzschlüssels, der während der Renovierung im Holzschuppen hing und die ich mir angefertigt habe.«

»Was ist dann passiert?«

»Ich habe die SMS gelesen, in der stand, dass Anders mit Amanda und …«, ihre Augen füllten sich mit Tränen, »… und Ellie kommen würde. Da ist mir klar geworden, wie ich ihn zurückerobern würde.«

Jelena wandte sich Vera zu, und die Kamera fing für einen Moment ihren Blick ein. Er war kalt. »Ich würde mir Ellie nehmen, würde sie ein paar Tage behalten, dann würde ich sie finden. Und Anders würde mir so dankbar sein. Wenn nur Amanda aus dem Weg war, dann würde er wieder mich lieben.«

»Sie wollten Amanda ersetzen?«, fragte Vera.

Jelena kniff die Augen zusammen.

»Ich wäre eine viel bessere Mutter für Ellie.«

»Und Madeleine?«

Jelena sah auf die Bettdecke hinunter.

»Sie hat die ganze Zeit geschrien. Jedes Mal, wenn ich versuchte, mit Essen oder Wasser zu ihr runterzugehen, hat sie geschrien und versucht, sich auf mich zu stürzen. Und außerdem hatte sie ja mein Gesicht gesehen. Ich wusste nicht, was ich machen sollte.«

»Sie haben sie sterben lassen«, sagte Kaj.

Jelena sah ihn flehend an.

»Bitte, sagen Sie Anders nichts davon.«

Wie konnte ein Mensch nur so unglaublich realitätsfern sein wie Jelena, fragte sich Sofia.

»Haben Sie Amandas Selbstmordversuch in ihrem Auto arrangiert?«

»In Dagnys Auto«, korrigierte Jelena.

»Und wie?«

»Sie durfte wählen. Ellies Leben gegen ihres. Sie wählte die Böschung.«

»Sie haben ihr also gedroht, Ellie zu erschießen, wenn sie nicht über den Böschungsrand fahren würde?«

Jelena nickte.

»Aber sie hat überlebt.« Kaj sah Jelena an.

»Ja.«

»Wie war das für Sie, als Sie das hörten?«, fragte Vera.

»Ich wurde natürlich wütend. Plötzlich war alles so sinnlos.«

Die Stimme klang monoton und gefühlskalt. Nur wenn sie über Ellie und über Anders sprachen, schien Jelena irgendwelche Gefühle zu hegen.

»Aber nicht alles, oder? Was war mit Ellie?«

Wieder stiegen Jelena die Tränen in die Augen, aber sie machte sich nicht die Mühe, sie abzuwischen.

»Nachdem alles schiefgegangen war, wollte ich nur sie für mich haben. Nichts sonst. Nicht mal Anders. Sie sollte meine Tochter werden. Ich würde …«

Jelenas Atem stockte, und dann kam eine Welle heiseren Weinens. Sie schlug die Hände vor das Gesicht und weinte immer lauter.

»Ellie. Meine kleine Ellie.«

Wieder und wieder sagte sie mit erstickter Stimme Ellies Namen.

Kaj drückte auf Pause.

»So ungefähr geht es jetzt weiter. Es wirkt so, als hätten wir ein recht deutliches Motiv.«

Sofia nickte.

Karim kam mit Astrid auf dem Arm ins Zimmer. Sie schlief tief und fest.

Sofia wandte Jelenas verweintem Gesicht auf dem Bildschirm den Rücken zu. Sie wollte nichts mehr sehen oder hören. Widerwillig übergab Karim ihr Astrid.

»Du musst versprechen, bald wieder mit ihr hierherzukommen.«

Sofia sah ihre Tochter an. Das runde Gesicht und den perfekten Mund. Ihre Seele schmerzte vor Liebe zu diesem kleinen Wunder. In gewisser Weise konnte sie Jelena verstehen. Wenn die Liebe, die sie für Anders empfunden hatte, auch nur annähernd so war wie die, die Sofia für Astrid empfand … Nein, das war nicht dasselbe. Mutterliebe war rein. Hell. Die Liebe, die Jelena Anders hatte geben wollen, war damit nicht vergleichbar. Die war aus der Dunkelheit geboren.

Epilog

Fredrik hob die Hand, um sich vor der aufdringlichen Aprilsonne zu schützen. Die rot geweinten Augen brannten, und er hatte vergessen, die Sonnenbrille mitzunehmen. Abgesehen von ihnen beiden, war niemand mehr auf dem Parkplatz vor der Kirche. Er schloss ab und trat auf den Bürgersteig. Philip war bereits ausgestiegen und betrachtete zwei Personen, die sich hinten bei dem kioskähnlichen Blumengeschäft unterhielten. Der Abstand zwischen ihnen war übertrieben groß, obwohl sie offensichtlich Bekannte waren. Alle waren von der Pandemie beeinträchtigt, die in den letzten Monaten die Welt in ihren Griff genommen hatte. Die Menschen saßen eingeschlossen in ihren Häusern und warteten darauf, dass die Infektion unter den Türschwellen hindurchkriechen und sie töten würde. Jeden Tag verfolgte Fredrik die Entwicklung im Fernsehen und schüttelte den Kopf über die ganze Situation. Die Menschen hamsterten Konserven und Toilettenpapier, die Weltuntergangspropheten sagten Massensterben voraus und predigten, dass Gottes Strafe jetzt die Erde erreicht habe. Andere nahmen es mit Ruhe und lebten weiter wie gewöhnlich. Er selbst stand in der Mitte, und das betraf scheinbar alles in seinem Leben. Als würde er zwischen zwei Magneten vibrieren, ohne in die eine oder in die andere Richtung gezogen werden zu können. Zwischen dem Willen zu kämpfen und dem aufzugeben, zwischen der Liebe zu Ida und der zu Sofia. Vor allem zwischen dem Wunsch, seinen eigenen Weg zu gehen, und der Überzeugung, dass er und Sofia jetzt eine Verbindung hatten, die niemals zerrissen werden konnte. Astrid war seine Tochter. Es war egal, ob Sofia sich weigerte, mit ihm darüber zu reden. Jeder, der Augen im Kopf hatte, konnte sehen, dass sie sein Kind war. Und er hatte nicht vor, sich beiseiteschubsen zu lassen. Sobald die Trauerfeier vorüber war, würde er einen Vaterschaftstest verlangen. Da mochte Kaj sagen, was er wollte.

Die Kirchenglocken begannen zu läuten, und Fredrik winkte Philip zu.

»Es geht gleich los. Wir müssen rein.«

Philip antwortete nicht, sah aber hoch und nickte. Ganz kurz sah er Fredrik in die Augen und nahm dann seine Hand. Eine ungewöhnliche Geste für jemanden, dem Körperkontakt so unangenehm war. Fredrik umklammerte die Hand seines besten Freundes, dankbar für die Nähe in diesem Moment. Mit der freien Hand zog er die offene Jacke fester um sich. Die Luft war immer noch kalt, und die Bäume standen fast nackt um den Friedhof herum. Nur die hohen Thujahecken zeigten ihre immergrünen frischen Nadeln.

An der Tür zur Kirche wurden sie von einer Pfarrerin begrüßt. Sie war um die fünfzig und abgesehen von ihrer weißen Kleidung durch und durch grau. Ihr Haar war grau, das Gesicht und der Blick ebenso. Da man sich nicht mehr die Hände schüttelte, nickte sie mitleidsvoll erst in Philips und dann in Fredriks Richtung und lud sie ein, die Kirche zu betreten.

Sie kamen als Letzte, folgten der Pfarrerin die Treppe zur Garderobe hinunter, hängten ihre Jacken auf und gingen dann in den Kirchenraum. Die Bankreihen waren von der ersten bis zur letzten voll besetzt. Fredrik spürte, wie Philip erstarrte, als er den hellen, mit gelben und weißen Blumen überschütteten Sarg sah. Wieder griff er nach Philips Hand, es war ihm egal, wie das aussehen mochte. Einige drehten sich um, als sie hereinkamen, nickten einen vorsichtigen Gruß und gingen dann wieder dazu über, das Gesangbuch aufzuschlagen, im Programm zu lesen oder an ihren weißen Rosen zu zupfen, die zu einem letzten Abschied auf den Sarg gelegt werden würden. Das alles, um die Blicke der anderen Trauernden zu meiden.

Ganz vorne saß die Familie. Die Kirchendiener hatten ihr Möglichstes getan, dafür zu sorgen, dass alle Abstand hielten, aber die Pandemie und die Angst vor Ansteckung schienen dieses eine Mal vergessen zu sein.

Sie sahen sich nach einem Platz ganz hinten um, doch schon bald bemerkte Fredrik die winkende Hand, die sie aufforderte, sich als ein Teil der Familie in einer der ersten Bankreihen niederzulassen. Er zog Philip mit sich den Altargang hinauf, und sie setzten sich ganz außen in die zweite Reihe. Der Mann, der ihm zugewinkt hatte, nickte, als sie sich setzten. Fredrik wurde klar, dass das vierjährige Mädchen, das mit einem gehäkelten Teddybären im Arm auf seinem Schoß saß, Ellie sein musste. Neben ihm saß eine junge Frau, die einen schwarzen Seidenschal um den Kopf gebunden hatte. Über die eine Gesichtshälfte verlief eine feine rosafarbene Narbe.

Die Pfarrerin räusperte sich und hob den Blick über die Trauergäste.

»Wir haben uns heute hier versammelt, um Abschied zu nehmen von Madeleine Svensson.«

Danksagung

Ich möchte damit beginnen, meiner Redakteurin Petra König-Kämpe und meiner Verlegerin Karin Linge Nordh zu danken, weil ihr unerschütterlich mit mir in den Ring zur zweiten Runde der Ulvön-Serie gestiegen seid. Außerdem möchte ich der ganzen Gang im Bazar Förlag für den fantastischen Job bei der Vermarktung des Buches danken. Danke auch an Karin Wahlén bei *Kult PR* und an meine Superheldin von Agentin, Judith Toth bei der Nordin Agency. Ihr seid eine krasse Schar Frauen, und es ist eine Ehre, mit euch arbeiten zu dürfen!

Einen Kriminalroman zu schreiben schafft man nicht allein. Das zu behaupten wäre einfältig. Viele haben mir ihre Zeit geschenkt und mit Fakten geholfen, um diese fiktive Geschichte so glaubwürdig wie möglich zu machen. Dafür bin ich dankbarer, als ich es in Worten ausdrücken kann. Ich hoffe, niemanden vergessen zu haben! Sollte das der Fall sein, so bitte ich ergebenst um Entschuldigung.

Dank an Mia Nilö, examinierte Logopädin, Elina Einarsson, Anästhesistin am Krankenhaus Örnsköldsvik, Joakim Meidell, Chirurg für Innere Medizin am

Krankenhaus Örnsköldsvik, und Cecilia Nordius, examinierte Krankenschwester, für all eure Hilfe bei Fragen um Kieferverletzungen, Überdosen und Betäubung.

Außerdem möchte ich Linn Johansson, Wirtschaftsingenieurin, danken für alle Hilfe bei Fragen zur Baubranche und ihren Vorschriften, und Jennie Westerlind, ehemalige Schwester im Pflegedienst der Gemeinde Örnsköldsvik.

Danke auch an Marinette Wallin, dafür dass du mich auf der Jagd nach Informationen kreuz und quer über Ulvön kutschiert hast, und weil du deine Weisheit mit mir geteilt hast. Dank auch an Ulrika Gidlund für die vielen herrlichen Geschichten über Ulvön, und an Johan Norgren, Kapitän auf der *MF Ulvön*.

Einen großen Dank an Gitte Tinglöf Källman, Musikerin, die am 28. September 1994 zum Rettungsteam der *MS Isabella* gehörte, für ihre eindringliche Schilderung dieser schrecklichen Nacht, als die *Estonia* sank.

Für die Hilfe in Bezug auf alle polizeilichen Dinge danke ich den Kriminaltechnikern in der Gerichtsmedizin Gruppe 3, Polizeiregion Nord, Anna Jinghede, Zahnärztin der Gerichtsmedizin sowie Doktorandin und Polizistin sowie Kriminaltechnikerin in der Polizeiregion Bergslagen, Kjerstin Svedberg, Polizeichefin im Ruhestand für die Region Norra Ångermanland, Kicki Svedberg, frühere Assessorin am Oberlandesgericht, Rickard Hagström, Polizeiinspektor im Bezirk Norra Ångermanland, Börje Öhman, ehemaliger Kommunikationschef der Polizei sowie Chef der Landeskriminalpolizei bei der Polizeibehörde in Sundsvall, Michael Lundberg, diensthabender Inspektor sowie Voruntersuchungsleiter des Dezernats für Gewaltdelikte in der Polizeiregion Jämtland, Niklas Stjernlöf, Polizeiinspektor sowie diensthabender Voruntersuchungsleiter bei der Voruntersuchungskommission I der Polizeiregion Jämtland, sowie Anders Jarkell, Polizeiinspektor der Region Stockholm. Einen großen Dank auch an Krille Hållberg von Missing People in Västernorrland.

Last but not least möchte ich meiner Familie für all eure Unterstützung danken, meinem zukünftigen Mann für all seine Liebe und meinen geliebten Kindern Selma, Nils und August dafür, dass ihr es aushaltet, eine Mutter zu haben, die Schriftstellerin ist. Danke, dass ihr mir einen Grund gebt weiterzuatmen, wenn das Leben übermächtig wird.

Alle etwaigen Fehler sind meine eigenen, und alle Ähnlichkeiten mit lebenden Personen sind reiner Zufall. Die Umgebung um Örnsköldsvik und auf Ulvön ist jedoch, soweit es möglich ist, so wiedergegeben, wie sie in Wirklichkeit aussieht.

Lina Areklew
Stockholm, 13.09.2021

Autorin

Lina Areklew, geboren 1979 in Stockholm, wuchs an der schwedischen Höga Kusten auf und kennt die Küstenregion, die als Schauplatz ihrer Krimireihe um die Kommissarin Sofia Hjortén dient, wie ihre Westentasche. Sie lebt auf einem kleinen Bauernhof in Örnsköldsvik und in Stockholm.

Lina Areklew im Goldmann Verlag:

Schärennacht. Kriminalroman. Ein Fall für Sofia Hjortén 1
Schärensturm. Kriminalroman. Ein Fall für Sofia Hjortén 2

(☛ Alle auch als E-Book erhältlich)

Unsere Leseempfehlung